R & B

IRVINE WELSH

TRAINSPOTTING

ROMAN

Aus dem Englischen
von Peter Torberg

Rogner & Bernhard
bei Zweitausendeins

1. Auflage, Juni 1996.
2. Auflage, August 1996. 3. Auflage, August 1996.
4. Auflage, August 1996. 5. Auflage, Dezember 1996.
6. Auflage, Dezember 1997.

Erstmals 1993 erschienen unter dem Titel
»Trainspotting«
bei Martin Secker und Warburg Limited,
part of Reed Consumer Books Limited, London.

ISBN 3-8077-0337-3

Umschlaggestaltung Sandra Kaiser, Hanstedt.
Titelfotos Lorenzo Agius.
Herstellung Eberhard Delius, Berlin.
Satz Offizin Götz Gorissen, Berlin.
Druck Wagner GmbH, Nördlingen.
Einband G. Lachenmaier, Reutlingen.
Printed in Germany.

Dieses Buch gibt es nur bei Zweitausendeins
im Versand (Postfach, D-60381 Frankfurt am Main,
Telefon 01805-23 2001, Fax 01805-24 2001)
oder in den Zweitausendeins-Läden in Berlin, Düsseldorf,
Essen, Frankfurt, Freiburg, Hamburg, Köln, München,
Nürnberg, Saarbrücken, Stuttgart.

In der Schweiz über buch 2000,
Postfach 89, CH-8910 Affoltern a. A.

Für Anne

INHALT

Streß

DIE SGAG-BOYS, JEAN-CLAUDE VAN DAMME UND MUTTER OBERIN

Sick Boy schwitzte wien Schwein; er zitterte. Ich saß bloß da, starrte in die Glotze und versuchte, das Arschloch zu ignorieren. Er machte mich echt fertig. Ich versuchte, mich auf das Jean-Claude Van Damme-Video zu konzentrieren.

Wie üblich in solchen Filmen, gabs erst die obligate dramatische Eröffne. In der nächsten Phase des Films erhöhten sie dann die Spannung dadurch, daß der miese Schurke auftaucht und die lasche Story zusammengeklatscht wird. Und jeden Augenblick war es soweit, daß Jean-Claude ernsthaft kloppte.

– Rents. Ich muß zur Mutter Oberin, keuchte Sick Boy und schüttelte den Kopf.

– O Mann, sag ich. Ich wollte, daß der Mistkerl einfach die Flatter machte, verduftete und mich mit Jean-Claude allein ließ. Andererseits gings bei mir wohl auch bald los, und wenn der Arsch sichn Schuß besorgte, würd er mich hängen lassen. Wir nennen ihn nich deswegen Sick Boy, weil er andauernd krank is vom Entzug, sondern weil er ein wirklich krankes Arschloch ist.

– Na komm schon, blaffte er verzweifelt.

– Augenblick noch. Ich will bloß sehen, wie Jean-Claude diesen arroganten Wichser verdrischt. Wenn wir jetzt gehn, krieg ich das nie zu sehen. Wenn wir zurückkommen, bin ich zu kaputt, und außerdem is das sowieso erst in paar Tagen. Was heißt, daß ich fürn Video, das ich nich mal gesehen hab, nachzahlen muß.

– Ich muß los, verdammt! brüllt er und steht auf. Er geht rüber zum Fenster, lehnt sich dagegen und keucht schwer; er sieht aus wien gehetztes Tier. In seinen Augen flackert die blanke Not.

Dann hab ich die Kiste mit der Fernbedienung ausgeschaltet. – Die reinste Verschwendung. Die reinste Verschwendung, sonst nix, schnauz ich den Arsch an, blöder Hund, macht mich echt rasend.

Er wirft den Kopf in den Nacken und glotzt an die Decke. – Ich geb dir das Geld, dann kannste ihn dir noch mal ausleihen. Und deswegen regst du dich so verdammt auf? Wegen lausigen fuffzig Pence fürn Videoladen!

Der Typ hats raus, daß man sich so richtig wien kleiner billiger Scheißer vorkommt.

– Darum gehts doch überhaupt nich, sag ich einfach so dahin.

– Genau. Der Punkt is, ich leide hier tierisch, und mein sogenannter Kumpel läßt sich mit Absicht Zeit und findet das auch noch komisch! Seine Augen sind groß wie Fußbälle und starren feindselig und flehend zugleich; beredte Zeugnisse meines angeblichen Verrats. Falls ich so lang leb und Vater werd, hoff ich bloß, daß mich mein Kind nie so anstarrt wie Sick Boy. Der Arsch ist darin unschlagbar.

– Stimmt doch überhaupt nich ... protestiere ich.

– Dann zieh endlich deine beschissene Jacke an und mach hin!

Am Ende der Straße standen keine Taxis. Die versammeln sich da bloß, wenn man se nich braucht. Angeblich soll August sein, aber mir friern hier die Eier ab. Mir is noch nicht kotzübel, aber das is bestimmt schon unterwegs, soviel steht fest.

– Da soll dochn Stand sein. Da soll dochn beschissener Taxistand sein. Im Sommer is nie eins da. Sind alle oben und kutschieren fette, reiche Festivalärsche, die zu faul sind, die hundert Meter von einer versifften Kirche zur andern zu soner blöden Veranstaltung zu laufen. Taxifahrer. Geldgierige Geier ... delirierte Sick Boy atemlos vor sich hin, die Augen quollen ihm raus, und die Nackensehnen spannten sich, als er den Hals den Leith Walk hochreckte.

Endlich kam eins. Da war noch ne Gruppe junger Typen in Anzug und Bomberjacke, die schon länger warteten als wir. Ich bezweifle, daß Sick Boy sie überhaupt gesehen hat. Er stürmte mitten auf die Straße und brüllte: – TAXI!

– He! Was soll die Scheiße? fragt einer der Typen in nem schwarz, rot und wasserblauen Anzug mit Brikettfrisur.

– Klappe. Wir warn zuerst da, sagt Sick Boy und macht die Wagentür auf. – Da hinten kommt noch eins. Er gestikulierte die Straße hinauf, wo noch ein Taxi kam.

– Habter noch mal Glück gehabt. Arschlöcher.

– Verpiß dich, du pickelgesichtiger Penner. Zieh ab! schnauzt Sick Boy, als wir ins Taxi steigen.

– Tollcross, sag ich zu dem Fahrer, und auf der Seitenscheibe landet Spucke.

– Mach, daß du wegkommst, du Wichser. Na los, ihr beschissenen Arschlöcher, brüllte der Anzug. Dem Taxifahrer paßte das überhaupt nicht. Er sah wien ziemliches Arschloch aus. Wie die meisten. Die steuerzahlenden Selbständigen sind mit Abstand das primitivste Pack auf Gottes weitem Erdenrund.

Das Taxi wendete und fuhr den Leith Walk hinauf.

– Was hastn jetzt gemacht, du Großmaul! Das nächste Mal, wenn einer von uns zu Fuß nach Hause geht, gibts Ärger mit diesen Blödmännern. Ich war stinkig auf Sick Boy.

– Hast doch nicht etwa Schiß vor diesen kleinen Wichsern, oder?

Der Typ ging mir wirklich auf den Sack. – Na klar! Was denn sonst, wenn ich unterwegs bin und ne abgefuckte Bande von Fräcken hinter mir her is! Glaubste vielleicht, ich bin der beschissene Jean-Claude Van Damme? Weißt du, was du bist, Simon? Ein beschissenes Arschloch. Ich nannte ihn »Simon« und nicht »Si« oder »Sick Boy«, damit er mitkriegte, wie ernst es mir damit war.

– Ich will zu Mutter Oberin, da is mir doch son Arsch oder sonstwas furzegal. Kapiert? Er fährt sich mit dem Zeigefinger über die Lippen und starrt mich aus hervorquellenden Augen an. – Simon will zu Mutter Oberin. Haste das kapiert? Dann dreht er sich ab und starrt den Rücken des Taxifahrers an und versucht, ihn durch schiere Willenskraft dazu zu zwingen, schneller zu fahren, wobei er nervös auf seine Oberschenkel trommelt.

– Einer der Typen war McLean. Dandys und Chanceys kleiner Bruder, sag ich.

– Nie im Leben, sagt er, aber in seiner Stimme schwang leise Angst. – Ich kenn die McLeans. Chancey is in Ordnung.

– Aber nich, wenn de dich mit seinem Bruder anlegst, sag ich.

Aber er achtete gar nich mehr drauf. Ich hörte auf, ihn zu nerven; ich wußte, es war die reinste Energieverschwendung. Sein stummes Leiden, das vom Entzug kam, schien nun so stark zu sein, daß ich sowieso nichts mehr tun konnte, was sein Elend noch vergrößert hätte.

»Mutter Oberin« war Johnny Swan, auch bekannt als der Weiße Schwan, ein Dealer, der in Tollcross wohnte und die Mietskasernen in Sighthill und Wester Hailes belieferte. Ich kaufte meinen Stoff lieber bei Swanney oder seinem Spezi Raymie als bei Seeker und der Muirhouse-Leith-Gang, wenn möglich. Das Zeug war meistens besser. Johnny Swan war mal n guter Kumpel von mir gewesen, damals in der guten alten Zeit. Wir haben zusammen für Porty Thistle Fußball gespielt. Jetzt war er n Dealer. Ich erinner mich, wie er mal sagte: In dem Spiel gibts keine Freunde. Bloß Partner.

Bis ich selbst so tief drinsteckte, hielt ich ihn fürn Angeber, schnoddrig und hart. Jetzt weiß ich genau, was der Typ gemeint hat.

Johnny war Junkie und Dealer in einem. Man mußte schon n bißchen weiter die Leiter hoch, um aufn Dealer zu stoßen, der das Zeug nich selbst nahm. Wegen der langen Zeit, die er schon drauf war, nannten wir ihn »Mutter Oberin«.

– Nach ner Weile gings mir ziemlich beschissen. Als wir die Treppe zu Johnnys Bude hochstiegen, hatten wir schlimme Krämpfe. Mir lief der Schweiß runter wie nem nassen Schwamm, und bei jedem Schritt schoß mir immer nochn Schwall aus den Poren. Sick Boy gings wahrscheinlich nich viel besser, aber der Arsch existierte sowieso nich mehr für mich. Er fiel mir erst wieder auf, als er sich am Treppengeländer festhielt und mir den Weg zu Johnnys Bude und dem Sgag versperrte. Er rang nach Luft und krallte sich an dem Geländer fest und sah aus, als wollt er gleich in den Treppenschacht kotzen.

– Alles in Ordnung, Si? fragte ich gereizt, sauer wie nur was, daß der Arsch mich aufhielt.

Er winkte bloß ab, schüttelte den Kopf und verdrehte die Augen. Ich sagte nichts mehr. Wenn man so drauf is wie der, dann will man nich reden und auch nich angesprochen werden. Man will einfach keinen Ärger. Ging mir genau so. Manchmal denk ich, daß manche bloß deswegen Junkies werden, weil sie sich eigentlich nach Ruhe sehnen.

Johnny war vollkommen zugeknallt, als wir schließlich oben ankamen. Er hatte sich ne Schießbude aufgebaut.

– Wen ham wir denn da, nen Sick Boy und nen Rent Boy, und beide am Abkratzen! lachte er, high wien Luftballon. Johnny schnupfte meistens nochn bißchen Koks zu einem Schuß oder mischte sich n Speedball aus Äitsch und Kokain. Er meinte wohl, daß er davon länger draufblieb und nich den ganzen Tag rumsaß und die Wände anstarrte. Typen, die drauf sind, nerven ungeheuer, wenns einem so geht wie uns, weil, die sind einfach zu sehr damit beschäftigt, sich an ihrem High aufzugeilen, und scheren sich n Dreck drum, wie wir leiden. Der Suffkopp im Pub will doch bloß, daß auch alle anderen so breit sind wie er, aber der richtige Junkie (im Gegensatz zum Gelegenheitsuser, der n Komplizen sucht) kümmert sich n Scheiß um die andern.

Raymie und Alison waren auch da. Ali kochte grad n Löffel auf. Sah recht vielversprechend aus.

Johnny tänzelte zu Alison rüber und trällerte ihr was vor. – Hey-ey good lookin, what you got cookin … Er drehte sich zu Raymie hin, der am Fenster stand und unentwegt Ausschau hielt. Raymie konnte auf einer belebten Straße einen Bullen ausmachen, wien Hai im Ozean drei Tropfen Blut schmeckt. – Leg mal ne Scheibe auf, Raymie. Die neue Elvis Costello macht mich krank, aber ich kann einfach nich aufhörn, den Arsch zu spielen. Echtn Magier, sag ich dir.

– Schieb dir dochn Doppelstecker rein, wos dunkel is, sagt Raymie. Der Kerl kam mit einem belanglosen, blödsinnigen Zeug daher, daß einem bloß so der Kopf schwirrte, wo man doch krank war und versuchte, was von ihm zu kaufen. Ich war immer überrascht, daß Raymie derart auf Äitsch war. Raymie war n bißchen wie mein Kumpel Spud; vom Charakter her hab ich die beiden immer für typische Acidheads gehalten. Sick Boy hatte da so ne Theorie, daß Spud und Raymie ein und dieselbe Person waren, obwohl sie sich null ähnlich sahen, einfach weil man sie nie zusammen sah, obwohl sie sich in denselben Kreisen bewegten.

Das Arschloch mit dem schlechten Geschmack bricht die goldene Junkie-Regel und legt doch tatsächlich »Heroin« auf, die Version auf Lou Reeds *Rock 'n' Roll Animal*, die noch mehr weh tut, wenn einem schlecht ist, als die Originalfassung auf *The Velvet Underground and Nico.* Aber wenigstens kommt in dieser Version nicht John Cales kreischende Bratsche vor. Das wär nich auszuhalten gewesen.

– Ach, Scheiße, Raymie! brüllt Ali.

– Stick it in the boot, go with the flow, shake it down baby, shake it down honey … cook street, we're all dead white meat … eat the beat … haut Raymie in einen Stegreif-Rap aus, wackelt mit dem Hintern und rollt mit den Augen.

Dann beugte er sich zu Sick Boy runter, der sich strategisch günstig neben Ali hingehockt hatte und die Augen nich von der Dröhnung in dem Löffel nehmen konnte, die sie über einer Kerze kochte. Raymie zog Sick Boys Gesicht zu sich und küßte ihn fest auf die Lippen. Sick Boy schubste ihn weg und zitterte.

– Verpiß dich! Arschloch!

Johnny und Ali lachten lauthals. Hätt ich auch gemacht, wenn ich nich das Gefühl gehabt hätt, als ob jeder einzelne Knochen in meinem Körper gleichzeitig inner Schraubzwinge zerdrückt und mit einer stumpfen Metallsäge bearbeitet wird.

Sick Boy schnürte Ali den Arm oberhalb des Ellbogens ab, er wollte damit wohl seine Position in der Warteschlange verbessern, und klopfte an ihrem dünnen, aschfahlen Arm eine Ader auf.

– Soll ich? fragte er.

Sie nickte.

Er läßtn Wattebausch in den Löffel fallen und pustet drüber, dann zieht er etwa fünf Milliliter durch die Nadel in die Spritze. Er hat eine unglaublich riesige blaue Ader aufgeklopft, fast springt sie Ali aus dem Arm. Er sticht in ihre Haut und injiziert ganz langsam, bevor er Blut zurück in die Spritze saugt. Ihre Lippen zittern, als sie ihn ein, zwei Sekunden lang flehend anschaut. Sick Boy macht ein häßliches Gesicht, lüstern und reptilienhaft, bevor er ihr den Cocktail Richtung Hirn verpaßt.

Sie legt den Kopf in den Nacken, schließt die Augen, öffnet den Mund und gibt ein orgasmisches Stöhnen von sich. Sick Boys Augen schauen ganz unschuldig und fragend, wie ein Kind vorm Weihnachtsbaum, das sich durch einen Haufen bunt verpackter Geschenke gearbeitet hat. Im flackernden Kerzenschein wirken beide merkwürdig schön und rein.

– Das is besser als jeder Fick ... besser als jeder blöde Schwanz auf der Welt... keucht Ali, und sie meint es ernst. Das macht mich derartig fertig, daß ich durch die Hose nach meinen Genitalien greif, um festzustellen, ob sie noch da sind. Allerdings wird mir davon schlecht, mich so anzufassen.

Johnny reicht sein Besteck Sick Boy.

– Du kriegstn Schuß, aber bloß, wenn du das Besteck hier nimmst. Vertrauen heißt das Spiel heute, sagt er lächelnd, meint es aber nicht als Scherz.

Sick Boy schüttelt den Kopf. – Ich teil keine Nadeln oder Spritzen. Ich hab mein eignes Zeug dabei.

– Das is aber ziemlich unsozial. Rents? Raymie? Ali? Wie findet ihr das? Willste damit andeuten, daß das Blut des Weißen Schwans, der Mutter Oberin, vom menschlichen Immunschwächevirus verseucht is? Du verletzt meine innersten Gefühle. Also, ich kann bloß sagen, kein Teilen, kein Schuß. Er lächelt übertrieben und entblößt eine Reihe verrotterter Zähne.

Das war nicht Johnny Swan, der da redete. Nicht Swanney. Niemals. Irgendein böser Dämon hatte Besitz von seinem Körper ergriffen und seinen Verstand vergiftet. Diese Figur da war meilenweit von dem sanften Witzbold entfernt, den ich früher als Johnny Swan kannte. Netter Kerl, meinten alle; sogar meine Ma. Johnny Swan, der so gern Fußball spielte, der so umgänglich war, daß sie ihm jedesmal nach nem Spiel Fünf gegen Fünf im Meadowbank die Trikots zum Waschen aufgehalst haben und er sich nicht die Bohne drüber beklagt hat.

Ich bekam schon Schiß, daß ich hier keinen Schuß kriegen würde. – Verdammt noch mal, Johnny, du müßt dich erst mal selber hören. Reiß dich gefälligst zusammen. Hier is die verdammte Kohle. Ich zog ein paar Scheine aus der Tasche.

Ob nun aus Schuldgefühl oder wegen der Aussicht auf Bares, jedenfalls tauchte der alte Johnny Swan für nen kurzen Augenblick wieder auf.

– Nun werd ja nicht so todernst. War doch bloß n Witz, Jungs. Glaubt ihr vielleicht, der Weiße Schwan würd seinen Kumpels was vorenthalten? Echt nich, Jungs. Ihr seid klug. Hygiene is wichtig, stellte er versonnen fest. – Kennt ihr den kleinen Goagsie? Der hat jetzt AIDS.

– Echt? fragte ich. Ständig schwirrten irgendwelche Gerüchte herum, wer positiv war und wer nicht. Meistens kümmerte ich mich nich darum. Aber Tatsache war, daß das schon n paar Leute vom kleinen Goagsie behauptet hatten.

– Bestimmt. Der hat zwar noch nich voll AIDS, aber beim Test war er positiv. Na, jedenfalls sag ich zu ihm, Goagsie, das is noch nich das Ende der Welt. Du kannst lernen, mit dem Virus zu leben. Gibt doch haufenweise Typen, die das machen, ohne den geringsten Ärger. Kann doch noch ewig dauern, bevor du krank wirst, hab ich zu ihm gesagt. Und Typen, die den Virus nich haben, können immer noch morgen überfahren werden. So mußte das mal sehen. Kannst ja nich einfach so abtreten. Die Show muß weitergehen.

Is leicht philosophisch sein, wenns n anderer is, der Scheiße hat statt Blut.

Na, jedenfalls hat Johnny Sick Boy sogar noch dabei geholfen, nen Löffel aufzukochen und den Schuß zu setzen. Als er Sick Boys dicke, saftstrotzende, dunkelblaue Ader sah, interpretierte er den alten Carly-Simon-Song um: – You're so vein, you probably think this hit is about you ..., und kriegte sich dabei nich mehr ein.

Grade als Sick Boy laut aufschreien wollte, piekste er die Ader an, zog etwas Blut auf und drückte das lebenspendende und lebenzerstörende Elixier rein.

Sick Boy umarmte Swanney fest, ließ dann nach und umklammerte ihn weiter. Sie waren entspannt; wie Liebende in der Umarmung nach dem Beischlaf. Nun war Sick Boy an der Reihe, Johnny was vorzuträllern. – Swanney, how I love ya, how I love ya, my dear old Swanney ... Vorn paar Minuten noch Feinde, und jetzt ein Herz und eine Seele.

Ich machte mich an meinen Schuß. Es dauerte ewig, bis ich ne gute Ader fand. Meine hocken nich so nah an der Oberfläche wie bei den meisten anderen. Als der Hit einsetzte, genoß ich ihn zutiefst. Ali hatte recht. Nimm deinen besten Orgasmus, nimm das Gefühl mal zwanzig und du bist noch immer meilenweit davon entfernt. Meine trockenen, knirschenden Knochen wurden vom zärtlichen Streicheln meiner wunderschönen Heldin Heroin weich und flüssig. Die Erde drehte sich, und das tut sie heute noch.

Alison sagt mir, ich soll los und Kelly besuchen, die offenbar ziemlich deprimiert ist seit der Abtreibung. Obwohl in Alis Stimme keinerlei Vorwurf mitschwingt, redet sie so, als hätt ich was mit Kellys Schwangerschaft und der nachfolgenden Abtreibung zu tun.

– Warum sollte ich dahin? Hat doch mit mir nix zu tun, sage ich abwehrend.

– Du bist doch ihr Freund, oder nich?

Ich bin versucht, Johnny zu zitieren und zu sagen, daß wir jetzt alle Bekannte sind. Klingt gut im Kopf: »Wir sind jetzt alle Bekannte.« Der Satz scheint über unsere persönliche Trash-Existenz hinauszugehen; eine brillante Umschreibung unserer Zeit. Ich widersteh der Versuchung.

Statt dessen gebe ich mich mit der Bemerkung zufrieden, daß wir doch alle Kellys Freunde sind, warum aber grade ich die Besuchspflicht aufgebrummt krieg.

– Verdammt, Mark. Du weißt doch, daß sie voll auf dich steht.

– Kelly? Spinn doch nicht! sage ich überrascht, fasziniert und mehr als bloß ein wenig peinlich berührt. Wenn das stimmt, dann bin ich n blindes, blödes Arschloch.

– Na klar. Das hat sie mir zigmal gesagt. Andauernd redet sie von dir. Mark dies, Mark das.

Kaum jemand nennt mich Mark. Meistens Rents oder, was noch schlimmer ist, Rent Boy. Is doch wirklich furchtbar, so genannt zu werden. Ich versuch, mir nich anmerken zu lassen, daß es mir stinkt, das stachelt die sonst bloß noch mehr an.

Sick Boy hat zugehört. Ich dreh mich zu ihm um. – Stimmt das? Kelly is in mich verknallt?

– Das weiß doch jeder Arsch unter der Sonne, daß sie scharf is auf dich. Nich grad n wohlgehütetes Geheimnis. Ich versteh die nich, muß ich schon sagen. Die soll sich mal ihren blöden Verstand untersuchen lassen.

– Na, vielen Dank jedenfalls, daß dus mir gesagt hast.

– Wenn du lieber n ganzen Tag in verdunkelten Räumen sitzt und dir Videos reinziehst und nich merkst, was um dich rum vorgeht, dann is das noch nich meine Sache, dich darauf zu stoßen.

– Na, mir hat sie jedenfalls nie was gesagt, jammer ich kläglich, als hätt ich ein anner Waffel.

– Soll sies vielleicht aufn T-Shirt drucken? Groß Ahnung von Frauen haste nich, was, Mark? sagt Alison. Sick Boy grinst.

Die letzte Bemerkung finde ich beleidigend, aber ich bin entschlossen, die Sache leicht zu nehmen für den Fall, daß es sich um einen Scherz handelt, den bloß Sick Boy ausgeheckt haben kann. Dieser linke Arsch stolpert durchs Leben und läßt überall zwischenmenschliche Minen für seine Kumpel liegen. Is mir vollkommen unklar, was der Typ da lustig dran findet, verdammt.

Ich zock Johnny n bißchen Stoff ab.

– So rein wie frischgefallener Schnee, sagt er zu mir.

Was heißen soll, daß das Zeug nicht mit irgendwas *allzu* Giftigem allzu sehr verschnitten ist.

Wurde bald Zeit zu verschwinden. Johnny quatschte mir mit irgend nem Mist die Ohren voll; Zeugs, das ich nicht hören wollte. Probleme, wer wen übers Ohr gehauen hatte, Geschichten von Selbstschutzgruppen in den Sozialsiedlungen, die einem mit ihrer Anti-Drogen-Hysterie das Leben schwermachten. Und er quasselte irgendn gefühlsduseligen Krempel über sein Leben und erging sich in Phantasien darüber, clean zu werden und sich nach Thailand abzusetzen, wo die Frauen noch wüßten, wie man nen Kerl richtig verwöhnt, und wo man wien König leben könnt, wenn man ne weiße Haut und n paar frische Geldscheine in der Tasche hat. In Wirklichkeit erzählte er noch viel schlimmere Sachen, viel zynischer und ausbeuterischer.

Ich sagte mir, da redet wieder der böse Geist, nicht der Weiße Schwan. Oder doch? Wer weiß? Is ja auch scheißegal.

Alison und Sick Boy hatten paar knappe Sätze gewechselt, klang so, als wollten sie wiedern Einkauf vorbereiten. Dann standen sie auf und gingen raus. Sie schauten gelangweilt und teilnahmslos, doch als sie nicht zurückkamen, wußte ich, daß sie im Schlafzimmer am Ficken waren. Frauen, fand ich, ficken mit Sick Boy, wie man mit andern quatschte oder ne Tasse Tee trank.

Raymie malte mit Wachsstiften auf der Wand rum. Er war in seiner eigenen Welt versunken, was ihm recht war und allen anderen auch.

Ich dachte dran, was Alison gesagt hatte. Kelly hatte die Abtreibung grad letzte Woche gehabt. Wenn ich sie besuchen ging, würd ich mich bestimmt davor ekeln, mit ihr zu vögeln, wenn sie überhaupt wollte. Da war doch bestimmt noch was, Zeugs, Fetzchen, und alles wund? Wahrscheinlich war ich bloß blöd. Alison hatte recht. Ich hatte von Frauen wirklich nicht groß Ahnung. Ich hatte eigentlich von nichts groß Ahnung.

Kelly wohnt im Inch, da kommt man mit dem Bus schwer hin, und fürn Taxi bin ich zu pleite. Vielleicht kann man ja auch mit dem Bus hin, aber ich weiß nich mit welchem. Um die Wahrheit zu sagen, ich bin n bißchen zu zugeknallt zum Ficken und n bißchen zu stoned, um einfach bloß zu quatschen. Der 10er kommt, und ich spring auf und fahr nach Leith zurück zu Jean-Claude Van Damme. Die Fahrt über heb ich schon voll drauf ab, wie er diesen Klugscheißer zusammentritt.

Junk-Dilemma Nr. 63

Ich laß es einfach über mich hinwegspülen, durch mich hindurch ... damits mich von innen reinigt.

Das innere Meer. Das Problem dabei is bloß, daß dieser wunderschöne Ozean jede Menge giftiges Treibgut mit sich schleppt ... das Gift wird vom Meer verdünnt, aber wenn die Ebbe kommt, bleibt die Scheiße zurück, in meinem Körper. Das Meer gibt, aber es nimmt auch, es wäscht meine Endorphine davon, meine Widerstandsnester gegen den Schmerz; sie brauchen ziemlich lange, bis sie sich wieder erholt haben.

Die Tapete in diesem Scheißloch is widerlich. Sie terrorisiert mich. Irgend son alter Sack, der nich in die Kiste will, muß sie vor Jahren angeklebt haben ... paßt aber, ich will ja selber nich in die Kiste, und meine Reflexe werden auch nich besser ... aber ich halt ja alles in meiner verschwitzten Hand. Spritze, Nadel, Kerze, Feuerzeug, n Päckchen Pulver. Alles in Ordnung, alles in Butter; aber ich fürchte, bald haut das innere Meer wieder ab und läßt diesen giftigen Scheiß zurück, zurück in meinem Körper.

Ich koch nochn Schuß auf. Ich halt den Löffel mit zittriger Hand über die Kerze und wart drauf, daß sich der Stoff auflöst, und ich denk nach; die Flut kommt immer seltener, das Gift bleibt immer länger. Aber dieser Gedanke reicht bei weitem nicht aus, mich von dem abzuhalten, was ich tun muß.

DER ERSTE TAG DES EDINBURGH FESTIVALS

Alle guten Dinge sind drei. Wie Sick Boy immer sagt: Man muß wissen, wies ist, davon loszukommen, bevor man es wirklich schafft. Aus Fehlern wird man klug; man lernt, wie wichtig es ist, sich vorzubereiten. Er könnt recht haben. Na, jedenfalls war ich diesmal vorbereitet. Eine Monatsmiete im voraus für dieses große, leere Zimmer mit Blick auf die Links Gardens. Meine Adresse in der Montgomery Street kennen einfach zuviele Idioten. Bar auf die Kralle! Sich von der Kohle zu trennen, war am schlimmsten. Am leichtesten war mein letzter Schuß, den ich mir heut morgen in den linken Arm gesetzt hab. Ich brauchte was, um mich über diese Zeit der intensiven Vorbereitung zu bringen. Und dann bin ich wie ne Rakete im Kirkgate rumgeschossen und hab meine Einkaufsliste abgehakt.

Zehn Dosen Heinz Tomatensuppe, acht Dosen Pilzsuppe (alles zum kalt Essen), einen großen Becher Vanilleeis (das schmelzen und getrunken werden wird), zwei Pullen Magnesiummilch, eine Pulle Paracetamol, eine Schachtel Rinstead-Lutschpastillen, eine Pulle Multivitamine, fünf Liter Mineralwasser, zwölf Dosen Gatorade und n paar Zeitschriften: Softpornos, *Viz, Scottish Football Today, The Punter,* usw. Für das Wichtigste hab ich schon bei einem Besuch im elterlichen Heim gesorgt; das Valium meiner Ma, aus dem Spiegelschrank im Bad geklaut. Das kratzt mich nich weiter. Die nimmt sie sowieso nich mehr, und wenn, dann verschreibt der Arsch von Hausarzt ihr wegen ihrem Alter und Geschlecht sofort wieder welche, als wärens Gummibärchen. Sorgfältig hak ich alle Sachen von meiner Liste ab. Das wird ne harte Woche.

Mein Zimmer ist kahl und ohne Teppich. Eine Matratze mit dem Schlafsack drauf auf dem Boden, ein künstlicher Elektrokamin und ein Schwarzweiß-Fernseher auf einem kleinen Holzstuhl. Ich hab drei braune Plastikeimer, halbgefüllt mit einer Mischung aus Desinfektionsmittel und Wasser, für meine Scheiße, Kotze und Pisse. Die Suppendosen, die Getränke und meine Medizin reih ich in Reichweite vor meinem Behelfsbett auf.

Den letzten Schuß hab ich mir gesetzt, um den Horror der Einkaufstour durchzustehen. Mein endgültig letzter soll zum Einschlafen sein und mir vom Sgag runterhelfen. Ich versuch, ihn in kleinen begrenzten Dosen zu nehmen. Ich brauch schnell was. Der große Abstieg beginnt. Es fängt an wie immer, mit leichter Übelkeit in der Magengrube und einer irrationalen Panik. Und sobald ich merke, daß mich die Übelkeit in den Griff bekommt, geht sie mühelos von ungemütlich zu unerträglich über. Zahnschmerzen breiten sich von meinen Zähnen in den Kiefer und die Augenhöhlen aus, weiter bis in die Knochen, und werden zu einem gemeinen, unnachgiebigen, lähmenden Pochen. Dann bricht pünktlich der gute alte Schweiß aus, den Schüttelfrost nicht zu vergessen, der sich über meinen Rükken legt wie ein dünner Film Herbstfrost auf einem Autodach. Zeit zu handeln. Den Absturz und das ganze Drumherum halt ich unter keinen Umständen jetzt schon aus. Ich brauch den guten »Dauerbrenner«, nen Input, der mich weich runterbringt. Das einzige, wofür ich mich noch rühren kann, is Äitsch. N kleines bißchen, um die verrenkten Gliedmaßen wieder geradezubiegen und mich in den Schlaf zu wiegen. Und dann tschüß. Swanny ist verschwunden, Seeker is im Kahn. Bleibt noch Raymie. Ich geh den Arsch vom Münztelefon im Hausflur aus anrufen.

Als ich wähle, merke ich, wie irgendwer an mir vorbeiwischt. Ich zucke von der flüchtigen Berührung zusammen, hab aber kein Bock nachzusehen, wers ist. Hoffentlich bin ich nicht lang genug hier, um meine neuen »Mitbewohner« abchecken zu müssen. Die Wichser existieren für mich überhaupt nich. Niemand. Bloß Raymie. Das Geld klackt rein. Eine Frauenstimme. – Hallo? schnieft sie. Hat sie die Sommergrippe oder kommt das vom Stoff?

– Is Raymie da? Mark hier. Raymie hat offenbar schon von mir erzählt, denn obwohl ich sie nicht kenne, kennt sie mich sofort. Ihre Stimme wird frostig. – Raymie is weg, sagt sie. – In London.

– London? Scheiße ... wann kommt er zurück?

– Keine Ahnung.

– Er hat nich zufällig was für mich dagelassen? N bißchen Glück wär ja mal was, Scheiße.

– Ähm, nee ...

Ich lege zitternd auf. Zwei Möglichkeiten; die eine: es auf die harte Tour durchziehen, im Zimmer; die andere: den Arsch Forrester anrufen und nach Muirhouse fahren, mich fertigmachen und mir beschissenen Stoff andrehen lassen. Keine Frage. Zwanzig Minuten später: – Muirhouse? Zum Busfahrer des 32ers und mit zittrigen Fingern meine fünfundvierzig Pence in den Geldschacht rein. Im Sturm is einem jeder Hafen recht, und hinter meinem Gesicht tobt ein gewaltiger Orkan.

Auf dem Weg durchn Bus wirft mir ne alte Schlampe den bösen Blick zu. Ich seh bestimmt beschissen aus.

Egal. In meinem Leben gibts nichts außer mir und Michael Forrester und die unerträgliche Entfernung zwischen uns: eine Entfernung, die dieser Bus stetig verringert.

Ich sitz auf der Rückbank im Unterdeck. Der Bus is fast leer. Mir gegenüber sitzt n Mädchen und hört ihren Sony Walkman. Sieht sie gut aus? Wen juckts. Obwohl das eigentlich ne »private« Stereokiste sein soll, kann ich die Musik ziemlich deutlich hören. Da läuft ne Bowie-Nummer ... »Golden Years«.

Don't let me hear you say life's takin' you nowhere –
Angel...
Look at those skies, life's begun, nights are warm
and the days are yu-hu-hung...

Ich hab jede Scheibe, die Bowie gemacht hat. Alle. Haufenweise Bootlegs und so. Aber er und seinc Musik gehn mir am Arsch vorbei. Ich interessier mich bloß für Mike Forrester, n häßlicher Arsch ohne jedes Talent, der noch nie ne Platte gemacht hat. Null Singles. Aber im Augenblick is Mikey Baby mein Mann. Wie Sick Boy mal gesagt und dabei bestimmt jemand anderen zitiert hat: Nur der Augenblick existiert. (Ich glaub, irgendein Arsch in ner Schokoladenwerbung hat das als erster gesagt.) Aber ich kann diesem Gedanken nich folgen, der tangiert mich im Augenblick höchstens peripher. Der Augenblick, das bin ich, der Kranke, und Mikey, der Heiler.

Eine alte Schachtel, die fahren um diese Zeit ja ständig Bus, quasselt den Fahrer voll; beschießt ihn mit ner Breitseite unsinniger Fragen von wegen Busnummern, Fahrstrecken und Zeiten. Steig endlich ein oder aus und fall tot um, du stinkige alte Schachtel. Ich erstick fast vor stiller Wut über ihre selbstsüchtige Kleinkrämerei und die elende Geduld des Busfahrers gegenüber der Schachtel. Andauernd reden die Leute über Jugendliche und Vandalismus, aber was ist mit dem psychischen Vandalismus, den diese alten Idioten bringen? Als sie endlich einsteigt, hat der alte Arsch doch echt noch den Nerv, ihr nachzuglotzen.

Sie setzt sich direkt vor mich. Mein Blick bohrt sich in ihren Hinterkopf. Ich versuch, ihr ne Hirnblutung oder n schweren Herzstillstand anzuhängen ... nein. Dann denk ich drüber nach. Wenn was passiert, dann hält uns das bloß noch länger auf. Die soll langsam und qualvoll sterben, damit sie meine beschissene Leidenszeit zurückkriegt. Wenn sie schnell stirbt, hat das Pack doch bloß Gelegenheit, sich aufzuregen. Tun sie doch immer. Krebszellen, das wär gut. Ich zwing ein paar üble Zellen in ihrem Körper dazu, sich zu entwickeln und zu vermehren. Ich spürs schon ... allerdings in meinem Körper. Ich bin zu müde, um weiterzumachen. Mein Haß auf die alte Schachtel is völlig verflogen. Ich bin bloß total apathisch. Die Alte ist jetzt nicht mehr Teil des Augenblicks.

Mein Kopf sinkt nach vorn. Er ruckt derart schnell und heftig nach oben, daß ich das Gefühl hab, er fällt mir von den Schultern und der alten Schachtel vor mir direkt auf den Schoß. Ich halt ihn fest in beiden Händen, Ellbogen auf die Knie gestützt. Jetzt verpaß ich auch noch meine Haltestelle. Doch nich. Ein Energieschub, und ich steig an der Pennywell Road aus, gegenüber vom Einkaufszentrum. Ich geh über die zweispurige Schnellstraße und durch das Zentrum. Vorbei an den Läden mit Eisengittern davor, die sind noch nie vermietet worden, und dann übern Parkplatz, auf dem noch nie ein Auto stand. Kein einziges, seit sie das Einkaufszentrum gebaut haben. Und das is über zwanzig Jahre her.

Forresters Maisonettewohnung is in nem Wohnblock, der größer is als die meisten in Muirhouse. Die meisten sind zwei Stock hoch, aber der hier hat fünf, also auchn Aufzug, ders aber nicht tut. Um Kräfte zu sparen, schieb ich mich auf meinem Weg die Treppe hoch an der Wand lang.

Erst die Krämpfe, die Schmerzen, Schweißausbrüche und die nahezu vollständige Auflösung meines zentralen Nervensystems, und jetzt geben auch noch meine Gedärme den Geist auf. Da gibts ne bedenkliche Veränderung, n ominöses Tauwetter nach ner langen Periode der Verstopfung. Vor Forresters Wohnungstür versuch ich mich zusammenzureißen. Aber der sieht bestimmt gleich, daß ich leide. Ein ehemaliger Sgagpusher erkennt sofort, wenn einer leidet. Ich will bloß nich, daß das Arschloch merkt, wie verzweifelt ich bin. Ich laß mir von Forrester zwar jeden Scheiß gefallen, jede Beleidigung, Hauptsache, ich krieg, was ich brauch, aber ich muß es ihm ja nich auch noch auf die Nase binden.

Offensichtlich kann Forrester meine roten Haare durch die milchige Drahtglastür erkennen. Er läßt sich ne Ewigkeit Zeit, um sie zu öffnen. Der Arsch fängt schon an mich zu nerven, bevor ich noch einen Schritt in seine Wohnung gesetzt hab. Er begrüßt mich ohne die geringste Wärme in der Stimme.

– Alles klar, Rents? fragt er.

– Nicht schlecht, Mike. Er nennt mich »Rents« statt »Mark«, ich nenn ihn »Mike« statt »Forry«. Aber er hat ja sowieso alle Fäden in der Hand. Mich bei diesem

Widerling anzubiedern, ist das die beste Strategie? Im Augenblick wahrscheinlich die einzige.

– Komm rein, sagt er kurz angebunden und zuckt mit der Schulter, und ich folge ihm ergeben.

Ich setz mich neben eine fette Schlampe mit nem gebrochenen Bein aufs Sofa, aber auf Abstand. Ihr Gipsbein liegt auf dem Couchtisch, und zwischen dem dreckigen Gips und der pfirsichfarbenen Shorts quillt ein widerliches Stück weiße Haut vor. Ihre Titten ruhen auf ner riesigen Guinnesswampe, und ihr braunes, westenartiges Oberteil hat alle Mühe, das weiße Fett unter Kontrolle zu halten. Ihre fettigen wasserstoffblonden Locken sind an den Haarwurzeln zwei fade Zentimeter graubraun. Sie macht sich nich die leisteste Mühe, meine Anwesenheit überhaupt zu bemerken, sondern lacht bloß furchtbar und peinlich eselhaft über irgendne blöde Bemerkung von Forrester, die ich nich mitkrieg, wahrscheinlich über mein Aussehen. Forrester, fleischiges Gesicht, aber dürr, und mit fünfundzwanzig Jahren schon fast kahl, setzt sich mir gegenüber in einen durchgehockten Sessel. Er hat in den letzten zwei Jahren unglaublich Haare gelassen, und ich frag mich, ob er wohl AIDS hat. Ich bezweifle es allerdings. Man sagt ja, bloß die Besten sterben früh. Normalerweise würd ich ja ne böse Bemerkung machen, aber im Augenblick würde ich eher meine Großmutter mit ihrem künstlichen Darmausgang aufziehen. Schließlich krieg ich von Mikey meinen Stoff.

In dem anderen Sessel neben Mikey sitztn übel aussehender Bastard, der seine Augen nich von der aufgedunsenen Sau läßt, besser gesagt von dem unprofessionell gedrehten Joint, den sie raucht. Sie nimmt nochn supertheatralischen Zug und gibt ihm dann dem Typ mit dem bösen Blick. Ich hab ja überhaupt nix gegen Typen mit toten Insektenaugen in Spitzmausgesichtern. So schlimm sind die gar nich. Aber seine Klamotten verraten mir, daß er n echt schräger Vogel is. Offensichtlich hat er in einem der staatlichen Zwangshotels gewohnt; Saughton, Bar L, Perth, Peterhead, usw., und das ne ganze Weile. Dunkelblaue Schlaghose, schwarze Schuhe, senffarbenes Polohemd mit blauen Streifen an Kragen und Manschetten, dazu n grüner Parka (bei dem Wetter!), der über der Rückenlehne liegt.

Wir werden einander vorgestellt, aber das ist das Vorrecht von Mike Forrester, meinem mondgesichtigen Idol. Er sitzt am Steuer, und er weiß es auch. Der Arsch zieht sein Spielchen ab und redet ununterbrochen, wien Baby, das versucht, so lange wie möglich aufzubleiben. Mr. Fashion, Johnny Saughton, so nenn ich den Typen mal, sagt nix, lächelt bloß geheimnisvoll und rollt ab und zu in gespielter Begeisterung mit den Augen. Wenn ich jemals n Aasgeiergesicht gesehen hab, dann Saughton. Die fette Sau, Gott ist die grotesk, wiehert, und ich drück mir ab und zu n arschkriecherisches Kichern ab, wenn ich das Gefühl hab, daß es ungefähr paßt.

Nachdem ich mir diesen Scheiß ne Weile angehört hab, zwingen mich die Schmerzen und die Übelkeit dazu, dazwischenzugehen. Meine nonverbalen Signale werden verächtlich übergangen, also dampf ich einfach los.

– Tut mir leid, dich zu unterbrechen, Kumpel, aber ich muß wieder los. Hast du was Stoff da?

Die Reaktion isn bißchen übertrieben, selbst an dem Niveau des beschissenen Spielchens gemessen, das Forrester da abzieht.

– Du halt deine verdammte Fresse! Blöder Hund. Ich sag dir, wann du sprechen darfst, verdammt. Halt einfach bloß dein blödes Maul. Wenn dir unsere Gesellschaft nich paßt, kannste ja verschwinden. Und Schluß.

– Wollt dich nicht beleidigen, Kumpel ... Lahme Kapitulation meinerseits. Schließlich is dieser Mann n Gott für mich. Ich würde tausend Meilen weit auf Händen und Füßen über Glassplitter kriechen, um die Scheiße dieses Arschlochs als Zahnpasta zu benutzen, und das wissen wir beide. Ich bin bloßn Bauer im Spiel mit dem Titel »Wie verkaufe ich Michael Forrester als harten Typen«. Für alle, die ihn kennen, is das ein Spiel, das auf lächerlich brüchigen Vorstellungen beruht. Offensichtlich wird es auch bloß Johnny Saughton zuliebe gespielt, aber was solls, is ja schließlich Mikes Ding, und ich hab ja auch drum gebeten, ein Scheißblatt auf die Hand zu kriegen, als ich seine Nummer angerufen hab.

Ich lasse mich noch ne Ewigkeit übel beleidigen. Aber das macht mir überhaupt keine Schwierigkeiten. Ich liebe nichts (außer Stoff), ich hasse nichts (außer den Mächten, die mich davon fernhalten), und ich fürchte nichts (außer nichts zu nehmen). Und ich weiß, ein beschissenes Arschloch wie Forrester würd mir nich diesen ganzen Mist um die Ohren hauen, wenn er vorhätte, mich hängen zu lassen.

Es bringt mirn bißchen was, wenn ich dran denk, warum er mich haßt. Mike war mal in ne Frau verknallt, die ihn verachtete. Eine Frau, mit der ich hinterher gepennt hab. Das hatte weder mir noch der Frau besonders viel bedeutet, aber Mike hats tierisch genervt. Für die meisten wär sowas einfach ne Erfahrung, man will immer das haben, was man nicht kriegen kann, und das, was einem piepegal ist, kriegt man auf dem Tablett serviert. So is das Leben, und warum sollte es mit dem Sex anders sein als mit andern Sachen? Solche Verkehrungen habe ich in der Vergangenheit auch erlebt und weggesteckt. Hat doch jeder. Das Problem is bloß, daß dieses Arschloch sich solche Belanglosigkeiten merkt, diese fettarschige, nachtragende Ratte. Ich liebe ihn trotzdem. Geht gar nich anders. Er ist der Typ mit dem Stoff.

Mikey wird diese Demütigungsspielchen langsam leid. Für n Sadisten muß das so ähnlich sein wie Nadeln in ne Plastikpuppe bohren. Ich hätt gern noch n Weilchen mitgespielt; aber ich bin einfach zu fertig, um auf seine blöden Sprüche zu reagieren. Schließlich meint er: – Hast du die Kohle?

Ich zieh n paar zerknüllte Scheine aus der Tasche und streiche sie mit rührender Unterwürfigkeit auf dem Couchtisch glatt. Mit einiger Ehrfurcht und der gebotenen Hochachtung Mikes Position als Boß gegenüber reiche ich sie ihm. Zum ersten Mal bemerke ich, daß auf dem Gipsbein der fetten Sau innen am Schenkel mit dickem schwarzen Filzstift ein riesiger Pfeil gemalt is, der auf ihre Möse zeigt. Daneben steht in Großbuchstaben: HIER SCHWANZ EINFÜHREN. Meine Gedärme krampfen sich erneut zusammen, und der Drang, Mikey den Stoff mit Gewalt abzunehmen und nichts wie zu verduften, ist nahezu unüberwindlich. Mikey krallt sich die Scheine und zieht zu meiner Überraschung zwei Kapseln aus der Tasche. Solche Dinger hab ich noch nie gesehen. Kleine bombenförmige Teile, mit Wachs überzogen. Ich werde von einer ungeheuren Wut ergriffen, die wie aus dem Nichts kommt. Nein, nicht aus dem Nichts. Solche starken

Gefühle können bloß durch Stoff ausgelöst werden oder durch sein drohendes Ausbleiben. – Was isn das fürn Scheiß?

– Opium. Opiumzäpfchen, sagt Mikey mit veränderter Stimme. Sie klingt zurückhaltend, beinah entschuldigend. Mein Ausbruch hat unsere kranke Symbiose zerstört.

– Und was zum Teufel mach ich damit? sag ich, ohne nachzudenken, und dann muß ich lächeln, als es mir einfällt. So kommt Mikey noch mal davon.

– Muß ich dir das wirklich sagen? spöttelt er und gewinnt so ein wenig von der Macht zurück, die er zuvor aufgegeben hatte. Saughton kichert, und die fette Sau wiehert. Forrester merkt, daß ich das nich so witzig finde, und meint weiter: – N Hit brauchste doch nich, oder? Du willst doch was, was langsam wirkt, dir die Schmerzen nimmt, dir hilft, vom Junk runterzukommen, stimmts? Die hier sind genau richtig. Arschgenau richtig. Die schmelzen in deinem System, die Ladung baut sich auf und läßt dann langsam nach. Die Scheißdinger gibt man im Krankenhaus, verdammt.

– Und du glaubst, das wirkt?

– Hör aufn erfahrenen Mann, lächelt er, aber mehr in Richtung Saughton als zu mir. Die fette Sau wirft ihre fettigen Haare zurück und entblößt ihre großen, vergilbten Zähne.

Also ich mach das. Ich höre aufn erfahrenen Mann. Ich zieh mich aufs Klo zurück und schieb mir die Bomben mit großer Sorgfalt in den Hintern. Das war das erste Mal, daß ich mir den Finger in den eigenen Arsch gesteckt hab, und mir wird leicht übel davon. Ich betrachte mich im Badezimmerspiegel. Rote Haare, verfilzt und verschwitzt, und n bleiches Gesicht voller widerlicher Pickel. Zwei besondere Schönheiten darunter; man könnt sie auch gleich als Pestbeulen bezeichnen. Eine auf der Wange, die andere am Kinn. Die fette Sau und ich würden n hübsches Pärchen abgeben, und ich phantasiere krank vor mich hin, wir beide in ner Gondel auf den Kanälen Venedigs. Ich geh wieder runter, mir is immer noch schlecht, aber s geht mir schon besser von dem Stoff.

– Die brauchen ne Weile, bemerkt Forrester barsch, als ich wieder in Wohnzimmer geschwebt kommt.

– Wem sagst du das. So wenig, wie die wirken, sind die doch echt fürn Arsch. Zum ersten Mal lächelt Johnny Saughton über meinen gequälten Witz. Ich kann fast das Blut um seinen verzerrten Mund sehen. Die fette Sau glotzt mich an, als hätt ich gerade ihr Erstgeborenes rituell geschlachtet. Bei ihrem schmerzverzerrten, idiotischen Gesichtsausdruck könnt ich mich bepissen vor Lachen. Mike setzt einen Gesichtsausdruck auf, der wohl sagen soll, ich mach die Witze hier, aber er erkennt auch resigniert, daß er seine Macht über mich verloren hat. Sie endete mit dem Vollzug der Transaktion. Er interessiert mich jetzt so viel wien Haufen Hundescheiße im Einkaufszentrum. Eigentlich noch weniger. Das wars.

– Na denn, bis bald mal, Leute, nicke ich in Richtung Saughton und fette Sau. Saughton lächelt und zwinkert mir derart breit und kumpelhaft zu, daß er fast den ganzen Raum damit erfaßt. Sogar die fette Sau quält sich ein Lächeln ab. Ich werte ihre Gesten als weitere Anzeichen, daß das Machtverhältnis zwischen mir und Mike sich grundlegend verändert hat. Und wie zur Bestätigung bringt er mich zur Wohnungstür. – Ähm, bis dann mal, ja. Ähm ... sorry wegen dem Scheiß, den ich dir vorhin um die Ohren gehauen hab. Donnelly, der Arsch... der macht mich einfach ungeheuer nervös. Ein übler Schläger der härtesten Sorte. Ich erzähl dir die ganze Geschichte später. Bist doch nicht sauer, oder, Mark?

– Bis später, Forry, erwidere ich, und in meiner Stimme liegt ein drohender Unterton, der dem Arsch hoffentlich ein wenig Unbehagen bereitet, wenn schon nich Sorgen. Allerdings will ich den Mistkerl auch nich völlig verschrecken. Der Gedanke is ernüchternd, aber vielleicht brauch ich ihn noch mal. Aber so darf ich nich denken. Wenn ich weiter so denk, is die ganze beschissene Übung zwecklos.

Als ich unten an der Treppe ankomm, hab ich meine Übelkeit so gut wie vergessen. Ich kann sie noch spüren, den Schmerz, der durch meinen ganzen Körper zieht, aber eigentlich nervt es nich mehr so. Ich weiß, das is lächerlich, mir einzureden, daß der Stoff schon wirkt, aber da setzt eindeutig so ne Art Placebo-Effekt ein. Das einzige, was ich spüre, isn Druck, als hätt ich ungeheuer viel Flüssigkeit im Gedärm. Ich hab das Gefühl, als würd ich innerlich schmelzen. Ich hab seit fünf oder sechs Tagen nich mehr geschissen; jetzt scheints zu kommen. Ich furze, mein Puls rast, und gleich darauf spür ich den nassen Schlamm in der Hose. Ich latsch voll auf die Bremse; kneif den Gesäßmuskel zusammen, wie ich nur kann. Aber schon zu spät, und es wird noch viel schlimmer, wenn ich nicht sofort was tu. Ich überleg, ob ich zu Forrester zurück soll, aber vorerst will ich nichts mehr mit diesem Arsch zu tun haben. Mir fällt ein, daß es im Wettbüro im Einkaufszentrum n Klo gibt.

Ich betrete den raucherfüllten Laden und zische direkt aufn Topf. Was für ein Anblick; zwei Typen hängen in der Tür zur Toilette und pissen einfach rein, und auf dem Fußboden stehn schon gut drei Zentimeter hoch abgestandener, verwichster Urin. Erinnert mich auf merkwürdige Art an das Fußbecken in den Schwimmbädern, in die ich früher gegangen bin. Die beiden Kerle in der Tür schütteln ihren Schwanz ab und stopfen ihn sich so unachtsam in den Schlitz, wie man ein dreckiges Taschentuch in die Hosentasche stopft. Einer beäugt mich mißtrauisch und versperrt mir den Weg.

– Das Scheißhaus ist verstopft, Kumpel. Da drin kannste nich kacken. Er zeigt auf die brillenlose Kloschüssel voller braunem Wasser, Klopapier und schwimmender Scheißklumpen.

Ich sehe ihn fest an. – Ich muß aber, Kumpel.

– Du willst dir doch wohl da drin nich nen Schuß geben, oder?

Das hat mir gerade noch gefehlt. Der Charles Bronson von Muirhouse. Bloß daß im Vergleich zu diesem Kerl Charles Bronson wie Michael J. Fox aussieht. Eigentlich sieht ern bißchen wie Elvis aus, so wie Elvis heute; ein fetter, vor sich hin modernder Ex-Ted.

– Du spinnst wohl. Meine Entrüstung muß überzeugend gewesen sein, der Mistkerl entschuldigt sich sogar.

– Wollt dich nich beleidigen. Da warn bloß son paar junge Arschlöcher aus der Siedlung, die versucht haben, hier ne Schießbude aufzumachen. Das können wir nicht ab.

– Die letzten Affen, fügt sein Kumpel hinzu.

– Ich bin schon seitn paar Tagen am Saufen, Kumpel. Ich flipp gleich aus, son Dünnpfiff hab ich. Ich muß echt scheißen. Sieht ja schlimm aus da drin, aber entweder da rein oder in die Hose. Ich hab kein Shit. Mir gehts schon vom Saufen schlecht genug, da kann ich alles andere voll vergessen.

Der Arsch wirft mirn mitfühlenden Blick zu und gibt mir den Weg frei. Ich spüre, wie die Pisse in die Turnschuhe sickert, als ich über die Türschwelle trete. Ich denk kurz drüber nach, wie lächerlich es war zu sagen, daß ich keinen Shit dabei hab, wo ich doch die Hosen voll hab damit. Dann hab ich auch noch Glück, das Türschloß ist heile. Erstaunlich bei dieser Katastrophe von Scheißhaus.

Ich zieh mir die Hosen runter und hock mich auf die kalte, feuchte Schüssel. Ich leer meine Gedärme, und dabei hab ich das Gefühl, daß alles, Darm, Magen, Eingeweide, Milz, Leber, Nieren, Herz, Lunge und das verdammte Hirn durchs Arschloch in die Schüssel plumpsen. Wie ich da so hock, klatschen mir Fliegen ins Gesicht, daß ich mich schütteln muß. Ich schnapp nach einer, und zu meiner Überraschung und Freude hör ich, wie sie in meiner Hand summt. Ich drück fest genug, um sie zu betäuben. Ich mach die Hand auf und finde da eine riesige dreckige Schmeißfliege, ein großes pelziges Mistvieh.

Ich schmier sie gegen die Wand, ziehe mit dem Zeigefinger ein »H«, dann ein »I«, dann ein »B«, mit ihren Eingeweiden, ihrem Gewebe, ihrem Blut als Tinte. Ich fang mit dem »S« an, aber dann geht mir der Vorrat aus. Kein Problem. Ich nehm was von dem »H«, da is noch genug dran, und mal das »S« zuende. Ich lehn mich so weit zurück wie möglich, ohne daß ich in die Kloake unter mir rutsche, und bewundere mein Meisterwerk. Die widerliche Schmeißfliege, die mir so viel Kummer gemacht hat, hat sich in ein Kunstwerk verwandelt, das mir beim Betrachten große Freude bereitet. Ich grüble darüber nach, ob das wohl auch für andere Dinge in meinem Leben eine positive Metapher sein könnte, und plötzlich wird mir klar, was ich gerade getan hab, und die nackte Angst fährt mir durch den Körper. Einen Augenblick hock ich wie versteinert da. Aber bloß einen Augenblick.

Ich fall von der Schüssel, die Knie klatschen auf den verpißten Fußboden. Meine Jeans werden reingedrückt und saugen gierig den Urin auf, aber das merk ich kaum. Ich roll die Hemdsärmel hoch und und zöger bloß kurz, werf nen kurzen Blick auf die verschorften und stellenweise suppenden Einstiche, bevor ich mit Händen und Unterarmen ins braune Wasser tauch. Ich wühl sorgfältig rum und find eine meiner Bomben sofort. Ich wisch was von der Scheiße ab, die daran hängt. Bißchen geschmolzen, aber sonst noch gut. Ich leg sie auf dem Spülkasten ab. Ich muß ein paarmal sorgfältig durch die Scheiße und das Gewichse von so manchem braven Kerl aus Muirhouse und Pilton wühlen, bis ich die andere Bombe finde. Einmal krieg ich kurz n Brechreiz, aber ich find mein weißes Goldnugget, das überraschenderweise besser erhalten is als das erste. Das Wasser ekelt mich noch mehr an als die Scheiße. Meine braunfleckigen Arme erinnern mich an die klassische T-Shirt-Bräune. Die Farbe reicht bis über den Ellbogen, weil ich bis hinterm Beckenknick suchen mußte.

Obwohl mir von Wasser auf der Haut übel wird, scheint es mir angebracht, den Arm unter den Kaltwasserhahn am Waschbecken zu halten. Is zwar nicht gerade meine ausgedehnteste und gründlichste Reinigung, aber mehr halt ich nicht aus. Dann wisch ich mir den Hintern mit dem sauberen Stück meiner Unterhose ab und schmeiß den vom Dünnpfiff durchtränkten Fetzen zu dem Rest der Kacke in die Schüssel.

Als ich meine durchgeweichte Levis hochzieh, hör ichs an der Tür klopfen. Und wieder wird mir eher von dem feuchten Gefühl an den Beinen schlecht als von dem Gestank. Das Klopfen steigert sich zu einem lauten Hämmern.

– Komm schon, du Arsch, wir platzen gleich hier draußen!

– Nu macht mal nich die Pferde scheu.

Ich war drauf und dran, die Zäpfchen zu schlucken, aber ich verwarf den Gedanken so schnell, wie er gekommen war. Sie waren dazu bestimmt, anal eingeführt zu werden, und es war noch genug von dem wächsernen Zeugs dran, daß es mir bestimmt ziemlich schwergefallen wär, sie bei mir zu behalten. Und da ich mich total ausgeschissen hatte, warn die Burschen da hinten drin wahrscheinlich besser aufgehoben. Also rein damit.

Als ich das Wettbüro verlasse, krieg ich ein paar komische Blicke zugeworfen, weniger von der Pinkelmeute, die sich mitn paar abfälligen Bemerkungen wie »Wurd ja auch Zeit, verdammt« an mir vorbeidrückte, sondern von ein, zwei Typen, die mein verdrecktes Äußeres bemerken. Ein Mistkerl machte sogar n paar leicht drohend klingende Bemerkungen, aber die meisten waren viel zu sehr in ihre Wettscheine oder die Rennen im Fernsehen vertieft. Ich sah Elvis/Bronson wie wild vor der Glotze rumfuchteln, als ich ging.

An der Bushaltestelle fiel mir auf, wie tierisch heiß es geworden war. Mir fiel ein, jemand hatte gesagt, es wär der erste Tag des Festivals. Na, jedenfalls hatten sie das richtige Wetter dafür. Ich setzte mich auf die Mauer neben der Haltestelle und ließ die Sonne auf meine nassen Jeans brennen. Ich sah einen 32er kommen, aber ich war zu apathisch, um mich zu rühren. Beim nächsten hatte ich mich soweit ihm Griff, um einzusteigen, und fuhr zurück ins sonnige Leith. Wird langsam echt Zeit, clean zu werden, dachte ich, und ging die Stufen zu meiner neuen Wohnung hoch.

AUF VOLLEN TOUREN

Hoffentlich hört Rent Boy, mein in den Arsch gefickter Kumpel, endlich auf, mir die Ohren vollzusabbeln. Bei der Schnalle direkt vor mir zeichnen sichn paar SSS (sichtbare Slipsäume) ab, und ich muß meine ganzc Konzentration aufbieten, um sie gründlich in Augenschein zu nehmen. Ja! Das kann ich jetzt brauchen! Ich lauf auf volle Touren, bis zum Anschlag. Heut is wieder son Tag, an dem mir die Hormone im Körper rumballern wie Stahlkugeln im Flipper und die ganzen mentalen Lichter und Geräusche im Kopf blitzen und donnern.

Und was schlägt Rents vor an diesem wunderschönen Nachmittag bei bestem Flanierwetter? Der Arsch hat doch tatsächlich den Nerv vorzuschlagen, in seine Bude zu gehn, in ders nach Alk, abgestandener Wichse und Müll stinkt, den er schon vor Woche hätte raustragen müssen, Videos kucken. Die Vorhänge zuziehen, das Sonnenlicht aussperren, die eigenen verdammten Hirnströme abschalten und ihm zuschauen, wie er wien Irrer mit nem Joint in der Hand über jeden

Mist kichert, der aus der kotz Glotze kommt. Also, non, non, non, Monsieur Renton, Simone is nich dafür geschaffen, den ganzen Nachmittag mit irgendwelchem Pack aus Leith in abgedunkelten Zimmern zu hocken und dummes Zeug zu labern. *Cause I was made for lovin you baby, you were made for lovin me ...*

... ne fette Kuh is angewackelt gekommen und hat sich direkt vor der Maus mit den SSS aufgebaut, versperrt mir mit ihrem Fettarsch die Sicht auf diesen Wahnsinnshintern. Und hat dann noch den Nerv, enge Leggings zu tragen – ohne die geringste Rücksicht auf Simones empfindlichen Magen!!

– Was ham wir denn da für ne gertenschlanke Schnitte! bemerke ich sarkastisch.

– Halt die Schnauze, du sexistisches Arschloch, sagt Rent Boy.

Ich bin drauf und dran, den Bastard einfach zu ignorieren. Kumpel sind echt Zeitverschwendung. Andauernd wollen sie einen auf ihr Niveau sozialer, sexueller und intellektueller Mittelmäßigkeit runterziehen. Aber besser, ich würg dem Arsch einen rein, sonst denkt er noch glatt, er hats mir gegeben.

– Daß du den Begriff »Arschloch« im selben Atemzug mit »sexistisch« verwendest, zeigt bloß, daß du in dieser Frage wieder mal dieselben wirren, kranken Ansichten hast wie bei allem anderen auch.

Das verwirrt den Kerl. Er erwidert irgendwas Jämmerliches, ein kümmerlicher Versuch, die Situation zu retten. Rent Boy gegen Simone: 0:1. Und das wissen wir beide. *Renton, Renton, what's the score ...*

Das *Bridges* ist rammelvoll mit geilen Weibern. *Ooh, ooh la la, let's go dancin, ooh, ooh la la, Simon dancin ...* Hier gibts Hintern jeder Rasse, Hautfarbe, Religion und

Nationalität. O Mann! Zeit zu handeln. Zwei orientalisch aussehende Frauen, die sich über nen Stadtplan beugen. Scheiß auf Rents, Idiot, total fürn Arsch.

– Kann ich behilflich sein? Wo solls denn hingehn? frag ich. *Die gute alte schottische Gastfreundschft, ja, ja, die ist unschlagbar, meint der junge Sean Connery, der neue Bond, denn, Mädchen, so 'n bißchen Bondage...*

– Wir suchen die Royal Mile, entgegnet ne vornehme kolonialenglische Stimme. Son verdammt süßer kleiner Höschenbeuler. *Simple Simon says, put your hands on your feet...*

Natürlich sieht Rent Boy aus wien Schlappschwanz in nem Faß voller Weiberärsche. Manchmal glaub ich echt, der Blödmann glaubt immer noch, ne Erektion is dazu da, um über ne Mauer zu pissen.

– Mir nach. Wollt ihr zu ner Aufführung? Geht doch nichts übers Festival, um die hübschesten Geigen herzulocken.

– Ja. Eins der chinesischen Porzellanpüppchen streckt mirn Blatt Papier entgegen, auf dem steht *Brecht: Der Kaukasische Kreidekreis, gespielt von der Nottingham University Theatre Group.* Zweifellos eine Ansammlung pickelgesichtiger, quietschstimmiger Wichser, die ihre jämmerlichen künstlerischen Ambitionen austoben, bevor sie ihren Abschluß machen und in den Kraftwerken arbeiten, von denen die Kinder in der Gegend Leukämie kriegen, oder bei Investmentberatungsfirmen, die ganze Fabriken schließen und die Leute in Armut und Verzweiflung stürzen. Aber erstmal weg mit der Schauspielerei. Verdammte Wichsbeutel, findeste nich auch, Sean, mein alter Freund und ehemaliger Milchjunge? *Tja, Simon, ich finde, da hast du wirklich recht.* Der olle Sean und ich haben echt viel gemeinsam. Beide aus Edinburgh, beide ehemalige Genossenschafts-Milchmänner. Ich hab bloß die Leith-Tour gehabt, aber wenn man auf jeden alten Idioten hört, dann hat Sean bald jedem Haushalt in der Stadt die Milch geliefert. Die Gesetze gegen Kinderarbeit müssen damals wohl ziemlich lasch gewesen sein. Aber in einem Punkt unterscheiden wir uns, im Aussehen. Auf dem Gebiet is Simon schon schöner als Sean.

Jetzt brabbelt Rents was von wegen *Galileo* und *Mutter Courage* und *Baal* und so Scheiß. Die Weiber scheinen ganz beeindruckt zu sein. Da soll mich doch einer! Dieser Arsch ist tatsächlich zu was gut. Die Welt ist voller Überraschungen. *Tja, Simon, je mehr ich zu sehen kriege, desto weniger glaub ich es.* Da sind wir einer Meinung, Sean.

Die orientalischen Geigen ziehen los zu ihrer Aufführung, aber wir haben uns hinterher im *Deacons* auf nen Drink verabredet. Rents hat keine Zeit. Das tut mir aber scheißleid. Ich werd mich in den Schlaf weinen. Er trifft sich mit Ms Mogadon, der liebreizenden Hazel... da werd ich die beiden Schnallen wohl allein unterhalten müssen ... wenn ich überhaupt auftauch. Ich bin ein vielbeschäftigter Mann. Erst die Arbeit, haa, Sean? *Ganz recht, Simon.*

Ich schüttle Rents ab, soll er sich doch mit Drogen umbringen. Ich hab vielleicht beschissene Freunde. Spud, Second Price, Begbie, Matty, Tommy. Die buchstabieren sich: B-E-S-C-H-R-Ä-N-K-T. Eine echt beschränkte Gesellschaft. Ich habe wirklich die Schnauze gestrichen voll von diesem Haufen Verlierer, hoffnungsloser Fälle, Irrer, Assis, Junkies und so weiter. Ich bin n dynamischer junger Mann, orientiere mich nach oben und dränge, dränge, dränge...

... die Sozialisten faseln von Kameraden, Klasse, Einigkeit, Gesellschaft. Drauf geschissen. Die Tories faseln von Arbeitgeber, Vaterland, Familie. Noch mehr drauf geschissen. Hier gehts bloß um mich, mich, MICH, verdammt, Simon David Williamson, NUMERO UNO, verdammt, gegen den Rest der Welt, und der Kampf is ziemlich einseitig. *Is doch ungeheuer einfach.* ... Die können mich alle mal. *Ich bewundere deinen zügellosen Individualismus, Simon. Ich sehe da Parallelen zu mir, als ich noch jung war.* Da bin ich aber froh, daß du das sagst, Sean. Das ham andere auch schon gesagt.

Widerlich ... ein sommersprossiges Arschloch mit nem Schal von Hearts of Midlothian ... ja, die Ärsche spielen heute zu Hause. Schau ihn dir an; das ultimative Anti-Stil-Statement. Lieber möcht ich meine Schwester im Bordell sehn als meinen Bruder mit nem Hearts-Schal, und das is die Wahrheit ... *aah, ne tolle Puppe da vorne ... Rucksacktouristin, schön braun ... mmh ... leck, fick, leck, fick* ... wir stürzen alle ab ...

... wohin jetzt ... mal richtig ausschwitzen im Fitneßcenter beim Club, da gibts jetzt ne Sauna und ne Sonnenbank ... mal die Muskeln richtig aufbauen ... die Entzugserscheinungen sind bloß noch eine unangenehme Erinnerung. Die chinesischen Püppchen, Marianne, Andrea, Ali ... welcher glücklichen geb ichs heute nacht? Wer ist der beste Fick? Na, ich natürlich. Vielleicht kann ich sogar was im Club aufreißen. Die geile Dynamik. Drei Gruppen; Frauen, Normale und Homos. Die Schwulis streichen um die Normalos rum, Rausschmeißertypen mit riesigem Bizeps und Bierbauch. Die Normalos streichen um die Frauen rum, die sich wiederum für die grazilen Tucken interessieren.

Und keiner kriegt, was er wirklich will. Außer uns, was, Sean? *Genau, Simon.*

Hoffentlich läuft mir nich dieser Schwuli übern Weg, der beim letzten Mal um mich gestrichen ist. In der Cafeteria hat er mir erzählt, er wär positiv, aber es wär alles in Ordnung, das wär kein Todesurteil, er hätt sich nie besser gefühlt. Was fürn Arschloch erzählt denn einem Fremden sowas? Wahrscheinlich eh bloß Blödsinn.

Blöde Dreckschwuchtel ... da fällt mir ein, ich muß noch Pariser kaufen. Aber vom Ficken kriegt man in Edinburgh sowieso kein AIDS. Goagsie soll sich ja dabei angesteckt haben, aber ich glaub, der hat heimlich n bißchen gespritzt oder in den Arsch gefickt. Also, wenn mans nich kriegt, obwohl man sich mit so Typen wie Renton, Spud, Swanney und Seeker die Nadel teilt, dann is man offensichtlich nich fällig ... trotzdem ... warum das Schicksal herausfordern ... aber warum eigentlich nich ... na, wenigstens weiß ich, daß ich immer noch da bin, immer noch leb, denn das is doch das Leben, so langs die Gelegenheit gibt, es mit ner Frau zu machen, genau das ist es, was anderes hab ich noch nich gefunden, NULL, um das riesige SCHWARZE LOCH zu füllen, das mir wie ne geballte Faust in der verdammten Brust steckt ...

IN ALLER ÖFFENTLICHKEIT

Trotz der unmißverständlichen Ablehnung, die Nina vor ihrer Mutter empfand, bekam sie nicht heraus, was sie falsch gemacht hatte. Die Signale waren verwirrend. Erst hieß es: Steh nicht im Weg rum, dann: Tu was. Eine Gruppe Verwandter hatte eine menschliche Mauer um Tante Alice gebildet. Nina konnte sie von dort, wo sie saß, zwar nicht sehen, aber die Beruhigungslaute von der anderen Seite des Zimmers verrieten ihr, daß ihre Tante irgendwo hinter der Mauer war.

Ihre Mutter machte ihr Zeichen. Sie starrte zu Nina herüber und sah aus wie einer der Köpfe der Hydra. Über die gemurmelten »Ach, je« und »Er war ein guter Mann« hinweg sah Nina, wie ihre Mutter mit dem Mund das Wort »Tee« formte.

Sie versuchte, das Signal zu ignorieren, doch ihre Mutter zischte beharrlich und richtete ihre Worte wie einen feinen Strahl quer durchs Zimmer zu Nina herüber: – Koch noch mal Tee.

Nina schleuderte den *New Music Express* auf den Fußboden. Sie hievte sich aus dem Sessel, ging zum großen Eßtisch und nahm das Tablett, auf dem eine Teekanne und ein fast leeres Milchkännchen standen.

In der Küche begutachtete sie ihr Gesicht im Spiegel und konzentrierte sich auf einen Fleck über der Oberlippe. Ihr schräg geschnittenes, schwarzes Haar sah fettig aus, dabei hatte sie es erst am Vorabend gewaschen. Sie rieb sich den Bauch, kam sich aufgedunsen vor wie von einem Flüssigkeitsstau. Ihre Periode war fällig. Es war beschissen.

Nina konnte sich an dieser merkwürdigen Trauerparty nicht beteiligen. Das Ganze war einfach uncool.

Die lässige Gleichgültigkeit, die sie beim Tode ihres Onkels Andy zur Schau stellte, war nur zum Teil gespielt. Er war ihr der liebste Verwandte gewesen, als sie noch ganz klein war, und er hatte sie zum Lachen gebracht, jedenfalls hatte man ihr das erzählt. Und irgendwie konnte sie sich sogar daran erinnern. Das war wirklich alles geschehen: das Witzemachen, das Kitzeln, das Spielen, der Überfluß an Eis und Süßigkeiten. Aber sie fand keinen gefühlsmäßigen Bezug zwischen ihrem Ich von heute und dem von damals, also auch keinen gefühlsmäßigen Bezug zu Andy. Wenn sie hörte, wie ihre Verwandten sich von dieser Zeit erzählten, als sie noch ein Baby und ein Kleinkind war, schauderte ihr, so peinlich war es ihr. Es schien, als leugneten sie damit rundweg, wer sie heute war. Schlimmer noch, es war uncool.

Jedenfalls war sie passend gekleidet, daran erinnerten sie alle ständig. Sie fand ihre Verwandten furchtbar langweilig. Sie klammerten sich an das Banale, als ginge es um ihr tristes Leben, als handle es sich um einen bedrückenden Klebstoff, der sie alle zusammenhielt.

– Das Mädchen trägt doch nie was anderes als schwarz. Zu meiner Zeit, da haben die Mädchen wenigstens hübsche bunte Sachen getragen und nicht versucht, wie Vampire auszusehen. Das hatte Onkel Bob gesagt, der fette blöde Onkel Bob. Die Verwandten hatten gelacht. Alle. Ein blödes, kleinliches Lachen. Das nervöse Lachen von verängstigten Kindern, die versuchen, es sich nicht mit der Schlägertype aus der Schule zu verderben, nicht wie von Erwachsenen, die damit zeigen wollten, sie hätten was lustiges gehört. Zum ersten Mal wurde Nina bewußt, daß Lachen mehr bedeutete als nur Lustigsein. Es hatte was mit dem Abbau von Spannung und einem Gemeinschaftsgefühl angesichts des grimmigen Schnitters zu tun. Durch Andys Tod war dieses Thema bei jedem einzelnen von ihnen auf der Tagesordnung weiter nach oben gerutscht.

Der elektrische Wasserkessel klickte aus. Nina brühte die Kanne Tee auf und trug sie hinein.

– Is ja gut, Alice. Is ja gut, Liebe. Da kommt schon Nina mit dem Tee, sagte ihre Tante Avril. Nina fand, daß an den simplen schwarzen Tee ziemlich unrealistische Erwartungen geknüpft wurden. Oder konnte man vielleicht erwarten, daß er den Verlust einer vierundzwanzigjährigen Beziehung wettmachte?

– Schon schlimm, wenn man Herzklabaster kriegt, stellte ihr Onkel Kenny fest. – Na, jedenfalls hat er nicht leiden müssen. Besser als Krebs, wenn man da so unter Schmerzen vor die Hunde geht. Unser Vater hat's auch am Herzen gehabt. Der Fluch der Fitzpatricks. Das war dein Großvater. Er lächelte Ninas Cousin Malcolm an. Malcolm war zwar Kennys Neffe, aber er war nur vier Jahre jünger als sein Onkel und sah älter aus als er.

– Eines Tages wird das mit dem Herzen und dem Krebs und all dem der Vergangenheit angehören, steuerte Malcolm bei.

– Ja, ja. Der medizinische Fortschritt. Und wie geht's deiner Elsa? Kennys Stimme wurde ganz leise.

– Sie wird wieder mal operiert. Eileiter. Sie wollen wohl...

Nina wandte sich ab und verließ das Zimmer. Malcolm redete ständig nur von den Operationen, die seine Frau hinter sich hatte, damit sie Kinder kriegen konnten. Bei den Einzelheiten kribbelte es sie in den Fingerspitzen. Wie kamen die Leute eigentlich drauf, daß man so was hören wollte? Welche Frau ließ das alles über sich ergehen, nur um einen nervenden Schreihals zu kriegen? Welcher Mann bestärkte sie auch noch darin? Als sie in den Flur trat, klingelte es an der Tür. Tante Cathy und Onkel Davie. Sie waren ziemlich gut durchgekommen von Leith nach Bonnyrigg.

Cathy drückte Nina an sich. – Ach, meine Liebe. Wo ist sie? Wo ist Alice? Nina mochte ihre Tante Cathy. Sie war die offenste ihrer Tanten und behandelte sie wie einen Menschen, nicht wie ein Kind.

Cathy trat zu Alice, ihrer Schwägerin, und umarmte sie, dann ihre Schwester Irene, Ninas Mutter, und ihre Brüder Kenny und Bob. Nina fand die Reihenfolge angemessen. Davie nickte allen ernst zu.

– Mensch, da bist du ja schon mit deinem alten Transporter, Davie, sagte Bob.

– Ja. Die Umgehungsstraße macht ganz schön was aus. Kommst gleich hinter der Portobello drauf und kurz vor Bonnyrigg wieder runter, erläuterte Davie pflichtbewußt.

Wieder klingelte es. Diesmal war es Doktor Sim, der Hausarzt. Sim war hellwach und geschäftsmäßig, machte aber ein ernstes Gesicht. In seiner Haltung drückte sich ein gewisses Maß an Mitleid aus, er behielt aber seine pragmatische Stärke bei, um der Familie Vertrauen einzuflößen. Sim fand, daß er das ganz gut hinkriegte.

Das fand Nina auch. Eine Horde atemloser Tanten umschwärmten den Arzt wie Groupies einen Rockstar. Nach einer kurzen Weile begleiteten Bob, Kenny, Cathy, Davie und Irene Dr. Sim nach oben.

Als sie das Zimmer verließen, stellte Nina fest, daß ihre Periode angefangen hatte. Sie folgte ihnen die Treppe hinauf.

– Bleib weg hier! zischte Irene ihre Tochter an, als sie einen Blick zurückwarf.

– Ich muß doch bloß aufs Klo, erwiderte Nina entrüstet.

Auf der Toilette zog sie sich, mit den schwarzen Samthandschuhen beginnend, aus. Sie begutachtete den Schaden und stellte fest, daß das Blut zwar durch den Slip, aber nicht in die schwarze Leggings gesickert war.

– Scheiße, sagte sie, als ein paar Tropfen dickes, dunkles Blut auf den Badezimmerteppich tropfte. Sie riß ein paar Blatt Klopapier ab und preßte es sich zwischen die Beine, um den Blutstrom zu stoppen. Dann schaute sie im Spiegelschrank nach, fand aber weder Tampons noch Binden. War Alice zu alt, um noch ihre Tage zu kriegen? Wahrscheinlich.

Sie feuchtete etwas Papier an und schaffte es, die Flecken fast vollständig aus dem Teppich zu wischen.

Vorsichtig trat Nina in die Dusche. Nachdem sie sich abgewaschen hatte, faltete sie eine Binde aus Klopapier und zog sich schnell wieder an, ohne den Slip, den sie im Waschbecken auswusch, auswrang und in ihre Jackentasche stopfte. Sie drückte auf den Fleck über der Oberlippe und fühlte sich gleich viel besser.

Nina hörte, wie die ganze Versammlung das Zimmer verließ und die Treppe hinunterging. Diese Bude war einfach das letzte, sie wollte weg hier. Sie wartete die ganze Zeit nur auf eine günstige Gelegenheit, ihre Mutter anzupumpen. Sie wollte mit Shona und Tracy nach Edinburgh zu einem Konzert in den Charlton Studios. Eigentlich wollte sie nicht ausgehen, jetzt, wo sie ihre Tage hatte, denn Shona hatte gesagt, daß die Jungs das immer genau wissen, die riechen es einfach, egal, was man dagegen macht. Shona kannte sich aus mit Jungs. Sie war ein Jahr jünger als Nina, hatte es aber schon zweimal gemacht, einmal mit Graeme Redpath und einmal mit einem Franzosen, den sie in Aviemore kennengelernt hatte.

Nina war noch mit keinem zusammengewesen, hatte es noch nie gemacht. Fast alle, die sie kannte, fanden es Scheiße. Die Jungs seien zu doof, zu mürrisch und dumm oder zu aufgeregt. Nina gefiel die Wirkung, die sie bei Jungs erzielte, sah gern die versteinerten Idiotengesichter, wenn sie sie beobachteten. Wenn sie es machte, dann nur mit einem, der Ahnung davon hatte. Mit einem älteren, aber nicht wie Onkel Kenny, der sie ansah wie ein Hund mit seinen blutunterlaufenen Augen und der Zunge, mit der er sich verschlagen die Lippen leckte. Sie hatte das dumpfe Gefühl, daß Onkel Kenny trotz seines Alters ein bißchen so wie die linkischen Jungs sein würde, mit denen Shona und die anderen zusammengewesen waren.

Sie hatte zwar keinen Bock, zu dem Konzert zu gehen, aber die Alternative hieß daheimbleiben und in die Glotze stieren. Genauer gesagt, *Bruce Forsyth's Generation Game* mit ihrer Mutter und ihrem blöden kleinen Furz von Bruder, der immer ganz aufgeregt war, wenn das Zeug das Förderband entlangkam, und die Gegenstände mit seiner seltsamen, kieksenden Stimme hersagte. Ihre Mum erlaubte ihr nicht mal, im Wohnzimmer zu rauchen. Aber Dougie, ihr schwachsinniger Freund, der durfte im Wohnzimmer rauchen. Das war in Ordnung, war Gegenstand lockerer Scherze, hatte mit Krebs und Herzkrankheiten nichts zu tun. Aber Nina mußte nach oben, um zu rauchen, und das war echt das letzte. Ihr Zimmer war kalt, und bis es warm war, wenn sie die Heizung angeschmissen hatte, hätte sie eine ganze Schachtel Marlboro rauchen können. Zum Totlachen, die Scheiße. Heute abend würde sie es beim Konzert mal drauf anlegen.

Als Nina das Badezimmer verließ, schaute sie bei Onkel Andy hinein. Die Leiche lag auf dem Bett, noch immer unter der Decke. Sie hätten ihm wenigstens den Mund zumachen können, fand sie. So sah es aus, als wäre er im Suff beim Schreien gestorben, vom Tod überrascht, während er gerade über Fußball oder Politik schimpfte. Der Leichnam war dürr und verhutzelt, aber das war Andy ja immer gewesen. Nina erinnerte sich, wie diese hartnäckigen, allgegenwärtigen knochigen Finger sie an den Rippen gekitzelt hatten. Vielleicht war Andy ja schon immer im Sterben gelegen.

Nina beschloß, die Schubladen durchzukramen, ob Alice nicht einen Slip hatte, den sie sich borgen konnte. In der oberen Schublade einer Kommode lagen Andys Socken und Unterhosen. Eine Schublade tiefer war Alices Unterwäsche. Nina war überrascht, welche Auswahl Alice besaß. Sie reichte von übergroßen Schlüpfern, die Nina vor sich hielt und die ihr fast bis an die Knie reichten, bis hin zu winzigen Spitzenslips, die sie sich an ihrer Tante gar nicht vorstellen konnte. Einer war aus demselben Material wie ihre schwarzen Spitzenhandschuhe. Sie zog sie aus, um den Slip zu befühlen. Der Slip gefiel ihr zwar, aber sie nahm einen rosafarbenen, mit Blumen bedruckten, und ging wieder ins Badezimmer, um ihn anzuziehen.

Als sie nach unten kam, fiel ihr auf, daß der Tee als Hauptgetränk der Versammlung durch Alkohol ersetzt worden war. Dr. Sim stand mit einem Glas Whisky in der Hand da und unterhielt sich mit Onkel Kenny, Onkel Bob und Malcolm. Nina fragte sich, ob Malcolm ihn wohl über die Eileiter ausfragen würde. Die Männer tranken mit stoischer Entschlossenheit, so als sei es ihre heilige Pflicht. Trotz der Trauer konnte man nicht verhehlen, daß so etwas wie Erleichterung in der Luft lag. Es war Andys dritter Herzanfall gewesen, und jetzt, da er endlich gestorben war, konnten sie endlich ihr Leben weiterführen, ohne jedesmal nervös zusammenzufahren, wenn sie Alices Stimme am Telefon hörten.

In der Zwischenzeit war Geoff eingetroffen, ein weiterer Bruder, Malkys Bruder. Er sah Nina geradezu haßerfüllt an, wie sie fand. Es war zermürbend und irgendwie merkwürdig. Geoff war ein Arsch. Wie alle ihre Cousins, jedenfalls die, die sie kannte. Tante Cathy und Onkel Davie (er war aus Glasgow und Protestant) hatten zwei Söhne: Billy, gerade aus der Armee entlassen, und Mark, angeblich drogensüchtig. Sie waren nicht hier, weil sie Andy oder sonst jemanden vom Bonnyrigg-Zweig der Sippschaft kaum kannten. Vielleicht kamen sie zur Beerdigung. Vielleicht auch nicht. Cathy und Davie hatten noch einen Sohn gehabt, der auch Davie hieß, aber der war vor einem Jahr gestorben. Er war geistig und körperlich schwerstbehindert gewesen und hatte den Großteil seines Lebens im Krankenhaus verbracht. Nina hatte ihn nur ein einziges Mal gesehen, wie er mit offenem Mund und leerem Blick ganz verrenkt in einem Rollstuhl gesessen hatte. Nina fragte sich, was Cathy und Davie wohl bei seinem Tod empfunden hatten. Trauer wahrscheinlich, aber vielleicht auch Erleichterung.

Scheiße. Geoff kam herüber und wollte mit ihr reden. Sie hatte Shona mal auf ihn aufmerksam gemacht, und die hatte gesagt, er säh aus wie Marti von Wet Wet Wet. Nina haßte Marti und die Gruppe und fand sowieso, daß Geoff ihm überhaupt nicht ähnlich sah.

– Alles klar, Nina?

– Ja. Tut mir leid, das mit Onkel Andy.

– Ach, was soll man schon sagen? Geoff zuckte mit den Schultern. Er war einundzwanzig, und Nina fand ihn uralt.

– Und, wann machst du die Schule zu Ende? fragte Geoff sie.

– Nächstes Jahr. Ich wollt schon dieses Jahr weg, aber meine Ma hat mich gedrängt, ich soll noch bleiben.

– Und, machst du deinen Hauptschulabschluß?

– Ja.

– In was?

– Englisch, Mathe, Rechnen, Kunst, Buchhaltung, Physik, Gesellschaftskunde.

– Und, schaffst dus?

– Klar. Ist nicht schwer. Außer Mathe.

– Und was dann?

– Such ich mir n Job. Oder n Arbeitsprogramm.

– Aber du willst nicht auch noch Abi machen?

– Nee.

– Solltest du aber. Dann kannst du auf die Uni.

– Wozu?

Darüber mußte Geoff einen Augenblick nachdenken. Er hatte gerade Examen in Englischer Literatur gemacht und war auf Stütze. Wie die meisten seiner Mitstudenten auch. – Da ist mehr los, sagte er.

Nina erkannte, daß der Blick, den Geoff ihr zugeworfen hatte, nicht haßerfüllt gewesen war, sondern lüstern. Er hatte offensichtlich was getrunken, bevor er gekommen war, und das hatte seine Hemmschwelle gesenkt.

– Du bist ganz schön groß geworden, Nina, sagte er.

– Ja, sagte sie und wurde rot. Sie bemerkte es und haßte sich dafür.

– Wie wär's, verschwinden wir von hier? Ich mein, darfst du schon ins Pub? Wir könnten auf ein Glas über die Straße.

Nina dachte über das Angebot nach. Selbst wenn Geoff bloß Studentenscheiß erzählte, war das immer noch besser als dableiben. Im Pub würde sie jemand erkennen, schließlich war das hier Bonnyrigg, und jemand würde plaudern. Shona und Tracy würden es erfahren und wissen wollen, wer dieser dunkle, ältere Typ sei. Eine solche Gelegenheit konnte sie sich nicht entgehen lassen.

Dann fielen ihr die Handschuhe ein. Sie hatte sie geistesabwesend auf der Kommode in Andys Zimmer liegenlassen. Also sagte sie: Na gut. Ich muß bloß noch mal auf die Toilette.

Die Handschuhe lagen noch auf der Kommode. Sie nahm sie und steckte sie in die Jackentasche, aber da war schon ihr feuchter Slip, also nahm sie sie schnell wieder heraus und steckte sie in die andere Tasche. Sie sah zu Andy hinüber. Irgendwas war anders an ihm. Er schwitzte. Sie sah, wie er zuckte. Gott, sie hatte ihn ganz bestimmt zucken gesehen. Sie berührte seine Hand. Sie war warm.

Nina stürzte die Treppe hinunter. – Onkel Andy!

Ich glaub ... ich glaub ... ihr müßt mal kommen ... ich glaub, er lebt noch ...

Alle sahen sie ungläubig an. Kenny reagierte als erster und sprang, drei Stufen auf einmal, die Treppe hoch, Davie und Doktor Sim hinterdrein. Alice zuckte nervös und sperrte den Mund auf, begriff aber nicht recht, was los war. – Er war ein guter Mann ... hat mich nie geschlagen ... jammerte sie wirr. Etwas in ihr trieb sie hinter den anderen her.

Kenny fühlte die schweißige Augenbraue und die Hand seines Bruders.

– Er glüht ja! Andy is nich tot! ANDY IS NICH TOT!

Sim wollte gerade den Körper untersuchen, als er von Alice beiseitegeschoben wurde. Sie hatte die Beherrschung verloren und stürzte sich auf den warmen Leichnam im Schlafanzug.

– ANDY! ANDY, KANNST DU MICH HÖREN?

Andys Kopf fiel zur Seite, ohne daß sich der dumpfe versteinerte Gesichtsausdruck veränderte, sein Körper blieb schlaff.

Nina kicherte nervös. Die anderen hielten Alice umklammert wie eine gemeingefährliche Irre. Männer und Frauen umgluckten sie und machten besänftigende Geräusche, während Dr. Sim Andy untersuchte.

– Nein. Tut mir leid. Mr. Fitzpatrick ist tot. Sein Herz hat aufgehört zu schlagen, sagte Sim ernst. Er trat zurück und steckte die Hand unter die Bettdecke. Dann beugte er sich vor und zog einen Stecker aus der Steckdose. Er hob ein weißes Kabel auf und zog einen daran befestigten Schalter unterm Bett hervor.

– Jemand hat die Heizdecke angelassen. Das erklärt die Körperwärme und den Schweißausbruch, stellte er fest.

– O je. Meine Güte, lachte Kenny. Er sah, wie Geoff ihn wütend anstarrte. Zu seiner Rechtfertigung meinte Kenny: – Andy würde sich bepissen vor Lachen. Da kannste mal sehen, was für ne Art Humor Andy hatte. Beschwichtigend hob er die Hände.

– Du bist vielleicht ein Arschloch … Alice ist hier … stotterte Geoff wütend, drehte sich dann um und stürmte aus dem Zimmer.

– Geoff. Geoff. Warte doch mal … flehte Kenny. Sie hörten, wie die Haustür zugeschlagen wurde.

Nina meinte, vor Lachen fast in die Hose zu machen. Sie hatte Seitenstiche und mühte sich verzweifelt, den Lachanfall zu unterdrücken, der sie durchschüttelte. Cathy legte einen Arm um sie.

– Ist schon gut, Liebes. Wein ruhig, Kleines. Mach dir keine Sorgen, sagte sie, als Nina feststellte, daß sie wie ein Baby heulte, mit wilder Energie hemmungslos heulte, während die Anspannung aus ihrem Körper wich und sie Cathy in die Arme sank. Erinnerungen, süße Kindheitserinnerungen durchfluteten ihr Bewußtsein. Erinnerungen an Andy und Alice und an das Glück und die Liebe, die es früher mal bei ihrer Tante und ihrem Onkel gegeben hatte.

SIEG AM NEUJAHRSTAG

– Prost Neujahr, du kleines Arschloch! Franco legte den Arm um Stevies Kopf. Stevie spürte, wie mehrere seiner Nackenmuskeln rissen, als er sich steif, nüchtern und gehemmt bemühte, es den anderen gleichzutun.

Er erwiderte den Gruß so fröhlich er konnte. Darauf folgte eine ganze Reihe von Neujahrswünschen; seine zögernde Hand wurde zerquetscht, sein steifer Rücken geschlagen, sein verkniffener passiver Mund geküßt. Er konnte nur an Telefon, London, Stella denken.

Sie hatte nicht angerufen. Noch schlimmer, sie war nicht zu Hause gewesen, als er angerufen hatte. Auch nicht bei ihrer Mutter. Stevie war nach Edinburgh zurückgefahren und hatte Keith Millard den Weg freigemacht. Der Mistkerl würde das voll ausnutzen. Bestimmt waren sie jetzt gerade zusammen, genau wie letzte Nacht. Millard ließ nichts anbrennen. Stevie nicht. Stella auch nicht. Das war eine üble Zusammensetzung. In Stevies Augen war Stella nämlich auch noch die schönste Frau der Welt. Das ließ sie weniger promisk erscheinen, ja sogar als die reine Unschuld.

– Entspann dich, verdammt noch mal! Es is Neujahr! Franco meinte das eher als Befehl, nicht als Vorschlag. So war er nun mal. Man mußte die Leute notfalls dazu zwingen, sich zu amüsieren.

Das war meistens gar nicht notwendig. Alle waren unglaublich high. Es war schwierig für Stevie, diese Welt mit der in Einklang zu bringen, die er gerade hinter sich gelassen hatte. Dann bemerkte er, daß alle ihn anstarrten. Wer waren diese Leute? Was wollten sie? Die Antwort lautete, sie waren seine Freunde, und sie wollten ihn.

Vom Plattenspieler bohrte sich ein Lied in sein Bewußtsein und machte seinen Kummer nur noch größer.

I love a lassie, a bonnie, bonnie lassie,
She's as sweet as the heather in the glen,
She's as sweet as the heather,
The bonnie purple heather,
Mary, ma Scots bluebell.

Alle sangen voller Inbrunst mit. – Geht doch nix über Harry Lauder, so zu Neujahr, was? bemerkte Dawsie.

An der Freude in den Gesichtern um ihn herum konnte Stevie das Ausmaß seines Kummers ablesen. Der Abgrund seiner Melancholie war bodenlos, und er stürzte hinein und entfernte sich immer weiter von der Ausgelassenheit um ihn herum. Diese Ausgelassenheit schien oft verlockend nah; er konnte sie sehen, überall um sich herum. Sein Kopf war wie ein grausames Gefängnis, in dem seine Seele zwar ab und zu die Freiheit sehen durfte, aber nicht mehr.

Stevie nahm einen Schluck aus seiner Bierdose und hoffte darauf, daß er die Nacht hinter sich bringen konnte, ohne allzu viele Leute zu deprimieren. Frank Begbie war das Hauptproblem. Es war seine Wohnung, und er war wild entschlossen, daß alle sich amüsierten.

– Ich hab ne Karte für dich für das Fußballspiel heut abend, Stevie. Nichts wie drauf auf die Ärsche von Hearts-Fans.

– Kuckt denn keiner im Pub? Ich dachte, es kommt über Satellit.

Sick Boy, der eine kleine Dunkelhaarige angebaggert hatte, die Stevie nicht kannte, drehte sich zu ihm um.

– Scheiße, Stevie. Ich sag dir, du hast dir da unten in London n paar üble Sachen angewöhnt. Ich find Fußball im Fernsehen einfach zum Kotzen. Das is doch wie mitm Gummi ficken. Verdammter sicherer Sex, verdammter sicherer Fußball, alles verdammt sicher. Bauen wir doch ne hübsche kleine sichere Welt um uns rum, lästerte er und verzog das Gesicht. Stevie hatte schon ganz vergessen, wie gereizt Sick Boy immer war.

Rents stimmte Sick Boy zu. Das war ungewöhnlich, fand Stevie. Sonst machten sie sich immer gegenseitig fertig. Sagte der eine Zucker, sagte der andere Scheiße.

– Fußball in der Glotze gehört verboten, damit die faulen fetten Säcke den Arsch hochkriegen und zum Spiel gehen.

– Überredet, meinte Stevie resigniert.

Die Einigkeit zwischen Rents und Sick Boy hielt nicht lang.

– Quatsch du von Arsch hochkriegen. Mister Dauerglotzer persönlich. Wenn du mal zehn Minuten vom Äitsch runterbleibst, schaffst dus vielleicht in dieser Saison, zu mehr Spielen zu gehen als in der letzten, spottete Sick Boy.

– Du tickst doch wohl nich richtig, du Arsch ... Rents drehte sich zu Stevie und wies verächtlich mit dem Daumen in Richtung Sick Boy. – Früher ham se den Typen Boots gerufen, wegen der ganzen Drogen, die er mit sich rumschleppte.

Und so ging es weiter. Früher hätte Stevie seinen Spaß daran gehabt. Heute ermüdete es ihn nur noch.

– Weißte noch, Stevie, im Februar wohn ich ne Weile bei dir, sagte Rents zu ihm. Stevie nickte grimmig. Er hatte gehofft, Rents hätte es vergessen oder würde es auf sich beruhen lassen. Rents war ein Kumpel, aber er hatte ein Problem mit Drogen. In London würde er sofort wieder drauf sein und sich mit Tony und Nicksie zusammentun. Sie gingen andauernd Scheinadressen durch, wo sie die Schecks von der Stütze abgreifen konnten. Rents arbeitete irgendwie nie, schien aber immer Geld zu haben. Bei Sick Boy wars das gleiche, aber der behandelte anderer Leute Geld, als sei es sein eigenes, und sein eigenes genauso.

– Party bei Matty nachm Spiel. In seiner neuen Wohnung in der Lorne Street. Und seid pünktlich, rief Frank Begbie zu ihnen hinüber.

Schon wieder eine Party. Stevie kam das schon fast wie Arbeit vor. Neujahr geht einfach immer so weiter. Ab dem vierten Januar wurde es langsam weniger, und die ersten Lücken zwischen den Partys tauchten auf. Diese Lücken wurden immer größer, bis sie normale Wochenlänge erreichten, und dann fanden die Partys nur noch am Wochenende statt.

Weitere Neujahrsgäste trafen ein. Die kleine Wohnung war brechend voll. Stevie hatte Franco noch nie so locker erlebt. Er hatte Rab McLaughlin, Second Prize, wie sie ihn nannten, noch nicht mal zusammengeschissen, als der hinter Begbies Vorhänge gepinkelt hatte. Second Prize war seit Wochen sturzbetrunken. Für Leute wie ihn war Neujahr eine willkommene Tarnung. Seine Freundin Carol war aus Wut über sein Verhalten abgehauen. Second Prize hatte nicht mal bemerkt, daß sie überhaupt dagewesen war.

Stevie wanderte in die Küche, wo es ruhiger war und er zumindest die Chance hatte, das Telefon klingeln zu hören. Wie ein Yuppie-Geschäftsmann hatte er bei seiner Mutter eine Liste mit Telefonnummern hinterlassen, wo er am besten zu erreichen war. Die konnte sie Stella geben, falls sie anrief.

In der häßlichen Scheune von Pub in Kentish Town, da, wo sie normalerweise nie was trinken gingen, hatte Stevie Stella gesagt, welche Gefühle er ihr gegenüber hegte. Er hatte sein Herz offengelegt. Stella hatte gesagt, sie müsse darüber nachdenken, daß es sie völlig überrasche und daß es im Augenblick einfach zuviel für sie sei. Sie sagte, sie werde ihn anrufen, wenn er wieder in Schottland sei. Das war alles.

Sie hatten das Pub verlassen und sich dann getrennt. Stevie war zur U-Bahn-Station gegangen, um nach Kings Cross zu fahren, die Sporttasche über die Schulter geworfen. Er war stehengeblieben, hatte sich umgedreht und ihr nachgeschaut, wie sie über die Brücke ging.

Ihre langen, lockigen braunen Haare hatten wild im Wind geflattert, als sie, gekleidet in Matrosenjacke, kurzem Rock, dicker schwarzer Strumpfhose und den riesigen Doc Martens, davonging. Er hatte gehofft, daß sie ihm noch einen Blick zuwerfen würde. Sie hatte sich nicht umgedreht. Am Bahnhof hatte sich Stevie eine Flasche Bell's Whisky gekauft und sie leergesoffen, bis der Zug in der Waverley Station eingefahren war.

Seine Stimmung hatte sich seitdem nicht gebessert. Er saß auf der Resopalplatte und starrte die Kacheln an. Francos Freundin June kam herein, lächelte ihn an und holte nervös was zu trinken. June redete nie was und schien bei solchen Anlässen schlicht überfordert. Franco sprach für sie beide.

Als June verschwand, kam Nicola herein, gefolgt von Spud, der ihr wie ein treuer sabbernder Hund folgte.

– He... Stevie... Gutes Neues Jahr und so weiter... sagte Spud träge.

– Wir haben uns schon gesehen, Spud. Wir waren letzte Nacht zusammen am Tron Square, weißte noch?

– Ach ja ... immer cool bleiben, Alter, sagte Spud, bemühte sich um einen klaren Blick und nahm sich eine Flasche Cider.

– Alles in Ordnung, Stevie? Was macht London? fragte Nicola.

O nein, dachte Stevie. Mit Nicola kann man sich so gut unterhalten. Der schütt ich nun das Herz aus ... nein, lieber nich ... lieber doch.

Stevie fing an zu erzählen. Nicola hörte aufmerksam zu. Spud nickte teilnahmsvoll und deutete ab und zu an, daß die ganze Geschichte einfach »zu verdammt heavy« sei.

Stevie hatte das Gefühl, sich lächerlich zu machen, aber er konnte nicht anders. Nicola hielt ihn bestimmt für eine Trantüte, Spud auch. Aber er konnte nicht aufhören. Schließlich verschwand Spud, an seine Stelle trat Kelly. Dann kam noch Linda dazu. Im Vorderzimmer ging es wohl langsam mit den Fußballiedern los.

Nicola gab ihm einen praktischen Rat: – Ruf sie an, warte, bis sie anruft, oder fahr runter und geh zu ihr.

– STEVIE! KOMM MAL HER, DU ARSCH! brüllte Begbie. Der ließ sich willig zurück ins Vorderzimmer zerren. – Steht da und quatscht die Weiber in der Küche voll. Du bist ja noch schlimmer als der blöde Arsch da drüben, dieser blöde Jazz-Purist. Er zeigte auf Sick Boy, der mit der Frau knutschte, die er vollgelabert hatte. Sie hatten vorher mitbekommen, wie sich Sick Boy ihr gegenüber als Jazz-Purist bezeichnete.

So we're all off to Dublin in the green – fuck the queen!
Where the helmets glisten in the sun – fuck the huns!
And the bayonets slash the orange sash
To the echo of the Thomson gun.

Stevie saß bedrückt da. Bei dem Lärm würde er das Telefon nie hören.

– Haltet mal alle die Schnauze! rief Tommy, – Jetzt kommt mein Lieblingslied. Die Wolfetones sangen *Banna Strand.* Tommy brummelte mit ein paar anderen mit.

on the lo-ho-honely Ba-nna strand.

Ein paar Augen wurden feucht, als die Wolfetones *James Connolly* sangen. – Ein verdammt großer Rebell, ein verdammt großer Sozialist und ein verdammt großer Hibs-Fan. Der verdammte James Connolly, Mann, sagte Gav zu Renton, der bedächtig nickte.

Manche sangen mit, andere versuchten, über die Musik hinweg ihre Gespräche forzusetzen. Doch als *The Boys of the Old Brigade* lief, stimmten alle ein.

Oh fa-ther why are yoo-hoo so-ho sad
on this fine Ea-heas-te-her morn

– Sing, du Arsch! sagte Tommy und rammte Stevie den Ellbogen in die Rippen. Begbie drückte ihm erneut eine Dose Bier in die Hand und legte ihm den Arm um den Hals.

Whe-hen Irish men are prou-houd ah-hand glad
of the land where they-hey we-here born

Stevie machte sich Sorgen wegen der Musik. Sie klang ein wenig verzweifelt. Wenn sie nur laut genug sangen, so schien es, dann würde die Musik sie zu einer mächtigen Bruderschaft zusammenschweißen. Es handelte sich, wie es im Lied hieß, um den »Ruf zu den Waffen« und hatte nur wenig mit Schottland und Neujahr zu tun. Das war Kampfmusik. Stevie wollte gegen niemanden kämpfen. Aber die Musik war auch sehr schön.

Die Kater wurden durch die Sauferei in den Hintergrund gedrängt und gleichzeitig weiter gefüttert. Inzwischen waren sie schon so groß, daß man ernstlich Angst vor ihnen haben mußte. Die Jungs würden nicht aufhören zu trinken, bis es ans Eingemachte ging, und bis dahin war auch das letzte bißchen Adrenalin aufgebraucht.

O-hon being just a la-had li-hike you
I joined the I-hi-Ah-har-A – provisional wing!

Im Flur klingelte das Telefon. June ging dran. Dann riß Begbie ihr den Hörer aus der Hand und scheuchte sie fort. Sie schwebte wie ein Geist zurück ins Wohnzimmer.

– Was? WAS? WEN? STEVIE? JA, AUGENBLICK MAL. UND PROST NEUJAHR, SÜSSE ... Franco legte den Hörer hin, – ... wo zum Henker is denn ... Er ging ins Vorderzimmer. – Stevie. Da is ne Schnalle am Telefon für dich. Klingt, als hätt se n paar Eier im Mund. London.

– He! Der is aber drauf! lachte Tommy, als Stevie von der Couch aufsprang. Die letzte halbe Stunde hatte er schon pissen müssen, aber seinen Beinen nicht getraut. Jetzt funktionierten sie einwandfrei.

– Steve? Sie nannte ihn »Steve«, nicht »Stevie«. Machten da unten alle. – Wo bist du gewesen?

– Stella ... wo ich gewesen bin ... ich hab gestern versucht, dich anzurufen. Wo bist du? Was machst du?

Beinahe hätte er gesagt, ›mit wem bist du zusammen‹, konnte sich aber noch beherrschen.

- Ich war bei Lynne, sagte sie. Natürlich. Bei ihrer Schwester. In Chingford oder einem ähnlich langweiligen und häßlichen Kaff. Stevie verspürte einen Schwall Euphorie.

- Frohes Neues Jahr! sagte er erleichtert und freudestrahlend.

Der Piepser im Telefon ging los, dann fielen wieder Münzen in den Schacht. Stella war nicht zu Hause. Wo war sie? In einem Pub in Millard?

- Frohes Neues Jahr, Steve. Ich bin am Kings Cross. Ich setz mich in zehn Minuten in den Zug nach Edinburgh. Holst du mich um Viertel vor elf am Bahnhof ab?

- Was!! Du machst Witze ... Na logo! Gibt keinen Ort auf der Welt, wo ich um Viertel vor elf lieber wär. Du hast mein Neujahr gerettet. Stella ... was ich letztens erzählt hab ... das mein ich ganz ernst, weißt du ...

- Das ist gut, ich glaub nämlich, ich hab mich in dich verliebt ... ich hab die ganze Zeit nur an dich gedacht.

Stevie mußte heftig schlucken. Er spürte, wie ihm Tränen in die Augen stiegen. Eine davon ging auf Reisen und rollte ihm die Wange hinunter.

- Steve ... alles in Ordnung? fragte sie.

- Viel mehr als das, Stella. Ich liebe dich. Ohne jeden Scheiß und ohne jeden Zweifel.

- Verdammt ... das Geld ist aus. Und verarsch mich niemals, Steve, das ist kein Spiel ... bis Viertel vor elf ... ich liebe dich ...

- Ich liebe dich! ICH LIEBE DICH! Dann fing es zu piepen an, und die Leitung war tot.

Stevie hielt den Hörer liebevoll fest, als sei er ein Teil von ihr. Dann legte er auf und ging pinkeln. Er hatte sich noch nie so lebendig gefühlt. Als er zusah, wie sein stinkender Urin in die Schüssel platschte, ließ sich sein Hirn von zärtlichen Gefühlen überfluten. Stevie wurde von einer mächtigen Liebe für die Welt ergriffen. Es war Neujahr. Auld Lang Syne. Er liebte alle, vor allen Dingen Stella und seine Freunde auf der Party. Seine Kumpel. Warmherzige Rebellen; das Salz der Erde. Abgesehen davon liebte er sogar die Jambos, die Fans von Hearts of Midlothian. Das waren gute Menschen; unterstützten doch nur ihre Mannschaft. Dieses Jahr würde er bei vielen von ihnen vorbeischauen, unabhängig vom Ergebnis. Stevie würde seinen Spaß daran haben, Stella quer durch die Stadt von einer Party zur anderen zu führen. Das würde toll werden. Diese Spaltungen nur wegen des Fußballs waren doch dumm und überflüssig, liefen den Interessen einer Einheit der Arbeiterklasse zuwider und sorgten dafür, daß die Hegemonie der Bourgeoisie unangetastet blieb. Stevie hatte den vollen Durchblick.

Er ging zurück ins Zimmer und legte *Sunshine on the Leith* von den Proclaimers auf. Er wollte feiern, daß hier sein Zuhause war, seine Leute, ganz egal, wo er hinging. Nach etwas Gegrummel stieß das Lied doch auf Gegenliebe. Die Pfiffe, als er die vorige Platte runtergenommen hatte, verstummten angesichts seiner Ausgelassenheit. Stevie schubste Tommy, Rents und Begbie herum, sang laut und tanzte mit Kelly, ohne sich um den Eindruck zu scheren, den seine offensichtliche Verwandlung auf die anderen machte.

– Schön, daß du jetzt auch mitmachst, sagte Gav zu ihm.

Auch während des Spiels war er noch high, während es für die anderen völlig schieflief. Wieder wurden ihm seine Freunde fremd. Erst konnte er ihre Freude nicht teilen, und jetzt konnte er ihre Verzweiflung nicht verstehen. Hibernians verloren gegen Hearts. Beide Seiten ließen lächerlich viele Chancen aus; es war das reinste Schulgekicke, aber die Hearts konnten wenigstens ein paar Dinger versenken. Sick Boy hielt den Kopf zwischen den Händen. Franco starrte böse zu den tanzenden Heart-Fans am anderen Ende des Stadions hinüber. Rents brüllte, der Manager solle zurücktreten. Tommy und Shaun stritten sich über die Unzulänglichkeiten in der Verteidigung und versuchten, jemandem die Schuld an dem Tor zu geben. Gav verfluchte die freimaurerischen Neigungen des Schiris, und Dawsy jammerte noch immer über die versiebten Chancen der Hibs. Spud (Drogen) und Second Prize (Alkohol) waren vollkommen fertig und lagen in der Wohnung herum. Ihre Eintrittskarten taugten bloß noch als Futter für die Küchenschaben. Stevie war das im Augenblick völlig egal. Er war verliebt.

Nach dem Spiel trennte er sich von den anderen, um zum Bahnhof zu gehen und Stella abzuholen. Die Mehrzahl der Hearts-Fans war ebenfalls auf dem Weg dorthin. Stevie bemerkte nichts von der aufgeladenen Stimmung. Einer der Typen brüllte ihm ins Gesicht. Die Arschlöcher haben vier-eins gewonnen, dachte Stevie. Was zum Henker wollten sie noch? Blut? Offensichtlich.

Auf dem Weg zum Bahnhof ließ Stevie ein paar wenig einfallsreiche Beschimpfungen über sich ergehen. Denen fiel doch sicher was besseres ein als »Hibby-

Bastard« oder »Protestantenschwein«. Ein Held, der von seinen blökenden Freunden herausgefordert worden war, versuchte, ihn von hinten umzureißen. Er hätte seinen Schal abnehmen sollen. Woher zum Henker hätte er das wissen sollen. Er war doch jetzt Londoner, was hatte sein jetziges Leben denn mit diesem ganzen Scheiß zu tun? Er versuchte gar nicht erst, Antworten auf seine Fragen zu finden.

In der Bahnhofshalle kam eine Gruppe auf ihn zumarschiert. – Hibby-Bastard! rief ein Junge.

– Das seht ihr ganz falsch. Ich bin n Fan von Borussia Mönchengladbach.

Er spürte einen Schlag seitlich gegen den Mund und schmeckte Blut. Ein paar Tritte noch, dann marschierte die Gruppe davon.

– Frohes Neues Jahr, Jungs! Liebe und Frieden, Jambo-Brüder! lachte er hinter ihnen her und sog an seiner sauer schmeckenden, aufgeplatzten Lippe.

– Der Arsch hats doch am Kopf, meinte einer der Typen. Stevie dachte schon, sie würden wieder kehrtmachen, statt dessen aber richteten sie ihre Aufmerksamkeit auf eine asiatische Frau mit ihren zwei kleinen Kindern.

– Verdammte Paki-Schlampe!

– Geh doch zurück, wo du hergekommen bist!

Sie machten alle zusammen affenartige Geräusche und Gesten und verließen den Bahnhof.

– Sind das nicht reizende, einfühlsame junge Männer, meinte Stevie zu der Frau, die ihn anstarrte wie ein Kaninchen das Wiesel. Sie sah nur einen weiteren weißen Jugendlichen mit versoffener Stimme, der blutete und nach Alkohol stank. Vor allen Dingen sah sie einen weiteren Fußballschal wie den, den die Jugendlichen trugen, die sie beschimpft hatte. Für sie gab es da keinen Farbunterschied, und damit hatte sie recht, wie Stevie traurig und verbittert erkannte. Genausogut hätten sie wohl auch Grüngekleidete schikanieren können. In jeder Fangruppe gab es Arschlöcher.

Der Zug hatte fast zwanzig Minuten Verspätung, für British Rail eine außerordentliche Leistung. Stevie fragte sich, ob Stella wohl in dem Zug war. Er wurde von Wahnvorstellungen gepackt. Angst ergriff ihn und durchzog seinen Körper in Wellen. Viel hing davon ab, so viel wie noch nie. Er konnte sie nirgendwo sehen, konnte sich nicht mal ihr Bild vor Augen rufen. Dann stand sie fast direkt vor ihm, sah ganz anders aus, als er sie in Erinnerung hatte, realer, schöner. Es lag an dem Lächeln, an den erwiderten Gefühlen. Er lief zu ihr und nahm sie in die Arme. Sie küßten sich sehr lange. Als sie aufhörten, war der Bahnsteig leer, und der Zug war bereits unterwegs nach Dundee.

DAS VERSTEHT SICH DOCH VON SELBST

Von draußen kommtn Mordsgeschrei. Sick Boy, der völlig fertig in der Fensternische neben mir liegt, springt auf wien Hund, den man mit ner Pfeife ruft. Mich schauderts. Der Lärm is mir voll in die Glieder gefahrn.

Lesley kommt schreiend ins Zimmer. Grauenvoll. Ich will, daß sie aufhört. Sofort. Das halt ich nich aus. Keiner von uns hält das aus. Nichts im Leben wünsch ich mir so sehr, als daß sie aufhört zu schrein.

– Das Baby ... das Baby ... Dawn o Gott o Gott verdammt, das ist das einzige, was ich in dem Krach verstehen kann. Lesley bricht auf der ausgeleierten Couch zusammen. Mein Blick bleibt an einem braunen Fleck an der Wand über ihr hängen. Was zum Henker war das? Wie ist der da hingekommen?

Sick Boy is aufn Beinen. Seine Augen quellen vor wie bei nem Frosch. Jedenfalls erinnert er mich an einen Frosch. So wie er aus völliger Bewegungslosigkeit einfach hochhopst. Er glotzt Lesley n paar Sekunden an und schlurft dann ins Schlafzimmer. Matty und Spud glotzen verständnislos in der Gegend rum, aber sogar denen geht in ihrem benebelten Verstand auf, daß da was ganz Furchtbares passiert sein muß. Mir auch. Verdammt, ich wußtes sofort. Und ich sagte, was ich immer sage, wenn was innen Arsch geht.

– Ich koch erstmal einen auf, sag ich. Matty durchbohrt mich mit Blicken. Er nickt mir zu. Spud steht auf, geht zur Couch rüber und setzt sich neben Lesley. Sie hält den Kopf in den Händen. Einen Augenblick glaub ich glatt, daß Spud sie anfassen will. Soll er ruhig. Ich will, daß er es tut, aber er starrt sie bloß an. Sogar von hier aus kann ich sehen, daß er das große Muttermal an ihrm Hals anglotzt.

– Das is meine Schuld ... allein meine Schuld, jammert sie durch die Hände.

– He, Les ... haste gehört, Mark kocht was auf, he ... hörste ... sagt Spud zu ihr. Das ist das erste Mal seit Tagen, daß ich ihn was sagen hör. Der Arsch hat wohl schon mehr gesprochen im Leben, als ihm zusteht. Glasklar.

Sick Boy kommt zurück. Sein ganzer Körper zieht nach vorn, wie vom Hals abwärts, als ob er an ner Leine zerrt. Er klingt furchtbar. Seine Stimme erinnert mich an den Dämon im *Exorzisten*. Mach mich ganz irre.

– Scheiß ... das is vielleichtn Scheißleben, was? Dann passiert sowas, und was machste dann? Häh?

So hab ich ihn noch nie erlebt, und ich kenn den Mistkerl fast schon mein ganzes Leben lang. – Wasn los, Si? Was geht ab hier?

Er kommt auf mich zu. Ich denk schon, er will mir eine reinbraten. Wir sind die besten Kumpel, aber wir ham uns auch früher schon verdroschen, im Suff oder aus Wut, wenn einer dem anderen auf die Nerven gegangen is. Nix Schlimmes, bloß so. Unter Kumpeln geht das. Aber nich jetzt, wo mir langsam schlecht wird. Meine Knochen wären in tausend Stücke gegangen, wenn der Kerl das getan hätt. Aber er beugt sich bloß über mich. Dank dir, Sick Boy Simon.

– Das wars. Wir können einpacken! stöhnt er laut und verzweifelt. Hörte sich an wien Hund, der überfahren worden is und darauf wartet, daß ihn wer von seinen Leiden erlöst.

Matty und Spud hieven sich hoch und gehn rüber ins Schlafzimmer. Ich folge ihnen, schieb mich an Sick Boy vorbei. Ich spür den Tod in dem Zimmer, noch bevor ich das Baby seh. Es liegt mit dem Gesicht nach unten im Kinderbettchen. Es, nein, sie, is kalt und tot, blau um die Augen. Ich brauch sie nich anzufassen, um Bescheid zu wissen. Sie liegt da wie ne achtlos weggeworfene kleine Puppe unten in nem Kinderkleiderschrank. Die Kleine. So verdammt klein. Kleine Dawn. So was von schade.

– Die kleine Dawn ... ich glaubs einfach nich. So was von schade, Mann ... sagt Matty und schüttelt den Kopf.

– Echt heavy, das ... verstehste, verdammt ... Spud läßt den Kopf auf die Brust sinken und atmet langsam aus.

Matty schüttelt noch immer den Kopf. Er sieht aus, als würd er gleich implodieren.

– Ich glaub, ich hau hier ab. Das krieg ich nich gebacken.

– Du spinnst wohl, Matty! Niemand rührt sich weg! brüllt Sick Boy.

– Bleib cool, Mann. Bleib cool, sagt Spud, der sich alles andere als cool anhört.

– Wir ham hier jede Menge Stoff gebunkert. Die Straße wimmelt seit Wochen bloß so von Drogenbullen. Wenn wir uns jetzt verdrücken, sind wir alle erledigt. Draußen sind überall Bullenschweine, sagt Sick Boy und müht sich, die Fassung zu wahren. Er konnt noch nie an was anderes als an Polizei denken. Wenns um Drogen ging, waren wir alle zutiefst liberal und vehement gegen jegliche staatliche Eingriffe.

– Ja, ja, aber vielleicht sollten wir doch verschwinden. Wenn wir erstmal aufgeräumt ham und verduftet sind, kann Lesley n Krankenwagen oder die Bullen rufen. Ich fand, Matty hatte recht.

– He ... eigentlich müssen wir das zusammen mit Les durchstehn, verstehste. Wie Kumpel halt. Klar? meint Spud. Diese Art von Solidarität kommt mir unter den gegebenen Umständen ein wenig zu ausgefallen vor. Matty schüttelt wieder den Kopf. Er hat gerade sechs Monate in Saughton abgesessen. Wenn er wieder erwischt wird, isser richtig fällig. Aber draußen patrouillieren die Bullen. Jedenfalls kommts einem so vor. Sick Boys Darstellung is mir stärker unter die Haut gegangen als Spuds Gejammer von wegen Solidarität. Und den Stoff das Klo runterspülen is einfach nich drin. Lieber laß ich mich einlochen.

– Also, wie ich das seh, meint Matty, is das doch Lesleys Baby, oder? Hätt se besser drauf aufgepaßt, dann würds vielleicht noch leben. Was hatn das mit uns zu tun?

Sick Boy fängt an zu hyperventilieren.

– Ich sags ja ungern, aber Matty hat recht, sag ich. Mir tut langsam alles weh. Ich will einfach bloßn Schuß und dann nichts wie weg hier.

Sick Boy hält sich ganz raus. Komisch. Normalerweise brüllt der Arsch jeden an, ob man nun zuhört oder nich.

Spud sagt: – Wir können Les doch nich einfach hängenlassen, das is doch echt scheiße. Verstehste, was ich meine?

Ich seh zu Sick Boy rüber. – Und von wem is das Baby? frage ich. Sick Boy gibt keine Antwort.

– Jimmy McGilvary, sagt Matty.

– Du spinnst ja, sagt Sick Boy verächtlich.

– Spiel hier bloß nich den Unschuldsengel, macht Matty mich an.

– Häh! Du hast wohln Arsch offen! Was solln das? entgegne ich. Dieser Ausbruch von dem Idioten verwirrt mich völlig.

– Du wars doch dabei, Rents. Auf Bob Sullivans Party, sagt er.

– Nee, du, ich war nie mit Lesley zusammen. Das ist die Wahrheit, aber dann wird mir klar, daß dasn Fehler war. Manchmal glauben die Leute das Gegenteil von dem, was man ihnen sagt; vor allen Dingen, wenns um Sex geht.

– Und warum biste dann am Morgen auf Sullys Party neben ihr gelegen?

– Ich war fertig, Mann. Völlig stoned. Ich hätt nich maln steifen Hals gekriegt, nich mal mit der Türschwelle als Kissen. Ich kann mich nich erinnern, wann ich das letzte Mal was mit ner Frau hatte. Meine Erklärung überzeugt sie. Sie wissen, wie lang ich schon schwer drauf bin und was das fürs Liebesleben heißt.

– Na ja ... mir hat einer erzählt ... Seeker wärs gewesen ... meint Spud.

– Nee, Seeker nich, schüttelt Sick Boy den Kopf. Er legt dem toten Baby eine Hand auf die kalte Wange. Seine Augen füllen sich mit Tränen. Ich bin kurz davor loszuflennen. Irgendwas schnürt mir die Brust zusammen. Ein Geheimnis is gelüftet. Das tote Gesicht der kleinen Dawn sieht meinem Kumpel Simon Williamson sehr ähnlich.

Dann schiebt Sick Boy den Jackenärmel hoch und entblößt die nässenden Stellen an seinem Arm. – Ich rühr die Scheiße nie wieder an. Von jetzt an bin ich clean. Er setzt seinen wunden Rehblick auf, was er immer macht, wenn er jemanden vögeln oder anpumpen will. Aber ich glaubs ihm fast.

Matty schaut ihn an. – Ach komm schon, Si. Zieh nich gleich die falschen Schlüsse. Was mit dem Baby passiert is, hat doch mit dem Stoff nix zu tun. Is auch nich Lesleys Schuld. Ich hatte sie wohl nich mehr alle, so zu reden. – Sie war ne gute Mutter. Sie hat das Baby geliebt. Niemand hat Schuld. Kindstod eben. Kommt doch andauernd vor.

– Ja genau, plötzlicher Kindstod, Mann ... verstehste? stimmt Spud mir zu.

Ich hab das Gefühl, ich mag sie alle. Matty, Spud Sick Boy und Lesley. Das will ich ihnen auch sagen. Ich versuchs, aber raus kommt: – Ich koch was auf. Die glotzen mich an, als wär ich gestört. – He, ich bins bloß, sage ich achselzuckend. Ich geh ins Wohnzimmer.

Es is mörderisch. Lesley. In solchen Dingen bin ich zu nichts zu gebrauchen. In meinem Zustand zu weniger als nichts. Negativ nützlich.Lesley hat sich nich von der Stelle gerührt. Ich hab das Gefühl, ich müßt zu ihr hin und sie trösten, den Arm um sie legen. Aber meine Knochen sind wie verdreht und verschrammt. Im Augenblick könnt ich niemanden anrühren. Statt dessen fasle ich rum.

– Tut mir echt leid, Les... da hat niemand Schuld... Kindstod und so... kleine Dawn... so was von schade ... echt schade, eh, ich sags dir.

Lesley hebt den Kopf und schaut mich an. Ihr schmales weißes Gesicht sieht aus wie ein in milchige Frischhaltefolie eingewickelter Schädel; ihre Augen sind blutunterlaufen, schwarze Ringe drumrum.

– Kochst du was auf? Ich brauch n Schuß, Mark. Ich brauch nen verdammten Schuß. Mach schon, Mark, koch uns nen Schuß auf...

Endlich bin ich zu was gut. Überall flogen Spritzen und Nadeln rum. Ich versuchte mich daran zu erinnern, welches Besteck meins war. Sick Boy meint, daß er niemals, unter keinen Umständen, mit wem die Nadel teilt. Son Scheiß. Wenn einem is wie mir grade, dann is einem das ehrlich gesagt scheißegal. Ich nehme die nächstbeste, und das is wenigstens nicht die von Spud, der hat nämlich in der anderen Zimmerecke gesessen. Wenn Spud nich schon längst HIV positiv is, dann sollte die Regierung mal ne Abordnung von Statistikern nach Leith raufschicken, denn die Gesetze der Wahrscheinlichkeit sind hier irgendwie außer Kraft gesetzt.

Ich kram meinen Löffel, das Feuerzeug und die Wattebäuschchen und n bißchen was von dem Vim oder Ajax zusammen, das Seeker dreist als Heroin bezeichnet. Die anderen kommen ins Zimmer zurück.

– Geht mir ausm Licht, knurr ich und wedel die Arschlöcher mit ner Handbewegung fort. Ich weiß, ich mach hier auf Boß, und ein Teil von mir haßt mich dafür, weil ich das selber hasse, wenn das einer mit mir macht. Aber wenn du in dieser Position bis, kannste die Feststellung einfach nich von dir weisen, daß totale Macht korrumpiert. Die Typen treten n paar Schritte zurück und schauen schweigend zu, wie ich koche. Die Wichser werden warten müssen. Nach mir kommt erst Lesley dran. Das versteht sich doch von selbst.

Junk-Dilemma Nr. 64

– Mark! Mark! Mach die Tür auf! Ich weiß, daß du da drin bist, Junge. Ich weiß, daß du da drin bist!

Meine Mutter. Ich hab sie schon ne Weile nich mehr gesehn. Ich lieg bloßn paar Meter von der Tür weg, von da gehts auf nen schmalen Flur, dann zu ner weiteren Tür. Hinter der Tür is meine Mutter.

– Mark! Bitte, Junge, bitte! Mach die Tür auf! Ich bins, deine Mutter, Mark! Mach die Tür auf!

Hört sich an, als ob sie weint. Klingt wie »Tü-hü-hür«. Ich liebe meine Ma, ich liebe sie zu sehr, aber auf eine

Weise, das kann ich gar nicht richtig sagen, auf eine Weise, bei ders mir schwerfällt, es ihr auch zu sagen. Aber ich liebe sie. So sehr, daß ich nich will, daß sie so einen Sohn hat wie mich. Ich wünschte, ich könnt ihr einen Ersatz besorgen. Das wünsch ich mir, weil ich nich glaub, daß ich mich jemals ändern kann.

Ich kann nich an die Tür. Ausgeschlossen. Lieber beschließe ich, mir nochn Schuß zu kochen. Meine Schmerzzentren sagen mir, es is wieder mal soweit.

Schon wieder.

Herrgott, das Leben wird nicht einfacher.

In dem Heroin is einfach zuviel Scheiß drin. Das merkste daran, wie schlecht es sich auflöst. Dieser Seeker is ne Sau!

Irgendwann muß ich die alte Dame und den alten Herrn mal besuchen gehen. Steht gleich als erstes auf der Liste; aber erstmal muß ich natürlich bei Seeker vorbei, diesem Arsch.

IHR MANN

Verdammt.

Wir warn bloß aufn schnelles Glas reingeschneit. Aber das hier ist der reine Wahnsinn.

– Haste das gesehen? Völlig irre, sagte Tommy.

– Nee, halt dich da raus, Mann. Misch dich da nich ein. Du weißt doch gar nich, worums geht, sag ich zu ihm.

Aber ich habs gesehen. Ganz genau. Er hat sie geschlagen. Keine Ohrfeige oder sowas, sondern die Faust. War ziemlich hart.

Ich bin froh, daß Tommy neben ihnen sitzt, nich ich.

– Weil ich es sag! Deshalb! Der Typ brüllt sie wieder an. Niemand kümmert sich drum. N Dicker mit blonden Korkenzieherlocken und rotem Gesicht steht an der Bar, schaut rüber und lächelt, dann dreht er sich wieder weg und schaut beim Darts zu. Von den Jungs, die Darts spielen, dreht sich keiner um.

– Is dasn Achtziger? Ich zeige auf Tommys Glas, das fast leer ist.

– Ja.

Als ich an der Theke bin, haben sie schon wieder angefangen. Ich kann sie hören. Der Typ hinter der Theke und der Korkenzieherarsch auch.

– Na los! Schlag mich doch noch mal! Na los! Sie fordert ihn heraus. Ihre Stimme hört sich an wie von nem Gespenst, so kreischt sie, bloß daß sich ihre Lippen nich zu bewegen scheinen. Ich weiß bloß, daß sie es is, weil der Krach von dort kommt. Und das Pub is fast leer. Wir hätten uns überall hinsetzen können. Aber nein.

Er schlägt ihr die Faust in die Fresse. Blut spritzt ihr ausm Mund.

– Schlag mich noch mal, du blöder Hund. Na los!

Er tuts. Sie stößt einen Schrei aus, fängt an zu heulen und hält sich die Hände vors Gesicht. Er sitztn paar Zentimeter von ihr entfernt und starrt sie aus wütenden Augen und mit offenem Mund an.

– Kleiner Streit unter Liebenden, sagt der Korkenzieherarsch und lächelt. Ich lächle zurück. Ich weiß nich, warum. Ich hab bloß son Gefühl, ich könnt Freunde brauchen. Ich erzähls zwar keinem, aber ich glaub, ich hab Probleme mit dem Alkohol. Wenn man so drauf is, dann halten sich die Freunde fern von einem, es sei denn, sie ham selber Alkoholprobleme.

Ich schau zu dem Barkeeper hinüber, nem alten Kerl mit grauen Haaren und grauem Schnurrbart. Er schüttelt den Kopf und murmelt sich was in den Bart.

Ich trag die Gläser zurück. Schlag niemals eine Frau, hat mein Vater oft zu mir gesagt. Bloß der letzte Dreck tut sowas, sagt er. Dieser Arsch hat die Frau geschlagen, auf ihn paßt die Beschreibung. Ein kleiner wieselgesichtiger Wichser.

Eigentlich will ich gar nicht hier sein. Ich will bloß in Ruhe n paar Gläser trinken. Bloßn paar, hatt ich Tommy versprochen, damit er mitkommt. Ich hab den Alkohol unter Kontrolle. Bloß Bier, kein Schnaps. Aber jetzt wär mirn winzig kleiner Whisky recht. Carol is bei ihrer Ma. Sie kommt nich zurück, sagt sie. Ich bin bloß aufn Bier hergekommen, aber vielleicht besauf ich mich doch noch.

Tommy keucht heftig und schaut ganz angespannt, als ich mich setze.

- Verdammt, ich sag dir was, Secks ... zischt er und knirscht mit den Zähnen.

Das Auge der Frau is ziemlich zugeschwollen. Ihr Kinn is auch dick, und sie blutet noch immer aus dem Mund. Sie is ne Dürre und sieht aus, als bricht sie in Stücke, wenn er sie noch mal schlägt.

Aber sie macht einfach weiter.

- Das ist deine Antwort? Immer die gleiche Antwort, spuckt sie zwischen Schluchzern aus, wütend und selbstmitleidig zugleich.

- Halt die Schnauze! Ich sags dir! Halt die verdammte Schnauze! Er erstickt fast vor Wut.

- Und, was machste dann?

– Dreckiges... Er sieht aus, als ob er sie gleich noch mal schlägt.

– Es reicht, Kumpel. Laß gut sein. Das is echt daneben, sagt Tommy zu dem Typen.

– Das geht dich dochn Scheißdreck an! Halt dich da raus! Der Typ zeigt auf Tommy.

– Es reicht! Genug jetzt! ruft der Barkeeper. Der Korkenzieherarsch grinst, undn paar von den Dartsbubis schauen rüber.

– Und ob mich das was angeht! Und was willst du daran ändern, verdammt? Mmh? Tommy beugt sich vor.

– Verdammt, Tommy. Bleib cool. Ich denk an den Barkeeper und faß ihn halbherzig am Arm. Er schüttelt mich mit einer kurzen Bewegung ab.

– Willst du was in die Schnauze? fragt der Typ.

– Glaubste vielleicht, ich hock hier und kuck mir das an? Bist wohl gestört! Wir gehen gleich raus zusammen, du Arsch. Na looos! singt Tommy spöttisch.

Der Typ macht sich in die Hose. Zu Recht. Tommy isn ziemlicher Schrank.

– Halt dich da raus, sagt er und muckt längst nicht mehr so auf.

Dann schreit die Frau Tommy an.

– Das is mein Mann! Das is mein Mann, mit dem du da redest! Tommy is zu schockiert, um sie aufzuhalten, als sie sich vorlehnt und ihm die Fingernägel ins Gesicht bohrt.

Danach gings richtig los. Tommy stand auf, haute dem Typen eine aufs Maul, und der Kerl fiel vom Hokker. Ich ging auf den Korkenzieherarsch an der Bar los. Ich donnerte ihm eine aufs Kinn und krallte mich in seinen verdammten Locken fest, zog seinen Kopf nach unten und trat ihm n paarmal in die Fresse.

Ich glaub, einen Tritt hat er mit den Händen abgewehrt, und ich glaub nich, daß die anderen dem Arsch wehgetan haben, weil ich Trainingsschuhe anhab. Er wedelt mit den Armen und reißt sich los. Dann macht er mit hochrotem Kopf und nem blöden Gesicht n paar Schritte zurück. Ich dachte schon, jetzt hätt er mich, wär kein Problem gewesen, aber er steht einfach da und streckt die Hände aus.

- Verdammt, was soll das?

- Findeste das vielleicht witzig? sag ich.

- Was solln das? Der Arsch scheint wirklich keine Ahnung zu haben.

- Ich hol die Polizei! Raus mit euch, sonst hol ich die Polizei! sagt der Barkeeper und nimmt den Telefonhörer ab.

- Hier drin gibts keine Schlägerei, meintn dicker Fettarsch von den Dartern drohend. Er hat immer noch seine Pfeile in der Hand.

- Ich hab damit überhaupt nichts zu tun, sagt der Korkenzieherarsch zu mir.

- Na, Irrtum meinerseits, sage ich.

Die Frau und der Mann, die beiden, die den ganzen verdammten Ärger erst ausgelöst haben, wo wir doch bloß in Ruhe n paar Gläser trinken wollten, schleichen zur Tür raus.

- Verdammte Idioten. Das is mein Mann, brüllt sie uns beim Gehen zu.

Ich spüre Tommys Hand auf meiner Schulter.

- Komm schon, Secks. Wir haun auch ab, sagt er.

Der fette Sack von den Dartern, dern rotes T-Shirt mit dem Kneipennamen, nem Dartboard und »Stu« drunter anhat, hat immer noch was zu melden.

- Mach hier bloß kein Ärger, Kumpel. Das is nich

deine Kneipe. Ich kenn eure Visagen. Ihr seid Freunde von diesem rothaarigen Arschloch und diesem Williamson, dem mit dem Pferdeschwanz. Die Mistkerle sind widerlicher drogendealender Abschaum. Wir wollen diesen verdammten Dreck nich hier haben.

– Wir handeln nich mit Drogen, Kumpel, sagt Tommy.

– Ja. Und in diesem Pub schon gar nich, redet der fette Sack weiter.

– Komm schon, Stu. Die Jungs ham nich Schuld. Das war Alan Venters, dieser Arsch, und seine Mieze. Die sind doch bis über beide Ohren mit Drogen zu. Weißte doch, sagt der andere Typ mit den dünnen blonden Haaren.

– Wenn die sich streiten wollen, dann solln se das zu Hause machen, nich im Pub, sagt ein anderer.

– Ehekrach, sonst nix. Damit sollten se nich andere Leute belästigen, die bloß mal was trinken wollen, stimmt ihm Goldlöckchen zu.

Das Schwierigste is, da rauszukommen. Ich mach mir fast in die Hose, daß uns jemand folgt. Ich geh schnell, aber Tommy schlurft bloß hinterher.

– He, warte mal, sagt er.

– Scheiße. Nix wie weg hier.

Wir gehen die Straße lang. Ich seh mich um, aber hinter uns hat keiner das Pub verlassen. Das bekloppte Pärchen läuft vor uns.

– Ich muß noch maln Wörtchen mit dem Arsch wechseln, sagt Tommy und will schon hinterher. Ich sehe, daßn Bus kommt. Ein 22er. Das is unser.

– Scheiß drauf, Tommy. Da kommt der Bus. Los. Wir laufen zur Haltestelle und steigen ein. Wir gehen nach oben und bis ganz nach hinten, obwohls bloßn paar Haltestellen sind.

- Wie seh ich aus? fragt Tommy, als wir uns hinsetzen.

- Wie immer. Furchtbar. Die Puppe hatn paar Verschönerungen vorgenommen, sage ich.

Er betrachtet sich in der Fensterscheibe.

- Verdammte Schlampe, flucht er.

- Die sind beide verdammte Schlampen, sage ich.

Das war echt toll von Tommy, dem Typen eine reinzuhauen und nicht der Puppe, wo die doch auf ihn los ist. Ich hab schon ne Menge in meinem Leben gemacht, auf das ich nich stolz bin, aber ich hab noch nie ne Frau geschlagen. Was Carol da erzählt, is doch Quatsch. Sie behauptet, ich wär ihr gegenüber gewalttätig gewesen, aber geschlagen hab ich sie nie. Ich hab sie bloß festgehalten, damit wir reden konnten. Sie sagt, Festhalten ist wie Schlagen, eben Gewalt gegen sie. Das seh ich nich so. Ich wollt doch bloß, daß sie dableibt, und mit ihr reden.

Als ich das Rents erzählt hab, hat er gesagt, Carol hat recht. Er meint, sie hatn Recht darauf zu kommen und zu gehen, wann sie will. Son Scheiß. Ich wollte doch bloß reden. Franco hat mir recht gegeben. In ner Beziehung is das was anderes, hab ich Rents gesagt.

Im Bus war mir schlecht, und ich war unruhig. Tommy gings wohl auch so, wir haben kein Wort mehr gewechselt. Aber morgen sind wir wieder mit Rents, Beggar, Spud, Sick Boy und den anderen zusammen und saufen, und dann geben wir mit der Geschichte an wien Sack Sülze.

EIN SCHNELLES EINSTELLUNGS-GESPRÄCH

1 – Vorbereitung

Spud und Renton saßen in einem Pub auf der Royal Mile. Die Einrichtung des Pubs zielte auf einen Effekt à la American Bar, traf ihn aber nicht; statt dessen sah es aus wie ein Irrenhaus voller buntgemischtem Nippeskram.

– Is doch echt irre, Mann, daß wir beide zum selben Job geschickt werden, findste nich? sagte Spud und schlürfte an seinem Guinness.

– Die absolute Katastrophe, Mann. Ich will den verdammten Job nich. Das ist dochn Alptraum. Renton schüttelte den Kopf.

– Ja, ich würd im Augenblick auch lieber auf Stütze bleiben.

– Das Blöde is bloß, wenn dus nich versuchst, wenn du das Interview mit Absicht hinschmeißt, dann reden die Ärsche mitm Sozialamt, und die Schweine stellen die Schecks ein. Is mir in London passiert. Da hab ich schon die letzte Verwarnung.

– Ja … ich auch. Und, was willste machen?

– Na, du mußt eben begeistert klingen, aber das Ding trotzdem vermasseln. Solang du Interesse zeigst, können die überhaupt nichts wollen. Wenn wir einfach so sind, wie wir sind, und ehrlich bleiben, dann geben sie keinem von uns den verdammten Job. Das Problem is, wenn du bloß dasitzt und zu den Arschlöchern kein Wort sagst, dann geben die das sofort weiter. Dann sagen die: Mit dem Arsch is nix anzufangen.

– Das fällt mir echt schwer, Mann ... verstehste? Fällt mir schwer, mich so zusammenzureißen ... verstehste? Ich werd dann irgendwie total schüchtern, verstehste?

– Tommy hat mirn bißchen Speed gegeben. Wann is nochmal dein Termin?

– Erst halb drei.

– Ich bin um eins dran. Wir treffen uns um zwei wieder hier. Ich geb dir meinen Schlips, den kannste umbinden, undn bißchen Speed. Baut dich auf, damit du dich gut verkaufen kannst, verstehste? Also nehmen wir uns mal den Papierkram vor.

Sie breiteten die Formulare vor sich auf dem Tisch aus. Rentons Blatt war schon zur Hälfte ausgefüllt. Spuds Blick fiel auf ein paar Einträge.

– He ... wasn das, Mann? George Heriot School ... du bist doch in Leith zur Schule gegangen ...

– Weiß doch jeder, daß du in dieser Stadt nicht die leiseste Chance hast, nen anständigen Job zu kriegen, wenn du nich auf ner Nobelschule warst. Und nem ehemaligen Schüler von der George Heriot bieten die doch keinen Job als Hotelportier an. Sowas is bloß für Pack wie uns; also schreibste sowas hin. Wenn die St. Augustines oder Craigroyston auf deinem Formular sehen, bieten se dir den Job an ... Scheiße, ich muß los. Komm aber bloß nich zu spät. Bis nachher.

2 – Vorgang Mr. Renton (13.00)

Der Ausbildungsleiter, der mich begrüßte, warn pickelgesichtiger Typ in nem scharfen Anzug mit Schuppen aufn Schultern wie Kokain haufenweise. Am liebsten hätte ich dem Arsch ne aufgerollte Fünf-Pfund-Note an den Hals gehalten. Das blöde Gesicht, das er macht, und die Pickel ruinieren den Eindruck, den dieser schmierige kleine Arsch machen will, total. Nicht mal zu meinen schlimmsten Junkie-Zeiten hab ich so ne Haut gehabt wie die arme Sau da. Den Typen steck ich locker in die Tasche. Der Obermacker is der fette, messerscharf rasierte Sack in der Mitte; rechts von ihm sitzt ne eiskalt lächelnde Lesbe in nem Busineßkostüm mit ner dick aufgetragenen Maske, die häßlich is, wie ausm Katalog.

Ziemlich heftiger Aufmarsch für son Scheiß-Portiersjob.

Die Eröffnung war vorherzusehen. Der fette Sack wirft mirn Hundeblick zu und sagt: - Ich ersehe aus Ihrem Bewerbungsformular, daß Sie auf die George Heriot School gegangen sind?

- Stimmt... ja, ja, die glückliche Schulzeit. Kommt mir wie ne Ewigkeit vor.

Auf dem Formular hab ich vielleicht gelogen, aber nich im Interview. Ich war mal auf der George Heriot: Als ich Schreinerlehrling bei Gillsland war, hatten wir da maln Auftrag.

- Und, zieht der alte Fotheringham immer noch seine Runden?

Scheiße. Entscheiden Sie sich für eine der folgenden Möglichkeiten: Erstens, Ja; zweitens, er ist im Ruhestand. Nein. Zu riskant. Bleiben wir unbestimmt.

- O Gott, da gehen Sie aber ziemlich weit zurück mit mir... lache ich. Den fetten Arsch stimmt das offenbar zufrieden. Ich mach mir langsam Sorgen. Ich hab das Gefühl, das Gespräch is beendet, und die Typen bieten mir ernstlich den Job an. Die folgenden Fragen werden alle freundlich gestellt und sind nicht weiter schwierig. Meine These war fürn Arsch. Eher geben sie nem Absolventen der Handelsschule mit massivem Hirnschaden nen Job als Ingenieur im Atomkraftwerk als einem aus ner Sozialsiedlung mit Doktortiel nen Job als Kloputzer. Das ist ja grauenvoll. Der Fettwanst glaubt, ich bin n Ehemaliger von der George Heriot School, der ne schlechte Zeit hinter sich hat, und will mir weiterhelfen. Da hast du dich aber übel verspekuliert, Renton, du Arsch.

Tausend Dank für den Pickelarsch. Nich weit hergeholt, wenn man bedenkt, daß wohl auch jeder andere Körperteil von ihm mit Pickeln bedeckt ist. Er stellt mir nervös ne Frage: - Ähm ... ähm ... Mr. Renton ... ähm ... können Sie uns, ähm ... die Beschäftigungslücken, ähm ... erklären ...

Kannst du die Lücken zwischen deinen Wörtern erklären, du blöder kleiner Sack?

- Ja. Ich hatte ziemlich lange ein Problem mit meiner Heroin-Abhängigkeit. Ich habe versucht, dagegen anzugehen, aber sie hat meine Beschäftigungsmöglichkeiten doch ziemlich eingeschränkt. Ich finde es wichtig, das Ihnen als möglichem zukünftigem Arbeitgeber gegenüber offen und ehrlich zur Sprache zu bringen.

Ein Überraschungsangriff. Sie rutschen nervös auf ihren Sitzen herum.

- Nun, ähm, vielen Dank für Ihre Offenheit, Mr. Renton ... ähm, wir müssen noch mit weiteren Bewerbern sprechen ... nochmals vielen Dank, Sie hören von uns.

Zauberhaft. Der Fettsack zieht eine Mauer aus abweisender Kälte und Distanz zwischen uns. Soll keiner sagen, ich hätts nich versucht ...

3 – Vorgang Mr. Murphy (14.30)

Das Speed is einfach super. Komm mir richtig dynamisch vor, verstehste, ich freu mich schon richtig auf das Interview. Rents meint: Verkauf dich anständig, Spud, sag die Wahrheit. Na, dann mal los, auf gehts...

– Ich entnehme Ihrem Bewerbungsformular, daß Sie auf der George Heriot School waren. Heute nachmittag scheint es ja recht viele ehemalige Schüler von Heriot zu geben.

Ja logo, Fettsack.

– Um ehrlich zu sein, muß ich da was klarstellen. Ich war auf Augie's, der St. Augustine School, dann Craigy, ähm, Craigroyston, verstehn se? Heriot hab ich bloß hingeschrieben, weil ich dachte, ich würd den Job dann eher kriegen. In dieser Stadt gibts echt zuviel Diskriminierung, Mann. Kaum sehn die Schlips-und-Kragen-Typen Heriot oder Daniel Stewarts oder Edinburgh Academy, sind se schon ganz heiß. Ich mein, hätten Sie zum Beispiel gesagt, »Wie ich sehe, waren Sie auf der Craigroyston«?

– Nun, ich wollte mich nur ein wenig unterhalten, da ich selber auf der Heriot war. Ich wollte nur, daß Sie sich entspannen. Aber ich kann Sie beruhigen, was die Diskriminierung betrifft. Das wird alles von unserem neuen Gleichstellungsprogramm berücksichtigt.

– Na cool, Mann. Ich bin ganz entspannt. Aber ich will diesen Job wirklich. Konnte letzte Nacht nich schlafen deswegen. Hab mir andauernd Gedanken gemacht, ich könnts versauen. Is halt so, wenn die Leute »Craigroyston« auf dem Formular sehen, dann denken sie sich gleich, na, alle, die da waren, taugen nix, stimmts? Aber Sie kennen doch Scott Nisbet, den Fußballspieler? Der is bei den Hunnen ... ähm, den Rangers und macht sich ganz prima bei den ganzen teuren Einkäufen, die Graeme Souness da vornimmt. Der Typ war ein Jahr unter mir auf der Craigie, Mann.

– Nun, ich kann Ihnen versichern, Mr. Murphy, wir sind viel mehr an Ihren Qualifikationen interessiert als an der Schule, auf der Sie oder irgend ein anderer Bewerber waren. Hier steht, Sie haben Ihren Hauptschulabschluß glänzend bestanden ...

– Moment. Ich muß Sie leider unterbrechen, Mann. Die Noten sind gelogen, verstehn se? Ich dacht, das könnt ich gut brauchen, umn Fuß in die Tür zu kriegen. Einsatz zeigen, klar? Ich will diesen Job wirklich, Mann.

– Schauen Sie, Mr. Murphy, Sie sind uns von der staatlichen Arbeitsvermittlung geschickt worden. Sie brauchen nicht zu lügen, um, wie Sie sagen, den Fuß in die Tür zu kriegen.

– He ... wie Sie meinen, Mann. Sie sind der Boß, der Obermufti, der Typ am Hebel, sozusagen, klar?

– Ja, nun, so kommen wir nicht weiter. Warum erzählen Sie uns nicht einfach, warum Sie diese Stelle so dringend wollen, daß Sie dafür lügen.

– Ich brauch die Kröten, Mann.

– Bitte? Was?

– Den Schotter, Mensch, ähm ... die Kohle, die Piepen, klar?

– Ich verstehe. Und was interessiert Sie besonders an der Freizeitindustrie?

– Na, jeder wünscht sich dochn bißchen Spaß, will sichn bißchen verwöhnen lassen, oder? Das nenn ich Entspannung, Mann. Ich will, daß die Typen sich wohlfühlen, verstehn Sie?

– Gut. Vielen Dank, sagt die Puppe mit der Makeup-

Maske. Also, die wär was für mich, könnt mich richtig verlieben in die ... – Worin sehen Sie ihre Stärken? fragt sie mich.

– Ähm ... Sinn für Humor, würd ich sagen. das braucht man auch, muß man einfach haben, verstehn Se, muß man einfach. Ich muß aufhörn, andauernd »verstehn Se« zu sagen. Sonst halten mich die Typen noch für Pack.

– Und Ihre Schwächen? fragt die Anzugmaus mit der Quietsch-Stimme. Das is vielleicht ne gefleckte Katze; Rents hat nich übertrieben. Das reinste Leopardenbaby.

– Ich denke, ich bin zu sehr Perfektionist, verstehn Sie? Wenns bißchen knifflig wird, kann mich das nich kratzen, wissen Sie? Aber ich habn echt gutes Gefühl bei dem Gespräch hier, verstehn Se?

– Herzlichen Dank, Mr. Murphy. Wir geben Ihnen Bescheid.

– Nee, Mann, das Vergnügen is ganz meinerseits. Das beste Vorstellungsgespräch, daß ich je hatte, verstehn Se? Ich spring auf und schüttle jedem die Pfote.

4 – Nachbesprechung

Spud und Renton wieder im Pub.

– Wie isses gelaufen, Spud?

– Gut, Alter, gut. Vielleicht zu gut. Ich glaub, die Typen geben mir den Job. Üble Sache. Aber mit dem Speed, da haste echt recht gehabt. Mann. Bisher konnte ich mich bei Bewerbungen nie richtig verkaufen. Echt cool, Compadre, echt cool.

– Na, trinken wir noch einen auf deinen Erfolg. Willste noch was von dem Speed?

– Da sag ich nich nein, Mann, da sag ich nich nein.

Rückfall

SCOTLAND TAKES DRUGS IN PSYCHIC DEFENCE

Ich konnt Lizzy doch nix von dem Gig im Barrowland erzählen. Null Chance, Mann, das kann ich dir sagen. Die Eintrittskarte hab ich gleich gekauft, als ich meine Stütze gekriegt hab. Und dann war ich pleite. Aber sie hatte Geburtstag. Entweder die Karte odern Geschenk für sie. Keine Frage. Schließlich gings um Iggy Pop. Ich dachte, sie würd das verstehn.

– Ne beschissene Karte für den beschissenen Igg Pop kannste dir kaufen, aber kein beschissenes Geburtstagsgeschenk für mich! Das war ihre Reaktion. Siehste, was fürn Kreuz ich hier zu tragen habe, Mann? Der reine Wahnsinn, ich sags dir. Versteh mich nich falsch. Man kann sie ja verstehen. Is bloß meine Schuld, wie ich schon sagte, meine eigene Schuld. Total naiv, wie ich bin. Oller Nichtsnutz. Andauernd pinkel ich gegen den Wind. Wenn ichn bißchen, wie heißt das Wort, doppelzüngiger wär, dann hätt ich ja nix von den Karten gesagt. Ich laß mich zu leicht begeistern und reiß das Maul einfach viel zu weit auf. So is der furchtlose Tommy Gun nun mal. N echter Arsch.

Also hab ich kein Wort von dem Konzert gesagt. Am Abend vorher meint Lizzy, daß sie unheimlich gern ins Kino gehen und sich *The Accused* ansehen würd. Sagt, daß die, wo im *Taxi Driver* mitgespielt hat, da auch drin is. Ich find den Film nich so doll, zu viel Reklame und

Rummel drumrum. Außerdem is das völlig unwichtig, wenn de verstehst, was ich meine, weil, ich sitz da mit den Iggy-Karten in der Tasche. Also bin ich gezwungen, aufs *Barrowland* und Iggy Pop zu sprechen zu kommen.

– Ähm, ich kann morgen nich. Da is doch das Iggy-Pop-Konzert im *Barrowland.* Mitch und ich wollten da hin.

– Du gehst also lieber mit dem beschissenen Davie Mitchell ins Konzert als mit mir ins Kino? Typisch Lizzy. Die rhetorische Frage, typische Waffe der Frauen und Verrückten.

Dieser Punkt entwickelt sich zur Schicksalsfrage in unserer Beziehung. Mein Instinkt sagt mir, ich sollt besser damit rausrücken und »Ja« sagen, aber das würd wahrscheinlich bedeuten, daß Lizzy verduftet, und ich bin echt süchtig danach, mit ihr zu schlafen. Gott, is das geil. Ihrs von hinten zu machen, während sie leise stöhnt und den hübschen Kopf auf die gelben Seidenkissenbezüge in meiner Bude legt; die Bezüge, die Spud zur Wohnungseinweihung im British Home Store geklaut hat. Ich weiß, ich sollt unser Privatleben nich ausbreiten, aber dieses Bild von ihr im Bett is so stark, daß sogar ihre Grobheiten und ihr ständiges Beleidigtsein es nicht abschwächen können. Am liebsten wär mir einfach, Lizzy könnt immer so sein wie im Bett.

Ich versuch, n paar verführerische Entschuldigungen zu murmeln, aber sie is so grob und gnadenlos: süß und schön is sie bloß im Bett. Das böse Gesicht, das sie andauernd macht, treibt ihr noch die Schönheit lange vor der Zeit aus. Sie bepflastert mich mit allen Schimpfwörtern, dies gibt, und dann legt sie nochn paar drauf.

Armer alter Tommy Gun. Nich mehr der größte Kämpfer, bloß noch der größte Scheißer.

Iggy hat keine Schuld. Kann doch nix dafür, der Junge, oder? Woher soll er denn wissen, daß er den Jungs, von denen er nicht mal weiß, daß es sie gibt, solchen Ärger einbrockt. Barrowland auf seinen Tourplan zu schreiben. Echt irre, wenn mans bedenkt. Trotzdem, nochn Tropfen ins Faß. Lizzy is die stahlharte Frau. Aber ich bin glücklich. Sogar Sick Boy is eifersüchtig auf mich. Lizzys Freund zu sein, hebt den Status, aber für den Ruhm muß man zahlen, wie man so sagt. Als ich das Pub verlasse, is mir sonnenklar, daß ich als Mensch nichts wert bin.

Zu Hause zieh ich mir was Speed rein und sauf ne halbe Flasche Merrydown. Ich kann einfach nich schlafen, also ruf ich Rents an und frag ihn, ob er nich Lust hat vorbeizukommen und sich n Chuck-Norris-Video reinzuziehen. Rents fährt morgen nach London. Er verbringt bald mehr Zeit da unten als hier. Hat irgendwas mit Scheinadressen für die Stütze zu tun. Der Typ steckt in irgend so nem Syndikat mitn paar Leuten, die er kennengelernt hat, als er auf der Kanalfähre Harwich-Hoek van Holland gearbeitet hat, is schon Jahre her. Er kuckt sich Iggi im *Town & Country* an, wenn er unten in der Nebelstadt is. Wir ziehen unsn bißchen Gras rein und lachen uns schlapp, während Chuck dutzendweise kommunistische Antichristen vermöbelt, ohne daß er dabei diesen Gesichtsausdruck aus Verdauungsstörung und Gleichmut verliert. Nüchtern kann man sich so was nich ankucken. Stoned sollte man das nich verpassen.

Am nächsten Tag hab ich schlimme Geschwüre im Mund. Temps, Gav Temperley, der auch hier eingezogen is, sagt, das würd mir recht geschehen. Ich bring mich mit Speed um, findet er. Temps meint, ich bräucht Arbeit bei meiner Qualifikation. Ich sag zu Temps, er hört sich mehr wie meine Mutter an, als das nem Freund erlaubt sein sollte. Aber ich kann Gav ja verstehen. Er is der einzige, der Arbeit hat, und das auch noch aufm Sozialamt, und andauernd pumpen wir ihn an. Armer Temps. Ich glaub, Rents und ich ham ihn letzte Nacht nich schlafen lassen. Temps verachtet Leute, die sichs mit Stütze so gut gehn lassen wie mit Arbeit. Er haßt es, wenn er Tag für Tag von Rents angehauen und ausgefragt wird, wie die Stütze beantragt wird.

Ich geh zu meiner Mutter und versuch, ihrn bißchen Kohle fürs Konzert rauszuleiern. Ich brauch Pulver für die Fahrt und für Getränke und Stoff. Ich bin auf Speed, geht gut zu Alk, und ich hab schon immer gern getrunken. Tommy is der reinste Speed-Freak.

Meine Ma hält mirn Vortrag über die Gefahren der Drogen, sagt mir, welche Enttäuschung ich ihr und meinem Pa bereite, der sich wirklich Sorgen um mich macht, auch wenn er nich viel redet. Später, als er von der Arbeit kommt und meine Ma grad oben is, sagt er zu mir, daß sie vielleicht nich viel redet, sich aber wirklich Sorgen um mich macht. Er meint, er wär von meiner Einstellung wirklich enttäuscht. Er hofft, daß ich keine Drogen nehm, und schaut mich prüfend an, als ob er in meinem Gesicht was lesen könnt. Komisch, ich kenn Junkies, Dope-Heads und Speed-Freaks, aber die Jungs auf Drogen, die ich kenn, die am schlimmsten aussehen, das sind Suffköppe wie Secks, Rab McLaughlin, Second Prize. Der is voll durchgeknallt, Mann.

Ich sack die Kohle ein und treff mich mit Mitch im

Hebridean. Mitch is immer noch mit Gail zusammen. Sieht aber jeder, daß sie ihn nich drüber läßt. Wenn man ihm fünf Minuten zuhört, weiß man das sofort. Er is total in Säuferlaune, also hau ich ihn um n bißchen Kohle an. Wir ziehen uns vier Pints Dunkles rein und nehmen dann den Zug. Auf der Fahrt nach Glasgow zieh ich mir vier Dosen Export und zwei Linien Speed rein. Im *Sammy Dow* trinken wir nochn paar, dann gehts mitm Taxi ins *Lynch.* Nach zwei, vielleicht auch drei Pints und noch ner Linie Speed pro Nase aufm Klo singen wirn Medley von Iggy-Songs und marschieren rüber zum *Saracen Head* in Gallowgate, gegen vom *Barrowland.* Wir trinken Cider und noch Wein und nippen wie wild an dem salzigen Speed in Alufolie.

Als ich ausm Pub komm, seh ich bloß noch verschwommenes Neon. Hier isses tierisch kalt, echt wahr, und wir gehn auf das Licht zu und in den Konzertsaal. Wir gehn direkt an die Bar. Wir trinken noch was, obwohl wir hören, daß Iggy schon angefangen hat. Ich reiß mir das zerfetzte T-Shirt vom Leib. Mitch zieht auf der Resopaltheke ne Linie Morningside-Speed, Kokain.

Dann ändert sich die Stimmung. Mitch faselt was von Geld, was ich nich ganz mitkrieg, aber ich spür den Groll. Wir streiten uns heftig und mit schwerer Zunge, schlagen uns, ich weiß nich mehr, wer angefangen hat. Wir können uns nich richtig wehtun, spüren die Faustschläge schon gar nich mehr. Einfach zu fertig. Aber ich schalt nen Gang höher, als ich merke, wie mir das Blut aus der Nase auf die blanke Brust und über die Theke fließt. Ich krall mich in Mitchs Haare und versuch, seinen Kopf gegen die Wand zu donnern, aber meine Hände sind so gefühllos und schwer. Jemand zieht mich weg und schmeißt uns aus der Bar nen Gang runter. Ich steh auf, singe, folge der Musik hinein in den knackevollen Saal voller schwitzender Leiber und schiebe und drücke mich bis an die Bühne vor.

Einer gibt mir ne Kopfnuß, is mir aber egal, ich bleib nich mal stehen, seh mich nich um und kämpf mich weiter vor. Ich hopse einfach so vor der Bühne rum, n paar Meter von Iggy weg. Sie spielen »Neon Forest«. Irgendwer haut mir auf den Rücken und sagt: – Du bis echt irre, Mann. Ich singe, eine zuckende pogotanzende Gummimasse.

Iggy Pop schaut mich an und singt: – America takes drugs in psychic defence; statt »America« singt er »Scotland« und faßt so in einem einzigen Satz die ganze Scheiße besser zusammen, als alle anderen es jemals getan haben …

Ich hör mit meinem Veitstanz auf und starre ihn völlig verzückt an. Iggy schaut zu jemand anderem hin.

DAS GLAS

Das Problem mit Begbie war … na ja, es gab ne Menge Probleme mit Begbie. Eine unsrer größten Sorgen war, daß man sich nie richtig entspannen konnte, wenn er dabei war, schon gar nicht, wenn er was getrunken hatte. Ich hatte immer das Gefühl, da brauchte sich bloß ne Winzigkeit zu verändern in der Art, wie der Arsch einen sah, und schon war man nicht mehr bester Kumpel, sondern Opfer. Der Trick bestand darin, den

Typen gewähren zu lassen, ohne gleich als mieser Speichellecker aufzufallen.

Und dabei fand offene Respektlosigkeit nur innerhalb genau definierter Grenzen statt. Diese Grenzen waren für Außenstehende nich zu erkennen, aber nach ner Weile kriegte man sie rein gefühlsmäßig mit. Und sogar dann änderten sich die Regeln, je nachdem, wie das Arschloch drauf war. Mit Begbie befreundet zu sein, war die ideale Vorbereitung auf die Beziehung mit ner Frau. Man schulte sein Einfühlungsvermögen, bekam ein Gefühl für die sich ändernden Bedürfnisse des anderen. Wenn ich mit ner Frau zusammen war, hab ich mich meistens genauso zurückhaltend und nachgiebig verhalten. Jedenfalls für ne Weile.

Begbie und ich waren zu Gibbons 21. Geburtstag eingeladen. So ein UAwg-Ding mit Partnerin. Ich nahm Hazel mit, und Begbie kam mit June, seiner Mieze. June hatte was im Bauch, konnte man aber noch nich sehen. Wir trafen uns in nem Pub in der Rose Street, Begbies Idee. Bloß Arschlöcher, Wichser und Touristen kommen in die Rose Street.

Hazel und ich hatten ne merkwürdige Beziehung. Wir sehen uns seit vier Jahren immer mal wieder. Wir haben so ne Art Abmachung, daß sie einfach verschwindet, wenn ich Drogen nehm. Hazel hängt an mir, weil sie genauso kaputt is wie ich, aber statt das mal zu klären, leugnet sies einfach. Bei ihr steckt Sex dahinter, nich Drogen. Hazel und ich schlafen selten miteinander. Meistens bin ich dafür zu zugeknallt, und außerdem is sie frigide. Es gibt Leute, die sagen, so was wie frigide Frauen gibts nich, bloß unfähige Männer. In gewisser Weise stimmt das auch, und ich bin der letzte, der in dieser Hinsicht groß was vorzuweisen hätt – mein eindrucksvoller Ruf als Junkie spricht da für sich.

Aber Hazel is als kleines Mädchen von ihrem Vater vergewaltigt worden. Hat sie mir mal erzählt, als sie mit Sex nichts am Hut hatte. Ich konnte ihr da nicht viel helfen, weil ich selber völlig draußen war. Als ich später mal mit ihr drüber reden wollt, wollt sie nichts davon wissen. Seitdem isses jedesmal ne Katastrophe. Aber so war unser Sexleben immer. Nachdem sie mich ewig und drei Tage abgewiesen hatte, ließ sie mich dann doch mal rüber. Sie war total verkrampft, krallte sich an der Matratze fest und biß die Zähne zusammen, während ich tat, was man halt so tut. Schließlich ließen wirs ganz sein. Genauso gut hätte ich mit nem Surfbrett schlafen können. Alles Vorspiel in der Welt konnte Hazel nich dazu bringen, sich zu entspannen. Sie wurd bloß noch verkrampfter, es wurd ihr fast körperlich übel. Ich hoffe, eines Tages findet sie einen, der es ihr richtig macht. Jedenfalls hatten Hazel und ich son merkwürdiges Abkommen. Wir benutzen uns gegenseitig, um uns einen dünnen Anstrich von gesellschaftlicher Normalität zu geben, anders kann ichs nich nennen. Ne tolle Tarnung für ihre Frigidität und meine drogenbedingte Impotenz. Meine Ma und mein Pa kriegten sich um Hazel nich ein und betrachteten sie schon als zukünftige Schwiegertochter. Wenn die gewußt hätten. Na, jedenfalls hatte ich Hazel angerufen, damit sie mich an dem Abend begleitete; zwei Loser, die sich zusammentun.

Begbie hatte schon getrunken, bevor wir uns trafen. Er sah abgerissen und bedrohlich zugleich aus, wie das bei Bekloppten nun mal so is, und unter den Manschetten und unterm Kragen schauten überall die Tätowierungen raus. Bestimmt kriechen Begbies Tätowierungen ans Licht, weil sie nicht gern bedeckt sind.

– Wie gehts, Rent Boy, du Arsch! krächzt er laut. Sich anständig zu benehmen, war noch nie seine Stärke. – Alles in Ordnung, Puppe? fragt er Hazel. – Siehst echt scharf aus. Siehste den Arsch da? Er zeigt auf mich. – Stil, sagt er geheimnisvoll. Dann fügt er hinzu: – Zu nichts gut, der Bastard. Aber Stil hat er. Mann von Welt. Mann mit Klasse. Meiner Wenigkeit nich ganz unähnlich.

Begbie schob seinen Freunden andauernd irgendwelche eingebildeten Qualitäten zu und beanspruchte sie dann hemmungslos für sich.

Hazel und June, die sich eigentlich nicht besonders kannten, vertieften sich klugerweise in eine Unterhaltung und ließen mich mit Begbie, dem General Franco, allein. Mir fiel auf, daß ich schon ziemlich lange nich mehr mit Begbie allein was getrunken hatte, ohne daß andere Kumpel mir ab zu was abnahmen. Allein wars echt stressig.

Um meine Aufmerksamkeit zu wecken, rammt mir Begbie seinen Ellbogen derart schwungvoll in die Rippen, daß man das als Angriff bezeichnen könnte, wenns nicht unter Freunden wär. Dann fängt er an, mir von nem Video voll mit grundloser Gewalt zu erzählen, das er sich angekuckt hat. Begbie besteht darauf, die ganze verdammte Geschichte nachzuspielen und probiert die Karateschläge, Würgereien, Messerstechereien usw. an mir aus. Seine Nacherzählung dauert doppelt so lang wie der Film selbst. Morgen früh werd ichn paar blaue Flecken haben, und dabei bin ich noch nich mal besoffen.

Wir trinken in ner Galeriebar, und eine Gruppe von

Beklopptten, die das überfüllte Pub unter uns betreten, weckt unser Interesse. Sie kommen lärmend hereingestolpert und wirken bedrohlich.

Ich hasse solche Arschlöcher. Arschlöcher wie Begbie. Arschlöcher, die jedem Typen, der anders is, n Baseballschläger überziehen, Pakis, Schwulen, was immer. Verdammte Verlierer in nem Land voller Verlierer. Hilft doch nichts, den Engländern dafür die Schuld zu geben, weil sie uns kolonisiert haben. Ich hasse die Engländer nich. Sind doch bloß Wichser. Wir sind von Wichsern kolonisiert worden. Wir können uns noch nich mal ne anständige, lebendige, gesunde Kultur aussuchen, die uns kolonisiert. Nein. Wir werden von ausgelutschten Arschlöchern regiert. Und was sind wir dann? Das Letzte vom Allerletzten, der Abschaum der Menschheit. Der erbärmlichste, jämmerlichste, kümmerlichste Haufen, der je auf die Welt geschissen wurde. Ich hasse die Engländer nich. Die schlagen sich bloß mit dem Scheiß rum, den sie gekriegt haben. Ich hasse die Schotten.

Begbie redet über Julie Mathieson, auf die er mal mächtig scharf war. Julie hat ihn immer gehaßt. Ich mochte Julie, vielleicht genau deswegen. Sie warn gutes Mädchen. Sie hatn Baby gekriegt, als sie schon AIDS hatte, aber das Baby war okay, gottseidank. Julie kam dann zusammen mit dem Baby im Krankenwagen aus dem Hospital nach Haus, dabei warn zwei Kerle in so ner Art strahlensicherem Anzug - Helm und so. Das war 1985. Was dann kam, war klar. Die Nachbarn hams gesehen, flippten aus und ekelten sie aus dem Haus. Wenn sie dir erstmal HIV angehängt haben, dann biste am Arsch. Vor allen Dingen ne alleinstehende Frau. Eine Belästigung folgte der anderen. Schließlich kriegte sie nen Nervenzusammenbruch, und bei ihrem geschädigten Immunsystem war sie ne leichte Beute für AIDS.

Letztes Weihnachten is Julie gestorben. Zur Beerdigung hab ichs nich geschafft. Da lag ich auf ner Matratze in Spuds Bude in meiner eigenen Kotze und war viel zu fertig, um mich zu rühren. Echt schade, Julie und ich waren doch gute Freunde. Wir haben nie miteinander geschlafen oder sowas. Wir fanden beide, daß das unsere Freundschaft zu sehr verändern würd, wie das eben zwischen Männern und Frauen so is. Durch Sex wird ne richtige Beziehung draus, oder sie is zu Ende. Wenn man miteinander geschlafen hat, kann man vor oder zurück, aber den bisherigen Zustand aufrechterhalten is schwierig. Julie sah richtig gut aus, als sie mit Heroin anfing. Das is bei den meisten Frauen so. Scheint das Beste aus ihnen herauszuholen. Heroin gibt erst mal, bevor es fordert, aber dann mit Zinsen.

Begbies Nachruf auf Julie lautet: – Sone beschissene Verschwendung, son klasse Hintern.

Ich verkneif mir, ihm zu sagen, was für ne Verschwendung ne silberne Revolverkugel für ihn wär. Ich versuche, mir meine Wut nich anmerken zu lassen; kommt sowieso nix dabei raus, außer daß ich eins aufs Maul krieg. Ich geh nach unten und hol noch ne Runde.

Die bescheuerten Kerle stehen an der Bar und rempeln sich gegenseitig und alle anderen an. Bedient zu werden isn Alptraum. Eine Mosaikhülle aus Narbenhaut und Tätowierungen, vermutlich steckt da n Arsch drin, brüllt den nervösen Barkeeper an: – NE DOPPELTE WODKA-COLA! NE VERDAMMTE DOPPELTE WODKA-COLA, DU ARSCH! Ich starre die Whiskyflaschen im Regal an und versuch so gut ich kann dem Kerl nich in die Augen zu sehen. Aber meine Augen scheinen ein Eigenleben zu führen und drehen sich unwillkürlich zu ihm hin. Ich krieg ne rote Birne, und alles kribbelt, wie in Erwartung einer Faust oder einer Flasche. Diese Arschlöcher sind total gestört, verrückter als verrückt.

Ich trag die Gläser zurück, erst die Drinks für die Frauen, dann die Pints.

Dann passiert's.

Ich hab bloß das Pint Export vor Begbie abgestellt. Er trinktn Schluck; dann schmeißt er mit einer kleinen Handbewegung das leere Glas vom letzten Bier über die Brüstung. Es ist so ein dickes, mit vielen Dellen, und ich kann aus dem Augenwinkel sehen, wies durch die Luft fliegt. Ich seh Begbie an, der lächelt, Hazel und June schauen verwirrt, und in ihren Gesichtern spiegelt sich meine eigene lähmende Angst.

Das Glas schlägt diesem Arsch den Schädel auf, und er geht zu Boden. Seine Kumpel neben Kampfstellung ein, und einer von ihnen stürzt sich auf einen der Tische und verprügelt nen Unschuldigen. N anderer schlägt aufn armes Schwein ein, der gerade n Tablett mit Gläsern vorbeiträgt.

Begbie springt auf und flitzt die Treppe runter. Er steht mitten in dem ganzen Trubel.

– DER TYP HATN GLAS AUFN SCHÄDEL GEKRIEGT! KEINER VERLÄSST DEN LADEN, BEVOR ICH NICH WEISS, WER DAS VERDAMMTE GLAS GESCHMISSEN HAT!

Er erteilt unschuldigen Pärchen Befehle und gibt den Barkeepern Anweisungen. Und diese gestörten Affen spielen auch noch voll mit.

– Schon in Ordnung, Kumpel. Das ham wer im Griff! sagt Doppelte Wodka-Cola.

Ich kann nicht verstehen, was Begbie sagt, aber Doppelter Wodka scheint davon beeindruckt zu sein. Dann geht Begbie zum Barkeeper: – HE DU! RUF DIE POLIZEI!

– NEE! NEE! KEINE POLIZEI! brüllt einer der Irren. Diese Arschlöcher haben offensichtlich Vorstrafenregister so lang wien Arm. Die arme Sau hinter der Theke scheißt sich in die Hose und weiß nicht, was er machen soll.

Begbie steht kerzengrade und mit angespannten Nackenmuskeln da. Sein Blick schweift durch die Bar und hinauf zur Brüstung.

– WER HAT WAS GESEHN? HABT IHR WAS GESEHN? brüllt er eine Gruppe Jungs an, Handelsschule, gelackte Typen aus Murrayfield, die sich gleich einscheißen.

– Nein ... blubbert einer von ihnen.

Ich sag zu Hazel und June, sie sollen sich nicht wegrühren, und geh runter. Begbie führt sich auf wien ausgeflippter Detektiv aus nem Agatha-Christie-Krimi und befragt jeden einzelnen. Er übertreibt total; das is doch viel zu durchsichtig. Ich bin unten und leg dem Irren ein Bartuch auf den aufgeplatzten Schätzel, um das Blut zu stillen. Der Arsch knurrt mich bloß an, und ich weiß nich, ob er damit Dankbarkeit ausdrücken will oder mir gleich in die Eier tritt, aber ich mach weiter.

N fetter Sack aus der Gruppe der Irren geht rüber zu ner andern Gruppe von Typen an der Bar und donnert einem seinen Kopf in die Fresse. Der ganze Laden geht hoch. Frauen kreischen, Typen stoßen Drohungen aus, schubsen sich durch die Gegend und teilen

Prügel aus, und der Lärm zerschmetterter Gläser erfüllt den Raum.

Bei einem is das weiße Hemd schon blutgetränkt, als ich mir den Weg durch die Menschenmenge bahne, um die Treppe hoch zu Hazel und June zu kommen. Irgendn Arsch haut mir von der Seite eine rein. Ich hatte den Schlag aus dem Augenwinkel kommen sehen und hab mich rechtzeitig weggedreht, deshalb krieg ich nich die volle Wucht ab. Ich dreh mich um, und dieser Arsch sagt: – Komm schon, du Penner. Komm schon.

– Was solln das, du Arsch, sag ich und schüttel den Kopf. Der Arsch will sich auf mich stürzen, aber sein Kumpel hält ihn am Arm zurück, was ich echt gut find, denn der Kerl wär zu viel für mich. Der Arsch is für meinen Geschmack n bißchen zu durchtrainiert, der könnte einiges Gewicht in den Schlag legen.

– Malky, halt dich da raus, verdammt. Der Junge hat doch nichts damit zu tun, sagt sein Kumpel. Ich verdrück mich schnell. Haze und June kommen mit mir die Treppe runter. Malky, der Angreifer, verprügelt gerade n anderen. Unten im Saal hat sich ne Lücke aufgetan, und ich lotse Haze und June in Richtung Tür.

– Paßt auf die Weiber auf, sag ich zu den beiden Typen, die sich gerade prügeln wollen, und der eine stürzt sich auf den anderen und wir kommen vorbei. Vor der Bar in der Rose Street treten Begbie und dieser andere Arsch, Doppelter Wodka, auf der Straße ne arme Sau zusammen. – FRAANK! schreit June, daß einem das Blut gerinnt. Hazel machtn paar Schritte weg von mir und zerrt an meiner Hand.

– FRANCO! KOMM SCHON! ruf ich und zieh ihn am Arm fort. Er bleibt stehen und bewundert seine Arbeit, wischt aber meine Hand weg. Er dreht sich um und schaut mich an, und fürn Augenblick denk ich, er will mich verprügeln. Als ob er mich überhaupt nich sieht, als ob er mich überhaupt nich erkennt. Dann sagt er: – Rents. Niemand läßt sich mit dem Young Leith Team ein. Das muß man denen einbleuen, Rents. Das muß man denen einbleuen.

– Sauber, Kumpel, sagt Doppelter Wodka, Francos Genosse in dieser Schlächterei.

Franco lächelt ihn an und tritt dem Arsch in die Eier. Ich habs geahnt.

– Ich geb dir sauber, du Arsch! höhnt Begbie und schlägt den Doppelten Wodka mit einem Hieb in die Fresse zu Boden. Dem Typen kommt ein weißer Zahn aus dem Mund geschossen und landet n paar Meter weiter auf dem Pflaster.

– Frank! Was machst du da? kreischt June. Wir ziehen den Arsch die Straße runter, und Polizeisirenen heulen auf.

– Der Sack da, der Sack und seine Kumpel da drin, die haben meinen Bruder abgestochen! brüllt Begbie empört. June macht ein betretenes Gesicht.

Son Blödsinn. Begbies Bruder Joe ist vor vier Jahren bei ner Schlägerei in nem Pub in Niddrie niedergestochen worden. Den Streit hat er selbst vom Zaun gebrochen, und schwer verletzt war er auch nich. Außerdem hassen sich Franco und Joe. Aber so hat Begbie nun die scheinheilige moralische Munition, die er brauchte, um seine regelmäßigen, durch Alkohol und Angst gespeisten Kriege gegen die hiesige Bevölkerung zu rechtfertigen. Eines Tages wirds ihn erwischen. Soviel steht fest. Aber dann möcht ich nich dabei sein.

Hazel und ich stapften hinter Franco und June hinterher. Haze wollte weg. – Mit dem stimmt doch was nicht. Hast du den Kopf von dem Typen gesehen? Komm, wir haun ab.

Und dann log ich sie an, um Begbies Verhalten zu rechtfertigen. Zum Kotzen. Ich konnt ihre Wut und den ganzen Ärger, der damit verbunden war, nicht ertragen. Das mit dem Lügen war einfach, wir alle logen, wenns um Begbie ging. Die Lügen, die wir uns und anderen erzählten, hatte ne ganze Begbie-Mythologie begründet. Wir spielten eine große Rolle darin, ihn zu dem zu machen, der er war.

Mythos: Begbie hat Sinn für Humor.

Wahrheit: Begbies Sinn für Humor speist sich ausschließlich aus den Unglücksfällen, Rückschlägen und Schwächen anderer, meistens seiner Freunde.

Mythos: Begbie is n »harter Kerl«.

Wirklichkeit: Ich persönlich würde Begbie im Kampf Mann gegen Mann nicht allzu hoch einschätzen, wenn er seine Bewaffnung aus Klappmessern, Baseballschlägern, Totschlägern, Biergläsern, angespitzten Stricknadeln usw. nich dabei hat. Ich und die meisten anderen haben viel zu viel Angst, um diese Theorie zu testen, aber das is mein Eindruck. In nem fairen Kampf hat Tommy mal n paar Schwächen bei Begbie offengelegt. Hat ihn ziemlich was an die Backen gegeben, echt. Tommy isn ziemlich durchtrainierter Hund, aber Begbie hat am Ende gewonnen, das muß man der Ehrlichkeit halber sagen.

Mythos: Seine Freunde mögen ihn.

Wahrheit: Seine Freunde haben Angst vor ihm.

Mythos: Begbie würde keinen seiner Kumpel verraten.

Wahrheit: Seine Kumpel sind viel zu vorsichtig, um diese Aussage zu überprüfen, und bei den seltenen Gelegenheiten, bei denen sie es getan haben, hat sich das Gegenteil als wahr herausgestellt.

Mythos: Begbie steht hinter seinen Kumpeln.

Wahrheit: Begbie prügelt unschuldige kleine Typen durch, die aus Versehen sein Bier verschütten oder ihn anrempeln. Psychopathen, die Begbies Kumpel terrorisieren, gehen straffrei aus, weil sie meistens bessere Freunde von Begbie sind als die, mit denen er rumhängt. Er kennt sie alle noch von der Schule, ausm Gefängnis und von der Unfallstation, die typischen Freimaurerverbindungen unter Pennern.

Jedenfalls helfen mir diese Mythen dabei, den Abend zu retten.

– Hör mal, Hazel, ich weiß, Franco is angespannt. Is halt so, daß die Typen seinen Bruder Joe so fertiggemacht haben, daß er am Beatmungsgerät hing. Die Familie hält echt zusammen.

Begbie is wie Drogen, eine Sucht. Am ersten Tag in der Grundschule sagte der Lehrer zu mir: – Du setzt dich neben Francis Begbie. In der Realschule dasselbe. Ich war bloß deswegen gut in der Schule, damit ich in die Begabtenklasse kam und Begbie loswurde. Als Begbie dann von der Schule flog und auf dem Weg zur Besserungsanstalt Polmont auf ne andere Schule geschickt wurde, ließen meine Leistungen nach, und ich kam wieder in die Normalklasse. Hauptsache, kein Begbie mehr.

Dann, als ich Schreinerlehrling bei ner Firma in Gorgie war, war ich auf dem Telford College, um meinen Berufsschulabschluß zu machen. Ich sitz in der Cafeteria vor meinen Pommes, und wer kommt da vorbei, der Arsch von Begbie mitn paar andern Irren. Sie waren auf nem Sonderkurs in Metallarbeit für schwererziehbare Jugendliche. In dem Kurs haben sie dann wohl gelernt, wie man scharfe Metallwaffen herstellt, damit sie sie nich in Armeeladen kaufen mußten.

Als ich den Job schmiß und aufs College ging, um meine Uni-Qualifikation zu machen, dann weiter an die Aberdeen University, hab ich halb damit gerechnet, Begbie auf der Erstsemesterparty zu sehen, wie er ne Mittelschicht-Brillenschlange zu Brei prügelt, bloß weil er glaubte, von dem Wichser angestarrt zu werden.

Begbie is echtn Oberarsch. Gar kein Zweifel. Es gibt bloß einen großen Haken an der Sache, er is haltn Kumpel. Was kann man da machen?

Wir gehen schneller und folgen den beiden die Straße entlang; vier Verlierer.

EINE ENTTÄUSCHUNG

Ich kannte den Arsch. Ehrlich. Hab den immer fürn verdammt harten Hund gehalten, damals in Craigroyston, verstehste? Er hing immer mit Kev Stronach und der Meute rum. Echter Penner. Versteh mich nich falsch; ich hab den Arsch für total normal gehalten. Aber einmal wollten n paar Jungs von dem Kerl wissen, woher er kommt. Der Junge sagt: – Jakey! (so hieß er) Kommste ausm scheiß Granton oder Royston? Und der Kerl sagt: – Granton is Royston, Royston is Granton. Da hatt der Arsch gleich bei mir verschissen, verstehste? Aber das war damals in der beschissenen Schule, verstehste? Ne Ewigkeit her.

Na, jedenfalls war ich letzte Woche unten im *Volley* mit Tommy un Secks, weißt schon, Rab, Second Prize?

Da kommt dieser Arsch, Jakey-Arsch, der große miese Hund aus Craigie ins Pub. Erkennt mich überhaupt nich. Ich weiß noch, wie wir haufenweise Krabben mit Steinen zerschmissen haben. Unten am Hafen, verstehste? Und er erkennt mich nich. Nich ums Verrecken erkennt der mich ... der Arsch.

Na, jedenfalls kommt der Kumpel von ihm, son verdammter pickelgesichtiger Affe, rüber zum Tisch und legt sein beschissenes Geld auf die Bande. Zum Poolspielen, verstehste? Ich sag zu ihm: – Der Typ da is als nächster dran, und zeig auf son kleinen Fettsack. Der Kurze hat seinen verdammten Namen auf die Tafel geschrieben, aber er wär einfach da sitzengeblieben und hätt sich nich gemuckst, wenn ich nich was gesagt hätt.

Wenns Streit gab, war ich dabei. Wenn die Ärsche hergekommen wären, hätt ich damit kein Problem gehabt. Ich mein, kennst mich doch, ich bin nich der Typ, der Ärger sucht; aber ich hatte ja schließlich das Queue in der Hand, und wenn der picklige Arsch das dicke Ende in die Fresse haben wollte, bitte. Mein Messer und so hatt ich eh dabei. Da kannste ein drauf lassen. Ich sag ja, ich zieh nich los und such Ärger, aber wenn n Großmaul was will, bin ich dabei. Also schmeißt der kleine Fettsack sein blödes Geld ein und baut auf und so. Der Pickel setzt sich bloß hin und sagt kein Wort. Ich behalte den harten Typen im Auge, na, jedenfalls war er damals in der Schule n harter Kerl. Aber der Arsch sagt kein Wort. Hält einfach die Schnauze, der Arsch.

Tommy sagt zu mir: – Hi, Franco, reißt der Typ s Maul auf? Kennst doch Tom, der is nich schüchtern, der Arsch. Die Kerle hören ihn, aber sagen tun se kein einziges Wort. Der Pickel und der angeblich harte Kerl. Und es wär zwei gegen zwei gewesen, weil, kennst doch

Second Prize; versteh mich nich falsch, ich kann den ab, aber wenns um ne Beulerei geht, is der doch einfach zu besoffen. Der war voll bis oben und konnt kaum das blöde Queue richtig halten. Das war Mittwoch morgen um halb zwölf. Also, wärn verdammt fairer Kampf gewesen. Aber die Ärsche sagen kein Wort. Keine Ahnung, wie gut der Pickel war, aber von dem harten Kerl, dem angeblich so harten Kerl war ich echt enttäuscht. Der war gar nich hart. N beschissener Hosenscheißer, wennstes genau wissen wills. Ne echte Riesenenttäuschung, der Arsch, kann ich dir sagen.

SCHWANZPROBLEME

Völlig absurd, noch ne Einstichstelle zu finden. Gestern mußt ich mir innen Schwanz stechen, da, wo die dickste Ader am ganzen Körper is. Dabei wollt ich mir sowas nich angewöhnen. Kann ich mir im Augenblick zwar schwer vorstellen, aber vielleicht hab ich für diesen Körperteil auch mal ne andere Verwendung als Pissen.

Jetzt klingelts auch noch an der Tür. Verdammte Scheiße. Das beschissene Arschloch von Hausbesitzer: Baxters Sohn. Der alte Baxter, Gott behüte seine bescheuerte Seele, hat nie viel Ärger wegen der Miete gemacht. Trotteliger alter Wichser. Immer wenn er vorbeikam, hab ich den Alten vollgeschmust. Hab ihm die Jacke abgenommen, ihm nen Stuhl angeboten und ne Dose Bier. Wir ham über Pferde geredet und die Hibs in den Fuffzigern, mit der berühmten Fünfer-Angriffskette Smith, Johnstone, Reilly, Turnbull und Ormond. Ich hatte von Pferden und den Hibs in den Fuffzigern keine Ahnung, aber das warn die beiden einzigen Sachen, über die der alte Baxter überhaupt sprach, und bald kannte ich mich in beidem gut aus. Dann hab ich die Jackentaschen von dem Alten durchgekramt und mich bedient. Er hatte immer n Haufen Kohle dabei. Dann hab ich ihn entweder mit seinem eigenen Schotter bezahlt oder dem armen Schwein erzählt, ich hätt ihm das Geld schon gegeben.

Wir ham ihn sogar angerufen, wenn wir knapp bei Kasse waren. Als Spud und Sick Boy hier hausten, riefen wir ihn an, daß der Wasserhahn tropfte oder n Fenster kaputt war. Manchmal machten wir das Fenster sogar extra kaputt, wie damals, als Sick Boy die alte Schwarzweiß-Glotze durch die Scheibe geschmissen hat, und ließen den lahmen alten Sack kommen, damit wir ihn beklauen konnten. Er hatte n verdammtes Vermögen in den Taschen. Das wurd so schlimm, daß ich Angst hatte, ihn nich zu beklauen, falls irgendn Arsch ihn überfiel.

Jetzt is der alte Baxter zum großen Auftritt im Himmel; und jetzt is da sein Bastard von Sohn, der so viel Humor hat wie ne Leiche. Für das Loch hier Miete zu verlangen, dafür mußte schon n Arschloch sein.

– BRENNTS? brüllt einer durch den Briefschlitz.

– Rents!

Is gar nich der Hausbesitzer. Das is Tommy. Was will der Arsch um die Uhrzeit?

– Augenblick, Tommy. Komme.

Ich schieß mir den zweiten Tag hintereinander in den Pimmel. Die Nadel bohrt sich rein, und es sieht aus wien ekliges Experiment an ner häßlichen Seeschlange. Diese Geschichte wird aber auch von Minute zu

Minute kränker. Der Kick läßt keine Sekunde auf sich warten und knallt mir in die Birne. Ich krieg n tierisches High, und dann hab ich das Gefühl, ich muß kotzen. Ich hab nich damit gerechnet, wie sauber der Scheiß is, hab n bißchen zuviel genommen. Ich hol tief Luft und reiß mich zusammen. Mir is, als würd mirn dünner Luftstrom durchn Einschußloch im Rücken in den Körper fahren. Das is keine Überdosis. Ganz ruhig. Immer schön durchatmen. Immer mit der Ruhe. So is schön.

Ich rappel mich hoch und laß Tommy rein. Das war nich leicht.

Tommy sieht unverschämt fit aus. Immer noch Mallorcabraun; die Haare sonnengebleicht, kurzgeschnitten und nach hinten gegelt. Goldknopf und Ring an einem Ohr; sanfte himmelblaue Augen. Das muß man schon sagen, braun sieht Tommy ziemlich gut aus. Macht das beste aus seinem Typ. Gutaussehend, unbeschwert, intelligent und n ziemlich guter Kämpfer. Könnt man glatt neidisch werden, tut man aber nich. Liegt wahrscheinlich daran, daß Tommy nich das Selbstbewußtsein hat, seine Qualitäten zu erkennen und sie zu seinem Vorteil einzusetzen, und auch nich so eitel is, daß er jeden damit nervt.

– Hab mich von Lizzy getrennt, sagt er zu mir.

Schwer zu sagen, ob da Glückwünsche oder Beileid angesagt sind. Lizzy is ne Wahnsinnsnummer, abern Mundwerk wien Seemann, und von ihrem Blick fallen einem die Eier ab. Wie ich seh, muß Tommy noch seine Gefühle klar kriegen. Er is tief in Gedanken versunken, merk ich, sonst hätt er mir schon untergejubelt, was fürn Idiot ich bin, weil ich drück, und nicht mal meinen Zustand hat er kommentiert.

Ich bemüh mich, bei meiner selbstbesessenen Sgag-Apathie noch sowas wie Mitgefühl zu zeigen. Die Außenwelt is mir eigentlich scheißegal. – Biste sauer deswegen? frage ich.
– Weiß nich. Um ehrlich zu sein, am meisten vermiß ich den Sex. Das, und, na, einfach jemanden zu haben, verstehste?

Tommy braucht Leute mehr als die meisten anderen.

Meine bleibende Erinnerung an Lizzy is noch aus Schultagen. Begbie, Gary McVie und ich lagen in den Leith Links am Ende der Aschenbahn versteckt, unsichtbar für die kleinen Augen von Vallance, dem Bastard, dem Lehrer, der Aufsicht hatte, n Naziarsch der übelsten Sorte. Wir hatten uns da versteckt, damit wir den Mädels zuschauen konnten, wie sie in kurzen Höschen und Blusen rannten und wir mal n paar anständige Wichsvorlagen hatten.

Lizzy ließ sich aufn Rennen ein, wurde aber gegen die schlaksigen Schritte der langen Morag »Jam Rag« Henderson bloß Zweite. Wir lagen auf dem Bauch, den Kopf auf Hände und Ellbogen gestützt, und sahen zu, wie Lizzy sich abmühte, den Ausdruck grimmiger Entschlossenheit im Gesicht, den sie bei allem hatte, was sie machte. Bei allem? Wenn Tommy seinen Verlust verschmerzt hat, frag ich ihn mal nach dem Sex. Nee, lieber nich ... vielleicht doch. Na, jedenfalls hör ich, wie Begbie schwer atmet, und dreh mich um und seh, wie er langsam die Hüften kreisen läßt; er starrt die Mädchen an und murmelt: – Die kleine Lizzy MacIntosh ... scharfe Nummer ... die könnt ich jederzeit in Arsch knallen ... den verdammten Arsch ... die verdammten Titten ...

Dann läßt er den Kopf ins Gras sinken. Damals war ich noch nich so vorsichtig wie heute, was Begbie anging. Damals war er noch nich der Hauptmacker, bloß einer von vielen Anwärtern drauf, außerdem hatte er n bißchen Angst vor meinem Bruder Billy. In gewisser Hinsicht, na, um ehrlich zu sein, in jeder Hinsicht nutzte ich Billys Ruf schamlos aus, denn eigentlich war ichn Feigling. Na, jedenfalls roll ich Begbie aufn Rükken und was seh ich? Seinen tropfenden, erdverdreckten Pimmel. Der Arsch hatte mit seinem Klappmesser heimlich n Loch in den weichen Boden gebuddelt und die Wiese gevögelt. Ich hab mich fast bepißt. Begbie auch. Der Arsch war damals leichter zu nehmen, bevor er anfing, seine, und zugegeben auch unsere, Propaganda zu glauben, daß er n kompletter Psychopath is.

– Franco, du Drecksau! sagte Gary.

Begbie packt seinen Pimmel ein, zieht den Reißverschluß hoch, nimmt ne Handvoll Soße und Erde und reibt sie ihm ins Gesicht.

Ich krepier fast vor Lachen, als Gary ausrastet; er steht auf und tritt Begbie gegen die Sohlen seiner Trainingsschuhe. Dann stürmt er wütend davon. Wenn ich so drüber nachdenk, is das wohl eher ne Begbie-Geschichte und keine von Lizzy, wenn auch ihr mutiger Auftritt gegen Morag der Anlaß dafür war.

Na, jedenfalls, als Tommy vorn paar Jahren was mit Lizzy anfing, dachten die meisten: Hat der n Glück. Nich mal Sick Boy hat mit Lizzy gepennt.

Merkwürdig, Tommy is immer noch nich auf das Sgag zu sprechen gekommen. Überall fliegt mein Besteck rum, und er hat wahrscheinlich sowieso schon längst mitgekriegt, daß ich ziemlich zu bin. Unter solchen Umständen liefert Tommy meistens ne schlechte

Imitation meiner Alten ab: Du bringst dich nur um / laß es sein / du kannst auch ohne den Mist gut leben, so Scheiß.

Er sagte: – Was bringt dir der Stoff, Mark? Der Stimme nach meint er die Frage ganz ernst.

Ich zuckte mit den Schultern. Darüber wollt ich nich reden. Am Royal Edinburgh Hospital gabs schon genug Ärsche mit Abschlüssen und Diplomen, die von der Stadt bezahlt wurden, um diesen ganzen Beratungsscheiß mit mir durchzuziehen. Hat nix genützt. Aber Tommy is hartnäckig.

– Erzähl doch mal, Mark. Ich möchts gern wissen.

Andererseits, wenn ich so drüber nachdenk, verdienen Freunde, die durch dick und dünn zu einem gehalten haben, meistens beschissen dünn, wenigstens den Versuch einer Erklärung, wenn schon die Drogenberater/Gedankenpolizei eine kriegen. Ich zieh meine übliche Leier ab.

– Ach, ich weiß nich, Tom, ich weiß es nich. Mir kommt dann alles einfach wirklicher vor. Das Leben is doch langweilig und sinnlos. Am Anfang haben wir alle möglichen großen Hoffnungen, aber dann kneifen wir. Wir merken, daß wir alle sterben müssen, ohne wirklich Antworten auf die wichtigen Fragen bekommen zu haben. Wir entwickeln alle möglichen verdrehten Vorstellungen, die die Wirklichkeit unseres Lebens bloß auf verschiedene Weise interpretieren, ohne daß wir über wichtige Dinge, die großen, die wirklichen Dinge auch mehr wissen. Eigentlich leben wir doch bloßn kurzes, enttäuschendes Leben, und dann sterben wir. Wir füllen unser Leben mit allem möglichen Scheiß voll, Karriere und Beziehungen, und machen uns vor, daß das alles nich total sinnlos ist. Äitsch is ne ehrliche Droge, weil sie alle diese Illusionen zerstört. Wenn du auf Äitsch bist, und du fühlst dich gut, dann kommste dir unsterblich vor. Wenn du schlecht drauf bist, dann verstärkt es bloß den Scheiß, der schon da is. Heroin is die einzige ehrliche Droge. Dein Bewußtsein verändert sich dadurch überhaupt nich. Es gibt dir bloßn Kick und das Gefühl, daß es dir gutgeht. Danach siehste das Elend in der Welt so, wies wirklich is, und dagegen kannste dich nich mehr betäuben.

– Blödsinn, sagt Tommy. Dann: – Völliger Dünnschiß. Wahrscheinlich hat er recht. Hätt er mich letzte Woche gefragt, dann hätt ich ihm wahrscheinlich was völlig anderes erzählt. Wenn er mich morgen fragt, wieder was völlig anderes. Aber im Augenblick bleib ich bei meiner Meinung, daß der Stoff seine Wirkung tut, wenn einem alles andere langweilig und unwichtig vorkommt.

Mein Problem is folgendes; jedesmal wenn ich die Möglichkeit seh oder tatsächlich hab, was zu erreichen, von dem ich glaub, ich wills, Freundin, Wohnung, Job, Ausbildung, Geld, und so, kommts mir auf einmal so langweilig und steril vor, daß ich überhaupt keinen Wert mehr drauf leg. Aber Stoff is was anderes. Dem kann man nich einfach so den Rücken kehren. Der läßt dich nich. Sich mit nem Drogenproblem rumschlagen is die größte Herausforderung, dies gibt. Außerdem isses n verdammt guter Kick.

– Und außerdem isses n verdammt guter Kick.

Tommy schaut mich an. – Laß mich mal probieren. Gib mirn Schuß.

– Du spinnst wohl, Tommy.

– Du hast gesagt, das isn guter Kick. Ich wills bloß mal versuchen.

– Nein. Komm, Tommy, ehrlich. Aber das scheint den Arsch nur noch mehr zu reizen.

– Ich hab son Jiper. Komm schon. Koch mirn Schuß auf.

– Tommy … Scheiße, Mann …

– Na komm schon. Wir sind doch Kumpel, du Arsch. Koch mirn Schuß auf. Das krieg ich schon klar. Ein verdammter Schuß wird schon nich schaden. Mach endlich.

Ich zucke mit den Schultern und tu, was er sagt. Erst reinige ich mein Besteck sorgfältig, dann koch ichn leichten Schuß auf und helf ihm, ihn sich zu setzen.

– Das is einfach unheimlich stark, Mark … das is ja die reinste Achterbahn, Mann … ich bin drauf … ich bin einfach voll drauf …

So wie er darauf reagiert, krieg ich glatt ne Gänsehaut. Manche Typen sind einfach wie geschaffen für Sgag …

Später, als Tommy wieder runterkommt und gehen will, sag ich zu ihm: – Jetzt hastes geschafft, Kumpel. Jetzt kennste se alle. Dope, Acid, Speed, E, Pilze, Nembutal, Valium, Heroin, allen Scheiß. Lasses gleich bleiben. Das erste und das letzte Mal.

Das hab ich gesagt, weil ich wußte, daß der Arsch noch was zum Mitnehmen schnorren wollte. Ich hab nich genug, um zu teilen. Ich hab *nie* genug, um zu teilen.

– Da kannste drauf wetten, sagt er und schmeißt sich in die Jacke.

Als Tommy weg is, fällt mir zum ersten Mal auf, daß mein Schwanz höllisch juckt. Aber kratzen geht nich. Wenn ich anfang zu kratzen, krieg ich ne Entzündung. Und dann hab ich echt Probleme.

TRADITIONELLES SONNTAGSFRÜHSTÜCK

O Gott, wo bin ich, verdammt. Wo denn ... Ich kenn dieses Zimmer überhaupt nich ... Denk nach, Davie, denk nach. Ich krieg irgendwie nich genug Spucke zusammen, um die Zunge vom Gaumen zu kriegen. Son Arschloch. Son Scheißkerl ... son ... nie wieder.

O SCHEISSE ... NEIN ... bitte. Nein, verdammte Scheiße, bitte NICH ...

Bitte.

Tu mir das nich an. Bitte. Echt nich.

Echt. Ich wach in nem fremden Bett in nem fremden Zimmer auf und lieg in meinem eigenen Dreck. Ich hab ins Bett gepißt. Ins Bett gekotzt. Ins Bett geschissen. Mein verdammter Schädel brummt bloß so, und mein Gedärm is das reinste Chaos. Das Bett is ne Schweinerei, eine einzige Riesenschweinerei.

Ich zieh das Laken ab, nehm die Bettdecke und schnür beides mit dem beißenden, giftigen Cocktail in der Mitte zusammen. Das Ganze zu nem Bündel verschnürt; durchsickern tut nix. Ich dreh die Matratze um, damit man den feuchten Fleck nich sieht, und geh ins Bad; dusch mir den Scheiß von Brust, Beinen und Arsch. Jetzt fällt mir ein, wo ich bin: bei Gail.

Verdammte Scheiße.

Bei Gail. Wie bin ich hierhergekommen? Wer hat mich hergebracht? Im Zimmer fällt mir auf, daß irgendwer meine Klamotten zusammengelegt hat. O Gott.

Wer zum Teufel hat mich ausgezogen?

Versuch dich zu erinnern. Jetz is Sonntag. Gestern war Samstag. Das Halbfinale in Hampden. Ich war vor und nach dem Spiel ziemlich beschissen drauf. Wir ham keine Chance, dacht ich, in Hampden gewinnen wir sowieso nie gegen einen von der Alten Firma, die Zuschauer und die Schiedsrichter stehn doch sowieso eisern hinter den großen Clubs. Ach, was regste dich auf, dachte ich, mach dir einfach bloßn guten Tag. Ich will gar nich dran denken, was fürn Tag ich mir gemacht hab. Ich erinner mich nich mal, ob ich überhaupt bei dem Spiel war oder was. Bin mit den Leith-Jungs, Tommy, Rents und ihren Kumpels, an der Duke Street in den Marksman-Bus. Ziemlich bekloppt alle. Ab dem Pub in Rutherglen vor dem Spiel weiß ich von nix mehr; ich weiß noch von Haschkuchen und Speed, Acid und Stoff, aber vor allem von der Sauferei, die Pulle Wodka, die ich leergemacht hab, bevor wir uns im Pub trafen, um auf den Bus zu warten, um wieder zum Pub zurückzufahren ...

Keine Ahnung, wo Gail dann ins Spiel kam. Scheiße. Also leg ich mich wieder ins Bett; Matratze und Oberbett sind kalt, so ohne Laken und Bezug. Paar Stunden später klopft Gail an die Tür. Gail und ich gehn schon seit fünf Wochen miteinander, aber gevögelt ham wir noch nich. Gail hat gesagt, sie will nich, daß unsere Beziehung auf körperlicher Ebene beginnt; als obs von da ab nix anderes gäb. Hat sie in Cosmopolitan gelesen, und jetzt wollte sie die Theorie mal ausprobieren. Und fünf Wochen später hab ich Eier wie Wassermelonen. Wahrscheinlich findet sich in all der Pisse, Scheiße und Kotze auch noch ne gute Ladung Soße.

– Du warst gestern abend vielleicht fertig, David Mitchell, sagte sie anklagend. War sie jetzt wirklich sauer oder tat sie nur so? Schwer zu sagen. Dann: – Was is denn mit den Laken passiert? Also wirklich sauer.

– Ähm, n kleines Mißgeschick, Gail.
– Na, egal. Komm runter, gibt gleich Frühstück.

Sie geht raus, ich zieh mich träge an, schleich dann vorsichtig die Treppe runter; am liebsten wär ich unsichtbar. Ich hab das Bündel bei mir, will es mit nach Hause nehmen zum Waschen.

Gails Eltern sitzen am Küchentisch. Vom Geklapper und dem Geruch des traditionellen Sonntagsfrühstücksgebrutzels wird mir ganz schlecht. Meine Gedärme schlagen Purzelbäume.

– Tja, da war wohl gestern nacht jemand fürchterlich fertig, sagt Gails Ma, aber zu meiner Erleichterung hört sich das an, als will sie mich aufziehen, gar nich wütend.

Peinlich is mir das noch immer, und ich werd rot. Mr. Houston, der am Küchentisch sitzt, versuchts mir leichter zu machen.

– Ach ja, tut ganz gut, sich ab und zu mal so richtig auszutoben, meint er aufmunternd.

– Dem täts ganz gut, ab und zu mal angebunden zu sein, sagt Gail, und als ich sie anseh und die Augenbrauen hochzieh, was ihre Eltern nicht bemerken, fällt ihr erst auf, was sie da gesagt hat. Son bißchen Fesseln wär doch gar nich schlecht. Käm vielleicht sogar ganz gut...

– Ähm, Mrs. Houston. Ich zeig auf die Bettwäsche, die als Bündel auf dem Küchenfußboden vor meinen Füßen liegt – ... Ich hab die Laken n bißchen versaut. Ich nehm sie mit nach Hause und wasch sie. Morgen bring ich sie zurück.

– Ach, mach dir deswegen keine Sorgen, Junge. Ich steck sie einfach in die Waschmaschine, und du setzt dich hin und frühstückst.

– Nein, ähm … richtig schlimm versaut. Das is mir schon peinlich genug. Ich möcht sie ganz gern mit nach Haus nehmen.

– Oh, oh, lacht Mr. Houston.

– Also nein, setz dich, Junge, und ich kümmer mich drum; Mrs. Houston kommt zu mir rübergeschlichen und greift nach dem Bündel. Die Küche is ihr Reich, da läßt sie sich nich reinreden. Ich zieh das Bündel an mich, drück es an die Brust; aber Mrs. Houston is schnell wie der Teufel und erstaunlich stark. Sie greift zu und zerrt.

Die Laken fallen auseinander, und ein beißender Schauer aus glitschiger Scheiße, ekligem Saufdurchfall und widerlicher Pisse klatscht auf den Fußboden. Mrs. Houston steht n paar Sekunden lang wien begossener Pudel da und rennt dann los und kotzt ins Spülbecken.

Auf Mr. Houstons Brille, Gesicht und weißem Hemd sind überall braune Durchfallspritzer. Der Linoleumfußboden is gesprenkelt und das Essen von Mr. Houston auch, als wenn er mit ner wäßrigen Frittensauce rumgekleckert hätte. Gail hat was auf ihrer gelben Bluse. Verdammte Scheiße.

– Himmels willen … Himmels willen … leiert Mr. Houston, während Mrs. Houston würgt und ich den hilflosen Versuch unternehm, einen Teil der Sauerei wieder zurück in die Laken zu wischen.

Gail wirf mir einen verächtlichen, angewiderten Blick zu. Ich glaub nich, daß unsere Beziehung noch was wird. Ich werd wohl nie mit Gail schlafen. Und zum ersten Mal is mir das völlig egal. Ich will bloß weg hier.

Junk-Dilemma Nr. 65

Plötzlich isses kalt; verdammt kalt. Die Kerze is fast runtergebrannt. Das einzige Licht kommt von der Glotze. Da läuft was in Schwarzweiß ... aber die Glotze is eh schwarzweiß, also kanns auch bloß schwarzweiß sein ... bei nem Farbfernseher wär das was anderes ... vielleicht.

Es is arschkalt, aber wenn ich mich rühr, wirds bloß noch kälter; weil einem dann klar wird, daß man nix tun kann, gar nix, damit einem warm wird. Wenn ich stillhalte, kann ich mir wenigstens vormachen, daß ich die Kraft hab, mich zu wärmen, wenn ich rumlauf oder den Kamin anschalte. Der Trick is, so still wie möglich dazuliegen. Das is leichter, als sich übern Boden zu schleppen, um den verdammten Kamin anzuschalten.

Da is noch wer in dem Zimmer. Spud, glaub ich. Schwer zu sagen im Dunkeln.

– Spud ... Spud ...

Er sagt nix.

– Es is echt arschkalt, Mann.

Spud, wenn ers denn wirklich ist, sagt immer noch nix. Er könnte tot sein, isses aber wahrscheinlich nicht, weil, ich glaub, er hat die Augen offen. Aber das heißt überhaupt nichts.

KLAGEN UND TRAUERN IN PORT SUNSHINE

Lenny besah sich seine Karten und begutachtete dann die Gesichter seiner Freunde.

– Wer is dran? Billy, na, dann raus damit, du Arsch. Billy zeigte Lenny sein Blatt.

– Zwei Ässer!

– Blöde Sau! Du blödes Arschloch, Renton. Lenny schlug sich die Faust in die offene Hand.

– Schieb einfach die Kohle rüber, sagte Billy Renton und raffte den Haufen Scheine zusammen, der mitten auf dem Fußboden lag.

– Naz. Wirf mal ne Dose rüber, bat Lenny. Er verpaßte sie, als sie ihm zugeworfen wurde, und sie polterte zu Boden. Er machte sie auf, und ein Großteil des Inhalts ergoß sich über Peasbo.

– Paß doch auf, du alte Sau!

– Sorry, Peasbo. Er wars, lachte Lenny und zeigte auf Naz. – Ich hab gesagt, er soll mir ne Dose rüberwerfen, nich mir annen Kopf schmeißen.

Er stand auf und ging ans Fenster.

– Immer noch kein Zeichen von dem Arsch? fragte Naz. – Ohne die große Kohle is das Spiel im Eimer.

– Nein. Keine Spur von dem Penner, sagte Lenny

– Ruf ihn mal an. Frag mal, was da läuft, schlug Billy vor.

– Ja. gut.

Lenny ging in den Hausflur und wählte Phil Grants Nummer. Er hatte keinen Bock mehr, um diese pisseligen Einsätze zu spielen. Er hätte schon gut was zusammen gehabt, wenn Granty mit dem Geld aufgetaucht wäre.

Das Telefon klingelte nur.

– Keiner da, oder geht keiner ran, sagte er den anderen.

– Ich hoffe, der Wichser is nich mit dem Schotter durchgebrannt, lachte Peasbo, aber das Lachen klang nervös, das erste offene Eingeständnis der gemeinsamen unausgesprochenen Angst.

– Bloß nich. Ich kann Leute nich leiden, die ihre Kumpel bescheißen, knurrte Lenny.

– Wenn mans genau nimmt, isses Grantys Geld. Er kanns ausgeben, wofür er will, sagte Jackie.

Alle sahen ihn mit verwirrter Feindseligkeit an. Schließlich sprach Lenny.

– Wohl nich ganz dicht.

– Na ja, der Typ hats doch ehrlich gewonnen. Ich weiß, worauf wir uns geeinigt haben. Wir machen nen Pott auf mit dem Clubgeld, damit das Kartenspielen mehr Pep kriegt. Dann teilen wir. Das weiß ich alles. Ich sag bloß, rein rechtlich ... erläuterte Jackie seine Haltung.

– Das ist unser Geld! schnauzte Lenny. – Granty weiß das, verdammt.

– Das weiß ich. Ich sag doch bloß, rein rechtlich ...

– Halt doch die Fresse, du Arsch, fuhr Billy dazwischen. – Hier gehts nich um rein rechtlich. Hier gehts um Kumpel. Rein rechtlich hätteste nich ein Möbelstück in deiner Bude, du Blödarsch.

Lenny nickte Billy zustimmend zu.

– Keine voreiligen Schlüsse. Vielleicht gibts ja wirklich n Grund, warum der Arsch nich hier is. Vielleicht isser aufgehalten worden, meinte Naz mit angespanntem Pockengesicht.

– Vielleicht hat ihn einer überfallen und is mit der Kohle davon, sagte Jackie.

– Granty überfallen, das würd keiner wagen. Der überfällt selber, der wird nich überfallen. Wenn der hier reinkommt und so ne Geschichte auftischt, dann kriegt der aber was zu hören. Lenny war ziemlich aufgeregt. Schließlich gings um das Clubgeld.

– Ich wollt bloß sagen, is doch ziemlich blöd, soviel Schotter durch die Gegend zu tragen. Mehr hab ich nich gemeint, stellte Jackie fest. Er hatte ein wenig Angst vor Lenny.

Granty hatte seit sechs Jahren keinen donnerstäglichen Kartenabend verpaßt, vom Urlaub mal abgesehen. Er hielt den ganzen Laden zusammen. Lenny und Jackie hatten ne ganze Weile gefehlt, weil sie gesessen hatten, der eine wegen gefährlicher Körperverletzung, der andere wegen Einbruch.

Das Clubgeld, das Urlaubsgeld, war ein Überbleibsel aus der Zeit, als sie alle zusammen als Teenager nach Lloret de Mar in Urlaub gefahren waren. Jetzt, wo sie älter waren, fuhren sie meistens in kleineren Gruppen, mit ihren Frauen oder Freundinnen. Die merkwürdige Vermischung von Spielgewinnen und Clubgeld hatte sich vor ein paar Jahren ergeben, als sie betrunken waren. Peasbo, der damals Kassenwart war, warf zum Spaß ein Bündel Clubgeld als Einsatz ins Spiel. Aus Jux spielten sie damit. Das Gefühl, um so viel Geld zu spielen, gefiel ihnen, sie fanden es so toll, daß sie es aufteilten und zum Schein damit spielten. Wann immer sie entschieden, daß es an der Zeit sei, ernsthaft zu sparen, hörten sie auf, um »echtes« Geld zu spielen und spielten mit dem Clubgeld. Das war wie um Monopoly-Geld spielen.

Es gab Augenblicke, vor allem dann, wenn jemand den ganzen Pott »gewann«, wie Granty letzte Woche, in denen ihnen aufging, wie bizarr und gefährlich das war. Aber sie waren Kumpel, und sie gingen im allgemeinen davon aus, daß keiner den anderen reinlegte. Hinter dieser Loyalität, auf die alle bauten, steckte allerdings auch noch Logik. Sie alle hatten hier in der Gegend ihre Wurzeln und konnten nicht einfach so verschwinden, nicht mit schlappen zweitausend Pfund im Pott. Und genau das würde es heißen, wenn man die anderen beschiß, man mußte die Gegend verlassen. Das sagten sie sich immer und immer wieder. Richtige Angst hatten sie vor Diebstahl. Auf der Bank wäre das Geld sicherer gewesen. Bei der ganzen Sache hatte es sich um eine dumme Spielerei gehandelt, die in kollektiven Wahnsinn abgeglitten war.

Am nächsten Morgen gab es immer noch keine Spur von Granty, und Lenny kam zu spät zum Sozialamt zur Rückmeldung.

– Mister Lister. Sie wohnen um die Ecke von diesem Amt, und Sie müssen sich nur alle vierzehn Tage rückmelden. Das ist doch wirklich nicht zuviel verlangt, sagte Gavin Temperley, der Büroangestellte, wichtigtuerisch zu ihm.

– Ich weiß, wo sich Ihr beschissenes Amt befindet, Mister Temperley. Aber sicher werden Sie berücksichtigen, daß ich Geschäftsmann bin und mehrere florierende Unternehmen besitze, um die ich mich kümmern muß.

– Scheiße, Lenny. Du bist einfach bloßn fauler Sack. Treffen wir uns im *Crown*? Ich mach früh Mittag. Sei um zwölf im Hinterzimmer.

– Gut. Aber du mußt mir einen ausgeben, Gav. Ich bin total pleite, und der Scheck für die Miete landet erst morgen auf meiner Fußmatte.

– Kein Problem.

Lenny ging runter ins Pub und setzte sich mit seiner *Daily Record* und einem Pint Lager an die Bar. Er überlegte, ob er sich eine Zigarette anstecken sollte, entschied sich aber dagegen. Es war 11.04 Uhr, und er hatte schon zwölf Kippen hinter sich. Jedesmal dasselbe, wenn er gezwungen war, früh aufzustehen. Er rauchte viel zuviel. Er konnte sich einschränken, wenn er länger im Bett blieb, also stand er meist nicht vor zwei Uhr auf. Diese Regierungsärsche waren entschlossen, seine Gesundheit und seine Finanzen zu ruinieren, indem sie ihn zwangen, so früh aufzustehen, fand er.

Die hinteren Seiten des *Record* waren voll mit dem üblichen Rangers/Celtic-Scheiß. Souness spioniert irgendn Arsch in der englischen zweiten Liga aus, McNeill meint, daß Celtic wieder Selbstvertrauen hat. Nichts über Hearts. Logisch. N kleines Stück über Jimmy Sandison, in dem dasselbe Zitat zweimal vorkommt, undn kurzer Absatz, der mitten im Satz aufhört. Undn kleiner Artikel darüber, warum Miller von den Hibs glaubt, immer noch der beste Mann für den Job zu sein, obwohl sie in den letzten dreißig Spielen ganze drei Tore oder so geschossen haben.

Lenny schlug die Seite drei auf. Er zog die leichtbekleideten Mädchen im *Record* den Busenwundern der *Sun* vor. Da mußte man wenigstens seine Phantasie bemühen.

Aus den Augenwinkeln entdeckte er Colin Dalglish.

Coke, sagte er, ohne von der Zeitung aufzublicken.

Coke schob einen Barhocker neben Lennys. Er bestellte sich ein Pint Dunkles. – Haste schon gehört? Traurig, nich?

– Mmh?

– Granty … haste nich gehört? … Coke sah Lenny an.

– Nee. Was denn …

– Tot. mausetot.

– Soll dasn Witz sein! Hä? Nu mach aber mal halblang, du Arsch …

– Nein, echt. Letzte Nacht.

– Was is denn passiert …

– Herz. Bumm. Coke schnippte mit den Fingern. – Herzfehler anscheinend. Hat keine Sau was von gewußt. Der arme Granty war mit Pete Gilleghan arbeiten, schwarz. Es war so um fünf, und Granty war grad dabei, Peter beim Aufräumen zu helfen, wollt gleich Feierabend machen, da faßt er sich an die Brust und fällt um. Gilly hatn Krankenwagen geholt, und die ham das arme Schwein ins Krankenhaus gebracht, abern paar Stunden später isser gestorben. Armer Granty. Guter Kerl. Du hast doch mit dem Typ Karten gespielt, oder?

– Ähm … ja … der netteste Kerl, den man sich vorstellen kann. Das macht mich echt fertig.

Ein paar Stunden später war Lenny nicht nur deswegen fertig. Er hatte Gav Temperley um zwanzig Mäuse angehauen, einzig, um sich vollaufen zu lassen. Als Peasbo am späten Nachmittag in den Pub kam, laberte Lenny mit schwerer Zunge auf eine mitfühlende Bedienung und einen peinlich berührten und nüchtern aussehenden Typen in Overall mit einem *Tennent's Lager*-Logo darauf ein.

– … der nettste Kerl, den man sich vorstelln kann …

– Schon gut, Lenny. Habs gehört. Peasbo packte Lenny an den breiten Schultern. Fest, um ihm zu versichern, daß wenigstens einer seiner Kumpel noch da war, und um das Maß an Trunkenheit festzustellen.

– Peasbo. Ja. Ich kanns immer noch nich glaum ... der nettste Kerl, den man sich vorstelln kann ... Langsam wandte er sich wieder der Bedienung hinterm Tresen zu und stellte seinen Blick scharf. Sein Daumen ragte aus der geballten Faust, und er deutete über die Schulter hinweg auf Peasbo. – ... Kann er bestätign ... oder, Peasbo? Granty? Der nettste Kerl, den man sich vorstelln kann ... oder? Peasbo? Granty? Oder?

– Ja, isn richtiger Schock. Ich kanns einfach noch nich glauben.

– Genau! Ein Tach isser noch da, un jetz wern wers arme Schwein nie wiedersehn ... siemenzwanzig Jahr. Das is nich fair, das sach ich euch. Das is nich fair ... echt nich, echt ...

– Granty war neunundzwanzig, oder? fragte Peasbo.

– Siemenzwanzig, neunenzwanzig ... is doch scheißegal. War doch noch jung. Seine Mieze un das Baby tun mir echt leid ... kuck dir do ma die alten Säcke an ... Lenny gestikulierte wütend zu einer Ecke hinüber, in der eine Gruppe alter Männer saß und Domino spielte. – ... Die ham doch ihr Leben gelebt! Verdammt langes Leben! Un alles wasse könn is jammern! Granty hat sich nie über was beklagt. Der nettste Kerl, den man sich vorstelln kann.

Dann bemerkte er drei jüngere Männer, die als Spud, Tommy und Second Prize bekannt waren und am anderen Ende des Pub saßen.

– Un dann die beschissenen Junkiekumpels von Billys Bruder. Diese Arschlöcher, krepiern alle an AIDS. Bring sich um. Ham se nich anders verdient. Granty hattas Leben geliebt. Un die Ärsche schmeißn ihrs weg!

Lenny starrte sie wütend an, aber die drei waren zu sehr in ihr Gespräch vertieft, um es zu bemerken.

– Komm schon, Lenny. Halt den Mund. Sagt doch keiner was gegen wen. Die Jungs sind in Ordnung. Das is Danny Murphy. Harmlos. Tommy Laurence, kennst doch Tommy, und der Typ da, Rab, Rab McLaughlin, war maln guter Fußballer. Hat mal bei Manchester United gespielt. Die Jungs sind sauber. Scheiße, Mann, das sind Kumpel von deinem Kumpel, dem Typen, der für die Stütze arbeitet. Wie heißt er noch gleich, Gav.

– Ja... aber die alten Säcke... Lenny ließ das gelten und konzentrierte sich wieder auf die andere Seite des Raums.

– Ach, komm schon, Lenny, scheiß drauf. Sind doch harmlos, tun keiner Fliege was. Runter mit dem Glas, und dann gehn wir zu Naz rüber. Ich ruf Billy und Jackie an.

Die Stimmung bei Naz in der Buchanan Street war schlecht. Das Gespräch war von Grantys Tod zum Thema des ausstehenden Geldes übergegangen.

– Es is Freitag, und wir wollten grad teilen, und der Arsch kratzt einfach ab. Tausendachthundert Piepen hat er gehabt. Durch sechs, das macht dreihundert pro Nase, stöhnte Billy.

– Da is kaum was zu machen, wagte sich Jackie vor.

– Ja, Scheiße. Die Kohle wird jedes Jahr geteilt, gleich Anfang Juni. Mit dem Geld hab ich schon Benidorm gebucht. Ohne bin ich total pleite. Sheila macht aus meinen Eiern Billardkugeln, wenn ich das absage. Keine Chance, Mann, verkündete Naz.

– Da haste recht. Tut mir leid für Fiona und das Baby und so, ehrlich. Würde jedem leid tun. Versteht sich doch von selbst. Aber eigentlich isses unsere Kohle, nich ihre, meinte Billy.

- Is doch unsere eigene Schuld. Ich hab gleich gesagt, daß sowas mal passiert, sagte Jackie achselzukkend.

Es klingelte an der Tür. Lenny und Peasbo kamen herein.

- Du findest das in Ordnung, du Arsch. Dir gehts ja auch gut, entgegnete Naz.

Jackie erwiderte nichts. Er griff sich eine Dose Lager aus dem Haufen, den Peasbo auf den Boden geworfen hatte.

- Wirklich furchtbar, nich, Jungs? sagte Peasbo, während Lenny mürrisch an seiner Dose schlürfte.

- Der nettste Kerl, den man sich vorstelln kann, sagte Lenny.

Naz war dankbar für Lennys Bemerkung. Er hatte gerade anfangen wollen, über das Geld zu jammern, als ihm klar wurde, daß Peasbo von Granty gesprochen hatte.

- Ich weiß, in so nem Augenblick sollte man nich selbstsüchtig sein, aber da is noch die Frage mit der Kohle zu klären. Nächste Woche is Auszahlung. Ich muß den Urlaub buchen. Ich brauch den Schotter, sagte Billy.

- Du bist vielleichtn Arsch, Billy. Kannste nich warten, bis der arme Kerl kalt is, bevor du mit dem Scheiß anfängst? meinte Lenny verächtlich.

- Fiona gibt doch sonst die ganze Kohle aus! Die weiß doch nich, daß es unser Schotter ist, wenns ihr keiner sagt. Sie geht seine verdammten Sachen durch, und dann, ach schau mal an, was ham wir denn da? Fast zweitausend Kröten. Nett. Dann verschwindet sie in die Karibik oder sonstwohin, und wir hocken hier in den Leith Links mitn paar Flaschen Cider.

– Du redest n ziemlichen Scheiß zusammen, Billy, sagte Lenny zu ihm.

Peasbo sah Lenny ernst an; Lenny roch schon Verrat.

– Ich sag das nich gern, Lenny, aber Billy liegt da nich falsch. Granty hat Fiona nich grad verwöhnt, wenn er auch sonst n guter Kumpel war. Ich mein, versteh mich nich falsch, ich hab noch nichts Schlechtes über die Mieze gehört, aber wenn de zweitausend Kröten in deiner Wohnung findest, dann gibste die erstmal aus und stellst die Fragen hinterher. Würdeste doch, oder? Aber klar. Würd doch jeder, wenn de ehrlich bist.

– Ach ja? Und wer soll sie fragen? Ich bestimmt nich, zischte Lenny.

– Wir alle. Es is unser aller Geld, sagte Billy.

– Genau. Nach der Beerdigung. Dienstag, schlug Naz vor.

– In Ordnung, stimmte Peasbo zu.

– Gut, sagte Jackie schulterzuckend.

Lenny nickte müde zustimmend. Es war ihr Geld, das mußte er zugeben …

Der Dienstag kam und ging vorüber. Keiner brachte es über sich, bei der Beerdigung davon anzufangen. Sie betranken sich alle und stimmten weitere Klagelieder über Granty an. Die Geldfrage kam erst viel später wieder auf. Sie hatten alle einen fürchterlichen Kater, als sie sich am darauffolgenden Nachmittag trafen und zu Fiona gingen.

Niemand machte auf.

– Is wahrscheinlich bei ihrer Mutter, meinte Lenny.

Die Frau aus der gegenüberliegenden Wohnung, eine grauhaarige Dame in einem blauen Kleid, trat vor die Tür.

– Fiona ist heute morgen abgereist, Jungs. Kanarische Inseln. Hat das Baby bei ihrer Mutter gelassen. Es schien ihr Spaß zu machen, ihnen das zu sagen.

– Na sauber, murmelte Billy.

– Das wars dann, sagte Jackie schulterzuckend, was die meisten seiner Freunde eine Spur zu süffisant fanden. – Da is wohl nichts mehr zu machen.

Unvermittelt bekam er von Billy einen Schlag ins Gesicht, daß es ihn von den Füßen holte und er die Treppe hinunterpolterte. Er konnte seinen Sturz abmildern, indem er sich am Geländer festhielt, und schaute Billy vom Treppenabsatz aus voller Entsetzen an.

Die anderen waren fast so schockiert wie Jackie.

– Ganz ruhig, Billy. Lenny packte ihn am Arm, achtete aber genau auf sein Gesicht. Er wollte unbedingt den Grund für diesen Ausbruch erfahren. – Du bis doch völlig von der Rolle. Is doch nich Jackies Schuld.

– Ach, nein? Ich hab mein verdammtes Maul gehalten, aber dieser Klugscheißer hats einfach zu weit getrieben. Er deutete auf den noch immer am Boden liegenden Jackie, auf dessen rasch anschwellendem Gesicht sich ein neuer Ausdruck von Verstohlenheit bildete.

– Verflucht, was isn hier los? fragte Naz.

– Billy überhörte ihn und starrte Jackie an. – Wie lange läuft das schon, Jackie?

– Was redet der Arsch da? sagte Jackie, aber seine wäßrige Stimme war ohne Festigkeit.

– Kanarische Inseln, Scheiße. Wo triffste dich mit Fiona?

– Du spinnst doch, Billy. Du hast doch gehört, was die Frau gesagt hat. Jackie schüttelte den Kopf.

– Fiona is die Schwester von meiner Sharon. Glaubste vielleicht, ich laufe mit verstopften Ohren durch die Gegend? Seit wann treibst dus mit ihr, Jackie?

– War doch bloßn einziges Mal...

Billys Wut erfüllte das Treppenhaus, und Jackie konnte spüren, wie sie in der Brust der anderen anschwoll. Billy stand über ihm wie ein dröhnender alttestamentarischer Gott, der ihn verdammte und verhöhnte.

– Ein einziges Mal, Scheiße! Und wer sagt uns, daß Granty nichts davon wußte? Wer sagt uns denn, daß er nich daran krepiert is? Sein sogenannter bester Kumpel, und pennt mit seiner Mieze!

Lenny sah Jackie an, zitternd vor Wut. Dann sah er die anderen an, und ihre Augen funkelten nur so. Im Bruchteil einer Sekunde hatten sie wortlos ein Bündnis geschlossen.

Jackies Schreie hallten durch das Treppenhaus, während sie ihn traten und von einem Treppenabsatz zum nächsten schleiften. Er versuchte vergeblich, sich zu schützen, und hoffte in seiner Angst und seinen Schmerzen, daß noch etwas von ihm übrig sein würde, um aus Leith zu verschwinden, wenn das hier erstmal vorüber war.

Wieder Streß

INTERSHITTY

Verdammte Scheiße! Mir brummt vielleicht der Schädel heute morgen, ich kann dir sagen. Erstmal nichts wie zum Kühlschrank. Ja! Zwei Pullen Becks. Das wird helfen. Ich zieh mir die beiden Pullen in Nullkommanix rein. Schon besser. Muß aber auf die Uhrzeit achten.

Als ich zurück ins Schlafzimmer geh, schläft sie immer noch. Schau sie dir an; fettes, faules Stück. Bloß weil sien Scheißbaby kriegt, glaubt sie, sie hat das Recht, den ganzen Tag rumzuliegen... aber das is ne ganz andere Geschichte. Ich pack erstmal ... die Schlampe hat hoffentlich meine Jeans gewaschen ... die 501 ... wo ist die verdammte 501? ... da isse. Hat se nochmal Schwein gehabt.

Jetzt wird se wach. - Frank ... was machstn da? Wo willstn hin? fragt sie mich.

- Ich hau ab. Ich bin kurz angebunden und seh sie nichmal an. Wo zum Henker sind die Socken? ... mit nem Kater dauert alles doppelt so lange, da kann ich nich auch noch diese Schlampe brauchen, die an mir rumnörgelt.

- Wo willstn hin? Wohin?

- Ich sag doch, ich muß weg. Lexo un ich ham n bißchen was gedreht. Mehr sag ich dazu nich, aber besser, ich verschwinde fürn paar Wochen. Wenn die Bullen vor der Tür stehn, haste mich seit ewig nich mehr gesehen. Du glaubst, ich bin auf ner beschissenen

Bohrinsel, klar? Und denk dran, du hast mich nich gesehn.

– Aber wo gehstn hin, Frank? Wo zum Teufel gehst du hin?

– Es reicht, wenn ich das weiß. Was du nicht weißt, könn se auch nich aus dir rausprügeln, sag ich.

Dann steht die Kuh doch tatsächlich auf und keift mich an, ich könne doch nich einfach so verschwinden. Ich hau ihr eins aufs Maul und verpaß ihrn Tritt innen Hintern, und die Schnalle fällt hin und stöhnt rum. Selber schuld, ich hab der schon zigmal gesagt, das kommt davon, wenn man so mit mir redet. So sind nun mal die Spielregeln.

– DAS BABY! DAS BABY! ... kreischt sie.

Ich nur: – DAS BABY! DAS BABY! äff ich sie nach. – Halt die verdammte Schnauze, von wegen Baby! Da liegt sie und schreit wie am Spieß.

Wahrscheinlich is das verdammte Baby sowieso nich von mir. Außerdem hatt ich schon andere Babys, mit anderen Frauen. Ich weiß, wie das läuft. Sie glaubt, es wird alles ganz toll, wenn das Baby kommt, aber da wird se sich noch umkucken. Ich kann dir alles über Babys erzählen. Der letzte Scheiß.

Rasierzeug. Das brauch ich noch. Wußte doch, da war noch was.

Sie faselt immer noch, daß ihr alles wehtut und daß ichn Arzt rufen soll. Ich hab keine Zeit für son Scheiß, ich bin eh schon spät dran wegen der Schnalle. Nichts wie weg hier.

– FRRRAAAANNNK! schreit sie, als ich abhau. Ich dacht noch, das is wie die blöde Werbung für Harpers Lager: »Zeit für einen schnellen Abgang«; auf mich paßte das voll.

Unten im Pub wars brechend voll, dabei hatte das grad erst aufgemacht. Renton, der rothaarige Arsch, versenkt die verdammte schwarze Kugel und nimmt Matty das Spiel ab.

– Rab! Schreib mal meinen Namen fürs Pool auf. Was wollt ihr trinken? Ich steh auf und geh zur Bar.

Rab, Second Prize, wie wir ihn nennen, hatn hübsches Fletschauge. Irgendn Arsch hat sich ihm gegenüber ziemlich was rausgenommen.

– Rab. Wo haste das denn her?

– Ach, von n paar Typen oben in Lochend, weißte? Ich war besoffen. Er schaut mich ganz verlegen an.

– Und weißte, wie die heißen?

– Nee, aber mach dir keine Sorgen, ich krieg die Kerle schon, Mann, hab ich alles schon geregelt.

– Aber mach das auch. Kennste die Typen?

– Nein, bloß vom Sehen.

– Wenn Rents und ich aus London zurückkommen, fahrn wir mal rauf in dieses Scheißlochend. Vor kurzem ham sie da oben Dawsy aufgemischt. Da sind noch n paar Fragen offen, auf die holen wir uns die Antwort, kannste Gift drauf nehmen.

Ich dreh mich zu Rents: – Alles klar, Mann?

– Kanns gar nich erwarten, Franco.

Ich bau die Kugeln auf und mach ihn fertig, und der Typ schafft grad mal zwei Kugeln. – Typen wie Matty und Second Prize machste vielleicht noch ein, aber wenn Hurrikan Franco an den Tisch kommt, dann kannste das vergessen, du rothaariger Arsch, sag ich zu ihm.

– Pool is doch was für Arschlöcher, sagt er. Blöder Hund. Alles, wo der rothaarige Arsch nich mithalten kann, is für Arschlöcher, wenns nach ihm geht.

Wir müssen los, hat also keinen Sinn mehr weiterzuspielen. – Hi Matty! Weißt du, was das is? Ich wedel dem Arsch mit den Scheinen vor der Nase rum.

– Ähm ... ja ... sagt er.

Ich zeig zur Bar: – Weißt du, was das is?

– Ähm ... ja ... die Bar. Der Arsch is was langsam. Zu langsam. Und ich weiß auch wieso.

– Weißt du, was das is? zeig ich auf mein Glas.

– Ähm ... ja ...

– Also, soll ichs dir vielleicht noch buchstabieren, oder was? N Pint Special undn Jack Daniels mit Coke, Mann!

Er kommt rüber und sagt zu mir: – Eh, Frank, ich bin ziemlich pleite, weißte ...

Ich weiß. – Wann wirst du erwachsen, verdammt, sag ich. Der Arsch kapiert und verschwindet an die Bar. Er is wieder auf Stoff, wenn er überhaupt jemals richtig davon los war. Wenn ich aus London zurück bin, muß ich dem Blödmann mal n paar Wörtchen ins Ohr flüstern. Verdammte Junkies. Nehmen bloß Platz weg. Aber Rents is noch sauber. Merkt man daran, wie er die Biere wegkippt.

Ich freu mich schon auf London. Rents hat da fürn paar Wochen ne Wohnung von nem Kumpel, von Tony und seiner Schnalle, der Fotze. Sind irgendwo im Urlaub. Ich kenn da noch n paar Kumpel ausm Knast; bei denen geh ich mal vorbei, der alten Zeiten wegen.

Lorraine bedient Matty. Lorraine isn süßer kleiner Hintern. Ich geh zur Bar.

– Hi, Lorraine! Komm mal her. Ich schieb ihr die Haare an einer Seite nach hinten und leg ihr die Finger hinters Ohr. Die Weiber mögen das. Erogene Zonen und so. – Wenn man einem hinterm Ohr fühlt, kann man feststellen, ob der letzte Nacht gefickt hat oder nicht. Die Wärme, verstehste? erkäre ich.

Sie lacht bloß, und Matty auch.

- Echt, is wissenschaftlich bewiesen, verstehste? Manche Leute haben echt keine Ahnung.

- Und, hat Lorraine letzte Nacht gefickt? fragt Matty. Der kleine Sack sieht echt schlimm aus, wie der aufgewärmte Tod persönlich.

- Das bleibt unser Geheimnis, was, Puppe? sag ich zu ihr. Ich hab so das Gefühl, sie steht auf mich, weil, sie wird immer so still und schüchtern, wenn ich mit ihr red. Wenn ich erstmal aus London zurück bin, tast ich mich mal ran, aber volles Rohr.

Müßt ich doch bescheuert sein, wenn ich mit dieser June zusammenbleib, wenn das Baby da is. Ich schlag die Schlampe tot, wenn sie mich zwingt, dem Baby was zu tun. Seit sie das Baby kriegt, glaubt sie, sie könnt ne dicke Lippe riskieren. Das soll bloß keiner mit mir versuchen, Baby hin oder her. Das weiß sie, und trotzdem reißt sie das Maul auf. Wenn dem Baby was passiert ...

- Hi, Franco, sagt Rents, - wir zischen jetzt wohl mal. Wir müssen uns noch was einpacken lassen.

- Ja, richtig. Was nimmstn mit?

- Pulle Wodka und n paar Dosen.

Hätt ich selber drauf kommen können. Steht voll auf Wodka, der rothaarige Arsch.

- Ich hol mir ne Pulle J. D. und acht Dosen Export. Vielleicht krieg ich Lorraine dazu, daß sien paar Plastikpullen abfüllt.

- Da werden sich zwei Löcher auf der Fahrt da runter ganz schön vollaufen lassen, sagt Rents. Manchmal versteh ich seinen Sinn für Humor einfach nich. Rents und ich kennen uns schon lange, aber irgendwie hat sich der Kerl verändert, und ich mein nich bloß die Drogen und den Scheiß. Er hat so seine Art drauf und ich meine. Trotzdem, n guter Kumpel, der rothaarige Scheißer.

Ich hol also die Plastikpullen, eine Special für mich, eine Lager für den rothaarigen Arsch. Wir holen unseren Proviant, springen in n Taxi in die Stadt und zischen nochn schnelles Pint im Pub im Bahnhof. Ich komm so mit nem Typen an der Theke ins Quatschen; n Typ aus Fife, ich hab dem sein Bruder in Saughton kennengelernt. Kein übler Kerl, wenn ich mich richtig erinnere. Harmlos.

Der Zug nach London is brechend voll. Das geht mir echt aufn Senkel. Also, da drückste die dicke Kohle für die Fahrkarte ab, die Ärsche von British Rail sind da nich schüchtern, und dann gibts noch nichmal Sitzplätze! Scheiße.

Wir schlagen uns mit den Dosen und Flaschen rum. Meine Plastikpulle platzt bald aus der verdammten Tasche. Und dieses verdammte Volk mit Backpacks und Koffern ... und Kinderbuggys. Kinder im Zug sollten verboten werden.

– Knallvoll, Mann, sagt Rents.

– Die ganzen Ärsche mit Platzkarten, is doch Scheiße. Is ja nich schlimm von Edinburgh nach London, so zwischen großen Städten, aber die Ärsche, die von Berwick und so Kuhkäffern aus reservieren. Der Zug darf einfach nich in solchen Käffern halten. Einfach bloß von Edinburgh nach London und Schluß. Scheiße, wenns nach mir ging, dann wär das so, kannste mir glauben. N paar Typen glotzen uns an. Ich red wies mir paßt, solln die doch denken, was sie wollen.

Alles reserviert. Scheiße, was solls. Wer zuerst kommt, mahlt zuerst, so müßt das gehen. Dieser ganze Reservierungsscheiß ... denen werd ich was erzählen, von wegen reserviert ...

Rents setzt sich neben zwei Schnallen. Echt knakkig, alles dran. Gute Wahl von dem rothaarigen Sack!

– Die Plätze sind bis Darlington frei, sagt er.

Ich krall mir die Reservierungszettel und steck sie in die Hosentasche. – Jetzt sind sie die ganze Strecke frei. Ich werd denen was erzählen, von wegen reserviert, sag ich und grins eine der Schnallen an. Is doch wahr. Vierzig Pfund für ne verdammte Fahrkarte. Nich grad schüchtern, die Ärsche von British Rail, das kann ich dir sagen. Rents zuckt bloß mit den Schultern. Der Angeber hat ne grüne Baseballmütze auf. Wenn der Arsch einschläft, fliegt die achtkantig zum Fenster raus, das kann ich dir sagen.

Rents macht sich über den Wodka her, und wir sind gerade erst in Portobello, da hat der Kerl schon n ziemliches Stück aus der Pulle gebissen. Er steht einfach voll auf Wodka, der rothaarige Arsch. Naja, wenn ders so haben will ... ich krall mir den J.D. und setz ihn an.

– Here we go, here we go, here we go ... sag ich. Der Arsch lächelt bloß. Er begafft die beiden Schnallen, Amerikanerinnen oder sowas. Das Problem mit dem rothaarigen Sack is bloß, daß er nich das Talent hat, richtig ranzugehen, wenns um Weiber geht, obwohl der Arsch sonst schon Stil hat. Nich so wie ich und Sick Boy. Vielleicht, weil der Brüder hat und keine Schwestern; mit Schnallen kann der einfach nich richtig umgehen. Wenn du drauf wartest, daß er den ersten Schritt macht, dann kannste aber verdammt lange warten. Ich zeig dem rothaarigen Arsch mal, wie das geht.

– Gar nich schüchtern, diese Ärsche von British Rail, was? sag ich und stoß die Schnalle neben mir an.

– Pardon? sagt sie zu mir, und das hört sich an wie »padohn«, verstehste?

– Na, wo seidn ihr weg von?

– Tut mir leid, ich verstehe Sie nicht ... Diese ausländischen Schlampen haben Probleme mit der verdammten Landessprache. Also mußte lauter, langsamer und irgendwie vornehmer reden, damit die einen verstehen.

– WO ... KOMMEN ... SIE ... HER?

Jetzt klappts. Die neugierigen Arschlöcher vor mir drehen sich um. Ich starre zurück. Irgendn Arsch fängt sich noch n Paar heiße Ohren ein auf dieser Fahrt, das hab ich so im Hirn.

– Ähm ... wir sind aus Toronto, Kanada.

– Toronto. Das is doch der Kumpel vom Lone Ranger, oder? sag ich. Die Schnallen starren mich bloß an. Manche Leute verstehen den schottischen Humor einfach nich.

– Und wo kommen Sie her? fragt die andere Schnalle. Zwei echte Hasen. Der rothaarige Arsch hat ne gute Entscheidung getroffen, sich hierher zu setzen, das kann ich dir flüstern.

– Edinburgh, sagt Rents und versucht, richtig vornehm zu klingen. Verdammter rothaariger Schleimer. Wenn Franco erstmal das Eis gebrochen hat, is Joe Cool gleich da und dampft los.

Die Schnallen quatschen uns voll, wie verdammt schön Edinburgh is und son Scheiß. Das is alles, was die Touristen kennen, die Burg und Princes Street und High Street. Wie damals, als Monnys Tante aus diesem kleinen Kaff auf ner Insel vor der Westküste Irlands mit ihren ganzen Blagen hergezogen is.

Die geht also zum Amt wegen nem Haus. Dort fragen sie, wo sie denn wohnen will. Die Frau sagt, ich möchtn Haus auf der Princes Street mit Blick auf die Burg. Die Frau is total plemmplemm, spricht Gälisch als Muttersprache; versteht nich mal richtig Englisch. Der armen Sau hat einfach die Straße gefallen, wie sie ausm Zug stieg, und hat geglaubt, es sieht überall so aus. Die Säcke im Amt ham bloß gelacht und sie in eine von den zusammengeschusterten Buden in West Granton gesteckt, da, wo sonst kein Arsch hin will. Statt der Aussicht auf die Burg genießt sie jetzt den Blick auf die Gaswerke. So läuft das im richtigen Leben, wenn du kein reicher Arsch bist mit nem Riesenhaus und jeder Menge Kohle.

Na, jedenfalls trinken die beiden Schnallen n bißchen was mit mir, Rents hat ziemlich einen im Kahn, weil, ich merks auch schon langsam, und ich sauf den rothaarigen Arsch jederzeit untern Tisch. Aber letzte Nacht war ich mit Lexo noch auf Sauftour, nachdem wir das Ding bei dem Juwelier in Corstorphine gedreht haben. Deshalb bin ich jetzt so verdammt fertig. Außerdem möcht ich am liebsten ne Runde Karten spielen.

– Hol mal die Karten raus, Rents.

– Hab keine dabei, sagt er. Ich glaubs einfach nich! Hab ich ihm gestern Nacht noch als letztes gesagt. Denk an die Scheißkarten.

– Ich hab dir doch gesagt, du sollst an die Karten denken! Was hab ich dir letzte Nacht als letztes gesagt? Häh? Denk an die verdammten Karten!

– Hab ich vergessen, meint der Arsch einfach. Ich wette, der rothaarige Arsch hat sie mit Absicht vergessen. Nach ner Weile isses einfach arschlangweilig ohne Karten.

Der verdammte Langweiler fängt an, n Scheißbuch zu lesen; echt üble Manieren, und dann fangen er und diese kanadische Tante, sind wohl beide Studentinnen oder sowas, an, sich über die beschissenen Bücher zu unterhalten, die sie gelesen haben. Das geht mir echt aufn Sack. Wir sind eigentlich hier, weil wirn bißchen Spaß wollen, nicht um über Scheißbücher und son Mist zu quatschen. Wenns nach mir ging, würd ich jedes einzelne verdammte Buch aufn Scheiterhaufen schmeißen und den ganzen Scheiß verbrennen. Bücher sind doch bloß was für Klugscheißer, damit die angeben können, wieviel Scheiß sie schon gelesen haben. Was man wissen muß, kriegt man aus der Zeitung und aus der Glotze. Scheiß auf Bücher ...

Wir halten in Darlington, und diese Scheißer kommen an und vergleichen ihre Fahrkarten mit unseren Platznummern. Der Zug is immer noch brechend voll, sieht also ziemlich schlecht aus mitm Platz für die beiden.

Entschuldigen Sie bitte, das sind unsere Plätze. Die haben wir reserviert, sagt dieser Arsch und hält mir ne Fahrkarte unter die Nase.

– Tut mir leid, hier muß wohl ein Irrtum vorliegen, sagt Rents. Der rothaarige Sack kann echt tierisch vornehm sein, das muß man ihm lassen, der hat echt Stil. – Als wir in Edinburgh eingestiegen sind, waren hier keine Karten, die auf eine Reservierung hingewiesen hätten.

– Aber wir haben hier unsere Platzreservierungen, meint der Kerl mit der John-Lennon-Brille.

– Nun, ich kann Sie nur bitten, Ihre Beschwerde bei einem Angestellten der British Rail vorzutragen. Mein Freund und ich haben die Plätze in gutem Glauben eingenommen. Leider sind wir für Fehler von British Rail nicht verantwortlich. Vielen Dank, und gute Nacht, sagt er und fängt an zu lachen, dieser rothaarige Sack. Ich hatte meinen Spaß dabei, dem Arsch zuzuhören, sonst hätt ich den beiden schon gesteckt, sie sollen verduften. Ich streit mich ja nich gern, aber dieser John Lennon hatte noch nich genug.

- Wir haben die Karten. Das ist der Beweis, daß das unsere Plätze sind, sagt der Arsch. Das reicht.

- Heh, du! sag ich. - Ja, du mit der dicken Lippe! Er dreht sich um. Ich steh auf. - Du hast doch gehört, was der Kerl gesagt hat. Also mach, daß du Beine kriegst, du Brillenschleiche! Na los... beweg dich! sag ich und zeig den Zug entlang.

- Komm schon, Clive, sagt sein Kumpel. Die beiden verpissen sich. Ham nochmal Glück gehabt. Ich denk also, das war die ganze Geschichte, aber nein, die beiden Affen kommen tatsächlich mit dem Schaffner zurück.

Der Schaffner, also man sieht dem Kerl an, daß ihm das scheißegal is, die arme Sau tut bloß ihre Pflicht und fängt an zu labern, daß das die Plätze der beiden Ärsche sind, aber ich klär die Sache ab.

- Is mir doch scheißegal, was bei den beiden Blödmännern auf der Fahrkarte steht, Kumpel. Als wir uns hier hingesetzt haben, waren die beschissenen Plätze nich reserviert. Wir rühren uns nich von der Stelle. Mehr gibts nich zu sagen. Ihr verlangt schon genug für eure Fahrkarten, also sorgt das nächste Mal auch dafür, daß da n beschissenes Schild is.

- Das muß wohl jemand weggenommen haben, sagt er. Dieser Typ wird nichts unternehmen.

- Vielleicht, vielleicht auch nich. Is doch nich mein

Bier. Wie schon gesagt, die Plätze waren frei, und ich hab mich draufgesetzt. Ende der Fahnenstange.

Der Knipser sagt den beiden, daß er nichts tun kann, und kriegt sich darüber mit denen in die Haare. Nich mein Problem. Sie drohen, sich über ihn zu beschweren, und er geigt ihnen seine Meinung.

In der Reihe vor mir dreht sich wieder einer um und glotzt.

– Hast du n Problem, Kumpel? ruf ich ihm zu. Der Typ kriegt ne rote Birne und dreht sich wieder um. Arschloch.

Rents nickt ein. Der rothaarige Sack is sternhagelvoll. Seine Plastikpulle is halbleer, und die meisten Dosen sind geknackt. Ich nehm seine Pulle mit aufs Klo, schütte was weg und füülls mit Pisse wieder auf. Das hat er davon, weil er die verdammten Karten vergessen hat. In der Pulle sind ungefähr zwei Teile Lager, ein Teil Pisse.

Ich geh zurück und stell die Pulle wieder hin. Der Arsch is fest eingeschlafen, eine der Schnallen auch. Die andere hat den Kopf in nem Buch stecken. Zwei geile Weiber. Keine Ahnung, ob ich lieber die große Blonde oder die Dunkelhaarige ficken möchte.

In Peterborough weck ich den rothaarigen Arsch auf. – Komm schon, Rents. Du mühst dich ganz schön ab mit dem Bier. Kurzstrecke, mehr schaffste nich. Kurzstrecke bist du, null Chance gegen nen Marathonmann.

– Kein Problem ... sagt der Arsch und nimmtn Riesenschluck aus der Pulle. Er verzieht das Gesicht. Ich muß mich anstrengen, um mich nich zu bepissen.

– Das Bier is sauer. Muß wohl total schal geworden sein, verstehste. Schmeckt wie Pisse.

Ich tue mein Bestes, um an mich zu halten. – Hör schon auf mit deinen blöden Ausreden, du Arsch.

– Ich trinks schon noch, sagt der Arsch. Ich versuch, ausm Fenster zu schauen, und der Blödarsch trinkt die ganze Pulle leer.

Ich bin total zu, als wir in Kings Cross ankommen. Die Schnallen haben sich verdrückt; dabei dacht ich, wir hätten da was am Laufen, und beim Aussteigen hab ich auch noch Rents ausn Augen verloren. Ich hab sogar die Tasche von dem rothaarigen Arsch statt meiner eigenen. Hoffentlich hat der Sack wenigstens meine. Ich weiß nicht mal die verdammte Adresse ... aber dann seh ich den rothaarigen Arsch, wie er sich mitm kleinen Typen mitm Plastikbecher inner Hand vor dem Eingang zur U-Bahn unterhält. Rents hat meine Tasche. Glück für ihn, der Arsch.

– Haste mal n bißchen Kleingeld für den Jungen, Franco? sagt Rents, und der kleine Sack streckt den verdammten Becher aus; glotzt mich aus tränigen Augen an.

– Verpiß dich, du Penner! sag ich, tret ihm den Becher aus der Hand und mach mir fast in die Hose über den Blödarsch, wie der im Bahnhof den Leuten zwischen den Beinen rumkriecht nach seinen verdammten Münzen.

– Und wo is jetzt diese Wohnung? frag ich Rents.

– Nich weit, sagt Rents und glotzt mich an, als ob ich ... also, wie der einen manchmal anglotzt ... eines schönen Tages kriegt er noch einen auf die Fresse, Kumpel oder nich. Dann dreht sich der Arsch einfach um, und ich latsch hinter ihm her runter zur Victoria Line.

NA NA UND ANDERE NAZIS

Unten am Leith Walk isses echt scheiß voll. Für nen hellhäutigen Typen isses da viel zu heiß, verstehste? Manche blühen ja inner Hitze auf, aber solche wie ich, verstehste, wir kriegen das einfach nich geregelt. Einfach zu schroff, Mann.

Noch so n Scheiß isses, total pleite zu sein. Der totale Hammer. Die ganze Zeit läufste in der Gegend rum und klapperst die Leute ab. Erst das scheißfreundliche Getue, aber wenn se erstmal checken, daß du total abgebrannt bist, machen se die Fliege.

Da hinten am Queen-Victoria-Denkmal is Franco und redet mit nem großen Typen, nem miesen Hombre namens Lexo; flüchtige Bekanntschaft, wenn de verstehst, was ich meine. Echt lustig, daß sich alle Psychos irgendwie kennen, verstehste, was ich meine? Solche Verbindungen sind teuflisch, Mann, einfach teuflisch ...

– Spud! Alles klar? Wie gehts? Franco is ja sowas von zugeknallt.

– Ähm, ganz gut, Franco ... un du?

– Super, sagt er und wendet sich an den massigen Berg neben sich. – Du kennst doch Lexo; ne Feststellung, keine Frage. Ich nicke so, und der Riesenkerl schaut mich kurz an, dreht sich dann ab und redet weiter mit Franco.

Ich merk, die beiden Katzen ham n paar Müllbeutel aufzureißen und n bißchen rumzustöbern. Also sag ich: – Ähm ... muß wieder los, bis dann mal.

– Wart mal, Kumpel. – Wie schaut's mit Kohle aus? fragt mich Franco.

– Ähm, ehrlich gesagt, Mann, ich bin total abgebrannt. Ich hab noch zweiunddreißig Pence in der

Tasche und n Pfund aufm Konto bei der Abbey National. Nich grad ne Kapitalanlage, wo die Typen vom Charlotte Square schlaflose Nächte von kriegen.

Franco steckt mir zwei Zehner zu. Netter Kerl, Begbie.

– Aber kein Heroin, Kumpel! ermahnt er mich freundlich. – Ruf mich am Wochenende mal an, oder komm doch einfach vorbei.

Hab ich jemals was Schlechtes gegen meinen Franco gesagt? Ich sag doch ... kein schlechter Kerl. Reine Dschungelkatze, weißte schon, aber auch Dschungelkatzen setzen sich ab und zu hin und schnurren sich was vor, meistens, wenn se grad was verschlungen haben. Ich frag mich, wen Franco und Lexo verschlungen haben. Frankie-Baby war mit Rents in London und hat sich vor den Bullen versteckt. Was hat er denn angestellt? Na, besser, ich weiß nix davon. Is immer besser, nix zu wissen.

Ich lauf quer durch Woolworth, der voll is, also richtig voll. Der Sicherheitstyp is damit beschäftigt, die sexy Mieze an der Kasse vollzuquatschen, also steck ich n paar Leerkassetten ein ... der Puls rast, sinkt dann wieder ... n gutes Gefühl, echt das beste ... na, vielleicht das zweitbeste nach nem Hit und mit ner Frau im Bett. So gut, daß ich bei dem Adrenalinkick am liebsten in die Stadt auf Klautour gehen würde.

Die Hitze, Mann, die is einfach ... heiß. Anders kann ich das nich beschreiben. Ich geh zum Ufer runter und setz mich auf ne Bank in der Nähe vom Sozialamt. Die zwei Zehner in der Tasche fühlen sich echt gut an, öffnen einem doch gleich n paar Türen, verstehste? Also sitz ich da und guck aufn Fluß. Und da schwimmt n großer Schwan. Ich denk an Johnny Swan und Stoff. Aber der Schwan da is echt schön. Wenn ich jetzt n bißchen Brot hätt, würd ich ihn damit füttern.

Gav arbeitet bei der Stütze. Vielleicht erwisch ich den Jungen bei der Mittagspause und geb ihm ein, zwei Pints aus. Er hat mir auch öfter mal einen ausgegeben. Ich sehe, wie Ricky Monaghan aus dem Amt kommt. Ganz okay, der Typ.

– Ricky ...

– Heh, Spud, Was machstn so?

– Na ja, bei mir läuft nich so viel. Der übliche Kram.

– So schlimm?

– Schlimmer, Alter, schlimmer.

– Immer noch von den Trips runter?

– Vier Wochen und zwei Tage seit meinem letzten bißchen Sgag. Ich zähl jede Sekunde, Mann, jede Sekunde. Tick-tack machts, tick-tack, verstehste?

– Und, gehts dir besser?

Und erst da merk ich, daß es mir wirklich besser geht; zu Tode gelangweilt, aber körperlich schon ... ja. Die ersten zwei Wochen waren der reinste Horrortrip ... aber jetzt könnt ich ne Nummer mit ner höheren Tochter oder ner Katholenmaus schieben, inklusive der weißen Söckchen, aber die müssen sein, die weißen Söckchen. Verstehste?

– ... Ja doch, mir gehts schon was besser.

– Gehste am Samstag zur Easter Road?

– Ähm, nee ... Is schon Jahre her, daß ich beim Fußball war. Aber ich könnt ja mal wieder hin. Mit Rents ... aber Rents is ja in London ... oder mit Sick Boy und den andern. Geh doch mit Gav und gib ihm n paar aus ... Mal wieder die Hibernians spielen sehen. – ... Na ja, vielleicht. Mal sehen, wies so läuft. Gehst du?

– Nee. Ich hab letzte Saison gesagt, ich geh nich

mehr hin, solange sie Miller nich zum Teufel gejagt haben. Wir brauchen nen neuen Trainer.

– Ja ... Miller ... wir brauchen n Neuen aufm Trainerstuhl ... Ich wußte nich mal, wer der Trainer is, kannte keinen einzigen von der Mannschaft. Kano vielleicht ... aber ich glaub, Kano is jetzt woanders. Durie! Gordon Durie!

– Durie noch dabei?

Monny glotzt mich bloß an und schüttelt den Kopf.

– Nee, Durie is doch schon vor Ewigkeiten verkauft worden, Spud. Sechsundachtzig. Is nach Chelsea gegangen.

– Ach ja, stimmt. Ich weiß noch, wie der Junge n Mordstor gegen Celtic geschossen hat. Oder gegen die Rangers? Is ja egal, Mann, wenn man sichs überlegt ... irgendwie Jacke wie Hose, stimmts?

Er zuckt mit den Schultern. Ich glaub nich, daß ich den überzeugt hab.

Ricky geht mit mir mit, oder vielleicht ich mit ihm ... ich mein, wer weiß schon, wer in dieser beschissenen Szene heutzutage mit wem mitgeht? Wie auch immer, wir ziehen wieder zum Ende des Leith Walk rüber. Das Leben is ganz schön langweilig ohne Sgag. Rents is in London; Sick Boy schnüffelt den ganzen Tag in der Stadt rum, der berühmte alte Hafen is dem Vogel wohl nicht mehr gut genug; Rab, Second Prize, einfach verschwunden, und Tommy scheint total am Boden, seit er sich von dieser Lizzy getrennt hat. Bleiben noch ich und Franco ... das is vielleicht n Leben, Mann, ich sags dir.

Ricky, Monny, Richard Monaghan, Kumpel und katholischer Freiheitskämpfer, versteht sich doch, versteht sich doch, verpißt sich, um sich oben in der Stadt mit ner Pflaume zu treffen. Und so hock ich mal wieder allein rum. Ich beschließe, Na Na in ihrem Wohnheim am andern Ende der Easter Road zu besuchen. Na Na findets schrecklich da, obwohl sie echt ne tolle Bude hat. Wenn ich so ne Bude kriegen könnt. Echt toll, aber bloß für älteres Gemüse, verstehste? Da ziehste bloß an ner Schnur, und schon geht ne Klingel los, und dann kommt die Pflegerin und regelt alles für dich. Das wär genau das richtige für mich, mit Frank Zappas Tochter Moon Unit, diesem verrückten Huhn, dieser kalifornischen Schnalle, als Pflegerin. Vom Allerfeinsten wär das, kein Scheiß!

Na Nas Beine sind im Arsch, und der Doc meint, daß es einfach zu viel war, ständig die Treppen rauf bis zu ihrer Wohnung im obersten Stock in der Lorne Street. Da haste mal recht, Großer Medizinmann. Wenn de Na Na die Krampfadern ausn Beinen ziehst, dann wärn da keine Beine mehr, nix mehr, was sie noch aufrecht hält. Ich hab bessere Venen in den Armen als die in den Krücken. Aber sie hat dem Doktor noch kräftig was erzählt, wie ne alte Katze sozusagen, die ihr Territorium schon seit Jahren markiert und sich daran gewöhnt hat. Da kannste drauf wetten, daß die das nich einfach so aufgibt. Da werden die Krallen ausgefahren, da fliegen die Fetzen, Mann. So is Na Na ... Ms Mouskouri, wie ich sie nenn, verstehste?

Ihr Haus hat n Gemeinschaftsraum, aber Na Na geht da bloß hin, wenn se hinter Mr. Bryce her is. Die Familie von dem Knacker hat sich bei der Pflegerin darüber beschwert, daß sie ihn sexuell belästigt. Und die versucht, zwischen meiner Ma und Mr. Bryces Tochter zu vermitteln, aber Na Na bringt die Tochter mit ihren abfälligen Bemerkungen über das üble Muttermal in ihrem Gesicht bloß zum Heulen. Wie so n Weinfleck, verstehste? Na Na hackt immer auf anderer Leute Schwächen rum, vor allem bei Frauen.

Ne Reihe Schlösser schnappt auf, und Na Na lächelt mich an und läßt mich rein. Ich werd immer gut empfangen, aber meine Ma und meine Schwester behandelt se immer wie Dreck. Die tun alles für Na Na. Aber Na Na mag nun mal Männer und haßt Frauen. Sie hat acht Kinder von fünf verschiedenen Männern gehabt. Und das sind bloß die, von denen ich weiß.

- Hallo Calum ... Willie ... Patrick ... Kevin ... Desmond ... sie zählt die Namen von n paar ihrer Enkelkinder auf, aber auf meinen kommt sie immer noch nich. Macht mir aber nix, ich werd so oft »Spud« gerufen, sogar meine Ma nennt mich so, daß ich manchmal selber meinen Namen vergesse.

- Danny.

- Danny. Danny, Danny, Danny. Und Kevin nenn ich Danny. Wie konnt ich das nur vergessen, Danny Boy!

Tja ... wie konnte sie nur ... *Danny Boy* und *Roses of Picardy* sind die einzigen beiden Lieder, die sie kennt. Kennt? Sie singt sie aus vollem Hals; son atemloser, unmelodischer Klang, und dabei reckt sie die Arme in die Luft und macht ne Schau.

- George ist hier.

Ich guck um die Ecke des L-förmigen Zimmers und seh da meinen Onkel Dode in nem Sessel sitzen und ne Dose Tennent's Lager trinken.

- Dode, sag ich.

- Spud! Alles klar, Meister? Wie gehts so?

- Super, Alter, Super. Und selber?

- Kann nich klagen. Wie gehts deiner Ma?

– Na ja, geht mir aufn Sack wie immer, verstehste?

– He! Du redest von deiner Mutter! Den besten Freund, den de je haben wirst! Hab ich nich recht, Ma? fragt er Na Na.

– Dammich recht, Sohn!

»Dammich« is eins von Na Nas Lieblingswörtern, genau so wie »Pisse«. Keiner kann so »Pisse« sagen wie Na Na. Sie zieht das S so lang, daß man glatt den Dampf sehen kann, wenn der gelbe Strahl aufs weiße Porzellan prasselt.

Onkel Dode grinst sie breit und nachsichtig an. Dode is n Mischling sozusagen, der Sohn eines westindischen Seemanns, verstehste, das Produkt westindischen Samens sozusagen! Verstehste? Dodes Alter war lang genug in Leith eingelaufen, um Na Na heißzumachen. Dann gings wieder raus auf die Sieben Weltmeere. Hört sich gut an, son Leben als Seemann, in jedem Hafen ne Braut und so.

Dode is Na Nas Jüngster.

Erst hat sie meinen Opa geheiratet, nen dahergelaufenen alten Kuhhirten aus County Wexford. Der alte Kerl hat sich immer meine Ma aufn Schoß gesetzt und ihr vorgesungen: Irische Rebellenlieder und so Zeug. Die Haare wuchsen ihm ausn Nasenlöchern, und meine Ma dachte, er wär uralt, wie das bei so kleinen Krümeln eben is. Der Kerl kann höchstens Mitte dreißig gewesen sein. Na, jedenfalls hatter den Löffel abgegeben, is ganz oben innem Mietshaus ausm Fenster gefallen. Damals hat er neben Na Na noch mit ner andern Frau rumgemacht. Keiner konnte sagen, ob es Trunkenheit war oder Selbstmord oder ... na ja, beides. Jedenfalls hockte sie also mit ihren drei Kindern da, darunter meine Ma.

Der nächste, den se geheiratet hat, warn Kerl mit ner rauhen Stimme, der mal als Gerüstbauer gearbeitet hatte. Der Alte rennt immer noch in Leith rum. Hat mir mal in nem Pub erzählt, Gerüstbau wär jetztn Gewerbe. Rents, der zu der Zeit ne Schreinerlehre machte, hat ihm gesagt, daß das n Haufen Scheiß is, und da is der Alte in die Luft gegangen. Manchmal seh ich ihn noch im *Volley*. Nick, der alte Knacker, hats grad n Jahr mit Na Na ausgehalten, hat ihr abern Baby gemacht, und das zweite war unterwegs.

Der kleine Alec, der Versicherungstyp von der Genossenschaft, der gerade Witwer geworden war, war Na Nas nächstes Opfer, wenn de so willst. Man erzählt sich, Alec hat geglaubt, das Baby, das Na Na gerade im Bauch hatte, wär von ihm. Hats drei Jahre ausgehalten und hat ihr nochn Kind gemacht, und dann is die arme Sau ab durch die Mitte, nachdem er sie im Haus mit nem andern erwischt hat.

Er wartet also auf der Treppe auf den Kerl, so ähnlich jedenfalls wirds erzählt, mit ner Flasche in der Hand. Der Typ fleht um Gnade. Alec tut die Flasche weg und meint, daß er keine Waffe braucht, um solche wie ihn zurechtzustutzen. Der Typ setztn anderes Gesicht auf und prügelt den armen kleinen Alec die Treppe runter, schleift den armen Hund, benommen und blutüberströmt, wie er is, auf den Walk raus und schmeißt ihn aufn Haufen Abfall anner Bordsteinkante vor nem Gemüseladen.

Meine Mutter meint, Alec warn anständiger kleiner Kerl. Er war wohl der einzige in Leith, der nich wußte, daß Na Na aufn Strich ging, sozusagen.

Das vorletzte Baby warn echtes Rätsel. Das war meine Tante Rita, die is eher mein Alter als das meiner

Ma. Ich glaub, ich stand immer voll auf Rita, ne coole Braut, total Sixties, verstehste? Kam nie raus, wer Ritas Vater war, aber dann kam da noch Dode, den hat Na Na gekriegt, da war se schon Mitte vierzig.

Als ich nochn Knirps war, kam mir Dode immer richtig unheimlich vor. Da kam man zum Beispiel samstags bei Na Na vorbei auf n Tee, und dann saß da dieser üble junge schwarze Hund und starrte dich an, bevor er dann quasi die Fußleiste entlang davonschlich. Alle meinten, Dode wär nich ganz richtig im Kopf, das hab ich auch erst gedacht, aber bloß, bis ich mitkriegte, was der Typ sich alles gefallen lassen mußte in der Schule, auf der Straße und so. Das war unglaublich, echt. Da kann ich bloß lachen, wenn so Typen was erzählen von wegen Rassismus kommt bloß bei den Engländern vor, und wir hier oben sind alles Gottes Kinder ... is doch kompletter Scheiß, Mann, die reden doch durchn Arsch.

In meiner Familie gibts ne lange Tradition an Dieben, verstehste? Alle meine Onkel sind Diebe. Aber Dode hat immer die höchsten Strafen für die kleinsten Taten gekriegt. Das is einfach total ungerecht, Mann. Rents hat mal gemeint, es gibt nix, was die Aufmerksamkeit der Bullen und der Stadt so sehr weckt wie ne dunkle Hautfarbe: da hatter recht.

Na, jedenfalls beschließen Dode und ich runter ins *Percy* aufn Pint zu gehen. Der Pub isn bißchen abgedreht; normalerweise ist das *Percy* n ruhiges Familienpub, aber heute isses vollgestopft mit diesen Orange-Typen ausm wilden Westen, die hier auf der Durchreise zu ihrem jährlichen Aufmarsch in den Leith Links sind. Die ham mich nie gestört, muß ich sagen, aber ertragen kann ich se trotzdem nich. Bei denen gehts bloß um

Haß, verstehste? Alte Schlachten feiern find ich, na ja, echt Scheiße. Verstehste?

Da seh ich Rents' Alten mit seinen Brüdern und Neffen. Rents' Bruder Billy is auch da. Rents' Alter isn Seifenhasser und Rangers-Fan, aber so richtig interessiert er sich nich mehr dafür. Seine Sippschaft aus Glasgow aber schon, und die Familie scheint Rents' Pa ne Menge zu bedeuten. Rents is mit den Vögeln nie klargekommen; er haßt sie. Redet nich gern über sie. Bei Billy is das was ganz anderes. Der steht voll auf diesen ganzen Orange-Kram, diese ganze protestantische Hearts of Midlothian / Glasgow-Kacke. Er nickt mir von der Bar aus zu, aber ich glaub nich, daß der Typ mich wirklich mag.

– Na, wie läufts so, Danny? sagt Mr. R.

– Ähm ... gut, Davie, echt gut. Haben Sie von Mark gehört?

– Nee. Dann muß es ihm wohl gutgehn. Von dem hörste bloß was, wenn er was will. Das meint er bloß halb im Scherz, und diese jungen Neffen sehen ziemlich düster zu uns rüber, also setzen wir uns besser in ne Ecke an der Tür.

Schlechter Zug ...

Wir sitzen in der Nähe von n paar ziemlich miesen Typen. N paar sind Skinheads, die anderen nich. Manche ham nen schottischen Akzent, andere hörn sich eher nach England oder Belfast an. Einer hatn *Skrewdriver*-T-Shirt an, n anderer eins mit *Ulster is British* drauf. Dann fangen sie mit nem Lied über Bobby Sands an und machen sich über ihn lustig. Ich hab ja von Politik keine Ahnung, aber ich fand immer, Sands war n mutiger Bursche, der keinen umgebracht hat. Jedenfalls muß man ganz schön Mut haben, sowas zu machen.

Dann muß einer der Kerle, der mit dem *Skrewdriver*-T-Shirt, uns unbedingt anstarren, wo wir doch jeden Blickkontakt vermeiden wollen. Is aber nich leicht, denn dann singen se auch noch: »Ain't no black in the Union Jack.« Wir bleiben cool, aber der Typ läßt nich locker. Er wills jetzt wissen. Er brüllt was zu Dode rüber.

– Ey. Was starrstn so, Nigger!

– Leck mich, höhnt Dode. Das is Routine für den. Aber nich für mich. Ich find das echt heavy.

Ich hör, wie einer aus Glasgow sagt, daß die Kerle keine richtigen Orange-Männer sind, sondern Nazis und so, aber die meisten der anwesenden Orange-Schweine schleimen sich an diese Ärsche ran und ermuntern sie auch noch.

Dann fangen alle an zu singen: – Schwarze Sau! Schwarze Sau!

Dode steht auf und geht zu ihrem Tisch rüber. Ich seh nur, wie sich das höhnisch verzerrte Gesicht des Skrewdrivers verändert, als er im selben Augenblick wie ich bemerkt, daß Dode nen schweren Glascher in der Hand hat... das bedeutet Gewalt... böse Sache ...

... Dode zieht dem Skrewdriver damit eins über, sein Schädel platzt auf, und der Typ rutscht vom Stuhl. Ich zittere vor Angst, vor blanker Angst, Mann, und dann springt n Typ Dode an, und sie ringen ihn zu Boden, also muß ich dazwischen. Ich greif mirn Glas und knall dem Roten Rächer von Ulster einen über, und der hält sich den Kopf, dabei is das Glas noch nichmal kaputtgegangen, und dann haut mir son Arsch derart einen in die Magengrube, daß ich das Gefühl hab, der hat mich abgestochen, Mann ...

– Bring ihn um, diesen katholischen Bastard! sagt n Arsch, und sie drücken uns gegen die Wand ... ich schlag einfach mit Faust und Stiefel um mich und spür gar nichts ... irgendwie machts mir sogar Spaß, weil, richtig gewalttätig is das nich , wenn de mal siehst, wie Begbie ausrastet, eher Slapstick ... weil, ich kann doch sowieso nich richtig kämpfen, aber ich glaub auch nich, daß diese Typen so tolle Hechte sind ... die stehen sich bloß gegenseitig im Weg rum ...

Was dann passiert is, weiß ich nich genau. Davie Renton, Rents' Pa, und Billy, sein Bruder, müssen uns da wohl rausgeholt haben, denn das nächste, woran ich mich erinnern kann, is, wie ich wieder steh und Dode, der ziemlich übel aussieht, wegzieh. Ich hör Billy sagen: – Bring ihn raus, Spud. Bring ihn bloß weg. Mir tut alles weh, und ich heul vor Wut und Angst, aber vor allem vor Frust ...

– Das is doch ... verdammt ... das is, das is ...

Dode is fertig. Ich bring ihn über die Straße. Ich hör Leute hinter uns herbrüllen. Ich seh bloß auf die Tür zu Na Nas Haus und trau mich nich, mich umzudrehen. Wir sind drin. Ich bring Dode die Treppe rauf. Er blutet an der Seite und am Arm.

Ich ruf nen Krankenwagen, und Na Na streicht ihm übern Kopf und sagt: – Sie könnens dammich nich lassen, Sohn ... wann lassen se dich endlich in Ruhe, mein Junge ... seit er in der Schule war, seit er in der dammigen Schule war ...

Ich bin echt stinkesauer, Mann, aber auf Na Na, verstehste? Mit nem Kind wie Dode, da sollte man doch meinen, daß se weiß, wies für einen is, der so anders is, so auffällt, oder? Na, wie die Frau mit dem Weinfleck ... aber da is bloß Haß, Haß, Haß auf n paar Typen, und wo führt uns das hin, Mann? Wo zum Henker führt uns das hin?

Ich bring Dode ins Krankenhaus. Seine Verletzungen sind nich so schlimm, wies erst aussah. Ich geh rein und seh ihn auf ner Bahre liegen, nachdem se ihn zusammengeflickt haben.

– Schon in Ordnung, Danny. Ich habs schon schlimmer abgekriegt, und ich werds auch wohl noch viel schlimmer abkriegen.

– Sag das nich, Mann. Sag das nich.

Er schaut mich an, als ob ich keine Ahnung hab, und ich weiß, wahrscheinlich hat er recht.

DER ERSTE FICK SEIT EWIG

Den größten Teil des Tages hatten sie damit verbracht, sich die Birne zuzuknallen. Jetzt saufen sie sich in einem dieser geschmacklosen, mit Chrom und Neon vollgestopften Fleischbeschauläden voll. Die Bar hat eine überladene Karte mit überteuerten Drinks, ist aber meilenweit entfernt von der coolen Cocktailbar, die sie gern wäre.

Die Leute kommen aus einem Grund hierher, aus einem einzigen. Die Nacht hat aber gerade erst angefangen, und die Tarnung, die Trinken, Reden und Der-Musik-Zuhören bietet, ist zu dieser frühen Stunde noch nicht allzu durchsichtig.

Stoff und Suff haben Spuds und Rentons Post-Drogen-Libido in größte Verwirrung gestürzt. Ihnen kommt jede Frau in dem Laden ungeheuer sexy vor.

Selbst einige der Männer. Weil ihr Blick ständig auf jemand anderen fällt, können sie sich nicht auf eine einzelne potentielle Zielperson konzentrieren. Allein die Tatsache, daß sie hier sind, erinnert die beiden daran, wie lange es her ist, daß sie mit einer Frau geschlafen haben.

– Also, wenn du hier nichts zum Vögeln kriegst, dann kannstes auch gleich sein lassen, bemerkt Sick Boy, während er mit dem Kopf zur Musik wippt. Sick Boy kann sich eine solche Betrachtungsweise erlauben, da er aus einer Position der Stärke heraus spricht, wie meistens unter solchen Umständen. Die dunklen Augenringe sind Beleg dafür, daß er gerade den Großteil des Tages damit verbracht hat, zwei Amerikanerinnen zu vögeln, die im Minto Hotel wohnen. Keine Chance für Spud, Renton oder Begbie, daraus einen Vierer zu machen. Die verschwinden beide mit Sick Boy und mit sonst keinem. Er beehrt sie nur kurz.

– Die haben nen klasse Koks, Mann. Sowas hab ich noch nicht gehabt, lächelt er.

– Morningside-Speed, Mann, bemerkt Spud.

– Kokain ... fürn Arsch. Yuppiescheiße. Renton ist zwar schon seit ein paar Wochen clean, pflegt aber weiterhin die Verachtung des Heroinjunkies allen anderen Drogen gegenüber.

– Da kommen ja meine Damen. Also, ich überlasse die Herrschaften wieder ihren schmutzigen kleinen Aktivitäten. Sick Boy schüttelt verächtlich den Kopf und schaut dann mit einem hochnäsigen, arroganten Blick die Theke entlang. – Die arbeitende Bevölkerung beim Zeitvertreib, schnaubt er verächtlich. Spud und Renton ziehen Grimassen.

Bei einer Freundschaft mit Sick Boy gehört Sexualneid dazu.

Sie versuchen, sich all die kokainflippigen Sexspielchen vorzustellen, die er mit den »Geigen im Minto« anstellen wird, wie Sick Boy die Frauen nennt. Mehr als die Vorstellung bleibt ihnen nicht. Sick Boy läßt sich niemals im Detail über seine sexuellen Eskapaden aus. Seine Diskretion wahrt er allerdings weniger aus Respekt vor den Frauen, mit denen er es zu tun hat, sondern um seine sexuell weniger aktiven Freunde zu quälen. Spud und Renton wird klar, daß Dreier-Bettszenen mit reichen Touristinnen und Kokain ins exklusive Reich solcher Sexualaristokraten wie Sick Boy gehören. Ihr Niveau ist eher diese schäbige Bar.

Renton schaudert, während er Sick Boy aus der Entfernung beobachtet, und denkt dabei an den Scheiß, den er später unausweichlich von sich geben wird.

Bei Sick Boy ist aber nichts anderes zu erwarten. Renton und Spud stellen mit Entsetzen fest, daß Begbie sich abgesetzt hat. Er quatscht mit einer Frau, die ein hübsches Gesicht hat, findet Spud, aber nen ziemlichen Arsch, bemerkt Renton hämisch. Manche Frauen, stellt er voller boshaftem Neid fest, stehen einfach auf Psychopathen. Meistens zahlen sie einen hohen Preis für diese Schwäche und führen ein elendes Leben. Zum Beispiel June, Begbies Freundin, die gerade im Krankenhaus liegt und ein Kind kriegt. Stolz darauf, daß er nicht lange suchen mußte, um seine These zu belegen, nimmt Renton einen Schluck von seinem Becks und denkt: Keine weiteren Fragen an den Zeugen.

Allerdings durchläuft Renton gerade einer seiner häufigen Selbstanalysephasen, und seine Selbstgefälligkeit löst sich schnell wieder auf. Eigentlich ist der

Arsch von der Frau gar nicht so fett, stellt er fest. Er bemerkt, daß sein Selbsttäuschungsmechanismus wieder einsetzt. Ein Teil von ihm hält sich für die attraktivste Person in der Bar. Der Grund dafür ist, daß er noch an der hübschesten Person etwas Widerliches finden kann. Wenn er sich dann auf diese eine häßliche Sache konzentriert, kann er ihre Schönheit negieren. Andererseits stören ihn seine häßlichen Seiten nicht im geringsten, weil er sie gewohnt ist und sie sowieso nicht bemerkt.

Jedenfalls ist er jetzt neidisch auf Frank Begbie. Noch weiter in Ungnade fallen geht gar nicht, denkt er. Begbie und seine neue Flamme unterhalten sich mit Sick Boy und den Amerikanerinnen. Die beiden wirken richtig smart, zumindest ihre Verpackung aus Bräune und teuren Klamotten. Es kotzt Renton an, wie Begbie und Sick Boy auf große Kumpel machen; dabei gehen sie sich sonst nur gegenseitig auf die Nerven. Er bemerkt die deprimierende Eile, mit der die in sexueller und auch in jeder anderen Hinsicht Erfolgreichen sich von den Verlierern absetzen.

– Bleiben noch wir zwei beide, Spud, bemerkt er.

– Tja … sieht so aus, Alter.

– Weißte, Spud, manchmal denk ich, ich wär lieber wieder auf Sgag, sagte Renton, vor allem, um ihn zu schockieren, um seinem fertigen Haschgesicht eine Reaktion zu entlocken. Doch kaum hat er das gesagt, merkt er, daß er es wirklich so meint.

– He, echt heavy, Mann … verstehste? Spud preßt zischend Luft durch die zusammengepreßten Lippen.

Renton dämmert, daß das Speed, das sie auf der Toilette genommen haben und das er als Scheiß abgetan hat, langsam Wirkung zeigt. Wenn man vom Äitsch runter is, findet Renton, is man einfach bloß n dummer verantwortungsloser Arsch, der alles nimmt, was er in die Finger kriegt. Bei Äitsch bleibt kein Platz mehr für irgendwelchen anderen Dreck.

Er muß dringend reden. Das Speed ist dem Shit und dem Alkohol in seinem Körper ein gutes Stück voraus.

– Aber wenn du auf Sgag bist, Spud, dann wars das. Das is das einzige, worum du dir Sorgen machen mußt. Du kennst doch Billy, meinen Bruder? Der is grad wieder in die beschissene Armee. Geht nach Belfast, der blöde Hund. Ich hab schon immer gewußt, daß der Wichser einen an der Waffel hat. Beschissener Lakai des Imperialismus. Dreht sich der Typ einfach zu mir um und sagt: – Ich halts im Zivilleben einfach nich aus. Wenn de in der Armee bis, das is, als wenn de Junkie bis. Der einzige Unterschied is, daß du als Junkie nich so oft beschossen wirst. Außerdem schießt ja meistens du selber.

– Das is doch irgendwo total bescheuert. Verstehste?

– Nee, paß mal auf, überleg doch mal. In der Armee tun se alles für die Blödsäcke. Geben ihnen zu essen, geben den Säcken billigen Alk in ihren dreckigen kleinen Lagerclubs, damit se nich in die Stadt gehen und rumrandalieren und die Einheimischen verärgern und so. Und wenn se dann wieder im Zivilleben sind, müssen se sich um alles selber kümmern.

– Ja, aber irgendwie is das doch was anderes, weil... Spud versucht, was zu sagen, aber Renton ist in voller Fahrt. Eine Flasche ins Gesicht ist das einzige, was ihn im Augenblick bremsen könnte, und auch das nur für ein paar Sekunden.

– Nee, nee ... warte, Kumpel. Laß mich mal. Hör

erst mal, was ich zu sagen hab … wo war ich stehengeblieben … ach ja! Richtig. Wenn de auf Drogen bis, dann machste dir Gedanken übern nächsten Schuß. Wenn de runter bis, dann machste dir über alles mögliche Gedanken. Kein Geld, kannste dich nich besaufen. Haste welches, trinkste zuviel. Haste keine Mieze, komms nich zum Vögeln. Haste eine, haste auch den ganzen Ärger und kanns nicht mal Luft holen, ohne daß se dir am Arsch hängt. Entweder das, oder du schmeißt die Brocken hin und fühlst dich schuldig. Du machst dir Sorgen wegen Rechnungen, Essen, Gerichtsvollzieher, wegen den Hearts-Nazis, die dich verprügeln, das ganze Zeugs, das dir scheißegal is, wenn de richtig voll auf Drogen bis. Dann haste bloß eine Sorge. Dann is alles ganz einfach. Verstehste, was ich meine? Renton macht eine Pause und knirscht mit den Zähnen.

– Ja, aber das ist doch n Scheißleben, Mann. Is doch eigentlich überhaupt kein Leben, oder? Wenn de krank bis, Mann … das is doch das letzte vom letzten … die Knochen tun einem weh … das Gift, Mann, das reine Gift … Erzähl mir bloß nich, das willste alles wiederhaben, das is doch totaler Blödsinn. Die Reaktion ist voller Wut, zumal für Spud, der sonst so sanft und lässig ist. Renton spürt, daß er da offensichtlich einen Nerv getroffen hat.

– Ich weiß. Ich red n Haufen Scheiß zusammen. Liegt alles an Lou Reed.

Spud lächelt Renton auf eine Weise an, bei der die alten Weiber auf der Straße ihn sofort wie eine streunende Katze mit nach Hause nehmen würden.

Die beiden sehen, daß Sick Boy mit Annabel und Louise, den beiden Amerikanerinnen, verschwinden will. Er hat eine obligate halbe Stunde hinter sich gebracht, um Begbies Egoismus zu streicheln. Das ist die einzige Funktion von Begbies Kumpeln, findet Renton. Er grübelt über den Wahnsinn nach, der Freund von einem zu sein, den man offenkundig nicht leiden kann. Aber so war es eben. Begbie war eine Sucht, wie Drogen. Und ebenso gefährlich. Statistisch gesehen, überlegt Renton, ist die Wahrscheinlichkeit höher, von einem Mitglied der eigenen Familie oder von einem engen Freund umgebracht zu werden, als von sonst jemandem. Manche Irren umgeben sich mit totalen Psychopathen als Freunden und bilden sich ein, daß sie das stark macht, weniger verwundbar in unserer grausamen Welt, dabei war offenkundig das Gegenteil wahr.

Sick Boy, der sich mit den beiden Amerikanerinnen zur Tür bewegt, dreht sich um und hebt beim Hinausgehen eine Augenbraue à la Roger Moore in Richtung Renton. Renton wird von einer speedbedingten Paranoia überfallen. Er fragt sich, ob Sick Boys Erfolg bei Frauen auf seiner Fähigkeit gründet, eine Augenbraue zu heben. Renton weiß, wie schwierig das ist. Er hat so manchen Abend vor dem Spiegel verbracht und geübt, aber stets hoben sich beide Brauen gleichzeitig.

Die konsumierte Alkoholmenge und die verstreichende Zeit sorgen dafür, daß sich das Denken verengt. Eine Stunde vor Sperrstunde wird eine Frau, mit der du dich sonst nicht verdrücken würdest, akzeptabel. Nach einer weiteren halben Stunde ist sie eindeutig begehrenswert.

Rentons schweifender Blick bleibt nun immer wieder an einem schlanken Mädchen mit glatten, langen braunen Haaren hängen, die sich an den Spitzen leicht nach oben drehen. Sie ist schön braun und hat feine Gesichtszüge, die durch ihr Make-up geschmackvoll betont werden. Sie trägt ein braunes Oberteil und eine weiße Hose. Renton spürt, wie ihm das Blut aus der Magengrube fließt, als die Frau die Hände in die Taschen steckt und so die Umrisse des Slips deutlich hervortreten. Es ist soweit.

Ein Typ mit einem runden, aufgedunsenen Gesicht, in einem Hemd mit offenem Kragen, das sich über seinem fetten Bauch spannt, quatscht die Frau und ihre Freundin voll. Renton, der ein unverhohlenes Vorurteil gegen Übergewichtige pflegt, nutzt die Gelegenheit, dem nachzugeben.

– Spud: kuck dir mal dieses fette Stück an. Vollgefressener Sack. Ich glaub nich an den ganzen Scheiß von wegen Drüsenprobleme oder Stoffwechsel. Im Fernsehen siehste in Berichten aus Äthiopien auch keine fetten Säcke. Ham die vielleicht keine Drüsen? Erzähl mir nix. Spud reagiert auf diesen Ausbruch nur mit einem speedseligen Lächeln.

Renton findet, daß das Mädchen Geschmack beweist, weil sie dem fetten Kerl die kalte Schulter zeigt. Ihm gefällt die Art, wie sie das tut. Bestimmt und würdevoll, ohne ein Arschloch aus ihm zu machen, läßt sie ihn mit deutlichen Worten wissen, daß sie nicht interessiert ist. Der Typ lächelt, streckt die Hände aus und legt den Kopf zur Seite, untermalt von einer Salve hämischen Gelächters seiner Kumpel. Nach diesem Zwischenfall ist Renton noch entschlossener als zuvor, mit der Frau zu reden.

Renton bedeutet Spud, mit ihm rüberzugehen. Er tut nicht gern den ersten Schritt und ist froh, daß Spud ihre Freundin anquatscht; normalerweise übernimmt

Spud nie die Initiative. Das Speed hilft offenbar, auch wenn Renton mit einiger Beunruhigung hört, daß Spud über Frank Zappa quasselt.

Er versucht es mit einer Annäherung, die er für lässig, aber interessiert, ehrlich, aber locker hält.

– Tut mir leid, daß ich einfach so reinplatze. Ich wollte dir nur sagen, wie toll ich deinen außerordentlich guten Geschmack fand, wie du diesem fetten Sack grad eben Manieren beigebracht hast. Da dachte ich, es könnte interessant sein, mich mit dir zu unterhalten. Wenn du meinst, ich soll dem fetten Kerl gleich hinterhergehen, bin ich nicht sauer. Ach, ich heiße übrigens Mark.

Die Frau lächelt ihn auf leicht verwirrte und herablassende Art an, aber Renton findet, daß dieses Lächeln ein »zisch ab« um Längen schlägt. Sie unterhalten sich, und Renton wird unsicher wegen seines Aussehens. Der Speed-Kick läßt langsam nach. Er hat Angst, daß seine Haare doof aussehen, so schwarz gefärbt, weil dann seine orangefarbenen Sommersprossen, der Fluch des Rothaarigen, so hervorstechen. Er hat immer gefunden, daß er wie David Bowie zu Ziggy-Stardust-Zeiten aussah. Vor ein paar Jahren meinte allerdings eine Frau zu ihm, er sei Alec McLeish, dem Nationalspieler, der bei Aberdeen kickt, wie aus dem Gesicht geschnitten. Das ist an ihm hängengeblieben. Wenn Alec McLeish seine Schuhe an den Nagel hängt, hat Renton beschlossen, dann fährt er rauf nach Aberdeen, um ihm als Zeichen der Dankbarkeit seine Reverenz zu erweisen. Allerdings fällt ihm dabei ein, wie Sick Boy einmal traurig den Kopf schüttelte und fragte, wo n Arsch, der aussieht wie Alec McLeish, bloß die Hoffnung hernimmt, daß die Frauen auf ihn fliegen.

Also hat sich Renton die Haare schwarz gefärbt und hochgestachelt, um das McLeish-Image loszuwerden. Jetzt macht er sich Sorgen, daß jede Frau, mit der er ins Bett geht, sich totlacht, wenn er sich auszieht und sie seine roten Schamhaare sieht. Er hat sich auch die Augenbrauen gefärbt und schon daran gedacht, sich die Schamhaare zu färben. Dummerweise hatte er seine Mutter um Rat gefragt.

Kiebig durch ihre hormonelle Unausgeglichenheit, die ihre Wechseljahre mit sich brachten, hatte sie zu ihm gesagt: – Was soll der Blödsinn, Mark.

Die Frau heißt Dianne. Renton glaubt, daß er sie für schön hält. Eine solche Einschätzung ist wichtig, da ihn seine früheren Erfahrungen gelehrt haben, seinem Urteil nie ganz zu trauen, wenn ihm Chemikalien durch Körper und Gehirn rasen. Die Unterhaltung wendet sich der Musik zu. Dianne erzählt Renton, daß sie die Simple Minds mag, und schon haben sie ihren ersten kleinen Streit. Renton mag die Simple Minds nicht.

– Die Simple Minds sind doch bloß noch Scheiße, seit sie sich an den politisch engagierten Passion Rock von U2 drangehängt haben. Denen trau ich nich mehr, seit sie ihre Pomp Rock-Wurzeln hinter sich gelassen und mit diesem ganzen unglaublich verlogenen und lächerlichen Polit-Schrott angefangen haben. Die frühen Sachen ham mir gefallen, aber seit *New Gold Dream* sind sie echt Schrott. Dieser ganze Mandela-Scheiß, da wird einem doch bloß schlecht, tobt er.

Dianne sagt ihm, daß sie ihre Unterstützung Mandelas und der Bewegung für ein multirassisches Südafrika für echt hält.

Renton schüttelt heftig den Kopf, will cool sein, ist

aber hoffnungslos in das Amphetamin und ihre Behauptung verstrickt. – Ich hab die ganzen alten NME bis 1979, na ja, hatte ich mal, hab ich vor n paar Jahren rausgeschmissen, und ich kann mich noch an Interviews erinnern, wo Kerr sich lustig macht über das politische Engagement anderer Bands, und er sagt, daß die Minds einfach bloß Musik machen wollen, Mann.

– Man kann sich ändern, kontert Dianne.

Renton ist ein wenig bestürzt über die Klarheit und Einfachheit dieser Aussage. Dafür bewundert er sie umso mehr. Er zuckt nur mit den Schultern und gibt ihr darin recht, auch wenn ihm der Gedanke durch den Kopf rast, daß Kerr immer einen Schritt hinter Peter Gabriel, seinem Guru, geblieben ist, und daß es seit Live Aid für Rockstars einfach schick geworden ist, für nette Jungs gehalten zu werden. Das behält er jedoch für sich und beschließt, in Zukunft nicht mehr so dogmatisch in seinen Ansichten über Musik zu sein. Im großen und ganzen isses doch sowieso scheißegal, findet er.

Nach einer Weile verschwinden Dianne und ihre Freundin auf dem Klo, um über Renton und Spud zu reden und sie einzuschätzen. Dianne kann sich wegen Renton nicht entscheiden. Sie findet, er ist n ziemliches Arschloch, aber der Laden ist voll von Arschlöchern, und er scheint doch ein bißchen anders zu sein. Allerdings nicht anders genug, um gleich Luftsprünge zu machen. Aber langsam wurde es spät …

Spud dreht sich um und sagt was zu Renton, der ihn bei dem Lärm eines Stücks von *The Farm* nicht verstehen kann, ein Stück, das man, wie Renton findet, wie alle anderen Stücke von ihnen nur hören kann, wenn man voll auf Ecstasy ist, und wenn man voll auf Ecstasy ist, dann wäre es totale Verschwendung, sich *The Farm* anzuhören; besser wärs, auf nem Rave zu heavy Technosounds auszuflippen. Und selbst wenn er Spud verstanden hätte, sein Hirn war viel zu durchgeknallt, um darauf zu reagieren, machte gerade eine wohlverdiente Pause, nachdem er sich so zusammengerissen hatte, um mit Dianne zu reden.

Dann fängt Renton an, einem Typen aus Liverpool Privatkram zu erzählen, nur weil Akzent und Art dieses Typen ihn an seinen Kumpel Davo erinnern. Nach einer Weile merkt er, daß der Kerl überhaupt nicht wie Davo ist und daß er einen Fehler gemacht hat, ihm intime Details zu verraten. Er versucht, wieder an die Theke vorzudringen, dann verliert er Spud aus den Augen und stellt fest, daß er endgültig aus dem Spiel ist. Dianne verblaßt zur Erinnerung, zur vagen Absichtserklärung hinter seiner Drogenstumpfheit.

Er geht hinaus, um frische Luft zu schnappen, und sieht, wie Dianne gerade allein in ein Taxi steigen will. Mit einem Anflug von Neid fragt er sich, ob das wohl heißt, daß Spud mit Diannes Freundin abgezogen ist. Die Aussicht, der einzige zu sein, der nicht mit jemandem abzieht, entsetzt ihn, und die reine Verzweiflung treibt ihn ganz ungehemmt auf Dianne zu.

– Dianne, machts dir was aus, wenn wir uns dein Taxi teilen?

Dianne schaut skeptisch drein. – Ich will nach Forrester Park.

– Prima. Da will ich auch hin, lügt Renton und sagt sich dann: Na, jetzt jedenfalls.

Im Taxi unterhielten sie sich. Dianne hatte sich mit Lisa, ihrer Freundin, gestritten und beschlossen heimzufahren. So weit sie wußte, hopste Lisa noch immer auf der Tanzfläche rum, mit Spud und noch einem anderen Idioten, die sie gegeneinander ausspielte. Renton setzte sein Geld auf den anderen Idioten.

Dianne zog ein comicmäßig saures Gesicht, als sie Renton erzählte, wie schrecklich Lisa war; sie zählte ihre Untaten auf, die ihm alle fürchterlich unbedeutend vorkamen, aber in ihrer Stimme lag ein Haß, den er leicht verstörend fand. Er benahm sich entsprechend kriecherisch und stimmte ihr zu, daß Lisa das selbstsüchtigste Stück unter der Sonne war. Er wechselte das Thema, da es sie zu sehr deprimierte, und das war nicht gut für ihn. Er erzählte ihr witzige Geschichten von Spud und Begbie und polierte sie geschmackvoll auf. Sick Boy erwähnte er nicht, weil die Frauen Sick Boy mochten und weil ihm viel daran lag, die Frauen, die er kennenlernte, so weit wie möglich von Sick Boy fernzuhalten, sogar im Gespräch.

Als sie wieder unbekümmerter war, fragte er sie, ob sie was dagegen hätte, wenn er sie küßte. Sie zuckte mit den Schultern und überließ es ihm herauszufinden, ob das Gleichgültigkeit bedeuten sollte oder Unfähigkeit, sich zu entscheiden. Immerhin, fand er, ist Gleichgültigkeit immer noch besser als blanke Ablehnung.

Sie knutschten eine Weile. Er fand den Duft ihres Parfüms erregend. Sie fand, daß er zu dürr und knochig war, aber küssen konnte er.

Als sie nach Luft schnappten, beichtete Renton, daß er gar nicht in der Nähe von Forrester Park wohnte, sondern das nur gesagt hatte, um mehr Zeit mit ihr zu verbringen. Dianne fühlte sich wider Willen geschmeichelt.

– Willst du aufn Kaffee mit rauf? fragte sie.

– Das wär toll. Renton versuchte, nur leicht erfreut zu klingen, nicht so hingerissen.

– Aber bloß aufn Kaffee, fügte Dianne auf eine Weise hinzu, daß Renton Mühe hatte zu entscheiden, in welcher Hinsicht sie die Grenzen festlegte. Sie klang so durchtrieben, daß sie wohl auch Sex im Sinn hatte, aber gleichzeitig deutlich genug, um genau das zu meinen, was sie sagte. Er nickte nur wie ein verwirrter Dorftrottel.

– Wir müssen ganz leise sein. Die anderen schlafen schon, sagte Dianne. Das war weniger verlockend, fand Renton und stellte sich in der Wohnung ein Baby und eine Babysitterin vor. Ihm fiel ein, daß er noch nie mit einer Frau geschlafen hatte, die schon ein Baby hatte. Bei dem Gedanken wurde ihm ganz anders.

Er konnte zwar spüren, daß Leute in der Wohnung waren, aber den unverkennbaren Geruch von Urin, Kotze und Puder, den Babys haben, nahm er nicht wahr.

Er wollte etwas sagen. – Dia …

– Pscht! Sie schlafen, schnitt Dianne ihm das Wort ab. – Weck sie nicht auf, sonst gibts Ärger.

– Wer schläft? flüsterte er nervös.

– Pscht!

Das beunruhigte Renton. Vor seinem geistigen Auge rasten frühere Horrorerlebnisse vorbei, die er selbst erlebt oder von anderen gehört hatte. Er ging im Geiste eine ziemlich düstere Datei durch, in der es alles gab, von außerirdischen Mitbewohnern bis zu psychotischen Zuhältern.

Dianne führte ihn in ein Zimmer und setzte ihn auf ein Einzelbett. Dann verschwand sie und kehrte ein paar Minuten später mit zwei Bechern Kaffee zurück.

Renton bemerkte, daß der Kaffee gezuckert war, was er normalerweise schrecklich fand, aber er schmeckte nicht viel.

– Gehen wir ins Bett? flüsterte sie merkwürdig beiläufig und hob fragend die Augenbrauen.

– Ähm... das wär nett... meinte er und prustete beinah seinen Kaffee aus. Sein Puls raste, er war nervös, linkisch und benahm sich wie eine Jungfrau beim ersten Mal, und er machte sich Sorgen über die mögliche Wirkung des Drogen- und Alkoholcocktails auf seine Erektion.

– Wir müssen aber ganz leise sein, sagte sie. Er nickte.

Rasch zog er Pullover und T-Shirt aus, dann die Turnschuhe, Socken und Jeans. Er schämte sich wegen seiner roten Schamhaare und stieg schnell ins Bett, bevor er die Unterhose auszog.

Renton war erleichtert, daß er einen Steifen bekam, während er zuschaute, wie Dianne sich auszog. Anders als er ließ sie sich dabei Zeit und wirkte völlig unbefangen. Er fand, daß sie einen tollen Körper hatte. Er konnte nicht verhindern, daß ihm das Fußball-Mantra »Jetzt geht's los« immer wieder durch den Kopf ging.

– Ich will auf dich drauf, sagte Dianne, warf die Decke zurück und entblößte Rentons rote Scham. Glücklicherweise schien sie es nicht zu bemerken. Renton war ganz zufrieden mit seinem Schwanz. Er wirkte so viel größer als sonst. Das kam wahrscheinlich daher, daß er sich daran gewöhnt hatte, ihn nicht erigiert zu sehen, glaubte er. Dianne war weniger beeindruckt. Sie hatte schon schlimmere gesehen, das war alles.

Sie fingen an, einander anzufassen. Dianne genoß das Vorspiel. Daß Renton das auch gut fand, war eine nette Abwechslung von den meisten anderen Typen, mit denen sie zusammengewesen war, aber dann spürte sie, wie seine Finger nach ihrer Vagina tasteten, und sie verkrampfte und schob seine Hand weg.

– Ich bin schon feucht genug, sagte sie zu ihm. Renton verlor jedes Gefühl bei dieser Bemerkung, sie klang so kalt und mechanisch. An einer Stelle dachte er sogar, daß seine Erektion nachzulassen begann, doch nein, Dianne ließ sich darauf nieder, und die Erektion hielt, Wunder über Wunder, stand.

Er stöhnte leise, als sie ihn umschloß. Gemeinsam bewegten sie sich langsam und drangen tiefer ein. Er spürte ihre Zunge in seinem Mund, und seine Hände strichen ihr leicht über den Hintern. Es schien ... es *war* eine Ewigkeit her; er hatte das Gefühl, auf der Stelle zu kommen. Dianne spürte seine übergroße Erregung. Nicht noch son nutzloser Pimmel, bitte nicht, dachte sie.

Renton hörte auf, an ihr herumzufummeln und versuchte, sich vorzustellen, er würde es mit Margaret Thatcher, Paul Daniels, Wallace Mercer, Jimmy Savile und anderen Luschen treiben, um nicht gleich überzukochen.

Dianne nutzte die Gelegenheit und ritt sich bis zum Höhepunkt, und Renton lag da wie ein Dildo auf einem großen Skateboard. Erst das Bild von Dianne, die sich in den Zeigefinger biß, um die merkwürdigen Geräusche zu unterdrücken, die sie machte, als sie kam – die andere Hand hatte sie auf seiner Brust –, brachte auch ihn ans Ziel. Selbst die Vorstellung, Wallace Mercer in den Arsch zu ficken, hätte ihn nun nicht mehr bremsen können. Als er kam, glaubte er, nie wieder aufhören zu können. Sein Schwanz spritzte wie eine Wasserpistole in der Hand eines hartnäckigen Schlingels. Die Abstinenz hatte die Spermienzahl in ungeahnte Höhen schießen lassen.

Sie hatten so kurz hintereinander ihre Höhepunkte erreicht, daß das noch als gleichzeitig gegolten hätte, wenn er groß davon hätte erzählen wollen. Ihm war klar, daß der Grund, warum er es nie tat, darin lag, weil man mit geheimnisvollem Schulterzucken und Lächeln einen besseren Ruf als Hengst erzielte als mit eingehenden drastischen Beschreibungen zur Belustigung der Kumpel. Das hatte er von Sick Boy gelernt. Selbst sein Anti-Sexismus war also von seinem sexistischen Eigeninteresse bestimmt. Männer sind doch jämmerliche Schweine, dachte er.

Als Dianne von ihm herunterstieg, trieb Renton auf einen seligen Schlaf zu und beschloß, in der Nacht noch einmal aufzuwachen und es noch mal zu machen. Er wäre dann entspannter, aber auch aktiver, und er würde ihr zeigen, was er konnte, jetzt, wo diese Pechsträhne zu Ende war. Er verglich sich mit einem Stürmer, der gerade eine Durststrecke als Torschütze beendet hatte und das nächste Spiel kaum erwarten konnte.

Es traf ihn daher tief, als Dianne sagte: – Du mußt gehen.

Bevor er widersprechen konnte, war sie schon aufgestanden. Sie zog ihren Slip an, um seinen dicken Saft aufzufangen, der aus ihr heraustropfte und schon an den Innenseiten ihrer Schenkel herunterlief. Zum ersten Mal machte er sich Gedanken über ungeschützte Penetration und das HIV-Risiko. Er hatte einen Test machen lassen, nachdem er das letzte Mal die Nadel geteilt hatte, er war sauber. Sorgen machte er sich vielmehr wegen ihr; er dachte, jemand, der mit ihm schlief, würde mit jedem schlafen. Ihre Absicht, ihn rauszuscheuchen, hatte bereits sein fragiles sexuelles Ego erschüttert und ihn in deprimierend kurzer Zeit vom coolen Hengst in den zitternden Versager zurückverwandelt. Er fand, bei seinem Glück war es glatt möglich, sich von einem einzigen Fick AIDS zu holen, nachdem er über Jahre hinweg die Nadeln mit anderen geteilt hatte, wenn auch nicht die großen Gemeinschaftsspritzen in den Schießbuden.

– Kann ich nich bleiben? Er hörte seine Stimme, die schwächlich und jammervoll klang und die Sick Boy gnadenlos nachgemacht hätte, wenn er dagewesen wäre. Dianne sah ihn an und schüttelte den Kopf.
– Nein. Du kannst auf der Couch schlafen. Wenn du leise bist. Falls du jemanden siehst, hier ist nichts gelaufen. Zieh dir was an.

Peinlich berührt wegen seiner unpassend roten Schamhaare, tat er ihr gern den Gefallen.

Dianne führte ihn zur Couch im Vorderzimmer. Dort ließ sie ihn in Unterhosen frierend stehen, bis sie mit einem Schlafsack und seinen Sachen zurückkehrte.

– Tut mit leid, flüsterte sie und küßte ihn. Sie knutschten eine Weile, und er bekam wieder einen Steifen. Als er versuchte, die Hand in ihren Morgenmantel zu schieben, hielt sie ihn ab.

– Ich muß gehen, sagte sie bestimmt.

Sie verschwand und ließ Renton leer und verwirrt zurück. Er legte sich auf die Couch, kroch in den Schlafsack und zog den Reißverschluß zu. Dann lag er im Dunkeln wach und versuchte, sich die Gegenstände in dem Zimmer vorzustellen.

Renton stellte sich Diannes Mitbewohner als mürrische Arschlöcher vor, die es nicht mochten, wenn sie jemanden mit nach Hause brachte. Vielleicht, so dachte er, will sie nicht, daß sie denken, sie gabelt einen wildfremden Typen auf, bringt ihn her und vögelt einfach mit ihm. Er päppelte sein Ego, indem er sich sagte, daß es sein sprühender Witz und seine einzigartige, wenn auch nicht perfekte, Schönheit gewesen waren, die ihren Widerstand hinweggefegt hatten. Fast glaubte er es selbst.

Schließlich fiel er in einen unruhigen Schlaf und träumte merkwürdige Dinge. Zwar neigte er zu solchen irren Träumen, doch diese hier verstörten ihn noch mehr, weil sie besonders lebendig waren und er sich erstaunlich gut an sie erinnerte. Er war in einem weißen Raum, der mit blauen Neonröhren beleuchtet war, an eine Wand gekettet und beobachtete Yoko Ono und Gordon Hunter, den Verteidiger der Hibernians, wie sie sich an dem Fleisch und den Knochen menschlicher Leiber labten, die zerteilt auf einer Reihe resopalbeschichteter Tische lagen. Sie beschimpften ihn unflätig, und aus ihren Mäulern tropfte Blut, während sie an Fleischbrocken rissen und zwischen den Flüchen herzhaft kauten. Renton wußte, daß er als nächster auf die Tische kommen würde. Er versuchte es mit Schmeicheleien und erzählte »Geebsie« Hunter, daß er ein großer Fan von ihm sei, doch der Verteidiger von der Easter Road zeigte sich so kompromißlos, wie man es ihm nachsagte, und lachte ihm bloß ins Gesicht. Die Erleichterung war groß, als sich der Traum änderte und Renton sich nackt wiedersah, von oben bis unten mit Dünnschiß beschmiert, wie er zusammen mit dem vollständig bekleideten Sick Boy am Water of Leith Walkway einen Teller Eier, Tomate und Toast aß. Dann träumte er, daß er von einer wunderschönen Frau verführt wurde, die lediglich einen zweiteiligen Badeanzug aus Klarsichtfolie trug. Die Frau war in Wirklichkeit ein Mann, und sie vögelten einander langsam in alle möglichen Körperöffnungen, aus denen eine Substanz quoll, die an Rasierschaum erinnerte.

Er wachte zu dem Geräusch von klapperndem Besteck und dem Geruch von brutzelndem Speck auf. Er sah kurz den Rücken einer Frau, nicht Diannes, die in einer kleinen Küche verschwand, die sich gleich ans Wohnzimmer anschloß. Dann überkam ihn eine Welle von Furcht, als er eine männliche Stimme hörte. Das letzte, was Renton, verkatert, in einer fremden Wohnung, nur in Unterhose, hören wollte, war eine männliche Stimme. Er tat, als schliefe er noch.

Durch leicht geöffnete Augenlider beobachtete er heimlich einen Typen von seiner Größe, vielleicht ein wenig kleiner, der sich in die Küche schlich. Obwohl sie sich ganz leise unterhielten, konnte er sie dennoch hören.

– Dianne hat also wieder mal nen Freund mitgebracht, sagte der Mann. Renton gefiel die leicht spöttische Betonung des Wortes »Freund« nicht.

– Hmmhmm. Leise. Werd nicht gleich wieder so unfreundlich, und zieh keine voreiligen Schlüsse.

Renton hörte, wie sie ins Vorderzimmer zurückkamen und dann gingen. Schnell streifte er T-Shirt und Pullover über, dann zog er den Schlafsack auf, warf die Beine von der Couch und sprang fast gleichzeitig in seine Jeans. Er legte den Schlafsack säuberlich zusammen und schob die Sitzkissen wieder dorthin, wo sie hingehörten. Seine Socken und die Schuhe rochen, als er sie anzog. Er hoffte – vergeblich, wie er wußte –, daß niemand sonst es bemerkt hatte.

Renton war zu nervös, um sich völlig kaputt zu fühlen. Daß er einen Kater hatte, war allerdings nicht zu leugnen, er lauerte im Dunkel seiner Psyche wie ein unendlich geduldiger Straßenräuber, der nur den passenden Augenblick abwartete, um herauszukommen und ihn zusammenzuschlagen.

– Hallo. Die Frau, die nicht Dianne war, kam wieder herein.

Sie war hübsch, hatte nette große Augen und ein feingeschnittenes, spitzes Kinn. Er glaubte, ihr Gesicht von irgendwoher zu kennen.

– Hi. Ich bin übrigens Mark, sagte er. Sie stellte sich nicht vor. Statt dessen forderte sie weitere Informationen von ihm.

– Und du bist also ein Freund von Dianne? Ihr Ton klang leicht aggressiv. Renton beschloß, auf Nummer Sicher zu gehen und eine Lüge zu erzählen, die nicht allzu unverfroren klang und deshalb einigermaßen überzeugend vorgetragen werden konnte. Das Problem war, er hatte die Fähigkeiten des Junkies entwickelt, überzeugend zu lügen, und konnte nun besser lügen als die Wahrheit sagen. Er zögerte und dachte, du kannst zwar aufhören, Drogen zu nehmen, aber ein Junkie bleibste trotzdem.

– Na ja, eher der Freund einer Freundin. Du kennst doch Lisa?

Sie nickte. Renton fuhr fort, wurde langsam warm mit seinen Lügen, kam in den beruhigenden Rhythmus der Täuschung.

– Tja, das is mir n bißchen peinlich. Ich hab gestern Geburtstag gehabt, und ich muß zugeben, ich war ziemlich betrunken. Ich habs irgendwie geschafft, meine Wohnungsschlüssel zu verlieren, und mein Mitbewohner is in Griechenland im Urlaub. Da hab ich mich ganz schön selbst verarscht. Ich hätt auch nach Hause gehen und die Tür aufbrechen können, aber in meinem Zustand, da konnt ich nich mehr klar denken. Wahrscheinlich wär ich verhaftet worden, wie ich in meine eigene Wohnung einbreche! Aber dann hab ich zum Glück Dianne getroffen, und sie war so nett, mich auf der Couch schlafen zu lassen. Du bist ihre Mitbewohnerin, oder?

- Ähm ... so kann man's auch nennen, sagte die Frau und lachte merkwürdig, während er verzweifelt versuchte dahinterzukommen, was hier lief. Irgendwas stimmte nicht.

Der Mann kam herein und setzte sich zu ihnen. Er nickte Renton kurz zu, der schwach zurücklächelte.

- Das ist Mark, sagte die Frau zu ihm.

- Schön, sagte der Typ unverbindlich.

Renton fand, sie waren etwa in seinem Alter, vielleicht ein wenig älter, aber beim Schätzen war er ein hoffnungsloser Fall. Dianne war ganz klar etwas jünger als sie alle. Vielleicht, so spekulierte er, hatten sie so etwas wie verdrehte elterliche Gefühle für sie entwickelt. Das hatte er bei älteren Leuten schon öfter bemerkt. Sie versuchen, jüngere, beliebtere und lebhaftere Leute zu dominieren; meistens waren sie nur auf die Eigenschaften der jüngeren Leute neidisch, die ihnen fehlten. Diese Unzulänglichkeiten verbergen sich dann hinter einer wohlwollenden, beschützerischen Haltung. Renton roch das bei den beiden und spürte eine wachsende Abneigung ihnen gegenüber.

Und dann wurde Renton von einer Schockwelle überrollt, die ihm das Bewußtsein zu rauben drohte. Ein Mädchen trat ins Zimmer. Als er sie ansah, wurde ihm eiskalt. Diannes Doppelgängerin, doch das Mädchen dort war gerade mal im Realschulalter.

Er brauchte ein paar Sekunden, bis ihm klar wurde, daß es wirklich Dianne war. Renton wußte augenblicklich, warum Frauen, die sich abschminken, oft davon sprechen, »sich eine Maske abzunehmen«. Dianne sah aus wie zehn. Sie bemerkte den Schrecken auf seinem Gesicht.

Er sah das Paar an. Sie benahmen sich Dianne gegenüber so elterlich, *weil* sie ihre Eltern waren. Selbst in seiner Angst kam sich Renton wie ein Idiot vor, daß er das nicht früher bemerkt hatte. Dianne sah ihrer Mutter sehr ähnlich.

Sie setzten sich an den Frühstückstisch, und der leicht verwirrte Renton wurde von Diannes Eltern sanft ins Kreuzverhör genommen.

– Und was machst du so, Mark? fragte ihre Mutter ihn.

Was er so machte? Wenn es ums Arbeiten ging, jedenfalls nichts. Er war Teil eines Syndikats, das ein Netzwerk zum Betrug der Arbeitslosenkasse unterhielt, und er bezog unter fünf verschiedenen Adressen Stütze, je eine in Edinburgh, Livingston und Glasgow, dazu zwei in London, in Shepherd's Bush und Hackney. Die Regierung in solchem Umfang zu bescheißen, machte Renton jedesmal stolz, und es fiel ihm schwer, nicht mit seinen Taten zu prahlen. Aber er wußte, daß er schweigen mußte, denn es gab überall scheinheilige, selbstgefällige, neugierige Arschlöscher, die nur drauf warteten, den Behörden einen Tip zu geben. Renton fand, daß ihm das Geld zustand, denn die Management-Fähigkeiten, die man brauchte, um einen solchen Zustand aufrechtzuerhalten, waren ziemlich umfangreich, zumal für jemanden, der sich bemühte, mit einer Heroinabhängigkeit fertig zu werden. Er mußte sich in verschiedenen Teilen des Landes arbeitslos melden, sich mit anderen im Syndikat wegen der Briefkastenanschriften absprechen, bereitstehen, um auf einen Anruf von Tony, Carline oder Nicky kurzfristig zu Vorstellungsgeprächen nach London zu fahren. Seine Stütze in Shepherd's Bush war in Gefahr, weil er die interessante Aufstiegsmöglichkeit, in einem Burger King in Notting Hill Gate zu arbeiten, abgelehnt hatte.

– Ich bin Kustos in der Museumsabteilung des Bezirksamts für Freizeit und Erholung. Ich arbeite in der Sammlung Sozialgeschichte, die ihren Hauptsitz in der »People's Story« in der High Street hat, log Renton und wühlte tief in seiner Akte erfundener Beschäftigungen.

Sie schienen beeindruckt, wenn auch leicht verwirrt, und genau auf diese Reaktion hatte er gehofft. Ermutigt versuchte er, weitere Punkte gutzumachen, indem er sich als der bescheidene Typ darstellte, der sich selbst nicht ernst nimmt, und fügte entschuldigend hinzu: – Ich wühl in anderer Leute Müll rum, suche nach Weggeworfenem und präsentiere es dann als authentische historische Artefakte des Alltags der arbeitenden Bevölkerung. Dann sorg ich dafür, daß sie nicht auseinanderfallen, wenn sie ausgestellt werden.

– Da braucht man Köpfchen dafür, sagte der Vater zu Renton, sah dabei aber Dianne an. Renton konnte sie nicht ansehen. Es war ihm klar, daß dieses Weggukken aber noch mehr Verdacht erregte, aber er konnte sie einfach nicht ansehen.

– Ach, würd ich nicht sagen, meinte Renton schulterzuckend.

– Nein, aber Abschlüsse.

– Na ja, ich hab an der Aberdeen University einen Abschluß in Geschichte gemacht. Das entsprach beinahe den Tatsachen. Er war auf die Aberdeen University gegangen und hatte sich leichtgetan, wurde allerdings mitten im ersten Jahr exmatrikuliert, weil er sein Stipendium für Drogen und Nutten verpulvert hatte. Er hatte das Gefühl gehabt, der erste Student in der Geschichte der Universität gewesen zu sein, der jemals eine Nicht-Studentin gevögelt hatte. Lieber Geschichte machen als Geschichte studieren, dachte er bei sich.

– Ausbildung ist wichtig. Das erzählen wir ihr ständig, sagte der Vater und nutzte wieder mal die Gelegenheit, Dianne etwas zu beweisen. Renton gefiel diese Einstellung nicht, aber sich selber konnte er noch weniger leiden, weil er stillschweigend dabei mitspielte. Er kam sich vor wie ein perverser Onkel von Dianne.

Gerade als er dachte: Bitte, laß sie ihr Abi machen, zerschlug Diannes Mutter diese Hoffnung auf Schadensbegrenzung.

– Dianne macht nächstes Jahr ihren Hauptschulabschluß in Geschichte, sagte sie lächelnd, – und in Französisch, Englisch, Mathe und Arithmetik, fügte sie stolz hinzu.

Zum wiederholten Mal zuckte Renton innerlich zusammen.

– Das interessiert Mark doch nicht, sagte Dianne in dem Versuch, überlegen und erwachsen zu klingen, herablassend zu ihren Eltern, wie das Kinder, die keine Macht haben und zum Thema der Unterhaltung werden, nun mal tun. So wie er, erinnerte sich Renton schaudernd, es selbst oft genug getan hatte, wenn seine Alten davon anfingen. Das Problem war nur, daß Dianne so mürrisch, so sehr wie ein Kind klang, daß sie das Gegenteil von dem erreichte, was sie eigentlich wollte.

Rentons Verstand machte Überstunden. *Unzucht mit Minderjährigen nennt man sowas. Dafür kannste in den Knast wandern. Aber hallo, und den Schlüssel schmeißen se weg. Als Sexualtäter gebrandmarkt; da krieg ich in Saughton doch täglich die Fresse zerschlitzt. Sexualtäter. Kinderschänder. Kifi.* Er konnte schon die Psycho-Knackis hören, Ärsche wie Begbie, stellte er sich vor: - Hab gehört, die Kleine war erst sechs. - Die ham mir gesagt, s war Vergewaltigung. - Hätte dein Kind sein können, oder meins. Scheiße, dachte Renton, und es schauderte ihn.

Der Speck, den er aß, widerte ihn an. Er war seit Jahren Vegetarier. Das hatte nichts mit Politik oder Moral zu tun. Er fand den Geschmack von Fleisch einfach nur widerlich. Aber er sagte nichts, so sehr bemühte er sich, einen guten Eindruck bei Diannes Eltern zu machen. Bei der Wurst hörte es für ihn allerdings auf, weil er glaubte, daß die Dinger voller Gift waren. Er dachte an all die Drogen, die er genommen hatte, und dachte hämisch bei sich: Du mußt darauf achten, was du in dich hineinstopfst. Er fragte sich, ob Dianne das gefallen würde, und seine Nerven waren so überreizt, daß er unbeherrscht über sein eigenes, abscheuliches Wortspiel kichern mußte.

Müde versuchte er, es durch Kopfschütteln zu kaschieren und begann, eine Geschichte zu erzählen, besser gesagt, zu wiederholen. - Gott, bin ich blöd. Ich war gestern nacht vielleicht in einem Zustand. Ich bin Alkohol eigentlich nicht gewohnt. Aber ich finde, man ist nur einmal im Leben einundzwanzig.

Diannes Eltern schauten bei der letzten Bemerkung so wenig überzeugt wie Renton selbst. Er war fünfundzwanzig und ging stramm auf die vierzig zu. Trotzdem hörten sie ihm höflich zu. – Ich hab meine Jacke und die Schlüssel verloren, wie schon gesagt. Gott sei Dank hat Dianne mir geholfen, und jetzt auch noch Sie. Es ist wirklich sehr freundlich von Ihnen, daß ich die Nacht bleiben durfte und Sie mir so ein nettes Frühstück gemacht haben. Tut mir wirklich leid, daß ich die Wurst nich mehr schaff. Ich bin nur schon satt. Ich bin es nicht gewohnt, zum Frühstück so viel zu essen.

– Zu dünn, das ist das Problem, sagte die Mutter.

– Das kommt davon, wenn man ne eigene Bude hat. Osten is Osten, und Westen is Westen, doch zu Hause isses am besten, meinte der Vater. Nach dieser blöden Bemerkung setzte angespannte Stille ein. Peinlich berührt fügte er hinzu: – Sagt man jedenfalls. Dann nutzte er die Gelegenheit, das Thema zu wechseln. – Und wie kommen Sie jetzt in die Wohnung?

Solche Leute erschreckten Renton zu Tode. Sie wirkten auf ihn, als hätten sie ihr Lebtag noch nichts Illegales gemacht. Kein Wunder, daß Dianne so war und wildfremde Kerle in der Bar auflas. Die beiden kamen ihm so widerlich wohlgenährt vor. Der Vater hatte leicht schütteres Haar, die Mutter Krähenfüße um die Augen, aber Renton wurde klar, daß jeder Außenstehende sie mit ihm auf eine Altersstufe stellen, sie nur als gesünder bezeichnen würde!

– Ich werd einfach die Tür aufbrechen müssen. Is bloß n einfaches Sicherheitsschloß. Wirklich blöd. Ich wollte schon seit ewig n Steckschloß kaufen. Ein Glück, daß ich das nich gemacht hab. Am Eingang is zwar ne Sprechanlage, aber meine Nachbarn werden mich schon reinlassen.

– Ich könnte Ihnen helfen. Ich bin Schreiner. Wo wohnen Sie? fragte der Vater. Renton war perplex, aber froh, daß sie ihm die Geschichte abgekauft hatten.

– Kein Problem. Ich war selbst Schreiner, bevor ich an die Uni bin. Aber trotzdem danke. Auch das stimmte. Es kam ihm komisch vor, die Wahrheit zu sagen, so sehr hatte er sich an die Täuscherei gewöhnt. Er kam sich dann so real und deshalb auch verwundbar vor.

– Ich war Lehrling bei Gillsland in Gorgie, fügte er hinzu, worauf der Vater die Augenbrauen hob.

– Ich kenne Ralph Gillsland. Ein übler Bursche, fügte er schnaubend hinzu, und seine Stimme klang normaler als vorher. Sie hatten ein gemeinsames Thema gefunden.

– Einer der Gründe, warum ich nich mehr in dem Geschäft bin.

Renton erstarrte, als er spürte, wie unter dem Tisch Diannes Bein an seinem rieb. Beinahe hätte er sich am Tee verschluckt.

– Also, ich muß jetzt los. Nochmals Danke.

– Warte mal, ich mach mich kurz fertig und komm mit in die Stadt. Dianne war aufgestanden und aus dem Zimmer verschwunden, bevor Renton protestieren konnte.

Er unternahm ein paar halbherzige Versuche, beim Aufräumen zu helfen, als der Vater ihn zur Couch führte und die Mutter sich in der Küche zu schaffen machte. Renton rutschte das Herz in die Hose, und er rechnete schon mit irgendeinem Gefasel von wegen »Ich weiß, worauf du aus bist, Kumpel«, als sie allein waren. Aber dem war nicht so. Sie redeten über Ralphy Gillsland und seinen Bruder Collin, der, wie Renton zu seiner Freude vernahm, Selbstmord begangen hatte, und andere Typen, die sie von der Arbeit her kannten.

Sie redeten über Fußball, und wie sich herausstellte, war der Vater ein Hearts-Fan. Renton war für die Hibs, die gegen den Lokalrivalen nicht gerade die beste Saison hinter sich hatten; eigentlich hatten sie gegen niemanden ihre beste Saison hinter sich, und der Vater rieb ihm das auch sofort unter die Nase.

– Die Hibbies ham nich allzu gut gegen uns ausgesehen, hmm?

Renton lächelte und war, aus anderen Gründen als den sexuellen, zum ersten Mal froh, mit der Tochter dieses Mannes geschlafen zu haben. Es war erstaunlich, fand er, daß Dinge wie Sex und die Hibs, die ihm nichts bedeuteten, wenn er auf Heroin war, plötzlich so überaus wichtig wurden. Er grübelte darüber nach, ob seine Drogenprobleme nicht vielleicht etwas mit den miserablen Leistungen der Hibs in den achtziger Jahren zu tun hatten.

Dianne war soweit. Mit weniger Make-up als letzte Nacht sah sie wie sechzehn aus, zwei Jahre älter als in Wirklichkeit. Als sie auf die Straße kamen, war Renton froh, aus dem Haus zu kommen, aber es war ihm ein wenig peinlich, daß ihn vielleicht jemand sah, den er kannte. Er kannte ein paar Leute in der Gegend, vor allem Junkies und Dealer. Sie würden glauben, daß er unter die Zuhälter gegangen sei, wenn sie ihn jetzt so sahen, dachte er.

Sie nahmen den Zug von South Gyle nach Haymarket. Während der Fahrt hielt Dianne Rentons Hand und quasselte ununterbrochen. Sie war froh, dem hemmenden Einfluß ihrer Eltern entronnen zu sein. Sie wollte mehr über Renton erfahren. Vielleicht konnte sie ja Hasch von ihm schnorren.

Renton dachte an die vergangene Nacht und fragte sich schaudernd, was Dianne getan hatte und mit wem, daß sie sexuell derart erfahren und so ungeheuer selbstsicher war. Er kam sich vor wie fünfundfünfzig, nicht wie fünfundzwanzig, und er war sicher, daß die Leute sie anstarrten.

Renton sah in den Klamotten der letzten Nacht schmuddelig, verschwitzt und erschöpft aus. Dianne trug schwarze Leggings, die so dünn waren, daß sie fast wie eine Strumpfhose wirkten, darüber einen weißen Minirock. Eins von beiden hätte schon gelangt, fand Renton. Als sie an der Haymarket Station wartete, während Renton den *Scotsman* und den *Daily Record* kaufte, gaffte ein Typ sie an. Renton sah das und bemerkte, wie er seltsam wütend wurde und den Typen aggressiv niederstarrte. Vielleicht, dachte er, eine Projektion seines Selbsthasses.

Sie gingen in einen Plattenladen auf der Dalry Road und blättern ein paar Alben durch. Renton wurde langsam ziemlich hektisch, sein Kater nahm rapide zu. Dianne reichte ihm eine Scheibe nach der anderen, damit er sie sich anschaute, und erklärte, diese sei »toll«, jene »super«. Er hielt die meisten davon für Dreck, war aber zu nervös, um sich zu streiten.

– Alles klar, Rents? Wie läuft's, Alter? Eine Hand landete auf seiner Schulter. Er spürte, wie sein Skelett und sein Nervenkostüm kurzzeitig aus der Haut fuhren wie Draht durch Plastilin und dann wieder zurückschnalzten. Er drehte sich um und sah Deek Swan, Johnny Swans Bruder.

– Nich übel, Deek. Und bei dir? antwortete er mit

gespielter Lässigkeit, die seinem rasenden Puls Hohn sprach.

– Gar nich so übel, Chef, gar nich so übel. Deek bemerkte, daß Renton in Begleitung war und warf ihm einen anzüglichen Blick zu. – Ich muß weiter, Mann. Bis bald. Sag Sick Boy, er soll mich mal anrufen, wenn du ihn siehst. Der Arsch schuldet mir zwanzig Mäuse.

– Dir und mir, Kumpel.

– Seine Art is einfach unter aller Sau. Na, bis bald, Mark, sagte er und wandte sich an Dianne. – Ciao, Puppe. Dein Kerl is zu unhöflich, uns vorzustellen. Muß wohl Liebe sein. Paß gut auf ihn auf. Die beiden lächelten unsicher über diese erste Bemerkung eines Dritten über sie, und Deek verschwand.

Renton wurde klar, daß er allein sein mußte. Sein Kater wurde langsam unerträglich, und er packte diese Situation einfach nicht mehr.

– Ähm, hör mal, Dianne... ich muß weg. Treff mich mit n paar Kumpeln in Leith. Fußball und so.

Dianne hob wissend und müde die Augenbrauen und untermalte diese Geste mit ein paar, wie er fand, merkwürdig schnalzenden Geräuschen. Sie war enttäuscht, daß er sich verdrückte, bevor sie ihn nach Hasch fragen konnte.

– Und deine Adresse? Sie zog einen Stift und ein Stück Papier aus ihrer Handtasche. – Nicht die in Forrester Park, fügte sie lächelnd hinzu. Renton schrieb seine richtige Adresse in der Montgomery Street auf, einfach weil er zu fertig war, sich eine falsche auszudenken.

Als sie ging, widerte er sich plötzlich selbst an. Er war sich nicht sicher, ob es davon kam, mit ihr geschlafen zu haben, oder von dem Wissen, daß er es unmöglich wieder tun konnte.

Am selben Abend klingelte es bei ihm. Er war so fertig, daß er zu Hause geblieben war und sich *Braddock: Missing in Action 3* auf Video anschaute. Er machte die Tür auf, und Dianne stand vor ihm. Sie hatte sich geschminkt und war in seinen Augen wieder so begehrenswert wie am Vorabend.

– Komm rein, sagte er und fragte sich, wie schnell er sich wohl an das Gefängnisleben gewöhnen würde.

Dianne glaubte Hasch zu riechen. Jedenfalls hoffte sie sehr darauf.

EIN SPAZIERGANG IM GRÜNEN

Die Pubs sind knackevoll mit den einheimischen Verrückten und Festivalbesuchern, die noch kurz einen heben, bevor es zur nächsten Aufführung geht. N paar von den Shows hörn sich ganz gut an ... bloß die Eintrittspreise sind n bißchen happig.

Begbie hat sich vollgepinkelt ...

– Na, Franco, in die Hosen gemacht? fragt ihn Rents und zeigt auf den feuchten Fleck auf der ausgewaschenen blauen Jeans.

– Du spinnst wohl! Is bloß Wasser. Hab mir bloß die Hände gewaschen. Aber davon verstehste eh nichts, du rothaariges Arschloch. Der Arsch is nämlich allergisch gegen Wasser, vor allem, wenns mit Seife gemischt ist.

Sick Boy schaut sich in der Bar nach Frauen um ... der Kerl is verrückt nach Weibern. Irgendwie wirds ihm nach ner Weile in Gesellschaft von seinen Kumpeln langweilig. Vielleicht isser deshalb bei Frauen so gut;

weil er das einfach sein muß. Ja, könnt sein. Matty redet leise mit sich selbst und schüttelt den Kopf. Irgendwas stimmt nich mit Matty ... nich bloß das Sgag. Eher im Kopf, wie ne schwere Depression oder sowas.

Renton und Begbie streiten sich. Rents soll bloß aufpassen, was er tut. Dieser Begbie, der is einfach ... das is ne hinterhältige Dschungelkatze. Wir sind einfach bloß normale Katzenviecher. Hauskatzen.

– Die Arschlöcher ham die verdammte Kohle. Du bis doch der Arsch, der andauernd davon quatscht, die Reichen abzumurksen und diesen ganzen Anarchiescheiß. Und jetzt kneifste! Begbie schnaubt Rents verächtlich an, und das Ganze sieht ziemlich übel aus; die dunklen Augenbrauen über den noch dunkleren Augen, das dichte schwarze Haar, bloß n bißchen länger als bei nem Skinhead.

– Hat doch mit Kneifen nix zu tun, Franco. Ich bin einfach nich drauf. Is doch total gut hier. Wir ham Speed und E. Dann machen wir doch einen drauf, gehen vielleicht in nen Rave-Club, statt die ganze Nacht in den Scheiß-Meadows rumzulatschen. Da steht n Riesentheaterzelt und n beschissener Vergnügungspark. Da wimmelts bloß so von Bullen. Das is doch einfach zuviel Ärger, Mann.

– Ich geh doch in keinen beschissenen Rave-Club. Du has doch selber gesagt, das is bloß was für kleine Kinder.

– Stimmt, aber das war, bevor ich selber in einem war.

– Na, ich geh da jedenfalls nich hin. Also, laß uns durch die Pubs ziehn und nen Typen aufmischen.

– Nee. Ich laß mich doch nicht verarschen.

– Du beschissenes Arschloch! Du scheißt dir doch

jetzt noch inne Hose wegen dem letzten Wochenende im *Bull and Bush.*

– Tu ich nich. Das war bloß total überflüssig, sonst nix. Die ganze Scheißgeschichte.

Begbie sieht Rents an und wird ganz angespannt. Er beugt sich vor, und ich denk schon, daß er Rent Boy gleich eine scheuert.

– Häh? Häh? Ich geb dir gleich was von wegen überflüssig, du Arsch!

– Komm schon, Franco. Immer mit der Ruhe, Mann, sagt Sick Boy.

Begbie scheint zu merken, daß ers übertrieben hat, selbst für seine Verhältnisse. Laß die Krallen drin. Zeig lieber deine weichen Pfoten. Das is ne üble Katze, ein großer böser Panther.

– Wir haben doch bloß n Ami aufgemischt. Was juckt der dich groß? Der Klugscheißer hats verdient! Außerdem hab ich nich gesehen, daß du weggekuckt hast, als wir im *Barley* seine verdammte Kohle geteilt ham.

– Der Typ is im Krankenhaus gelandet, bewußtlos, und hatn Haufen Blut verloren. Stand in der *News*...

– Aber jetzt isser wieder aufm Damm! Steht da auch! Nix passiert is dem. Und selbst wenn, scheißegal! Irgendn reicher amerikanischer Sack, der gar nich erst hätt herkommen sollen. Wer interessiert sich schon für den? Und du, du Arsch, du hast doch selber schon Leute angestochen; Ed Wilson, in der Schule, also komm mir ja nich so verdammt zimperlich.

Das stopft Renton die Schnauze, weil er nich drüber reden will, aber passiert is passiert, verstehste? Aber das war bloß n Schlag, die sind ja auch bloß auf einen los, der sie irgendwie gejuckt hat, nich so, als ob die vorher geplant hätten, nen Typen fertigzumachen. Aber Begbie sieht da halt nen Unterschied. Es war echt schlimm, richtig krank ... der Yankee, also der Junge, der wollte einfach seine Kohle nich rausrücken, selbst als Begbie schon das Messer gezückt hatte... das letzte, was ich den Kerl hab sagen hören, war: Du traust dich sowieso nich mit dem Messer.

Dann is Begbie völlig ausgeflippt, total ausgerastet mit dem Messer, daß wir beinah die Kohle vergessen hätten. Ich bin dem Typen in die Taschen und habs rausgefischt, und Begbie hat ihm eins in die Fresse getreten. Aufm Klo is das Blut bloß so rausgeflossen und hat sich mit der Pisse vermischt. Ganz, ganz häßlich, Mann, verstehste? Ich krieg das Zittern, wenn ich bloß dran denk. Ich lieg im Bett, und mich schauderts, echt. Jedesmal, wenn ich einen sehe, der so aussieht wie unser Vogel, Richard Hauser aus Des Moines, Iowa, USA, werd ich zu Stein. Jedesmal, wenn ich ne Amistimme in der Stadt hör, zuck ich zusammen. Gewalt is total häßlich, Mann. Begbie, der liebe alte Franco, der hat uns in der Nacht alle vergewaltigt, irgendwie in n Arsch gefickt und bezahlt, wie Nutten, Mann, verstehste? Mieses Schwein, Begbie. Ganz mieses Schwein.

– Wer kommt mit? Spud? Begbie redet mit mir. Er beißt sich in die Unterlippe.

– Ähm ... äh ... Gewalt und so ... is nich so mein Ding... ich bleib einfach hier und sauf mir einen... verstehste?

– Noch son Arsch, der sich einscheißt, sagt er und dreht sich weg .. nich enttäuscht, weil, von mir hat er wohl nichts anderes erwartet ... vielleicht is das gut, vielleicht auch nich, wer weiß das schon heutzutage, oder?

Sick Boy sagt was von wegen er is n Lover, kein Fighter, und Begbie will grade was erwidern, als Matty sagt: – Ich bin dabei.

Das lenkt Begbies Aufmerksamkeit von Sick Boy ab. Dann fängt er an, Matty übern grünen Klee zu loben und nennt uns alle die feigsten Scheißer unter der Sonne; aber ich find, Matty is der Scheißer, weil der bei jedem Scheiß mitmacht, den Franco sagt... ich hab Matty noch nie leiden können... total fertig, der Typ. Kumpel machen sich schon mal gegenseitig fertig und so, aber wenn Matty rummotzt, das ist irgendwie, da spürste noch was anderes, du spürst... irgendwie... Haß, verstehste? Einfach zufrieden sein, das is das reinste Verbrechen, wenn Matty dabei is. Er kanns einfach nich ertragen, wenn einer zufrieden is.

Eigentlich seh ich Matty nie allein. Manchmal Rents und ich... oder Tommy und ich ... oder Rab und ich... oder Sick Boy und ich ... oder Generalissimo Franco und ich ... aber nie Matty und ich. Das sagt doch auch schon was.

Die beiden ziehen los auf ihre Pirsch, und gleich is die Atmosphäre... toll. Sick Boy zieht was Ecstasy aus der Tasche. White Doves, glaub ich. Das geht voll in die Birne. Meistens is in E noch nich mal MDMA, bloß halb Speed, halb Acid, so wies wirkt... das Zeug, das ich hatte, war immer guter Speed, verstehste? Aber der Stoff hier is total irre, total zappaesk, Mann... genau, zappaesk ... ich denk da an Frank Zappa und Joe's Garage und gelben Schnee und Jewish princesses und Catholic girls, und ich denk, es wär echt toll, ne Frau zu haben... so zum Lieben... nicht zum Vögeln, nich bloß jedenfalls... sondern zum Lieben, weil, eigentlich liebe ich alle, aber nich so mit Sex... einfach bloß eine, die man lieben kann ... Rents hat Hazel, und Sick Boy ... na ja, Sick Boy hat massenhaft Miezen ... aber die beiden kommen mir auch nich glücklicher vor als ich ...

Das Gras beim andern is immer grüner, die Sonne scheint heller auf der andren Seite ... ich singe, dabei sing ich nie ... ich hab n bißchen Stoff und singe ... ich denke an Frank Zappas Tochter Moon ... die würd mir voll reinlaufen ... hängt mit ihrem Alten rum ... im Studio ... einfach so, um den kreativen Prozeß zu beobachten, verstehste, den krativen Prozeß ...

– Das is echt Wahnsinn ... ich muß raus hier, sonst schlaff ich noch ab ... Sick Boy hält den Kopf in den Händen.

Renton hat sein Hemd aufgeknüpft und spielt an seinen Brustwarzen rum ...

– Spud ... kuck dir mal meine Brustwarzen an ... die fühlen sich so komisch an ... so Brustwarzen hat doch kein Arsch ...

Ich unterhalt mich mit ihm über Liebe, und er meint, daß es Liebe nich gibt, daß das sowas wie Religion is, und der Staat will, daß man an son Scheiß glaubt, damit sie einen kontrollieren und irre machen können ... manchen gehts bloß gut, wenn se auch über Politik faseln können, verstehste ... aber der bringt mich nich runter ... weil, ich denk, der glaubt doch seinen Scheiß selber nich ... weil .. weil, wir lachen über alles mögliche ... den irren Typen an der Bar mit den geplatzten Äderchen im Gesicht ... die eingebildete englische Festivalziege, die ausschaut, als hätte ihr gerade jemand vor der Nase gefurzt ...

Sick Boy meint: – Komm, wir gehn in die Meadows und verarschen Begbie und Matty ... diese spießigen, langweiligen bekloppten Assi-Arschlöcher!

– Riskant, Alter, riskant ... der flippt doch völlig aus ... sag ich.

– Tun wirs für die Fans, meint Rents. Er und Sick Boy ham den Spruch aus nem Hibs-Heft, in dem das Vorsaison-Turnier auf der Isle of Man angekündigt wird. Da steht der Hibs-Star Alex Miller und glotzt völlig zugeknallt in die Kameras, und drunter steht, »Tun wir es für die Fans«. Jedesmal, wenn Drogen im Spiel sind ... kommen die mit dem Spruch.

Wir schweben aus dem Pub und schlendern rüber zu den Meadows. Wir fangen an zu singen, Sinatra, mit übertriebenen amerikanischen Nuuh-Yoak-Stimmen:

You and I, we're just like a couple of tots
strolling across the Meadows
picking up lots of forget-me-nots.

Zwei Schnitten kommen uns entgegen ... ich kenn sie ... Die kleine Roseanna und Jill ... zwei süße Püppchen aus dieser Edelschule, wars Gillespie oder Erskine? ... die hängen im *Southern* rum, wegen der Musik, den Drogen, den Erfahrungen ...

... Sick streckt die Arme aus und drückt die kleine Jill an sich, und Rents tut das gleiche mit Roseanna ... und ich steh einfach da und kuck in die Röhre, Mr. Ersatzschwanz bei ner Hurenversammlung.

Die knutschen sich ab. Das is echt grausam, Mann, grausam. Rents reißt sich als erster los, läßt aber den Arm um Roseanna. Isn Witz mit Rents ... na ja ... die Kleine, mit der Rents im *Donovan* abzog? Die war nich so alt. Wie hieß sie noch gleich, Dianne? N ganz Schlimmer, Rents. Sick Boy, na ja, Sick Boy hat Jill gegen nen Baum gedrückt.

– Wie gehts so, Puppe? Was habt ihr vor? fragt er sie.

– Wir gehn ins *Southern*, sagt sie und hört sich n bißchen zu an ... n kleines fertiges Prinzeßchen. Nichts trübt ihr Gesicht... Mann, diese beiden Vögelchen versuchen, echt cool zu bleiben, aber wegen Rents und Sick Boy machen se sich Sorgen. Lassen es zu, daß diese total abgefahrenen Junkies an ihnen rummachen. Echte coole Vögel würden denen ne Ohrfeige verpassen und zuschauen, wie die Arschlöcher umfallen. Diese Mädchen spielen mit dem Feuer ... machen grad ne »Wie ärgern wir unsere eingebildeten, reichen Eltern«-Phase durch ... nich, daß Rents das ausnützen würde, hatter wahrscheinlich schon, aber bei Sick Boy is das was anderes. Er hat seine Hände in der Jeans von der kleinen Jill ...

– Ich kenn euch, da habt ihr eure Drogen versteckt...

– Simon! Ich hab nichts! Simon! Siiimoon!! ...

Er spürt, daß sie gleich durchdreht, und läßt se los. Alle lachen se nervös und tun so, als wär das alles bloßn Spiel gewesen, und dann ziehn die beiden wieder ab.

– Vielleicht bis heut nacht! ruft Sick Boy hinter ihnen her.

– Ja ... im *Southern*, ruft Jill rückwärts gehend.

Sick Boy schlägt sich auf die Schenkel. – Hätte die beiden Schnallen mit nach Hause nehmen und bewußtlos vögeln sollen. Die kleinen Schlampen waren doch total scharf. Klang so, als ob er mit sich selbst redet und nich mit mir und Rents.

Rents brüllt und deutet auf was.

– Si! Da isn verdammtes Eichhörnchen vor dir! Bring das Viech um!

Sick Boy is am nächsten dran und versucht, es anzulocken, aber das Tier hoppelt n bißchen weg und bewegt sich echt komisch, buckelt irgendwie den ganzen Körper. Niedliches kleines silbergraues Ding ... verstehste?

Rents hebt nen Stein auf und wirft ihn nach dem Eichhörnchen. Mir is ganz schlecht, und mir bleibt das Herz kurz stehen, als der Stein an dem kleinen Kerl vorbeizischt. Rents hebt noch einen auf und lacht dabei wien Irrer, aber ich halte ihn davon ab.

– Laß gut sein, Mann. Das Eichhörnchen tut doch keinem was! Ich finds widerlich, wie Mark drauf steht, Tieren weh zu tun ... das is einfach falsch, Mann. Du kannst dich wohl selber nich leiden, daß de so drauf stehst, Tiere zu verletzen ... ich mein ... welche Hoffnung bleibt dann noch? Das Eichhörnchen is echt süß. Es macht, was es eben muß. Es is frei. Aber vielleicht isses das, was Rents nich ertragen kann. Das Eichhörnchen is frei, Mann.

Rents lacht immer noch, während ich ihn zurückhalte. Zwei elegant gekleidete Frauen glotzen, als sie an uns vorbeikommen. Sie schauen, wie soll ich sagen, angewidert. Rents kriegt ein Leuchten in den Augen.

– GREIF DIR DAS MISTVIEH! ruft er Sick Boy zu, aber so, daß die Frauen ihn hören können. – WICKELS IN ZELLOPHAN, DAMITS NICH PLATZT, WENN DUS FICKST!

Das Eichhörnchen läuft vor Sick Boy davon, aber die Frauen drehen sich um und schauen uns richtig angewidert an, so als ob wir Scheiße sind. Ich lache mit, aber ich halte Rents immer noch zurück.

– Was glotztn die dreckige Fotze da so? Verdammte Teestubenhexe! sagt Rents laut genug, daß sies hören können.

Sie drehen sich um und gehen schneller. Sick Boy

ruft: – VERPISST EUCH, IHR TROCKENMÖSEN! Dann wendet er sich uns zu und sagt: – Ich weiß überhaupt nich, was die alten Vögel von uns wollen. Die vögelt doch sowieso keiner, nich mal hier und um diese Uhrzeit. Da steck ich meinen Schwanz doch lieber zwischen Schmirgelpapier.

– Hör schon auf! Du würdest doch n Briefschlitz bumsen, wenn der Haare hätt, meint Rents.

Sick Boy erwidert nur: – Verpiß dich, du Samenschnulli. Du bis doch der städtische Hundefänger hier. Die Schnallen, die ich gevögelt hab, und das waren nicht wenige, warns alle wert.

Mir fällt da diese Schnalle aus Stenhouse ein, die Sick Boy mal abgeschleppt hat, als er total besoffen war ... kann man nich grad sagen, daß die was Besonderes war ... na, ich denke, jeder hat irgendwo seine Achillesferse.

– Ähm, erinnerste dich an dieses Stenhousehühnchen, ähm, wie hieß die noch gleich?

– Fang du nich auch noch an! Du könntest ja nich mal in nem Bordell eine zum Ficken finden, und wenn de dcinen Schwanz zwischen zwei Kreditkarten steckst.

Wir beschimpfen uns gegenseitig, und dann gehen wir wieder weiter, aber ich denk bloß an das Eichhörnchen, das is frei und tut keinem was ... und die wollten es einfach umbringen, und für was? Das macht mich echt krank und traurig und wütend ...

Ich will weg von diesen Typen. Ich dreh mich um und geh. Rents kommt hinter mir her. – Komm schon, Spud ... Scheiße, Mann, was is los?

– Weil ihr das Eichhörnchen einfach plattmachen wolltet.

– War doch bloßn beschissenes Eichhörnchen. Das is doch Ungeziefer ... sagt er. Er legt mir den Arm um die Schulter.

– Na, vielleicht isses auch nich mehr Ungeziefer als du oder ich, verstehste ... wer weiß denn schon, was Ungeziefer is ... die aufgedonnerten Weiber halten Leute wie uns für Ungeziefer, und, ham se deswegen das Recht, uns umzubringen? frag ich ihn.

– Tut mir leid, Danny ... is doch bloßn Eichhörnchen. Tut mir leid, Kumpel. Ich weiß, was du für Tiere übrig hast. Ich bin einfach ... ach, du weißt schon, was ich meine, Danny, so ... ach Scheiße, Mann, ich bin einfach fertig, Danny. Ach, ich weiß nich. Begbie und alles ... der Stoff. Ich weiß nich, was ich mit meinem Leben anfangen soll ... is doch voll fürn Arsch, Danny. Ich weiß nich, was da läuft. Tut mir leid, Mann.

Rents hat mich seit Ewigkeiten nich mehr Danny genannt, und jetzt kann er nich mehr aufhören damit. Er is ganz aufgeregt.

– He ... immer mit der Ruhe, Alter ... sind doch bloß Tiere ... mach dir wegen dem Scheiß keine Sorgen ... ich hab bloß gedacht, die sind halt so unschuldig, weißte ... man soll einfach niemandem wehtun, verstehste ...

Er packt mich und hält mich fest und umarmt mich. – Du bist einer der Besten, Mann. Damit dus weißt. Ich red nich im Suff oder unter Drogen, das mein ich wirklich so. Die anderen schimpfen dich halt Schwuli und alles, wenn de einfach sagst, was du von ihnen hältst ... Ich klopf ihm auf den Rücken, und irgendwie will ich ihm dasselbe sagen, aber das würd sich anhören, als ob ich das bloß sage, weil er damit angefangen hat. Ich sags trotzdem.

Hinter uns hören wir Sick Boy. – Ihr zwei schwulen Säcke. Also, entweder ihr verschwindet zwischen den Bäumen und machts euch, oder ihr kommt mit, Begbie und Matty suchen.

Wir lösen die Umarmung und lachen. Wie wissen beide, daß Sick Boy einer der Besten von uns allen is, auch wenn der manchmal am liebsten immer bloß Scheiße bauen will.

Vermasselt

KATASTROPHE IM GERICHTSSAAL

Der Gesichtsausdruck des Richters scheint ständig zwischen Mitleid und Abscheu zu wechseln, als er auf Spud und mich auf der Anklagebank herabblickt.

- Sie haben die Bücher aus der Buchhandlung Waterstone getohlen in der Absicht, sie zu verkaufen, stellt er fest. Scheißbücher verkaufen. Fürn Arsch.

- Nein, sage ich.

- Ja, sagt Spud gleichzeitig. Wir drehen uns um und schauen uns an. Die ganze Zeit, die wir drauf verplempert haben, uns die Geschichte zurechtzulegen, und nach zwei Minuten schmeißt das blöde Arschloch sie um.

Der Richter atmet schnaufend aus. Nich grad n toller Job, den der Arsch da hat, wenn mans sich mal überlegt. Muß ziemlich nervig sein, den ganzen Tag mit solchen Idioten zu tun zu haben. Aber die Kohle is bestimmt ziemlich gut, und außerdem hat ihm ja keiner gesagt, daß ers tun soll. Er müßte n bißchen professioneller sein, n bißchen pragmatischer, und sich nich gleich anmerken lassen, daß er sauer ist.

- Mr. Renton, Sie hatten also nicht vor, die Bücher zu verkaufen?

- Nee. Ähm, nein, Euer Ehren. Ich wollte sie lesen.

- Sie lesen also Kierkegaard. Erzählen sie uns doch einmal was über ihn, Mr. Renton, meint der Arsch herablassend.

– Ich interessiere mich für seine Vorstellung über Subjektivität und Wahrheit, vor allen Dingen für seine Gedanken über die Entscheidungsfreiheit; die Vorstellung, daß eine freie Entscheidung aus Zweifel und Unsicherheit erwächst, ohne jeden Bezug zur Erfahrung oder den Rat anderer. Man könnte mit einiger Berechtigung sagen, daß dies vorrangig eine bourgeoise, existentielle Philosophie ist, die darauf abzielt, die kollektive gesellschaftliche Weisheit zu unterlaufen. Gleichzeitig handelt es sich dabei allerdings auch um eine befreiende Philosophie, denn wenn die gesellschaftliche Weisheit negiert wird, wird auch die Basis der Sozialkontrolle des Individuums geschwächt und ... aber ich sabble schon zuviel. Ich breche ab. Die Typen hier hassen Klugscheißer. Kann man sich ganz leicht ne höhere Geldstrafe oder, Scheiße, ne längere Haftstrafe zusammenquatschen. Ehrerbietung, Renton, Ehrerbietung.

Der Richter grunzt verächtlich. Als gebildeter Mensch kennt er sich bei den großen Philosophen sicher erheblich besser aus als 'son Proll wie ich. Man braucht Köpfchen, um Richter zu werden. Nich jeder Arsch kann den Job machen. Ich kann fast hören, wie Begbie das im Zuschauerraum zu Sick Boy sagt.

– Und Sie, Mr. Murphy, haben also die Bücher gestohlen, um sie zu verkaufen, so wie Sie alles andere, was Sie stehlen, verkaufen, um Ihre Heroinsucht damit zu finanzieren?

– Aufn Kopf getroffen, Mann ... ähm ... ganz richtig, nickt Spud, und sein nachdenklicher Gesichtsausdruck weicht einem der Verwirrung.

– Sie, Mister Murphy, sind ein Gewohnheitsdieb. Spud zuckt mit den Schultern, als wollte er sagen, is doch nich meine Schuld. – Wie ich den Akten entnehme, sind Sie noch immer heroinsüchtig. Zudem sind Sie süchtig danach, zu stehlen, Mr. Murphy. Die Menschen müssen hart arbeiten, um die Waren herzustellen, die Sie ständig stehlen. Andere müssen hart arbeiten, um das Geld zu verdienen, sie zu kaufen. Wiederholte Versuche, Sie dazu zu bringen, diese kleinen, aber wiederholten Verbrechen zu unterlassen, sind fruchtlos geblieben. Ich werde Sie daher zu einer Haftstrafe von zehn Monaten verurteilen.

– Danke ... ähm, ich mein ... kein Problem ...

Der Arsch wendet sich an mich. Scheiße.

– Bei Ihnen, Mr. Renton, liegt die Sache anders. Ich entnehme den Akten, daß Sie ebenfalls heroinsüchtig sind; allerdings haben Sie versucht, Ihr Drogenproblem in den Griff zu bekommen. Sie behaupten, daß Ihr Verhalten auf die Depressionen zurückzuführen ist, die sich durch den Drogenentzug eingestellt haben. Ich bin bereit, dies zu akzeptieren. Ich bin auch bereit, ihre Behauptung zu akzeptieren, daß Sie vorhatten, Mr. Rhodes wegzuschubsen, um einen Angriff auf sich zu verhindern, und nicht, um ihn vorsätzlich umzustoßen. Ich werde daher eine Strafe von sechs Monaten zur Bewährung verhängen, unter der Bedingung, daß Sie sich weiterhin um angemessene Behandlung Ihrer Sucht bemühen. Das Sozialamt wird Ihre weitere Entwicklung beobachten. Ich kann zwar akzeptieren, daß das Cannabis in Ihrem Besitz nur zum eigenen Konsum bestimmt war, doch kann ich den Konsum einer illegalen Droge nicht gutheißen; auch wenn Sie behaupten, daß Sie Cannabis nehmen, um die Depressionen zu bekämpfen, die Sie aufgrund des Heroinentzugs bekommen. Für den Besitz dieser illegalen

Droge verurteile ich Sie zu einer Geldstrafe von hundert Pfund. Ich schlage vor, daß Sie sich in Zukunft um andere Mittel bemühen, Ihre Depressionen zu bekämpfen. Sollten Sie, wie Ihr Freund Daniel Murphy, nicht die Chance wahrnehmen, die sich Ihnen bietet, und wieder vor diesem Gericht erscheinen, werde ich nicht zögern, eine Haftstrafe vorzuschlagen. Habe ich mich klar ausgedrückt?

Sonnenklar, du beschissenes lahmes Arschloch. Ich liebe dich, Scheißhirn.

– Vielen Dank, Euer Ehren. Ich bin mir der Enttäuschung, die ich meiner Familie und meinen Freunden bereitet habe, und der Tatsache, daß ich nur Ihre kostbare Zeit vergeude, nur zu bewußt. Doch ist eines der Schlüsselelemente bei der Rehabilitation die Einsicht, daß man ein Problem hat. Ich bin regelmäßig in der Klinik gewesen und unterziehe mich im Augenblick einer Therapie mit Methadon und Temazepan. Ich stürze mich nicht mehr in Selbsttäuschungen. Mit Gottes Hilfe werde ich diese Krankheit besiegen. Nochmals vielen Dank.

Der Richter sieht mich streng an, um zu sehen, ob er in meinem Gesicht irgendwelche Anzeichen von Verarschung erkennen kann. Keine Chance. Ich bin es gewohnt, keine Miene zu verziehen, wenn ich Begbie aufziehe. Lieber n starres Gesicht als ganz tot. Der Arsch von Richter is davon überzeugt, daß das Ganze kein Scheiß is und schließt die Sitzung. Ich komme frei; der arme Spud muß sitzen.

Ein Polizist bedeutet ihm mitzukommen.

– Tut mir leid, Kumpel, sag ich und komme mir wie der letzte Arsch vor.

– Kein Problem, Mann ... ich komm vom Heroin

runter, und in Saughton gibts jede Menge Hasch. Das hock ich auf einer Backe ab, sagt er und wird von nem arschgesichtigen Bullen abgeführt.

Im Gang draußen vor dem Gerichtssaal kommt meine Ma auf mich zu und umarmt mich. Sie sieht müde aus und hat schwarze Ringe um die Augen.

– Ach Junge, was soll ich nur mit dir machen? sagt sie.

– Blöder Hund. Der Scheiß bringt dich noch mal um. Billy, mein Bruder, schüttelt den Kopf.

Ich wollte ihm meine Meinung sagen. Hat ihn doch keiner gebeten herzukommen, und seine krassen Bemerkungen sind genauso unwillkommen. Aber gerade, als ich was sagen wollte, kommt Frank Begbie rüber.

– Rents! Tolle Nummer, Mann! Tierisches Urteil, was? Schade um Spud, aber immer noch besser, als wir befürchtet haben. Der macht keine zehn Monate. In sechs is der wieder draußen wegen guter Führung. Sogar weniger.

Sick Boy, der aussieht wien Werbefuzzi, legt den Arm um Ma und lächelt sie reptilienhaft an.

– Das is doch n Grund zum Feiern. *Deacon's*? schlägt Franco vor. Wie Junkies schlurfen wir hinter ihm her. Keiner bringt die Motivation für was anderes auf, und so siegt dieser Schrottvorschlag kampflos.

– Wenn du wüßtest, was du mir und deinem Vater angetan hast ... sagt meine Ma und sieht mich sehr ernst an.

– Du blöder Hund, höhnt Billy, – Bücher zu klauen. Der Arsch ging mir tierisch auf den Senkel.

– Seit sechs Jahren klau ich Bücher. Ich hab für viertausend Pfund Bücher bei Ma und in meiner Bude. Glaubste vielleicht, ich hab welche davon gekauft? Das is n Gewinn von viertausend Pfund durch Bücherklau, du Arsch.

– Oh Mark, du hast doch nicht, nicht all die Bücher ... Ma schaut todunglücklich.

– Aber das ist jetzt vorbei, Ma. Ich hab immer gesagt, wenn ich das erste Mal erwischt werd, dann wars das. Danach ist Schluß. Zeit, die Stiefel an den Nagel zu hängen. Finito. Ende der Fahnenstange. Das meinte ich ernst. Ma muß das wohl auch geglaubt haben, weil sie von was anderem anfängt.

– Und paß auf, was du sagst. Und du auch, sagt sie und dreht sich zu Billy um. Ich weiß nicht, wo ihr das herhabt, in meinem Haus habt ihr das jedenfalls nicht gehört.

Billy hebt zweifelnd die Augenbrauen und schaut mich an, und ich mach das gleiche, eine seltene Geste brüderlichen Einvernehmens.

Alle saufen sich ziemlich schnell einen an. Ma bringt Billy und mich in Verlegenheit und fängt von ihrer Periode an. Bloß weil sie siebenundvierzig ist und noch immer ihre Periode kriegt, meint sie, allen davon erzählen zu müssen.

– Ich war total ausgelaufen. Tampons helfen bei mir nich. Das is so, als ob du n Wasserrohrbruch mit ner *Evening News* stopfen willst, lacht sie laut und wirft den Kopf in dieser widerlichen »paar Carlsberg Special zuviel im Hafenarbeiter-Club Leith«-Schlampengeste zurück, die ich ja so gut kenne. Mir wird klar, daß Ma heute morgen was getrunken hat. Wahrscheinlich mit Valium gemixt.

– Is schon gut, Ma, sag ich.

– Jetzt erzähl nur nich, deine alte Mutter bringt dich in Verlegenheit? Sie nimmt mein schmales Kinn zwischen Daumen und Zeigefinger. – Ich bin nur froh, daß sie mir nich mein kleines Baby weggenommen ham. Er kanns nich ertragen, wenn ich ihn so nenne. Ihr werdet immer meine kleinen Babys bleim, ihr zwei. Weißte noch, wie ich dir dein Lieblingslied vorgesungen hab, als du noch so klein warst in deinem Buggy?

Ich biß die Zähne zusammen und spürte, wie ich nen trockenen Hals kriegte und ganz bleich wurde. Also wirklich, nein.

– Mamas kleiner Liebling mag Butterkeks, Butterkeks, Mamas kleiner Liebling mag Butter-, Butterkeks ... sang sie unmelodisch. Sick Boy stimmte spöttisch ein. Am liebsten wär ich anstelle des Glückspilzes Spud in den Knast gegangen.

– Möchte Mamas kleiner Liebling nochn Pint? fragte Begbie.

– Ja, ja, da könnt ihr auch noch singen. Singt ruhig, ihr verdammten Mistkerle! Spuds Ma war ins Pub gekommen.

– Tut mir wirklich leid, das mit Danny, Mrs. Murphy ... fing ich an.

– Leid! Ich geb dir leid! Ohne dich und diese Bande Abschaum wär mein Danny jetzt nicht in dem Scheißknast!

– Komm schon, Colleen, Liebes. Ich weiß, du bist aufgeregt, aber das is nicht fair. Ma stand auf.

– Ich erzähl dir was von fair! Der da wars! Sie zeigte verächtlich auf mich. – Der da hat meinen Danny an das Zeug gebracht. Und dann stellt er sich da hin und schwafelt im Gerichtssaal dieses ganze Zeug. Der da und die beiden. Zu meiner Erleichterung schloß ihr Zorn auch Sick Boy und Begbie ein.

Sick sagte nichts, erhob sich langsam von seinem

Stuhl und machte ein Gesicht, als wollte er sagen: »In meinem ganzen Leben bin ich noch nicht so beleidigt worden«, gefolgt von einem traurigen, herablassenden Kopfschütteln.

– Also, das ist doch die Höhe! schnauzte Begbie wütend. Für den Arsch gibts keine heiligen Kühe, nicht mal alte aus Leith, deren Junge gerade ins Gefängnis gekommen ist. – Ich rühr die Scheiße nich an, und ich hab zu Rents und Spud... Mark und Danny gesagt, daß sie doch blöd sind, das Zeug zu nehmen! Sick... Simon is seit Monaten sauber. Begbie, von seiner eigenen Entrüstung getrieben, stand auf. Er schlug sich mit der Faust auf die Brust, als wollte er sich davon abhalten, Mrs. Murphy eine zu kleben, und schrie sie an: – ICH WAR DAS ARSCHLOCH, DAS VERSUCHT HAT, IHN DAVON LOSZUKRIEGEN!

Mrs. Murphy drehte sich um und stürmte aus dem Pub. Ihr Gesichtsausdruck erschütterte mich; die völlige Niederlage stand dort geschrieben. Nicht nur, daß ihr Sohn im Gefängnis saß, nun war auch noch das Bild, das sie von ihm hatte, angekratzt. Ich hatte Mitleid mit ihr und verachtete Franco.

– Tja, im Waschhaus hat se ne große Schnauze, die da, meinte meine Ma, fügte dann aber nachdenklich hinzu, – aber ich weiß, wies ihr zumute is. Ihr Junge im Gefängnis. Sie sah mich an und schüttelte den Kopf. – Nichts als Ärger hat man mit ihnen, aber wegdenken kann man sie sich auch nich mehr. Wie gehts deinem Kleinen, Frank? Sie wandte sich an Begbie.

Ich erschauerte innerlich bei dem Gedanken, wie leicht Leute wie meine Ma sich von Typen wie Franco einwickeln ließen.

– Gut, Mrs. Renton. Wird schon verdammt groß.

– Nenn mich Cathy. Ich werd dir geben, Mrs. Renton! Da komm ich mir so alt vor.

– Biste doch auch, bemerkte ich. Das überhörte sie einfach, und es lachte auch keiner, nich mal Billy. Begbie und Sick Boy glotzten mich an wie mißbilligende Onkel n vorlautes Blag, das sie nich züchtigen dürfen. Ich war nun auf eine Ebene mit Begbies kleinem Baby gerutscht.

– N kleiner Junge oder, Frank? fragt meine Ma den Vater.

– Ja, genau. Ich sag zu Ju, sag ich, wenns n Mädchen wird, gehts gleich wieder zurück.

Ich konnte mir »Ju« so richtig vorstellen mit ihrer grauen, porridgefarbenen Haut, den fettigen Haaren und dem dürren Körper, an dem noch immer die ausgeleierte Haut schlabberte, ihr Gesicht ausdruckslos, erstarrt, wie tot; unfähig zu lächeln oder die Stirn zu runzeln. Das Valium hat ihre Nerven stillgelegt, und das Baby gibt wieder ein Geschrei von sich, daß es einen schaudert. Sie wird das Kind ebenso lieben, wie Franco das arme kleine Würmchen gleichgültig is. Es wird ne erstickende, nachsichtige, fraglose, verzeihende Liebe sein, die dafür sorgt, daß das Kind genauso wird wie der Vater. Sein Name stand schon auf der Liste für Ihrer Majestät Gefängnis Saughton, als es noch im Mutterleib steckte, so sicher, wie das Kind eines reichen Arschlochs nach Eton geht. Und während das abläuft, wird Daddy Franco genau dort sein, wo er jetzt is: in der Kneipe.

– Ich bin bald selber ne alte Oma! Gott, ist das zu glauben? Meine Ma sah Billy voller Bewunderung und Stolz an. Billy grinste albern. Seit er Sharon, seine Torte, geschwängert hatte, war er der Lieblingssohn meiner Eltern. Vergessen die Tatsache, daß der Arsch die Polizei öfter ins Haus geholt hat als ich; wenigstens hatte ich soviel Anstand, nich auf meine eigene Türschwelle zu scheißen. Aber da drauf is jetzt geschissen. Bloß weil er sich wieder, diesmal für sechs Jahre, zur Armee gemeldet und ne Schlampe geschwängert hat. Meine Eltern sollten den Arsch lieber mal fragen, was er aus seinem Leben macht. Aber nein. Bloß dieses stolze Grinsen.

– Wenns n Mädchen is, Billy, dann soll sies zurücknehm, wiederholte Begbie leicht schlurig. Der Alkohol tat langsam seine Wirkung. Noch son Arsch, der seit wer weiß wie lang schon säuft.

– So is recht, Frank, klopfte Sick Boy Begbie auf die Schulter, wollte ihn damit ermuntern, ihm den Rücken stärken, damit er wieder mal den einen oder anderen krassen Begbieklassiker abließ. Wir sammeln seine dümmsten, sexistischsten und gewalttätigsten Sprüche, um sie zu verwenden, wenn wir ihn nachäffen, wenn er nich dabei is. Da können wir uns glatt kranklachen. Bei dem Spiel gibts einen besonderen Touch: zu überlegen, wie er wohl reagiert, wenn er es rausfindet. Sick Boy hat sogar schon angefangen, hinter seinem Rücken Grimassen zu ziehen. Eines Tages wird einer von uns, oder wir beide, zu weit gehen und von Faust oder Flasche gezeichnet oder »der Disziplin eines Baseballschlägers« unterzogen werden (einer von Begbies Lieblingssprüchen).

Dann sind wir im Taxi nach Leith rüber. Begbie hatte angefangen, über die »Stadtpreise« zu grummeln und auf völlig irrationale Weise Leith als Unterhaltungszentrum anzupreisen. Billy stimmte ihm zu, weil er näher an Zuhause sein wollte und meinte, daß seine schwangere Maus wohl leichter zu besänftigen wär, wenn der beruhigende Anruf von einem Pub aus der Nähe käm.

Sick Boy hätte Leith heftigst runtergemacht, wenn ich nich schon damit angefangen hätte. Also machte der Arsch sich nen Riesenspaß daraus, n Taxi zu rufen. Wir gingen in ein Pub am Ende des Leith Walk, eins, das ich noch nie leiden konnte, in dem wir aber immer hängenblieben, jedenfalls kams mir so vor. Der fette Malcolm hinter der Theke gab mir nen doppelten Wodka aus.

– Hab gehört, du hast Bewährung gekriegt. Gut gemacht, Mann.

Ich zuckte die Schultern. N paar ältere Typen behandelten Begbie wien Hollywoodstar; hörten nachsichtig einer seiner Geschichten zu, die nich besonders lustig war und die sie wahrscheinlich schon viele Male gehört hatten.

Sick Boy gab ne Runde aus, machte nen Riesenaufstand deswegen und wedelte mit dem Geld rum.

– BILLY! LAGER? MRS. RENTON... ÄHM, CATHY! WAS DARFS SEIN? GIN UND BITTER LEMON? brüllte er von der Bar zum Ecktisch rüber.

Mir ging auf, daß Begbie, der gerade in eine verschwörerische Unterhaltung mit nem häßlichen quadratschädeligen Wichser vertieft war, n Typ von der Sorte, die man wie die Pest meidet, Sick Boy das Geld zugeschoben hatte, um ne Runde zu schmeißen.

Billy stritt sich mit Sharon am Telefon.

– Mein verdammter Bruder is grad noch mal um den Knast drumrum gekommen! Hat Bücher geklaut, tätlicher Angriff auf nen Angestellten in dem Laden, Drogenbesitz. Der verdammte Mistkerl kommt mit ner

Bewährung davon. Sogar Ma is hier! Da darf ich doch wohl noch feiern, verdammt ...

Er muß ziemlich verzweifelt gewesen sein, wenn er schon auf brüderliche Liebe machte.

– Da is Planet der Affen, flüsterte Sick Boy mir zu und nickte zu einem Typen rüber, der sich im Pub einen trank. Er sah aus wie einer aus dem Film. Wie immer war er besoffen und suchte Gesellschaft. Blöderweise kreuzten sich unsere Blicke, und er kam rüber.

– Interessierste dich für Pferde? fragt er.

– Nee.

– Interessierste dich für Fußball? lallt er.

– Nee.

– Rugby? Langsam klingt er verzweifelt.

– Nee, sag ich. Ob er nun auf was aus war oder bloß Gesellschaft suchte, war schwer festzustellen. Ich glaub nich, daß der Typ noch wußte, wer er selber war. Außerdem hatte er sowieso das Interesse an mir verloren und hielt sich an Sick Boy.

– Interessierste dich für Pferde?

– Nee. Ich hasse Fußball und Rugby und so n Krempel. Aber Filme mag ich. Vor allen Dingen *Planet der Affen*? Haste den schon mal gesehen? Den find ich toll.

– Ja! Ich erinnere mich dran! *Planet der Affen*. Der blöde Charlton Heston. Roddy Mc ... wie hieß der Junge noch? Kleiner Kerl. Weißt schon, wen ich meine. Er weiß, wen ich meine! Planet der Affen dreht sich zu mir um.

– McDowall.

– Genau! sagt er triumphierend. Er dreht sich wieder zu Sick Boy um. – Und wo haste deine Mieze heute?

– Häh? Wen? fragt Sick Boy verwirrt.

– Die kleine Blonde, mit der du letztens hier warst.

– Ach so, die.

– Netter kleiner Hintern ... wenns dir nichts ausmacht, wenn ich sowas sage. Nichts für ungut, Kumpel.

– Nee, kein Problem, Mann. Kannste für fünfzig Eier haben, kein Witz. Sick Boy spricht ganz leise.

– Im Ernst?

– Ja. Kein Scheiß, einfach n glatter Fick. Kost dich fünfzig Mäuse.

Ich traute meinen Ohren nicht. Sick Boy meinte es im Ernst. Er versuchte, die kleine Maria Anderson, die Junkiebraut, mit der er seit n paar Monaten immer mal wieder pennte, an Planet der Affen zu verscherbeln. Der Arsch wollte sie auf den Strich schicken. Mir war ganz schlecht bei dem Gedanken, wie weit es mit ihm schon gekommen war, wie weit es mit uns allen gekommen war, und beneidete erneut Spud.

Ich zieh Sick Boy beiseite. – Was zum Henker geht hier ab?

– Was hier abgeht? Ich kümmer mich um Numero Uno. Was isn los? Seit wann biste denn unter die Sozialarbeiter gegangen?

– Das ist was anderes, verdammt. Ich begreif nicht, was mit dir los is, Kumpel, echt nich.

– Ach, machste jetzt auf Saubermann, häh?

– Nee, aber ich leg niemanden rein.

– Verpiß dich. Erzähl mir bloß nich, daß du Tommy nich auf Seeker und die Meute gehetzt hast. Sick Boys Augen sind kristallklar und tückisch, ohne jede Spur von Schuldbewußtsein oder Mitgefühl. Er wendet sich ab und geht wieder zu Planet der Affen rüber.

Ich wollte sagen, daß Tommy die Wahl hatte; die kleine Maria nich. Das hätt bloß zu nem Streit darüber geführt, wo die Wahl begann und wo sie endete. Wie viele Schuß braucht man, bevor das Konzept der Wahl völlig hinüber is? Ich hab keine Ahnung. Ich hab von nix ne Ahnung.

Wie aufs Stichwort kam Tommy ins Pub. Second Prize, der völlig fertig war, hinter ihm her. Tommy hat angefangen, Heroin zu nehmen. Hat er früher nie. Is wahrscheinlich unsere Schuld, wahrscheinlich meine. Sonst war Tommy bloß auf Speed. Lizzy hat ihn abgeschafft. Er is fürchterlich still, fürchterlich gedrückt. Second Prize nich.

– Rents, der Junge, is davongekommen! Heh! Du altes Arschloch! brüllt er und zerquetscht mir die Hand.

Ein Chor von »There's only one Mark Renton« schallt durch das Pub. Der alte, zahnlose Willie Shane flippt aus. Begbies Großvater, n netter alter Sack mit einem Bein, auch. Begbie und zwei seiner Psychotenfreunde, die ich nich mal kenn, singen mit, Sick Boy und Billy auch, und sogar meine Ma.

Tommy klappst mir auf den Rücken. – Klasse gemacht, Mann, sagt er. Dann: – Haste was Stoff?

Ich sag ihm, er solls vergessen und lassen, solang er noch kann. Der Großkotz meint, daß er damit schon umgehen kann. Irgendwo hab ich den Satz schon mal gehört. Hab ich selbst gesagt, und wahrscheinlich werd ich ihn auch wieder sagen.

Ich bin umringt von den Typen, die mir am nächsten stehen, aber ich hab mich noch nie so einsam gefühlt. In meinem ganzen Leben noch nich.

Planet der Affen hat sich zu uns dazugemogelt. Die Vorstellung, daß der Arsch mit der kleinen Maria Anderson pennt, is nicht gerade ästhetisch verlockend. Die Vorstellung, daß der Typ mit irgendwem pennt, is nicht ästhetisch verlockend. Wenn er versucht, mit meiner Ma zu reden, zieh ich ihm n Glas über die Primatenrübe.

Andy Logan kommt ins Pub. Das is n ausgelassenes Kerlchen, der nach kleinen Gaunereien und Knast bloß so riecht. Ich hab Loags vor n paar Jahren kennengelernt, als wir beide als Parkwächter auf nem Golfplatz gearbeitet und tierisch Kohle gemacht haben. Der Tikketkontrolleur im Wagen der Parkaufsicht hatte uns den Job besorgt. Lukrative Zeiten; ich hab meinen Lohn nich angerührt. Ich mag Loags, aber unsere Freundschaft hat sich nie weiterentwickelt. Alles, was er kann, is über die guten alten Zeiten faseln.

Aber das machten gerade alle. Jedes Gespräch fing mit dem Satz an, »Weißte noch damals, als...«, und jetzt redeten wir gerade über den armen alten Spud.

Flocksy kam rein und winkte mich zur Theke rüber. Er fragte, ob ich was Stoff hab. Ich bin auf Entzug. Es is verrückt. Die reinste Ironie, daß ich wegen Bücherklau gekascht werd, wo ich grade versuch, klarzukommen. Aber das liegt an diesem Methadon, das is echt mörderisch. Krieg ich die Motten von. Damals in dem Buchladen, als dieses Arschgesicht unbedingt den Helden spielen mußte, war ich grade auf Methadon.

Ich erzähl Flocksy, daß ich auf Entzug bin, und er verschwindet einfach, ohne nochn Wort zu sagen.

Billy hat gesehen, wie ich mit ihm gesprochen hab, und geht ihm hinterher, aber ich geh rüber und halt ihn am Arm fest.

– Ich schlag diesen Haufen Scheiße zu Brei... zischt er durch die zusammengebissenen Zähne.

– Laß ihn, der is in Ordnung. Flocksy geht die Straße runter und kriegt von alledem nichts mit, kriegt gar nichts mit, was nich mit der Beschaffung von Heroin zu tun hat. – Verdammter Müll. Du verdienst nix anderes, wenn de mit diesem Dreck rumhängst.

Er geht wieder rein und setzt sich wieder hin, aber bloß weil er Sharon und June die Straße raufkommen sieht.

Als Begbie June im Pub sieht, starrt er sie vorwurfsvoll an.

– Wo is das Baby?

– Bei meiner Schwester, sagt June ängstlich.

Begbies wütender Blick, sein offener Mund und der starre Gesichtsausdruck wenden sich von ihr ab, und er versucht, diese Information aufzunehmen und zu entscheiden, ob er das gut oder schlecht findet oder obs ihm egal is. Schließlich dreht er sich zu Tommy um und teilt ihm freundschaftlich mit, daß er n ziemliches Arschloch is.

Was isn das hier? Billy geht einem furchtbar auf die Nerven mit seiner reaktionären Wut. Sharon glotzt mich an, als ob ich zwei Köpfe hätt. Ma is betrunken und führt sich auf wie ne Schlampe, Sick Boy ... der Arsch. Spud is im Knast. Matty im Krankenhaus, und keiner hat ihn besucht, keiner redet von ihm, als hätts ihn nie gegeben. Begbie ... verdammt, der strahlt regelrecht, und June schaut aus wien Haufen Knochen in dieser gräßlichen Jacke, im besten Falle eine wenig schmeichelhafte Bekleidung, aber bei ihr betont sie noch ihre abgerissene Formlosigkeit.

Ich geh aufs Klo, und als ich fertig bin mit Pinkeln, weiß ich, daß ich nicht wieder da reingehen und mir den Scheiß antun kann. Ich verschwinde durch den Nebenausgang. Noch vierzehn Stunden und fünfzehn Minuten, bis ich wieder Methadon krieg. Eine vom

Staat bezahlte Abhängigkeit: man ersetze nur Sgag durch diese widerlichen Dinger, drei am Tag, statt den Schuß. Ich hab in dem Programm wenig Junkies gesehen, die nich alle drei auf einmal nehmen und sich hinterher nochn Schuß holen. Bis morgen früh muß ich noch warten. Ich merke, daß ich nicht mehr so lange warten kann. Ich mach mich auf den Weg zu Johnny Swan, EINEN Schuß bloß, EINEN VERDAMMTEN SCHUSS, damit ich diesen langen harten Tag übersteh.

Junk-Dilemma Nr. 66

Mich rühren is ne echte Herausforderung. Dürft aber nich sein. Ich kann mich rühren. Is schon früher vorgekommen. Definitionsgemäß sind wir Menschen Materie, die sich bewegen kann. Bloß, wozu sich rühren, wo ich doch alles in Reichweite hab, was ich brauche? Aber bald werd ich mich wohl rühren müssen. Das mach ich, wenn mir schlecht genug is. Auch das weiß ich aus Erfahrung. Ich kann mir bloß nich vorstellen, daß mir jemals so schlecht sein könnte, daß ich mich rühren will. Das jagt mir einen Schrecken ein, weil ich mich wirklich bald rühren muß.

Das schaff ich schon noch; keine Bange.

TOTE HUNDE

Aah ... Feind in Sicht, wie der alte Bond gesagt hätte, und was fürn Anblick. Skinheadschnitt, grüne Bomberjacke, Doc Martens. Das Abbild eines Idioten, und der Wauwau brav hinter ihm her. Pitbull, Shitbull, Bullshit Terrier ... ein verdammtes Gebiß auf vier Beinen. Jetzt pißt er an nen Baum. *Komm her, Bursche, komm her.*

Toll, über nem Park zu wohnen. Ich behalte das Biest mit dem Zielfernrohr im Auge; vielleicht bild ich mir das bloß ein, aber das Gewehr scheint n bißchen nach rechts zu ziehen. Trotzdem, Simon is als Schütze gut genug, um diese Fehlfunktion seiner geschätzten Waffe, seines alten Luftgewehrs Kaliber 22, auszugleichen. Ich ziel auf den Skinhead, auf sein Gesicht. Dann seinen Körper rauf und runter, rauf und runter, rauf und runter ... *immer mit der Ruhe, Junge ... laß dir Zeit* ... keiner hat dem Arschloch jemals mehr Aufmerksamkeit, Sorgfalt ... ja, Liebe geschenkt, in seinem ganzen Leben nich. Ein tolles Gefühl zu wissen, daß man die Macht hat, von seinem eigenen Vorderzimmer aus derartige Schmerzen zuzufügen. *Nennen Sie mich den unsichtbaren Heckenschützen, Miß Moneypenny.*

Aber eigentlich hab ichs auf den Pitbull abgesehen; ich will ihn so reizen, daß er sein Herrchen angreift, will die rührende Mensch-Tier-Beziehung zerstören, zusammen mit den Eiern seines Besitzers. Ich hoff bloß, der Shitbull hat mehr Mumm als der blöde Rottweiler, auf den ich letztens geschossen hab. Ich hab das Mistvieh seitlich am Kopf getroffen, und hat der Drecksköter vielleicht sein blödes Herrchen in dem

Armee-Outfit angegriffen? Nee, das Mistvieh hat bloß gewimmert.

Man nennt mich Sick Boy, die Geißel der Mietskasernen, den Schläger der Hirntoten. Der hier is für dich, Fido oder Rocky oder Rambo oder Tyson oder wie immer dein hirnkranker und geistesgestörter Besitzer dich getauft hat. Der hier is für alle Kinder, die du gekillt, Gesichter, die du zerfleischt und Scheiße, die du auf unseren Straßen hinterlassen hast. Vor allem für die Scheiße, die du in den Parks läßt, Scheiße, die sich jedesmal auf Simons Körper wiederfindet, wenn er als Mittelfeldspieler für die Abbeyhill Athletic in der Lothian Sunday-Amateurliga die Blutgrätsche macht.

Jetzt sind Herr und Hund nebeneinander. Ich drücke ab und mache einen Schritt zurück.

– Super! Der Köter jault, springt den Skinhead an und gräbt dem Arsch die Zähne in den Arm. *Guter Schuß, Simon.* Oh, danke, Sean.

– SHANE! SHANE! DU BLÖDER KÖTER! ICH BRING DICH UM! SHAAYYNNE! brüllt der Bursche und tritt die Töle, aber gegen das Monster helfen seine Docs überhaupt nichts. Das Vieh hat einfach zugebissen, und diese Köter lassen nich mehr los; diese Wildheit is doch der einzige Grund, warum man so nen Mistköter überhaupt hat. Der Bursche flippt völlig aus, erst kämpft er, dann versucht er stillzuhalten, weil es zu schwer is zu kämpfen; abwechselnd bedroht er die beschissene Mordmaschine, dann wieder fleht er se an. N alter Sack kommt und will ihm helfen, macht aber wieder kehrt, als der Hund die Augen verdreht und knurrt, als wollt er sagen: Du kommst als nächster dran, du Arsch.

Ich in Nullkommanix die Treppe runter, den Alu-Baseballschläger in der Hand. Darauf hab ich gewartet, darum gehts mir. Der Mann is n Jäger. Ich hab nen ganz trockenen Mund vor Anspannung; Sick Boy is auf Safari. Da gibts noch ein kleines Problem, *Simon.* Ich glaub, das hab ich im Griff, Sean.

– HILFE! HILFE! kreischt der Skinhead. Er is jünger, als ich dachte.

– Schon gut, Kumpel. Immer mit der Ruhe, sag ich zu ihm. Keine Angst, Simon is ja da.

Ich schleich mich von hinten an den Köter ran; ich will nich, daß das Mistvieh losläßt und auf mich losgeht, auch wenn die Gefahr nich sehr groß ist. Dem Burschen tropft das Blut vom Arm, dem Köter aus dem Maul, und durchnäßt die Jacke des Jungen. Er denkt wohl, ich will dem Köter eins überbraten, aber genausogut könnte ich Renton oder Spud losschicken, um Laura McEwan sexuell zu befriedigen.

Statt dessen hebe ich vorsichtig das Hundehalsband an und schiebe den Schlägergriff durch. Ich dreh und dreh ... *Twist and shout*... Der Mistköter läßt nich lokker. Der Skinhead sinkt auf die Knie und klinkt vor Schmerzen fast aus. Ich dreh einfach weiter, und ich kann spüren, wie die dicken Muskeln im Hundehals langsam nachgeben, sich entspannen. Ich dreh weiter. *Let's twist again, like we did last summer.*

Der Köter schnappt n paarmal widerlich keuchend durch Nase und ersticktes Maul nach Luft, während ich das Mistvieh erwürge. Sogar in den letzten Zukkungen und sogar danach noch, wie er reglos wie n Sack Kartoffeln daliegt, läßt er nicht nach. Ich zieh den Schläger ausm Halsband und benutz ihn, um die Kiefer aufzustemmen und den Arm des Typen zu befreien. In der Zeit is die Polizei eingetroffen, und ich hab dem Burschen seine Jacke um den Arm gewickelt.

Der Skinhead singt vor der Polizei und der Besatzung des Krankenwagens n Loblied auf mich. Er ist sauer auf Shane, er kann noch immer nich begreifen, was in das liebe Hundchen, der »keiner Fliege was zuleide tun könnte«, das hat der Arsch echt gesagt, hat dieses widerliche Klischee in den Mund genommen, gefahren ist und in ein wahnsinniges Monstrum verwandelt hat. Diese Bestien können jederzeit umschlagen.

Sie führen ihn zum Krankenwagen, und der junge Bulle schüttelt den Kopf. – Sowas Bescheuertes. Diese Viecher sind einfach Killer. Is n Riesen-Ego-Trip für die blöden Kerle, so einen zu haben, aber früher oder später drehn sie alle durch.

Der ältere Polizist fragt mich höflich aus, warum ich nen Baseballschläger hab, und ich erzähl ihm, daß ich den aus Sicherheitsgründen hab, weil in der Gegend viel eingebrochen würde. Nich daß Simon, erkläre ich, auch nur im Traum daran dächte, das Recht selber in die Hand zu nehmen, aber, na ja, es gibt einem ein Gefühl von Sicherheit. Ich frage mich, ob auf dieser Seite des Atlantiks schon mal jemand nen Baseballschläger gekauft hat, um damit tatsächlich zu spielen.

– Das kann ich verstehen, meint der alte Bulle. Das wette ich, du Arsch. Die *Hüter des Gesetzes sind ziemlich dumm, mmh, Sean? Nicht gerade sehr eindrucksvoll, Simon.*

Die Typen erzählen mir, was fürn mutiger Kerl ich bin und daß sie mich für eine lobende Erwähnung vorschlagen werden. *Ach, danke, Officer, war doch nichts Besonderes.*

Heut nacht geht Sick Boy mal bei Marianne vorbei, will n bißchen Spaß haben. Nach Hundeart is bestimmt auch aufm Plan, und sei es bloß zum Gedenken an Shane.

Ich bin high wie sonstwas und scharf wie Lumpi. Das war n verdammt guter Tag.

AUF DER SUCHE NACH DEM INNEREN MANN

Ich bin noch nie im Knast gewesen wegen Drogen. Aber es ham schon n Haufen Arschlöcher probiert, mich zu rehabilitieren. Reha is doch Scheiße; manchmal denk ich, da bin ich lieber im Bau. Reha, da gibt man sich selber auf.

Die ham mich schon zu ner Reihe von Therapeuten geschickt, von Vertretern der klassischen Psychiatrie über klinische Psychologie bis hin zu Sozialarbeitern. Doktor Forbes, der Psychiater, hats mit nicht-leitenden Beratungstechniken auf der Grundlage Freudscher Psychoanalyse versucht. Dazu gehörte unter anderem, daß ich über meine Vergangenheit redete und mich auf ungelöste Konflikte konzentrierte, wahrscheinlich davon ausgehend, daß die Identifizierung und Lösung solcher Konflikte die Wut beseitigt, die mein selbstzerstörerisches Verhalten speist, wobei sich dieses Verhalten in meinem Mißbrauch harter Drogen manifestiert.

Ein tyisches Gespräch:

Dr. Forbes: Sie haben Ihren Bruder erwähnt, den

mit der, ähm, Behinderung. Den, der gestorben ist. Sollen wir über ihn reden?

(Pause)

Ich: Wozu?

(Pause)

Dr. Forbes: Sie wollen nicht über Ihren Bruder reden?

Ich: Nee. Ich seh halt nich, was das mit meiner Heroinsucht zu tun haben soll.

Dr. Forbes: Mir scheint, Sie haben etwa um die Zeit, als Ihr Bruder gestorben ist, angefangen, intensiv Drogen zu nehmen.

Ich: In der Zeit is n Haufen Scheiß gelaufen. Ich bin mir echt nich sicher, wie wichtig das is, den Tod meines Bruders da isoliert zu betrachten. Damals bin ich nach Aberdeen an die Uni. Ich habs gehaßt dort. Dann hab ich auf den Kanalfähren angefangen, nach Holland. Da kommt man an jeden Stoff, den man nur will.

(Pause)

Dr. Forbes: Ich möchte nochmal auf Aberdeen zurückkommen. Sie sagten, Sie haben Aberdeen gehaßt?

Ich: Ja.

Dr. Forbes: Was an Aberdeen haben Sie gehaßt?

Ich: Die Universität. Die Lehrer, die Studenten, alles, ich fand, daß das alles langweilige Spießerärsche sind.

Dr. Forbes: Ich verstehe. Sie waren nicht in der Lage, dort in Beziehung zu Leuten zu treten.

Ich: Na ja, in der Lage schon, aber ich wollte nich, obwohl, das kommt ja für Ihre Zwecke aufs selbe raus (unverbindliches Schulterzucken von Dr. Forbes) ... ich hatte einfach kein Interesse an den Ärschen da.

(Pause)

Also, ich hab da wirklich keinen Sinn drin gesehen. Ich wußte ja, daß ich sowieso nich lange bleib. Wenn ich was labern wollte, bin ich ins Pub. Wenn ich vögeln wollt, bin ich zu ner Nutte.

Dr. Forbes: Sie waren bei Prostituierten?

Ich: Ja.

Dr. Forbes: Weil Ihnen das Selbstvertrauen fehlte, soziale und sexuelle Beziehungen zu Frauen an der Universität eingehen zu können?

Ich: Nee, n paar Weiber hab ich schon kennengelernt.

Dr. Forbes: Und was geschah dann?

Ich: Ich war bloß an Sex interessiert, nich an ner Beziehung. Ich hatte auch nich die Motivation, das zu verschleiern. Ich hab die Frauen bloß als Mittel gesehen, meine sexuellen Bedürfnisse zu befriedigen. Dann fand ich, daß es einfach ehrlicher war, zu ner Nutte zu gehen, als Spielchen zu spielen. Damals war ich n ziemlich moralisches Arschloch. Also hab ich mein Stipendium für Nutten verplempert und Essen und Bücher geklaut. So hat das mit der Klauerei angefangen. Das lag nich so sehr am Stoff, aber geholfen hat der sicher auch nich.

Dr. Forbes: Hmm. Kommen wir auf Ihren Bruder zurück, den mit der Behinderung. Wie war das für Sie?

Ich: Ich weiß nich genau ... hören Sie, der Typ war einfach weg. Der war gar nich da. Völlig gelähmt. Hockte bloß da auf seinem Stuhl und hatte den Kopf auf der Seite. Er konnte bloß blinzeln und schlucken. Manchmal hat er so leise Töne von sich gegeben ... er war eher n Gegenstand, keine Person.

(Pause)

Ich glaub, als ich kleiner war, hab ich ihn verachtet.

Ich mein, meine Ma hat ihn im Kinderwagen rumgefahren. Son großer Riesenkerl in nem beschissenen Kinderwagen. Deshalb ham se uns doch ausgelacht, meinen großen Bruder Billy und mich. Wir mußten uns anhören: »Dein Bruder isn Spasti«, oder »Dein Bruder isn Zombi« und so Scheiß. Das warn bloß Kinder, ich weiß, aber damals kam mir das nich so vor. Weil ich als kleiner Junge groß und schlaksig war, hab ich geglaubt, daß mit mir was nich stimmte, daß ich irgendwie wie Davie war ...

(Lange Pause)

Dr. Forbes: Also haben Sie Ressentiments gegen Ihren Bruder gehegt.

Ich: Ja. Als kleiner Junge halt. Dann kam er ins Krankenhaus. Und da war das Problem dann irgendwie weg. Aus den Augen, aus dem Sinn. Ich hab ihn n paarmal besucht, aber irgendwie hatte das keinen Sinn. Es kam ja keine Reaktion, verstehen Sie? Irgendwie hab ich das halt als hartes Schicksal angesehen. Der arme Davie hat das beschissenste Blatt gekriegt, das es gibt. Verdammt traurig, aber da kann man ja nich den Rest seines Lebens drüber heulen. Das war schon das Beste für ihn, da war gut für ihn gesorgt. Als er starb, hatt ich Schuldgefühle, weil ich ihn verachtet hab und weil ich mich vielleicht nicht genug angestrengt hab. Aber was solls?

(Pause)

Dr. Forbes: Haben Sie schon früher über diese Gefühle gesprochen?

Ich: Nee ... na ja, vielleicht hab ich das mal meinen Eltern gegenüber erwähnt ...

So lief das immer. N Haufen Themen, die angesprochen wurden; manche belanglos, manche heavy, manche langweilig, manche interessant. Manchmal hab ich die Wahrheit gesagt, manchmal hab ich gelogen. Wenn ich gelogen hab, hab ich manchmal Sachen erzählt, von denen ich dachte, daß Forbes sie hören wollte, und manchmal Sachen, wo ich dachte, daß er sich drüber aufregt oder daß sie ihn verwirren.

Aber verdammt will ich sein, wenn ich da irgend ne Beziehung zwischen dem Kram und meinem Sgag gesehen hab.

N paar Sachen hab ich aber aus dem gelernt, was Forbes mir verriet und was meine eigenen psychoanalytischen Forschungen, wie mein Verhalten zu interpretieren ist, hergaben. Ich hab n ungeklärtes Verhältnis zu meinem toten Bruder Davie, weil ich nich in der Lage war, meine Gefühle über sein katatonisches Leben und seinen daraus folgenden Tod herauszuarbeiten oder auszudrücken. Ich hege ödipale Gefühle meiner Mutter und eine damit verbundene ungelöste Eifersucht meinem Vater gegenüber. Mein Drogenverhalten ist vom Konzept her anal, ein Flehen um Aufmerksamkeit, doch statt den Kot zurückzuhalten, um gegen die elterliche Autorität zu rebellieren, führe ich meinem Körper Sgag zu, um gegenüber der Gesellschaft im allgemeinen Macht über ihn zu beanspruchen. Bekloppt, nich?

Ob das stimmt oder nich, keine Ahnung. Ich hab ne Menge drüber nachgedacht, und ich bin gewillt, da weiterzubohren; ich hab keinerlei Abwehrhaltung dem gegenüber. Allerdings hab ich das Gefühl, daß das im Falle meiner Sucht im besten Fall von peripherer Bedeutung is. Ich glaub, Forbes is genauso aufgeschmissen wie ich.

Molly Greaves, die klinische Psychologin, beobachtete mein Verhalten und versuchte es zu ändern, ohne die Gründe für dieses Verhalten zu suchen. Forbes hatte anscheinend seinen Beitrag geleistet, und nun wars an der Zeit, daß ich wieder vernünftig wurde. Zu der Zeit war ich in nem Entzugsprogramm, das einfach nich funktionierte, danach in der Behandlung mit Methadon, aber das machte alles bloß noch schlimmer.

Tom Curzon, der Drogenberater, ein Kerl, der eher von der Sozialarbeit als von der Medizin herkam, stand auf klientenzentrierte Beratung nach Rogers. Ich bin in die Zentralbibliothek und hab Carl Rogers' »Entwicklung der Persönlichkeit« gelesen. Ich fand das Buch beschissen, aber ich muß zugeben, Tom kam dem, was möglicherweise die Wahrheit sein könnte, am nächsten. Ich verachtete mich selbst und die Welt, weil ich mich nich mit meinen eigenen Beschränkungen und denen des Lebens abfinden konnte.

Sinnlose Beschränkungen zu akzeptieren, scheint also geistige Gesundheit, nichtabweichendes Verhalten auszumachen.

Erfolg und Mißerfolg bedeuten einfach Befriedigung und Frustration des Begehrens. Begehren kann vorzugsweise internalisiert sein und auf individuellem Antrieb beruhen, oder extern, hauptsächlich gesteuert durch Werbung und gesellschaftliche Rollenmuster, die in den Medien und der populären Kultur verbreitet werden. Tom meint, daß mein Verständnis von Erfolg und Mißerfolg allein auf individueller Ebene abläuft und nicht auf einer individuell-gesellschaftlichen. Da ich gesellschaftliche Gratifikationen nicht anerkenne, kann Erfolg (und Niederlage) für mich stets nur kurzfristige Erfahrung sein, da diese Erfahrung nich durch die von der Gesellschaft sanktionierte Duldung von

Reichtum, Macht, Status, usw. oder im Falle einer Niederlage durch Stigma und Ablehnung aufrechterhalten wird. Tom zufolge isses also völlig sinnlos, mir zu sagen, daß ich die Examen gut bestanden oder einen guten Job bekommen hab oder mit ner netten Braut losgezogen bin; diese Art von Anerkennung bedeutet mir nichts. Natürlich genieße ich das eine Zeitlang, auch um ihrer selbst willen, aber ihr Wert kann nicht aufrechterhalten werden, weil ich die Gesellschaft, die sie hochschätzt, nich anerkenne. Was Tom mir also zu sagen versucht, is, daß ich n Scheißdreck drauf geb, glaub ich. Aber warum?

Also wieder zurück zu meiner Entfremdung von der Gesellschaft. Das Problem dabei is, daß Tom meine Ansicht nicht teilt, daß die Gesellschaft nicht wesentlich gebessert werden oder ich mich nicht ändern kann, um damit zurechtzukommen. Ein solcher Zustand führt zu Depressionen, die ganze Wut richtet sich nach innen. Das jedenfalls sei eine Depression, sagen sie. Allerdings führt Depression auch zu Demotivation. Eine Leere tut sich in einem auf. Der Stoff füllt diese Leere und hilft mir dabei, meinen Wunsch zu befriedigen, mich selbst zu zerstören; so also kehrt sich die Wut wieder nach innen.

Im allgemeinen muß ich Tom zustimmen. Wo wir anderer Meinung sind, is seine Weigerung, das Bild in all seiner Düsternis zu sehen. Er glaubt, daß ich unter mangelndem Selbstwertgefühl leide und ich mich weigere, das anzuerkennen, indem ich der Gesellschaft dafür die Schuld gebe. Er meint, daß meine Mittel, die Belohnungen und Belobigungen (und andersrum die Verdammung), die mir in der Gesellschaft angeboten werden, abzuschwächen, keine Ablehnung dieser Werte an sich beinhaltet, sondern Hinweis darauf is, daß ich mich nich gut genug (oder schlecht genug) fühle, um sie zu akzeptieren. Statt einfach zu sagen: ich glaub nich, daß ich diese Fähigkeiten hab (oder ich glaube, ich bin besser), sag ich: Is doch eh alles Scheiße.

Kurz bevor Hazel zu mir sagte, daß sie mich nich wiedersehen wollte, als ich zum zigsten Mal wieder mit Drogen anfing, hat sie zu mir gesagt: – Du willst dich doch bloß mit dem Zeug versauen, damit alle glauben, wie ungeheuer tief und scheißkomplex du bist. Das is doch jämmerlich und arschlangweilig.

In gewisser Hinsicht ziehe ich Hazels Betrachtungsweise allen anderen vor. Da steckt ein gewisses Ego-Element drin. Hazel versteht was von den Bedürfnissen des Ego. Sie is Schaufensterdekorateurin in einem Kaufhaus, schimpft sich aber »Konsumdisplay-Künstlerin« oder so ähnlich. Warum soll ich die Welt ablehnen und mich als was Besseres betrachten? Weil ich sie nun mal ablehne, darum. Und weil ich verdammt was Besseres bin, basta.

Das Ergebnis dieser Haltung war jedenfalls, daß man mich zu diesem Therapie/Beratungsscheiß geschickt hat. Das wollt ich alles gar nich. Entweder das oder Knast. Langsam denk ich, daß Spud die bessere Lösung erwischt hat. Diese Scheiße rührt alles bloß auf, verwirrt mehr, als sie klärt. Eigentlich will ich bloß, daß die Ärsche sich um ihren eigenen Kram kümmern, dann tu ich das auch. Warum glaubt eigentlich jeder Penner, er hat das Recht, mich auseinanderzunehmen und zu analysieren, bloß weil ich harte Drogen nehm?

Wenn du erst mal akzeptierst, daß die das Recht dazu haben, schließt du dich denen auf der Suche nach dem heiligen Gral, nach dem Dingsda, das einen zum Ticken bringt, an. Du beugst dich ihnen und läßt zu, daß man dir jede blödsinnige Verhaltenstheorie aufschwatzt, die sie dir anhängen wollen. Dann gehörst du ihnen, nicht mehr dir selber, die Abhängigkeit verschiebt sich von den Drogen zu diesen Leuten.

Die Gesellschaft erfindet eine völlig verdrehte Scheinlogik, um die Leute, deren Verhalten außerhalb des Mainstreams steht, zu absorbieren und zu ändern. Angenommen, ich kenn alle Für und Wider, weiß, daß ich n kurzes Leben haben werd, bei klarem Verstand bin undsoweiter, will aber immer noch Heroin nehmen? Das lassen die nich zu. Sie lassen es nich zu, weil sies als Zeichen für ihr eigenes Versagen deuten. Daß du dich einfach entschlossen hast, das, was sie dir zu bieten haben, abzulehnen. Entscheide dich für uns. Entscheide dich fürs Leben. Entscheide dich für Hypothekenraten; Waschmaschinen; Autos; entscheide dich dafür, auf der Couch rumzusitzen und bescheuerte, nervtötende Gameshows anzuglotzen, während du dir beschissenes Junkfood in den Mund stopfst. Entscheide dich dafür, langsam zu verrotten, dich im Pflegeheim vollzupissen und einzuscheißen, daß es deinen selbstsüchtigen, versauten Blagen, die du in die Welt gesetzt hast, peinlich ist. Entscheide dich fürs Leben.

Also, ich hab mich entschieden, mich nich fürs Leben zu entscheiden. Wenn die Ärsche damit nich klarkommen, is das deren Problem. Wie Harry Lauder sagt, ich hab einfach nur vor, den Weg bis zum Ende zu gehen …

HAUSARREST

Das Bett kommt mir bekannt vor, besser gesagt, die Wand gegenüber. Paddy Stanton mit seinen Siebziger-Jahre-Koteletten schaut auf mich herab. Iggy Pop hockt da und zertrümmert nen Stapel Schallplatten mit nem Tischlerhammer. Mein altes Zimmer im elterlichen Heim. Mein Kopf müht sich ab zusammenzukriegen, wie ich hergekommen bin. Ich kann mich noch an Johnny Swans Bude erinnern, dann an das Gefühl, gleich sterben zu müssen. Dann fällts mir wieder ein; Swanney und Alison ham mich die Treppe runtergeschleppt, mich in n Taxi gesetzt und dann ab in die Klinik.

Komisch, kurz davor hab ich noch damit geprahlt, daß ich in meinem ganzen Leben noch keine Überdosis hatte, fällt mir ein. Na ja, für alles gibts n erstes Mal. Swanney war schuld. Sein Stoff is meistens bis zum Gehtnichmehr gestreckt, also tuste immern bißchen mehr auf den Löffel, um das auszugleichen. Und was macht der Arsch? Er haut dir den reinen Scheiß um die Ohren. Das verschlägt einem glatt den Atem, und das kannste wörtlich nehmen. Das blöde Arschloch hat denen auch noch die Adresse von meiner Ma gegeben. Und so bin ich nachn paar Tagen Krankenhaus, wo sie meine Atmung stabilisiert ham, hierhergekommen.

Da häng ich nun in dieser Junkieschwebe: zu krank, um zu schlafen, zu müde, um wachzubleiben. Ein Dämmerreich der Sinne, in dem das einzig Reale das alles erdrückende, allgegenwärtige Elend und die Schmerzen in Kopf und Körper sind. Mit Schrecken stelle ich fest, daß meine Ma tatsächlich neben meinem Bett sitzt und mich schweigend ansieht.

Als ich das merk, könnt sie genausogut auf meiner Brust hocken, so erdrückt mich das.

Sie legt mir die Hand auf die schweißnasse Stirn. Ihre Berührung ist gräßlich, eklig, verletzend.

– Du glühst ja, Junge, sagt sie leise und schüttelt den Kopf, die Sorgen tief in ihr Gesicht gegraben.

Ich heb eine Hand über die Decke, um ihre Hand wegzuwischen. Sie deutet meine Geste falsch, nimmt sie in beide Hände und drückt fest und lähmend zu. Ich möcht am liebsten schreien.

– Ich helf dir, mein Sohn. Ich helf dir, gegen diese Krankheit zu kämpfen. Du bleibst hier bei mir und deinem Vater, bis es dir besser geht. Wir werden sie besiegen, mein Junge, wir werden sie besiegen!

Ihre Augen blicken angespannt und glasig, und in ihrer Stimme liegt missionarischer Eifer.

Klar, Ma, klar.

– Du schaffst es, mein Sohn. Doktor Matthews meint, der Entzug ist nicht schlimmer als ne schwere Grippe, sagt sie.

Wann hat der alte Matthews das letzte Mal nen Turkey gehabt? Am liebsten würd ich den gefährlichen alten Irren für vierzehn Tage in ne Gummizelle sperren, ihm n paar Spritzen Diamorphin verpassen und dann den Arsch n paar Tage allein lassen. Der würd mich anflehn, ihm was zu geben. Und ich würd bloß den Kopf schütteln und sagen: Nimms nich so tragisch, Kumpel. Was is denn? Is doch bloß wie ne üble Grippe.

– Hat er mir Temazepan verschrieben? frag ich.

– Nein! Ich hab ihm gesagt, nix von diesem Mist. Von dem biste ja noch schwerer losgekommen als vom Heroin. Krämpfe, Übelkeit, Durchfall... dir gings richtig dreckig. Keine Drogen mehr.

– Vielleicht sollt ich wieder ins Krankenhaus, Ma, schlag ich ihr hoffnungsvoll vor.

– Nein! Keine Krankenhäuser. Kein Methadon. Davon isses doch bloß noch schlimmer geworden, Junge, hast du selber gesagt. Du hast uns angelogen, Junge. Deine Mutter und deinen Vater. Du hast das Methadon genommen und dir doch wieder n Schuß besorgt. Aber diesmal is Schluß damit. Du bleibst hier, wo wir dich im Auge behalten können. Ich hab schon einen Jungen verloren, das passiert mir nich nochmal! Tränen stehen ihr in den Augen.

Arme Ma, sie gibt sich noch immer die Schuld für das versaute Gen, das dazu geführt hat, daß mein Bruder Davie als Gemüse auf die Welt gekommen is. Ihre Schuld, daß er ins Pflegeheim mußte, nachdem sie sich jahrelang mit ihm abgemüht hat. Ihre Verzweiflung über seinen Tod letztes Jahr. Ma weiß, was alle von ihr halten, die Nachbarn und so. Sie halten sie für ne schamlose Schlampe, wegen ihren blondgefärbten Haaren, den Klamotten, die zu jung für sie sind, und wegen ihrem freizügigen Konsum von Carlsberg Special. Sie glauben, sie und mein Vater haben Davies schwere Behinderung bloß dazu benutzt, um aus dem Sozialbau rauszukommen und von der Wohnungsgenossenschaft diese nette Wohnung am Fluß zugewiesen zu bekommen, um dann das arme Schwein einfach ins Pflegeheim abzuschieben.

Scheiß auf die Tatsachen, sind doch unwichtig, aber in einer Gegend wie Leith, wo s so viele neugierige Arschlöcher gibt, die sich nich um ihren eigenen Kram kümmern, werden diese kleinen Neidereien zum Teil der Mythologie. So viel enteignetes weißes Pack in einem Schrottland voller enteignetem weißem Pack.

Manche meinen, die Iren sind der Schrott Europas. Scheiße. Die Schotten sinds. Die Iren hatten zumindest den Mumm, ihr Land zurückzuerobern, wenigstens den größten Teil davon. Ich weiß noch, wie ich mich aufgeregt hab darüber, als Nicksys Bruder unten in London die Schotten als »Porridgenigger« beschimpft hat. Jetzt weiß ich, daß das einzig Beleidigende daran der Rassismus gegen die Schwarzen war. Ansonsten hat er vollkommen recht. Das erzählt einem jeder; die Schotten sind gute Soldaten. Wie mein Bruder Billy.

Selbst meinen Alten finden sie verdächtig. Seinen Glasgow-Akzent und daß er auf den Märkten in Ingliston und East Fortune Sachen verscherbelt, seit sie ihn bei Parson's entlassen haben, statt in *Strathy's Bar* rumzusitzen und über jeden Mist zu jammern.

Sie meinens ja bloß gut, und sie meinens ja bloß gut mit mir, aber es gibt nicht die leiseste Chance, daß sie begreifen, was ich durchmach, was ich brauch.

Schützt mich vor denen, die mir helfen wollen.

– Ma... ich finds ja lieb, was du da alles machst, aber ich brauch einfach nen Schuß, damit ich ruhiger werd. Bloß den einen, ich fleh dich an.

– Vergiß es, Junge. Mein Alter ist gerade ins Zimmer gekommen, ohne daß ich ihn gehört hab. Die Alte kommt gar nich dazu, was zu sagen. – Es gibt nichts mehr. Reiß dich zusammen, Junge, ich sags dir.

Sein Gesicht is ganz versteinert, das Kinn nach vorn gereckt, die Arme an den Seiten, als ob er sich mit mir prügeln wollte.

– Ja ... klar, murmel ich kläglich unter der Bettdecke hervor. Ma legt mir schützend die Hand auf die Schulter. Wir sind beide wieder zu Mutter und Kind regrediert.

– Hast alles versaut, sagt er drohend und verliest dann die Anklage: – Lehre. Universität. Das nette Mädchen, mit dem du zusammen warst. Die vielen Chancen, die du hattest, Mark, und du hast sie alle versaut.

Er muß mir gar nicht mehr erzählen, daß er solche Chancen nie gehabt hat, als er in Govan aufgewachsen is und mit fünfzehn von der Schule is und ne Lehre angefangen hat. Das versteht sich von selbst. Wenn mans genau überlegt, is das allerdings nich viel anders, als in Leith aufzuwachsen und mit sechzehn von der Schule zu gehn und ne Lehre anzufangen. Vor allen Dingen, weil er nicht in einer Zeit der Massenarbeitslosigkeit aufgewachsen is. Aber ich bin nich in dem Zustand, mich mit ihm zu streiten, und selbst wenn, mit Glasgowern lohnt sich das nich. Ich hab noch keinen aus Glasgow kennengelernt, der nich glaubte, daß sie die einzigen wirklich leidenden Proletarier in Schottland, Westeuropa, der ganzen Welt sind. In Glasgow harte Zeiten erlebt zu haben, das is die einzig wahre Erfahrung. Ich versuchs mal anders.

– Ähm, vielleicht fahr ich wieder nach London. Such mir n Job. Ich bin wohl im Delirium. Ich glaub schon, Matty is im Zimmer. – Matty ... Ich glaub, das hab ich wirklich gesagt. Die verdammten Schmerzen gehen los.

– Du spinnst dir was zusammen, Sohn. Du gehst nirgendwo hin. Sogar wenn du scheißen gehst, will ich das wissen.

Die Chancen dafür stehn ziemlich schlecht. Der Stein, den ich in meinen Gedärmen zusammengepreßt hab, müßte schon rausoperiert werden. Ich müßte tagelang Magnesiummilch runterwürgen, bis da was rauskäm.

Als der Alte endlich verduftet, schaff ich es, Ma n paar Valium abzuschwatzen. Nach Davies Tod war sie n halbes Jahr lang auf dem Zeug. Und weil sie die Sucht losgeworden is, hält sie sich jetzt für ne Expertin in Drogenentzug. Das is aber Sgag, verdammt, liebstes Mütterlein.

Ich steh unter Hausarrest.

Der Vormittag war nicht sehr gemütlich, aber im Vergleich zum Nachmittag das reinste Picknick. Der alte Herr kam zurück von seiner Informationsreise. Er hat Büchereien und Stellen beim Gesundheitsamt und Sozialberatungen aufgesucht, Nachforschungen angestellt, Rat gesucht, Broschüren gesammelt.

Er wollte mich zum AIDS-Test bringen. Aber ich will den ganzen Scheiß nich nochmal durchmachen.

Zum Abendessen steh ich auf und müh mich, hinfällig, gebeugt und zerbrechlich, die Treppe runter. Bei jedem Schritt steigt mir das Blut in den pochenden Schädel. An einem Punkt dachte ich, daß er einfach aufplatzt wien Ballon und das Blut, Knochensplitter und Hirnmasse auf Mas cremefarbene Rauhfaser klatschen.

Die alte Dame steckt mich in den Fernsehsessel neben dem Kamin und stellt mir n Tablett aufn Schoß. Meine Gedärme zucken sowieso schon wie wild, aber das Hackfleisch sieht einfach widerlich aus.

– Ich hab dir doch gesagt, daß ich kein Fleisch esse, Ma, sag ich.

– Du hast doch immer dein Hackfleisch mit Kartoffeln gemocht. Genau das is schief gelaufen, mein Junge, daß du dich falsch ernährt hast. Du brauchst doch Fleisch.

Es scheint offenbar einen kausalen Zusammenhang

zwischen Heroinsucht und vegetarischer Ernährung zu geben.

– Das is gutes Rinderhack. Das ißt du, sagt mein Vater. Es is einfach lächerlich.

In dem Augenblick dachte ich daran, zur Tür rauszustürmen, obwohl ich bloß Trainingsanzug und Hauslatschen anhatte. Der alte Herr scheint Gedanken lesen zu können und zieht nen Schlüsselbund aus der Tasche.

– Die Tür bleibt abgesperrt. Und an deine Zimmertür mach ich auch n Schloß dran.

– Das is der reinste Faschismus, sag ich voller Inbrunst.

– Komm mir nich mit diesem Scheiß. Du kannst so viel rumbrüllen, wie du willst; was sein muß, muß sein. Und paß in diesem Haus gefälligst auf, was du sagst.

Ma plappert aufgeregt los: – Dein Vater und ich, Junge, wir wollen das doch eigentlich gar nicht. Wirklich nicht. Aber wir lieben dich doch, Junge, du bist alles, was wir haben, du und Billy. Pa läßt seine Hand auf ihre sinken.

Ich kann das nich essen. Der alte Herr is nicht dazu bereit, mich zwangszuernähren, also muß er akzeptieren, daß das gute Rinderhack verschwendet is. Na ja, eigentlich nich, weil, er ißt es einfach selber. Statt dessen schlürf ich n bißchen kalte Heinz-Tomatensuppe, das is das einzige, was ich runterkrieg, wenn mir so übel is. Eine Weile scheine ich meinen Körper zu verlassen und schau mir ne Gameshow in der Glotze an. Ich konnte hören, wie mein Alter mit meiner Alten redete, konnte aber den Blick nich von dem häßlichen Gameshow-Moderator abwenden und den Kopf zu meinen Eltern drehen. Pas Stimme scheint fast aus dem Fernseher zu kommen.

– … hier steht, daß in Schottland acht Prozent der britischen Gesamtbevölkerung wohnen, es aber sechzehn Prozent aller HIV-Fälle gibt … *Und wie ist der Spielstand, Miss Ford?* … In Edinburgh wohnen acht Prozent der schottischen Bevölkerung, aber über sechzig Prozent der schottischen HIV-Fälle, die bei weitem höchste Rate in Großbritannien … *Daphne und John haben elf Punkte, aber Lucy und Chris fünfzehn*! … hier steht, daß sie auf die positiven Fälle in Muirhouse wegen was anderem gekommen sind, Hepatitis oder was, und dann das Ausmaß des Problems erst erkannt haben … *oh … oh … tut mir wirklich leid für die fairen Zweiten, einen herzlichen Applaus, Applaus* … also, die Dreckskerle, die das dem Jungen angetan haben, wenn ich die Namen rauskrieg, dann stell ich mir ne Gruppe zusammen und nehm sie mir mal selber vor, die Polizei kümmert sich ja einen Dreck darum und schaut einfach zu, wie sie den Mist auf den Straßen verhökern … *gehen aber nicht leer aus* … und selbst wenn er HIV-positiv ist, ist das noch nicht automatisch das Todesurteil. Mehr sag ich gar nicht, Cathy, das bedeutet nicht automatisch das Todesurteil … *Tom und Sylvia Heath aus Leek in Staffordshire* … er sagt, er hat sich nie Nadeln geteilt, aber er hat uns ja schon früher angelogen … *hier steht, Sylvie, daß du Tom kennengelernt hast, als er dir unter die Haube geschaut hat, na na* … ich sag doch nur falls, Cathy … *ach er hat Ihren Wagen repariert, ich verstehe* … hoffentlich hat er mehr Verstand gehabt … *beim ersten Spiel geht es um Treffsicherheit* … aber das ist nicht automatisch das Todesurteil … *und wer könnte uns das besser demonstrieren als mein alter Freund von der Königlich Britischen Gesellschaft der Bogenschützen, der unvergleichliche*

Len Holmes! ... mehr hab ich doch nicht gemeint, Cathy ...

Allmählich überkam mich eine lähmende Übelkeit, und das Zimmer begann sich zu drehen. Ich fiel aus dem Sessel und kotzte Tomatensuppe auf den Teppich vorm Kamin. Ich weiß nich mehr, wie ich ins Bett gekommen bin. *There goes my first love woo-hoo* ...

Mein Körper war ganz verdreht und zerschlagen. Mir war, als wenn ich auf der Straße zusammengebrochen wär und man einen Förderkorb auf mich herabgelassen hätt und ein Trupp mieser Straßenarbeiter ihn mit schwerem Baumaterial füllten, während sie gleichzeitig spitze Stangen drunterschoben und mich aufspießten. *With the guy I used to* ...

Wie spät isses, verdammt? Möcht wissen, wie spät 7:28. *I can't forget her* ...

Hazel

My heart is breaking woo-hoo when I see her ...

Ich werf die schwere Decke von mir und schau zu Paddy Stanton rüber. Paddy. Was mach ich bloß? Gordon Durie. He, Juke Box. Wie stehts? Warum haste uns verlassen, Juke Box, du Arsch. Iggy ... du weißt doch, wie das is. Hilf mir, Mann. HILF MIR.

Was haste mal über das alles gesagt?

DU BIST MIR AUCH KEINE HILFE, DU ARSCH ... ÜBERHAUPT KEINE HILFE ...

Blut fließt aufs Kissen. Ich hab mir in die Zunge gebissen. Ziemlich übel verletzt, so wies ausschaut. Jede einzelne Körperzelle will raus, jede einzelne Zelle is krank, tut weh, mariniert in reinem Gift.

Krebs

Tod

krank krank krank

Tod Tod Tod
AIDS AIDS Ihr könnt mich alle mal VERDAMMTE ARSCHLÖCHER ALLE ZUSAMMEN HAM SICH SELBST MIT KREBS ANGESTECKT - HATTEN KEINE WAHL HAMS VERDIENT
SELBER SCHULD AUTOMATISCHE TODESSTRAFE
WIRFST DEIN LEBEN EINFACH SO WEG MUSS DOCH NICHT GLEICH AUTOMATISCH DIE TODESSTRAFE SEIN ZERSTÖREN
ENTZUG
FASCHISMUS
NETTE FRAU
NETTE KINDER
NETTES HAUS
NETTER JOB
NETT
NETT DICH ZU SEHEN, DICH ZU SEHEN ...
NETT NETT NETT HIRNSCHADEN
DEMENZ
HERPES SOOR LUNGENENTZÜNDUNG
GANZES LEBEN NOCH VOR DIR DU LERNST N NETTES MÄDCHEN KENNEN UND KOMMST ZUR RUHE ...

Meine erste Liebe, immer noch

HASTE DIR DOCH SELBER ZUZUSCHREIBEN

Schlaf.

Noch größerer Schrecken. Schlaf ich oder wach ich? Wer weiß das schon, wen juckts? Mich nich. Der

Schmerz is immer noch da. Eins weiß ich genau. Wenn ich mich rühr, verschluck ich meine Zunge. Nettes Stück Zunge. Kanns gar nich mehr abwarten, daß meine Ma mir welche gibt, wie früher. Zungensalat. Vergifte deine Kinder.

Du wirst die Zunge essen. Das isn gutes, leckeres Stück Zunge, mein Sohn.

DU WIRST DIE ZUNGE ESSEN.

Wenn ich mich nicht rühre, rutscht mir die Zunge sowieso den Hals runter. Ich spür, wie sie sich bewegt. In wilder Panik setz ich mich auf und würge, aber es kommt nichts. Mir rast das Herz, und der Schweiß rinnt mir vom ausgemergelten Körper.

Was soll das sein, Schllllllaaaaaaaaffffff?

O Scheiße. Da is was in meinem Zimmer, es kommt aus der verdammten Zimmerdecke überm Bett.

N Baby. Die kleine Dawn kriecht an der Decke lang. Sie plärrt. Aber sie schaut zu mir herab.

– Du hast mich einfach sterben lassen, sagt sie. Das is nich Dawn. Nich das kleine Baby.

Nein, also das is doch Wahnsinn.

Das Baby hat scharfe Vampirzähne, und Blut tropft davon herab. Es is von krankem, gelbgrünem Schleim bedeckt. Seine Augen sind die von allen Psychopathen, die mir je begegnet sind.

– Du hast mich umgebracht verdammt hast mich einfach sterben lassen bis oben hin zu bloß die blöden wände angestarrt du beschissener zugeknallter junkiearsch ich reiß dir den arsch auf und freß dein verdammtes jämmerliches krankes graues junkiefleisch mit deinem junkieschwanz fang ich an weil ich als verdammte jungfrau krepiert bin nie werd ich vögeln nie werd ich make-up tragen und coole klamotten nie werd ich wer sein weil ihr beschissenen junkieärsche nie nach mir geschaut habt ihr habt mich einfach krepieren lassen habt mich einfach ersticken lassen ihr wißt genau wie das ist weil ich nämlich auch ne verdammte seele hab und ich weiß was schmerzen sind verdammte arschlöcher ihr selbstsüchtigen beschissenen junkiearschlöcher mit eurem beschissenen heroin ihr habt mir das leben genommen also werd ich dir jetzt den verdammten verseuchten pimmel abkauen WILLSTE EINEN GEBLASEN KRIEGEN WILLSTE EINEN GEBLASEN KRIEGEN WILLSTE EINEN

Es läßt sich von der Decke auf mich fallen. Meine Finger reißen und zerren an der weichen, plastilinen Haut und dem ekligen Schleim, aber die widerliche schrille Stimme schreit weiter und verhöhnt mich, und ich zucke und fahre zusammen und hab das Gefühl, das Bett steht senkrecht, und ich stürze durch den verdammten Fußboden ...

Was soll das sein, Schlllllaaaaaaaffffff?

Meine erste Liebe, dahin.

Dann lieg ich wieder im Bett und umklammere immer noch das Baby, wiege es sanft. Kleine Dawn. So was von schade. Is bloß mein Kissen. Auf dem Kissen is Blut. Vielleicht von meiner Zunge; vielleicht war die kleine Dawn doch hier.

Das Leben muß doch noch weniger zu bieten haben als das.

Noch mehr Schmerzen, dann noch mehr Schlaf/ Schmerzen.

Als ich meine Sinne wieder beisammen habe und zu Bewußtsein komme, geht mir auf, daß eine ziemliche Zeit vergangen ist. Wieviel, weiß ich nich. Die Uhr zeigt 14:21.

Sick Boy sitzt auf dem Stuhl und schaut mich an. Sein Gesichtsausdruck zeigt leichte Sorge, überlagert von gütiger und herablassender Verachtung. Er trinkt Tee und knabbert Schokolade, und mir fällt auf, daß Ma und Pa auch im Zimmer sind.

Worum gehts, verdammt?

Es geht um

– Simon is hier, verkündet Ma und bestätigt, daß ich nich halluziniere, es sei denn, daß das Trugbild Bild und Ton umfaßt. So wie Dawn.

Ich lächle ihn an. Dawns Daddy. – Alles klar, Si.

Der Bastard is ganz der Charmeur. Witzelndes, kumpelhaftes Gelaber mit meinem Glasgowarsch von Vater über Fußball, und wenn er mit meiner Alten redet, hört er sich an wie der besorgte Hausarzt und Freund der Familie.

– Bringt einfach nichts, Mrs. Renton. Ich will nich sagen, daß ich selber ganz unschuldig bin, wirklich nich, aber irgendwann kommt der Punkt, wo man diesem Unfug einfach den Rücken kehren und nein sagen muß.

Sag einfach Nein. Ganz einfach. Entscheide dich fürs Leben. Skin Care mit Heroin.

Meine Eltern können einfach nich glauben, daß der »junge Simon« (der vier Monate älter is als ich, und mich nennt keiner den »jungen Mark«) jemals was mit Drogen zu tun gehabt haben könnte, von jugendlichem Leichtsinn mal abgesehen. In ihren Augen is der junge Simon der personifizierte Erfolg. Da sind Jung-Simons Freundinnen, Jung-Simons tolle Klamotten, seine Sonnenbräune, seine Wohnung in der Stadt. Selbst Jung-Simons Ausflüge nach London betrachten sie als farbenprächtige Kapitel im Leben eines liebenswerten Kavaliers aus Leiths übelsten Sozialbauten, den

Bannana Flats, während meine Trips in den Süden in ihren Augen unweigerlich etwas Schäbiges und Ungesundes haben. Der junge Simon kann gar nichts falsch machen. Sie betrachten den Arsch als eine Art Peter Pan der Videogeneration.

Und, taucht Dawn vielleicht in Sick Boys Träumen auf? Nein.

Auch wenn sie es noch nie offen gesagt haben, glauben Ma und Pa, daß mein Drogenproblem mit meinem Umgang mit »diesem Murphy« zu tun hat. Das kommt daher, weil Spud n fauler, schmuddeliger Bastard is, der immer so geistesabwesend wirkt, als ob er auf Drogen is, selbst wenn er clean is. Spud könnte keine abgewiesene Flamme mit nem üblen Kater nerven. Auf der anderen Seite wird Begbie, dieser völlig abgedrehte Psychopath, als archetypisches Modell des männlichen Schotten hochgehalten. Kann schon sein, daß so manche arme Sau sich die Splitter eines Bierglases aus dem Gesicht pult, wenn Franco erstmal lostobt, aber der Bursche arbeitet hart, da muß er sich auch mal austoben undsoweiter undsoweiter.

Nachdem ich eine Stunde lang von allen Beteiligten wie der letzte Trottel behandelt worden bin, verlassen meine Eltern das Zimmer, überzeugt davon, daß Sick Boy wirklich drogenfrei is und nich vorhat, ihrem Nachwuchs n bißchen H zuzuschieben, was noch schlimmer is.

– Wie in alten Zeiten hier oben, was? Sagt Sick Boy und schaut sich zu meinen Postern um.

– Wart mal, ich hol das Tippkick und die dreckigen Heftchen. Als Lüttels ham wir auf Pornohefte gewichst. Aber als der Hengst, der er heute is, will Sick Boy an die Anfänge seiner sexuellen Entwicklung nich gern erinnert werden. Er wechselt das Thema, typisch.

– Dir gehts ja ziemlich dreckig, sagt er. Was erwartet der Arsch eigentlich unter diesen Umständen?

– Kannst wohl glauben. Mir is echt schlecht, Si. Du mußt mir n bißchen Sgag besorgen.

– Keine Chance. Ich bleib sauber, Mark. Wenn ich wieder anfange, mit Losern wie Spud und Swanny rumzuhängen, dann bin ich in Nullkommanix wieder drauf. Nix drin, sagt er, pustet durch die geschürzten Lippen und schüttelt den Kopf.

– Danke, Kumpel. Dein Mitgefühl haut mich um.

– Ach, hör schon auf zu jammern. Ich weiß, wie schlimm das is. Ich hab das auch n paarmal durchgemacht, und das vergeß ich nicht. Du bist jetzt n paar Tage runter. Das Schlimmste haste schon fast hinter dir. Ich weiß, es is hart, aber wenn du jetzt wieder anfängst, dann wars das. Nimm weiter die Valium. Ich besorg dir n bißchen Hasch fürs Wochenende.

– Hasch? Hasch! Du bist vielleicht n Komiker. Genausogut könnteste den Hunger in der Dritten Welt mit ner Schachtel Tiefkühlerbsen bekämpfen.

– Hör doch mal, Mann. Wenn die Schmerzen vorbei sind, fängt der eigentliche Kampf erst an. Depressionen. Langeweile. Ich sag dir, Mann, dir wirds so dreckig gehen, daß du dich am liebsten alle machen willst. Du brauchst was, damit du durchkommst. Als ich von dem Stoff runter bin, hab ich angefangen zu saufen wien Loch. Ne Zeitlang hab ich ne Pulle Tequila am Tag weggeputzt. Sogar Second Prize wars in meiner Gesellschaft schon peinlich! Aber jetzt bin ich vom Saufen runter und hab Frauen. Er zeigt mir n Foto. Darauf sind Sick Boy und ne richtig klasse Maus.

– Fabienne. Französin. War im Urlaub hier. Das Bild is am Scott's Monument aufgenommen. Nächsten Monat fahr ich zu ihr nach Paris. Dann weiter nach Korsika. Ihre Familie hat da n kleines Haus. Es is einfach tierisch, Mann. Ne Frau französisch reden zu hören, wenn du sie vögelst, das turnt vielleicht an.

– Ja, aber was sagt sie? Ich wette, sie sagt: Dein Schwonz iest, wie sagt man, so winzisch, 'ast du schon ongefongen ... Ich wette, das sagt sie auf Französisch.

Sick Boy wirft mir dieses geduldige, herablassende Lächeln zu, das besagt: Bist du bald fertig?

– Über dieses Thema hab ich mich letzte Woche mit Laura McEwan unterhalten. Sie hat mir gegenüber angedeutet, daß du auf dem Gebiet Probleme hattest. Hat mir erzählt, daß beim letzten Mal, als sie bei dir gelandet ist, keine rechte Freude aufgekommen ist.

Ich grinse gequält und zucke mit den Schultern. Und ich hab gedacht, die Katastrophe hätt ich hinter mir.

– Sie sagte, mit dem Fingerhut, den du frecherweise Penis nennst, könntest du dich noch nich mal selbst befriedigen, von anderen ganz zu schweigen.

Beim Thema Schwanzgröße kann ich Sick Boy nichts erzählen. Seiner is größer, da gibts gar keinen Zweifel. Als wir jünger waren, ham wir im Fotoautomaten an der Waverley Station Bilder von unseren Dingern gemacht. Dann ham wir die Fotos hinter die Glasscheiben in den alten grauen Bushäuschen geklemmt, damit die Leute sie sahen. Wir nannten das unsere öffentliche Kunstausstellung. Mir war aufgefallen, daß Sick Boys Ding größer war, also hab ich meinen Schwanz so hoch wie möglich vor die Linse gehalten. Unglücklicherweise is der Arsch bald drauf gekommen und hat dasselbe gemacht.

Über das besondere Thema meines Fiaskos bei Laura McEwan konnte ich noch weniger sagen. Laura is bekloppt. Im besten Falle schüchtert sie einen ein. Nach ner Nacht mit ihr hatt ich mehr Narben am ganzen Körper, als ich jemals von den Nadeln gekriegt hab. Ich hatte mich dafür entschuldigt, wies mir ging. Das macht einen so fertig, daß die Leute einfach keine Ruhe geben können. Sick Boy is fest entschlossen, jedem Wichser zu erzählen, was fürn Versager ich im Bett bin.

– Schon gut, geb ich zu, das war ne beschissene Vorstellung. Aber ich war blau und zugeknallt, und sie hat mich ins Bett gezerrt, nich andersrum. Was hat sie denn erwartet, die Kuh?

Sick Boy kichert bloß. Der Bastard gibt einem immer das Gefühl, daß er noch mehr erstklassiges Material hat, mit dem er einen runtermachen kann, das er sich für andere Gelegenheiten aufhebt.

– Tja, Kumpel, denk nur, was du so verpaßt. Letztens hab ich in den Gardens rumgeschnüffelt. Überall Schulmädchen. Brauchst bloß n Joint anzuzünden, schon umschwirren sie dich wie Fliegen die Scheiße. Haufenweise Mädchen. Überall ausländische Schnitten, und manche lechzen geradezu danach. Ich hab sogar n paar kleine Süße in Leith gesehen. Wo wir gerade von kleinen Süßen reden, Mickey Weir war am Samstag an der Easter Road echt verdammt gut. Alle Jungs ham gefragt, wo du bist. Und denk dran, Iggy Pop und die Pogues kommen bald. Wird langsam Zeit, daß du dich zusammenreißt und anfängst, n verdammtes Leben zu führen. Du kannst dich doch nich den Rest deiner Tage in abgedunkelten Zimmern verstekken.

Die Scheiße von dem Penner hat mich nich weiter interessiert.

– Ich brauch echt bloß n kleinen Schuß, Si, damit ich leichter runterkomm. Bloß n bißchen Methadon …

– Wenn du brav bist, kriegste vielleicht n Schluck Dünnbier. Deine Ma hat gesagt, daß sie dich am Freitag abend mit in den Dockerclub nimmt; aber bloß, wenn du dich anständig benimmst.

Kaum war der herablassende Arsch gegangen, vermißte ich ihn auch schon. Er hatte mich abgelenkt. Es war wie in alten Zeiten, aber eher in dem Sinn, daß es mich daran erinnerte, wie sehr sich alles verändert hatte. Irgendwas war geschehen. Junk war geschehen. Ob ich nun damit lebte, daran starb oder ohne weiterlebte, ich wußte, nichts würde mehr so sein wie früher. Ich mußte aus Leith, aus Schottland verschwinden. Für immer. Auf der Stelle, nicht bloß fürn halbes Jahr nach London. Mir waren die Beschränkungen und die Häßlichkeit dieser Gegend klar geworden, ich konnte sie nicht mehr im alten Licht sehen.

In den folgenden Tagen ließen die Schmerzen langsam nach. Ich fing sogar an zu kochen. Jeder Idiot unter der Sonne glaubt, daß seine Ma die beste Köchin der Welt is. Das dachte ich auch, bis ich meine eigene Bude hatte. Da merkte ich, daß meine Ma ne beschissene Köchin is. Also hab ich angefangen zu kochen. Der Alte macht sich über das »Karnickelfutter« lustig, aber ich glaub, insgeheim mag er meine Chillis, Curries und Aufläufe. Der Alten sind meine Übergriffe auf ihr Territorium, wie sie es sieht, nich ganz recht und sie blökt rum, von wegen wie wichtig doch Fleisch in der Ernährung wär; aber ich denke, es schmeckt ihr doch.

Allerdings sind die Schmerzen nun einer grauenvollen, heftig tiefen Depression gewichen. Eine derart umfassende und totale Hoffnungslosigkeit, nur durchbrochen von Angstschüben, hab ich noch nie erlebt. Sie lähmt mich derart, daß ich dasitze, das Fernsehprogramm hasse und trotzdem denke, daß was ganz Fürchterliches passiert, wenn ich umschalte. Ich sitze da, und mir platzt gleich die Blase, aber ich hab viel zu große Angst aufzustehen und aufs Klo zu gehen, weil auf der Treppe ja was lauern könnt. Sick Boy hat mich davor gewarnt, und Ähnliches hab ich früher selber schon erlebt, aber keine Vorwarnungen oder frühere Erfahrungen können einen wirklich darauf vorbereiten. Dagegen is der schlimmste Kater n idyllischer feuchter Traum.

My heart is breaking, woo-hoo. Ein kurzer Knopfdruck. Dem Himmel sei Dank für die Fernbedienung. Ein Klick, und schon bewegst du dich von einer Welt in die andere. Ich sehe, wie sie den Ersatz für die ausgeleierte Sportausrüstung umarmt, und schon labert der Typ irgendwas über den eklatanten Mangel an genauen Angaben aus Einnahmen- und Ausgabenkontrollen, die gesammelt werden können, um auf größerem Gebiet die Vorteile zu bemessen und zu bewerten, was ihre Wirksamkeit und Schnelligkeit betrifft, und das sei ja etwas, worauf der Steuerzahler, der ja die Rechnung zu begleichen hat, ein

– Kaffee, Mark? Willst du einen Kaffee? fragt Ma.

Darauf weiß ich keine Antwort. Ja, bitte. Nein, danke. Ich mag und ich mag nicht. Sag nichts. Soll Ma entscheiden, ob ich nen Kaffee will oder nich. Übertrage, delegiere diese Ebene der Macht, diese Entscheidung auf sie. Übertragene Macht is bewahrte Macht.

– Ich hab hier n nettes kleines Kleidchen für Angelas Kleine, sagt Ma und hält was hoch, das man tatsächlich bloß als nettes kleines Kleidchen bezeichnen könnte. Ma scheint nicht klar zu sein, daß ich nich weiß, wer Angela is, ganz zu schweigen von dem Kind, für das dieses nette kleine Kleidchen gedacht is. Ich nicke bloß und lächle. Mas und mein Leben sind schon vor Jahren auf völlig verschiedene Bahnen geraten. Der Berührungspunkt is stark, liegt aber im dunkeln. Ich könnt sagen: Ich hab n nettes kleines Stückchen Sgag von Seekers Kumpel gekauft, dem Arsch mit den vorstehenden Zähnen, dessen Name mir entfallen is. Genau: Ma kauft Kleidchen für Leute, die ich nich kenn, ich kauf Sgag von Leuten, die sie nich kennt.

Pa läßt sich n Schnäuzer wachsen. Mit seinen kurzgeschnittenen Haaren wird er aussehen wien emanzipierter Homosexueller, ein Klon. Freddie Mercury. Er hat keine Ahnung von der Kultur. Ich erklärs ihm, aber er tut es ab.

Am nächsten Tag ist der Schnäuzer allerdings verschwunden. Pa »hat keine Lust«, ihn wachsen zu lassen. In Radio Vier singt Claire Grogan »Don't talk to me about love«, und Ma is in der Küche und kocht Linsensuppe. Im Kopf singe ich schon den ganzen Tag »She's lost control« von Joy Division. Ian Curtis. Matty. Ständig denk ich an die beiden; dabei is das einzige, was sie gemeinsam haben, ihr Todestrieb.

Mehr is über den Tag nich zu sagen.

Am Wochenende isses nich mehr so schlimm. Sie hat mir n bißchen Gras besorgt, aber es war bloß der übliche Edinburgh-Standard-Hasch, und das is meistens Scheiße. Ich hab Spacecake davon gebacken, das war besser. Am Nachmittag auf meinem Zimmer war ich sogar n bißchen high. Ich hab zwar immer noch keine Lust rauszugehen, vor allen Dingen nich mit Ma und Pa in den beschissenen Dockerclub, aber ich hab beschlossen, mich ihnen zuliebe zusammenzureißen, die brauchen auch mal ne Abwechlung. Ma und Pa lassen selten nen Samstagabend im Club aus.

Auf unsicheren Beinen geh ich die Great Junction Street lang, und mein Alter nimmt den Blick nich von mir, falls ich abhauen will. Am Leith Walk treffe ich auf Mally, und wir quatschen kurz miteinander. Der Alte mischt sich ein, schiebt mich weiter und schaut Mally an, als wollt er diesem bösen Pusher die Beine brechen. Armer Mally, der nich mal nen Joint anrührt. Lloyd Beattie, der vor Jahren mal n guter Kumpel von mir war, bevor wir alle herausfanden, daß er die eigene Schwester gevögelt hatte, nickt mir kurz zu.

Im Club grinsen die Leute meine beiden Alten breit an; mich bloß gequält. Hinter mir flüstern sie und nicken in meine Richtung, dann Stille, als wir uns an einen Tisch setzen. Pa klopft mir auf die Schulter und zwinkert, und Ma lächelt mich herzzerreißend zärtlich und erstickend nachsichtig an. Die beiden sind eigentlich gar nich so übel. Ehrlich gesagt, lieb ich die beiden bis zum Umfallen.

Ich überdenke, wie das wohl für die ist, daß ich mich so entwickelt hab. Eine echte Schande. Aber immerhin bin ich noch da. Die arme Lesley wird niemals erleben, daß die kleine Dawn groß wird. Verdammt, ja, Lesley, die soll jetzt im Southern General Hospital in Glasgow liegen und an der Maschine hängen. Paracetamol. Sie is nach Glasgow gezogen, um von der Heroinszene in Muirhouse wegzukommen, und dann isse mit Skreel und Garbo nach Possil gezogen. Für manche armen

Schweine gibts kein Entrinnen. Harakiri war Lesleys beste Chance.

Swanny zeigte sich wieder mal von seiner sensibelsten Seite: – Die Scheiß-Glasgower kriegen heutzutage den besten Stoff. Die sind auf diesem reinen pharmazeutischen Scheiß, und wir müssen alle möglichen Pillen zerstampfen, die wir in die Finger kriegen. Das ganze gute Zeug is bei denen doch bloß verschwendet, die meisten drücken ja nich mal. Die rauchen und schnupfen Sgag, so ne Verschwendung, zischte er verächtlich. – Und die bescheuerte Lesley, die hätte dem Weißen Schwan ruhig mal was von dem Zeug abgeben können. Und, gibt sie mir was ab? Nein. Hockt einfach da und tut sich selber leid wegen dem Baby. Is schon schlimm, versteh mich nich falsch. Aber wann hat man schon mal so ne Gelegenheit? Frei zu sein von der Verpflichtung als alleinstehende Mutter und so. Sollte meinen, daß sie das nutzt und sich entfalten kann.

Frei von Verpflichtungen. Klingt gut. Ich wär gern frei von der Verpflichtung, in diesem beschissenen Club zu hocken.

Jocky Linton kommt rüber und setzt sich zu uns. Sein Kopf sieht aus wien Ei, das auf der Seite liegt. Er hat schwarze, graugefleckte Haare. Er trägt n blaues T-Shirt und zeigt seine Tätowierungen. Auf einem Arm steht »Jocky & Elaine – Wahre Liebe stirbt nie« und auf dem anderen »Scotland« mit nem brüllenden Löwen. Unglücklicherweise hat die wahre Liebe ins Gras gebissen, Elaine is schon vor Ewigkeiten verduftet. Jetzt lebt Jocky mit Margaret zusammen, die haßt die Tätowierung, aber jedes Mal, wenn er sich ne andere Tätowierung drübermachen lassen will, kneift er und redet sich mit der Angst vor AIDS raus, wegen der Nadeln.

Das is Quatsch, ne lahme Ausrede, weil er noch immer für Elaine schwärmt. Am besten erinnere ich mich bei Jocky, wie er auf Partys sang. Meistens sang er *My Sweet Lord* von George Harrison, das war sein Paradestück. Aber den Text hat er nie ganz in den Griff gekriegt. Er kannte bloß den Titel und »I really want to see you Lord«, und der Rest war nur la-la-la-la-la-la-la.

– Da-vie. Ca-thy. Siehst-toll-aus-heu-t-a-bend, Sü-ße. Dreh-dich-ja-nich-um, Ren-ton, sonst-brenn-ich-mit-ihr-durch! Alter-Glas-gower-Gau-ner. Jocky spuckte seine Silben immer wie ne Kalaschnikow aus.

Die Alte macht auf geziert, und von ihrem Gesichtsausdruck wird mir leicht anders. Ich versteck mich hinter nem Pint Lager, und zum ersten Mal in meinem Leben bin ich froh über die absolute Stille beim Club-Bingo. Üblicher Ärger darüber, daß jedes Wort, das ich sag, von Idioten überwacht wird, wird von einem Gefühl reinsten Glücks verdrängt.

Ich hätt »Bingo« rufen müssen, aber ich wollte nix sagen und damit die Aufmerksamkeit auf mich lenken. Aber das Schicksal – und Jocky – waren wohl entschlossen, keine Rücksicht auf meinen Wunsch nach Anonymität zu nehmen. Der Arsch sieht meine Karte.

– BINGO! Das-bis-du, Mark. Er-hat-Bin-go. HIER! Woll-nich-mal-ru-fen. Komm-schon-Jun-ge. Reiß-dich-ge-fäl-ligst-zu-sam-men.

Ich lächle Jocky gütig an und wünsche dem neugierigen Arsch gleichzeitig nen baldigen, gewaltsamen Tod an den Hals.

Das Lager schmeckt wie der Inhalt einer verstopften Latrine mit Kohlensäure. Nach einem Schluck muß ich heftig und krampfhaft erwürgen. Pa klopft mir auf den Rücken. Danach rühr ich mein Glas nich mehr an, aber Jocky und mein alter Herr ziehen sich in aller Ruhe eins nach dem anderen rein. Margaret kommt, und schon bald kamen sie und meine Alte bei Wodka Tonic und Carlsberg Special ziemlich gut voran. Die Band fängt an zu spielen, worüber ich mich zuerst freue, weil ich dann nichts reden muß.

Ma und Pa stehen auf und tanzen zu *Sultans of Swing*.

– Ich mag die Dire Straits, bemerkt Margaret. – Die spielen zwar für die Jüngeren, aber die Älteren mögen die Musik auch.

Ich bin fast geneigt, diese blödsinnige Bemerkung zu widerlegen. Statt dessen begnüge ich mich damit, mit Jocky über Fußball zu quatschen.

– Rox-burgh-braucht-n-Tor-schüt-zen. Das-is-die-schlech-te-ste-schot-ti-sche-Na-tio-nal-mann-schaft, die-ich-je-ge-se-hen-ha-be,behauptet Jocky, den Unterkiefer vorgereckt.

– Is doch nich seine Schuld. Du kannst doch bloß mit dem Schwanz pissen, den de hast. Gibt doch nix anders.

– Ja, stimmt-schon ... a-ber-ich-möch-te-gern, daß-John-Raw-lin-son-noch-wei-ter-macht. Hat-er-ver-dient. Schott-lands-be-stän-dig-ster-Tor-schüt-ze.

Wir führen unseren rituellen Streit weiter, und ich versuche, wenigstens eine Spur von Leidenschaft aufzubringen, um ihn mit Leben zu erfüllen, scheitere allerdings kläglich.

Mir fällt auf, daß Jocky und Margaret die Anweisung haben, darauf zu achten, daß ich nich verschwinde. Sie wechseln sich gegenseitig ab beim Wacheschieben, und die vier gehen nie zur selben Zeit tanzen. Jocky und meine Ma tanzen zu *The Wanderer*,

Margaret und mein Pa zu *Jolene,* Ma und Pa zu *Rollin' Down The River,* Margaret und Jocky zu *Save The Last Dance For Me.*

Als der fette Sänger mit *Song Sung Blue* anfängt, zieht mich meine Alte wie ne Stoffpuppe auf die Tanzfläche. Unter den Scheinwerfern bricht mir der Schweiß aus, meine Ma zieht ihre Nummer durch, und ich zucke unsicher rum. Die Erniedrigung wird noch schlimmer, als ich feststelle, daß die Säcke doch tatsächlich n Neil-Diamond-Medley spielen. Ich muß *Forever In Blue Jeans, Love On The Rocks* und *Beautiful Noise* über mich ergehen lassen. Als sie dann auch noch *Sweet Caroline* spielen, bin ich kurz vorm Zusammenbruch. Die Alte zwingt mich, die andern Idioten nachzuäffen, die Hände in die Luft zu strecken und zu winken, während sie singen:

– HAAANDS ... TOUCHING HAAANDS ... REACHING OUUUT ... TOUCHING YOOOU ... TOUCHING MEEE ...

Ich werf nen Blick zum Tisch rüber; Jocky, Leiths wahrer Al Jolson is in seinem Element.

Nach dieser Tortur wartet noch eine weitere auf mich. Mein Alter schiebt mir nen Zehner zu und meint, ich soll mal ne Runde holen. Heute abend stehen offenkundig die Entwicklung des Sozialverhaltens und die Stärkung des Selbstbewußtseins auf dem Programm. Ich trag das Tablett zur Theke rüber und stell mich an. Ich sehe zur Tür und fühle den neuen Schein in meiner Hand. N paar Körnchen bloß. In ner halben Stunde könnt ich bei Seeker oder Johnny Swan, der Mutter Oberin, sein und mich aus diesem Alptraum rausschießen. Dann sehe ich meinen Alten in der Tür stehen, der mich anglotzt wie n Türsteher nen möglichen

Unruhestifter. Bloß daß seine Rolle darin besteht, dafür zu sorgen, daß ich hierbleib, nich mich rauszuschmeißen.

Völlig krank.

Ich dreh mich wieder um und seh Tricia McKinlay, mit der ich in der Schule war. Eigentlich möchte ich mit niemandem reden, aber ich kann sie nich einfach so stehenlassen, jetzt, wo sie mich wiedererkennt und lächelt.

- Alles klar, Tricia?

- Ach, hallo Mark. Lange nich gesehen. Wie gehts?

- Nich übel. Und dir?

- Na, du siehst ja. Das ist Gerry. Gerry, das ist Mark, er war in der Schule in meiner Klasse. Ganz schön lange her, was?

Sie stellt mich einem griesgrämigen, verschwitzten Gorilla vor, der in meine Richtung grunzt. Ich nicke.

- Ja. Kommt mir auch so vor.

- Triffst du dich noch mit Simon? Alle Weiber fragen ständig nach Sick Boy. Nicht auszuhalten.

- Ja. Er hat mich vor n paar Tagen besucht. Er fährt nach Paris. Dann Korsika.

Tricia lächelt, und der Gorilla glotzt mißfällig. Der Typ hat n Gesicht, dem einfach alles in der Welt mißfällt, und er sieht aus, als will er sich mit allen anlegen. Das is einer von der Sutherland-Sippe, da bin ich mir sicher. Tricia hätte bestimmt auch was Besseres gefunden. In der Schule hatte sie n Haufen Verehrer. Ich hab immer in ihrer Nähe rumgehangen, in der Hoffnung, daß die Leute glauben, ich würd mit ihr gehen, in der Hoffnung, ich würde *tatsächlich* mit ihr gehen, durch so ne Art Osmose. Irgendwann hab ich sogar meine eigene Propaganda geglaubt und mir eine herzliche

Ohrfeige eingefangen, als ich versucht hab, ihr die Hand untern Pullover zu stecken, als wir an der stillgelegten Eisenbahnstrecke waren. Aber Sick Boy hat sie gefickt, die Sau.

– Schon immer ziemlich rumgekommen, unser Simon, sagt sie mit sehnsüchtigem Lächeln.

Papa Simon.

– Ja, stimmt. Minderjährige vögeln, Zuhälterei, Drogenhandel, Erpressung. So is unser Simon. Die Verbitterung in meiner Stimme überrascht mich. Sick Boy is mein bester Kumpel, na ja, Sick Boy und Spud... und Tommy vielleicht. Warum mach ich den Kerl schlecht? Bloß weil er seine elterlichen Pflichten vernachlässigt, besser gesagt gar nicht erst angefangen hat, seine Rolle als Vater wahrzunehmen? Wahrscheinlich eher, weil ich den Arsch beneide. Dem is alles egal. Und weil ihm alles egal is, kann er auch nich verletzt werden. Nie.

Na, wie auch immer, jedenfalls is Tricia völlig fertig.

– Ähm ... ja, bis dann mal, Mark.

Die beiden verschwinden schnell, Tricia trägt das Tablett mit den Gläsern, und der Sutherland-Gorilla (jedenfalls glaub ich, daß er einer von den Sutherlands is), dessen Fingerknöchel fast über die polierte Tanzfläche schaben, wirft mir einen Blick zu.

Das war total daneben, so schlecht über Sick Boy zu reden. Aber es macht mich krank, wenn der Kerl einfach so davonkommt und ich als der große Bösewicht in dem Stück dasteh. Na ja, jedenfalls seh ich das so. Sick Boy hat seine eigenen Ängste, seinen eigenen Schmerz. Wahrscheinlich hat er auch mehr Feinde als ich. Bestimmt. Ach, was solls.

Ich trag die Gläser an den Tisch zurück.

– Alles klar, mein Junge? fragt mich Ma.

– Wie neugeboren, Ma, wie neugeboren, sag ich, versuche wie James Cagney zu klingen und scheitere kläglich; wie meistens. Egal, Mißerfolg, Erfolg, was is das eigentlich? Interessiert doch keinen. Wir leben, dann sterben wir, und das alles in ner ziemlich kurzen Zeitspanne. Das wars; Ende der Fahnenstange.

ERWISCHT

Es ist ein wunderschöner Tag. Das soll wohl heißen

Konzentrier dich. Auf das, was ansteht. Meine erste Beerdigung. Jemand sagt mit sanfter Stimme: – Komm, Mark. Ich trete vor und greif mir das Ende des Seils.

Ich helf meinem Vater und meinen Onkeln Charlie und Dougie, die sterblichen Überreste meines Bruders ins Grab hinabzulassen. Die Armee hat alles übernommen. Überlassen Sie das ruhig uns, hat der Bestattungsoffizier mit sanfter Stimme zu Ma gesagt. Überlassen Sie das uns.

Ja, dies is die erste Beerdigung, bei der ich gewesen bin. Meistens werden die Leute ja verbrannt heutzutage. Ich frag mich, was eigentlich in der Kiste is. Nich viel von Billy, soviel steht fest. Ich schau rüber zu Ma und Sharon, Billys Mieze, die von ner Gruppe Tanten getröstet wird. Lenny, Peasbo und Naz, Billys Kumpel, sind da, zusammen mit n paar Freunden aus der Kompanie.

Billy Boy, Billy Boy. Hallo, hallo, wir sind die. Hat doch damit nichts zu

Andauernd fällt mir diese alte Nummer von den

Walker Brothers ein, die, die Midge Ure gecovert haben: *There's no regrets, no tears, goodbye, I don't want you back* undsoweiter undsoweiter.

Ich spüre kein Mitleid, bloß Wut und Verachtung. Ich hab gekocht, als ich den beschissenen Union Jack auf seinem Sarg liegen sah, und hab den arschkriecherischen Schlappsack von Offizier beobachtet, der offensichtlich nich in seinem Element war, wie er versuchte, mit meiner Ma zu reden. Aber noch viel schlimmer, diese verdammten Glasgower, die Familie von meinem Alten, sind in Massen hier aufgetaucht. Die reden bloß Scheiße, von wegen daß er im Dienst fürs Vaterland gestorben is und diesen unterwürfigen Dreck. Billy war einfach n blöder Hund, das is alles. Kein Held, kein Märtyrer, bloß n blöder Hund.

Dann fing ich an, nervös zu kichern, und beinahe hätts mich völlig gepackt. Ich wär fast vor Lachen umgefallen, als Charlie, der Bruder meines Vaters, mich am Arm packte. Er starrte mich feindselig an, aber das tut der Arsch ja immer. Effie, seine Frau, zieht den Wichser beiseite und sagt: – Der Junge is ganz durcheinander. So isser nun mal, Chick. Der Junge is durcheinander.

Geht euch endlich mal waschen, ihr verstunkenen Glasgower Arschlöcher.

Billy Boy. So haben sie ihn als kleinen Jungen immer gerufen. Andauernd hieß es: alles in Ordnung, Billy Boy? Bei mir hieß es nur: Schon gut, Junge, wenn ich hinterm Sofa schmollte.

Billy Boy, Billy Boy. Ich weiß noch, wie du auf mir draufgehockt bist. Ich war hilflos an den Boden gepreßt. Die Luftröhre zu einem Strohhalm zusammengedrückt. Während mir die Luft aus Lunge und Hirn wich, flehte ich, daß Ma endlich ausm Presto zurückkam, bevor du mir die Seele aus dem dürren Körper drücktest. Der Geruch nach Pisse, ein feuchter Fleck in deiner kurzen Hose. War es wirklich so aufregend, Billy Boy? Na hoffentlich. Heute kann ich dir nicht mehr böse sein deswegen. Damit hast du immer n Problem gehabt; diese Ausscheidung von Exkrementen und Urin zu unpassenden Gelegenheiten, die Ma in den Wahnsinn trieb. Was is die beste Mannschaft, hast du mich gefragt und hast fester gequetscht, gebohrt oder verdreht. Keine Gnade, bis ich Hearts gesagt hab. Sogar nachdem wir euch am Neujahrstag 1973 in Tynecastle sieben zu null geschrubbt ham, hast du mich immer noch gezwungen, Hearts zu sagen. Ich hätte wohl stolz darauf sein sollen, daß eine Äußerung von mir mehr Gewicht hatte als das tatsächliche Spielergebnis.

Mein geliebter Bruder diente Ihrer Majestät, als er in der Nähe des Stützpunkts in Crossmaglen in Irland, in dem Teil unter britischer Herrschaft, auf Patrouille war. Sie hatten ihr Fahrzeug verlassen, um die Straßensperre zu überprüfen, als es WUMM! SST! PENG! PLINGG! machte, und schon waren sie hin. Keine drei Wochen vor Ablauf seiner Zeit.

Er starb als Held, sagen sie. Ich erinnere mich an den Song: *Billy, don't be a hero.* Tatsächlich starb er als Arsch in Uniform, rannte auf ner Landstraße rum, Gewehr in der Hand. Er starb als unwissendes Opfer des Imperialismus, ohne einen blassen Schimmer von den unzähligen Umständen, die zu seinem Tod führten. Das war das größte Verbrechen, er hatte keinen blassen Schimmer. Alles, was er hatte, um sich durch dieses große Abenteuer in Irland zu bringen, das ihm den Tod eingebracht hat, waren seine vagen sektiererischen Vorstellungen. Der Arsch starb so, wie er gelebt hatte: als kompletter Blödmann.

Sein Tod war gut für mich. Er war in den *News at Ten*. Nach Warholschen Begriffen hatte der Arsch also seine posthumen fünfzehn Minuten Ruhm. Die Leute sprachen ihr Beileid aus, und wenn es auch unangebracht war, war cs doch ganz nett, es entgegenzunehmen. Man kann die Leute ja nicht enttäuschen.

Irgend n Schwein der herrschenden Klasse, n Staatssekretär oder sowas, sagt mit Oxbridge-Stimme, was fürn mutiger junger Mann Billy doch gewesen wär. Dabei war er genau die Sorte Arsch, die als gemeiner Verbrecher gebrandmarkt worden wäre, wenn er nich im Dienste Ihrer Majestät, sondern im Zivilleben gestanden hätte. Und diese wandelnde Abtreibung behauptet doch tatsächlich, daß seine Mörder gnadenlos gejagt werden. Na, sollen sie mal. Den ganzen Weg bis ins verdammte Parlament.

Ich genieße einfach solche kleinen Siege gegen diesen Abschaum, dieses Werkzeug der Reichen, die nein nein nein

Billy is immer von den Sutherland-Brüdern und deren Gefolge gequält worden, die ihn ganz schön das Fürchten ha ha lehrten, wenn sie um ihn herumtanzten und grölten: DEIN BRUDER IS N SPASTI, einer der großen Gassenhauer in Leith in den siebziger Jahren, meistens dann aufgeführt, wenn die Beine zu müde wurden, um Fußball zu spielen, zweiundzwanzig gegen zweiundzwanzig. Redeten die über Davie oder doch über mich? Na, egal. Sie haben mich jedenfalls nich gesehen, als ich von der Brücke runterschaute. Billy, dein Kopf blieb gesenkt. Ohnmacht. Na, wie fühlt man sich damit, Billy Boy? Nich gut. Ich weiß, weil

Is schon komisch am Grab. Spud is da, clean, grad frisch aus Saughton. Tommy und die anderen. Es is irre, Spud sieht kerngesund aus und Tommy wie ne aufgewärmte Leiche. Totaler Rollentausch. Davie Mitchell, n guter Kumpel von Tommy, n Typ, mit dem ich mal auf ner Baustelle als Schreiner gearbeitet hab, is auch gekommen. Davie hat sich bei ner Mieze AIDS geholt. Mutig von dem Kerl zu kommen. Das nenn ich wirklich mutig. Begbie is auf Urlaub in Benidorm, grad wo ich die fiese Ausstrahlung des Mistkerls und seine Fähigkeit zum Chaos gut brauchen könnt. Ich könnte seine unmoralische Unterstützung gegen meine Glasgower Verwandtschaft brauchen. Sick Boy is immer noch in Frankreich und lebt seine Phantasien aus.

Billy Boy. Ich weiß noch, wie wir uns das Zimmer geteilt haben. Wie ich das jahrelang ausgehalten hab, is mir

Die Sonne hat Kraft. Ich kann verstehen, wenn die Menschen sie anbeten. Sie is da, wir kennen sie, wir können sie sehen, und wir brauchen sie.

Du hattest das Vortrittsrecht in dem Zimmer, Billy. Du warst fünfzehn Monate älter als ich. Wer die Macht hat, hat das Recht. Du hast magergesichtige, bös glotzende, kaugummikauende Mädchen mitgebracht, um sie zu vögeln oder wenigstens heftig zu befummeln. Sie glotzten mich mit androider Verachtung an, als du mich mit meinem Tippkick aus dem Zimmer gejagt hast, ganz egal, wer grade bei mir war. Ich erinner mich besonders, wie du einen Liverpool- und zwei Sheffield Wednesday-Spieler völlig unnötig zertreten hast. Völlig unnötig, aber andererseits erfordert völlige Unterwerfung auch ihren Symbolismus, richtig, Billy Boy?

Meine Cousine Nina sieht ungeheuer scharf aus. Sie hat lange dunkle Haare und trägt einen knöchellangen schwarzen Mantel. Scheint n bißchen auf Grufti zu machen. Wie ich sehe, verstehn sich n paar von Willies Soldatenkumpel und meine Glasgower Onkel, und ich ertapp mich dabei, wie ich *The Foggy Dew* pfeife. Einer der Soldaten, mit großen, vorstehenden Zähnen, kriegt das mit und starrt mich überrascht und dann wütend an, also werf ich dem Arsch ne Kußhand rüber. Er glotzt kurz und schaut dann weg, der Arsch. Gut. Karnickelsaison.

Billy Boy, ich war der andere Spastibruder, der, der nie gefickt hat, wie du deinem Kumpel Lenny erzählt hast. Lenny hat gelacht und gelacht, bis er fast n Asthmaanfall gekriegt hat. Das war nich besonders, Billy, nein, du widerliches dummes Stück.

Ich blinzle Nina heftig zu, und sie lächelt peinlich berührt. Mein Vater siehts und kommt zu mir rübergedampft.

– Der kleinste Scheiß von dir, und das wars dann. Hast du mich verstanden?

Seine Augen wirkten müde und saßen tief in ihren Höhlen. An ihm war eine traurige und beunruhigende Verletzlichkeit, die ich noch nie zuvor bemerkt hatte. Das wollte ich ihm sagen, aber ich verachtete ihn, weil er diesen ganzen Affenzirkus hier zugelassen hatte.

– Ich geh schon mal nach Hause, Vater. Ich seh mal nach Ma.

Eine Unterhaltung in der Küche, die ich irgendwann mal mitgehört hab.

Vater: – Irgendwas stimmt nich mit dem Jungen,

Cathy. Is den ganzen Tag drin. Das is doch nich normal. Ich mein, schau dir doch mal Billy an.

Ma erwidert: – Der Junge ist eben anders, Davie, das is alles.

Anders als Billy. Kein Billy Boy. Du erkennst ihn nich am Krach, sondern an der Stille. Wenn er hinter dir her is, dann kommt er nich schreiend angerannt und verrät sich, aber er kommt. Hallo, hallo. Wiedersehn.

Tommy, Spud und Mitch nehmen mich mit. Reinkommen wollen sie nich. Sie verdrücken sich schnell. Ich seh meine Alte ganz aufgelöst, wie sie sich von ihrer Schwester Irene und Schwägerin Alice aus dem Taxi helfen läßt. Die Glasgower Tanten glucken im Hintergrund rum, und ich kann diesen fürchterlichen Akzent hören; bei nem Mann schon schlimm genug, aber bei ner Frau einfach widerlich. Diese alten Leute mit ihren scharfgeschnittenen Gesichtern, wie mit der Axt gehauen, schauen nich so aus, als fühlten sie sich wohl. Offenbar is ihr Ding eher ne Beerdigung eines älteren Verwandten, wo s was abzustauben gibt.

Ma packt Sharon, Billys Mieze, die ne Riesenente im Ofen hat, am Arm. Warum zum Teufel packen die Leute bei Beerdigungen einander am Arm?

– Er hätt ne anständige Frau aus dir gemacht, Liebe. Du warst sein ein und alles. So wie sies sagte, klangs eher so, als versuchte sie, Sharon und sich gleich mit zu überzeugen. Arme Ma. Vor zwei Jahren hatte sie drei Söhne, jetzt bloß noch einen, der n Junkie is. Das is ungerecht.

– Glaubst du, ich krieg was von der Armee? höre ich Sharon meine Tante Effie fragen, als wir ins Haus gehen. – Ich erwart doch sein Kind … is doch Billys Kind … fleht sie.

– Glaubst du, daß der verdammte Mond aus grünem Käse is? frag ich.

Glücklicherweise scheinen alle viel zu sehr versunken zu sein, um darauf zu reagieren.

Wie Billy. Als ich unsichtbar wurde, fing er an, mich zu ignorieren.

Billy, meine Verachtung für dich is im Laufe der Jahre bloß noch größer geworden. Sie trat an die Stelle der Angst, quetschte sie raus wie Eiter aus nem Pickel. Aber da gibts ja noch die Klinge. Eine große Gleichmacherin, eignet sich sehr gut, um körperliche Nachteile auszugleichen; wie Eck Wilson im zweiten Jahr in der Schule zu seinen Ungunsten feststellen mußte. Nachdem du den Schock überwunden hattest, hast du mich dafür geliebt. Zum ersten Mal als Bruder respektiert und geliebt. Ich verachtete dich nur um so mehr.

Du wußtest, deine Macht war im Eimer, nachdem ich die Klinge entdeckt hatte. Das haste gewußt, du blödes Schwein. Die Klinge und die H-Bombe. Genau wie die Nee. Nich die verdammte H-Bombe. Nich.

Ich finds immer peinlicher und ungemütlicher. Die Leute füllen ihre Gläser und sagen, was für n toller Kerl Billy doch war. Mir fällt absolut nichts Gutes über ihn ein, also halt ich den Mund. Blöderweise kommt einer aus seiner Einheit, der hasenzähnige Typ, dem ich n Kuß zugeworfen hab, zu mir rüber. – Du bist sein Bruder, sagt er, und seine Beißerchen hängen zum Trocknen raus.

Hätt ich mir gleich denken können. Noch son Glasgower bigotter Protestant. Kein Wunder, daß er mit der Sippe von meinem Vater auskommt. Jetzt stand ich da im Rampenlicht. Alle glotzten mich an. Verdammtes nervendes Karnickel.

– Ja, wirklich, wie du schon sagtest, sein Bruder, stimme ich ihm fröhlich zu. Ich spüre, wie die Ablehnung gegen mich wächst. Ich muß der Menge was bieten.

Die beste Möglichkeit, den richtigen Ton zu treffen, ohne mich allzu sehr der kranken Scheinheiligkeit zu beugen, die hier als Anstand verkauft wird und den Raum erfüllt, is, mich an die Klischees zu halten. In solchen Augenblicken mögen die Menschen Klischees, weil sie real werden und tatsächlich was bedeuten.

– Billy und ich waren uns nie einig ...

– Na ja, vive le difference ... meint Kenny, ein Onkel aus der Sippe meiner Ma, und will mir damit unter die Arme greifen.

– ... aber wir hatten eins gemeinsam, und das war: Wir mochten beide nen guten Schluck und nen guten Witz. Wenn er uns jetzt sehen könnt, dann würd er sich scheckig lachen, wie wir hier mit langen Gesichtern rumhocken. Er würd sagen, macht euch n schönen Tag, verdammich! Die Freunde sind hier und die Familie. Wir ham uns doch seit ewig nich gesehen.

Ein paar Postkarten:

Für Billy

Fröhliche Weihnachten und ein Gutes Neues Jahr
(Außer zwischen 15 Uhr und 16:40 Uhr
am Neujahrstag)

von Mark

Mark **Fröhliche Weihnachten und ein Gutes Neues Jahr** **Billy** **HMFC OK**

Billy, **Herzlichen Glückwunsch** **zum Geburtstag** **Mark**

Dann von Billy und Sharon

Mark **Herzlichen Glückwunsch** **zum Geburtstag** **Billy und Sharon**

In Sharons Handschrift, die irgendwie

Das Glasgower weiße Pack, das sich die Familie meines Vaters schimpft, kam jeden Juli zum Marsch der Orangisten hoch, manchmal auch, wenn die Rangers in der Easter Road oder in Tynecastle spielten. Am liebsten wär mir gewesen, wenn die Arschlöcher in Drumchapel geblieben wärn. Aber sie nehmen meinen rührenden kleinen Tribut an Billy gut auf und nicken ernst. Alle außer Charlie, der mich durchschaut.

– Für dich is das alles bloß n Spiel, stimmts?

– Wenn dus genau wissen willst, ja.

– Du tust mir leid. Er schüttelt den Kopf.

– Tu ich dir nich, sag ich zu ihm. Er verschwindet, noch immer den Kopf schüttelnd.

Danach gibts noch n paar McEwan's Export und Whisky. Tante Effie fängt an zu singen, durch die Nase, klingt nach Country. Ich geh zu Nina rüber.

– Bist ja ne richtig kleine Süße geworden, weißte das? sabbel ich angesäuselt. Sie schaut mich an, als hätte sie das schon mal irgendwo gehört. Ich wollte ihr vorschlagen, das wir uns verdünnisieren und ins *Fox* rübergehen oder vielleicht in meine Bude in der Montgomery Street. Is das etwa verboten, seine Cousine zu vögeln? Wahrscheinlich. Alles andere is doch auch verboten.

– Tut mir leid wegen Billy, sagt sie. Ich merk schon, sie hält mich fürn totalen Wichser. Natürlich hat sie vollkommen recht. Ich hab jeden Typen über zwanzig für das Letzte gehalten, mit dem es sich nich zu reden lohnt, bis ich selbst zwanzig wurde. Und je mehr Menschen ich kennenlerne, um so mehr glaub ich, daß ich recht hatte. Danach is alles bloß noch n häßlicher Kompromiß, ängstliche Kapitulation, immer mehr, bis zum Tod.

Unglücklicherweise hat Charlie bzw. Chick-chicy-chic-chicky-chicky, das Interesse in meiner Stimme bemerkt und geht dazwischen, um Ninas Unschuld zu retten. Nicht, daß sie die Unterstützung eines fetten Seifenfeinds bräuchte.

Der Bastard winkt mich beiseite. Als ich ihn ignoriere, packt er mich am Arm. Er hat ziemlich was getrunken. Er flüstert mit rauher Stimme, und ich kann den Whisky in seinem Atem riechen.

– Hör mal, mein Junge, wenn du dich nich davonschwingst, verpaß ich dir eine. Wenn da nich dein Vater wär, hätt ich das schon lange getan. Ich kann dich nich leiden, Junge. Konnt ich noch nie. Dein Bruder war zehnmal so viel wert, wie du je sein wirst, du verdammter Junkie. Wenn du wüßtest, welches Leid du deiner Ma und deinem Dad angetan hast...

– Sprich dich ruhig aus, unterbrech ich ihn, so pocht mir die Wut in der Brust, gebremst bloß durch die Schadenfreude, daß dieser Arsch sich aufregt. Hübsch cool bleiben. Die einzige Möglichkeit, so ne selbstgerechte Sau fertigzumachen.

– Da kannste dich drauf verlassen, Mister Universitätsklugscheißer. Ich hau dich ungespitzt durch die Wand da. Seine fette tätowierte Hand hing n paar Zentimeter vor meiner Nase. Ich umklammerte das Whiskyglas in meiner Hand. Ich würde nicht zulassen, daß der Arsch mich mit seinen Dreckfingern anrührt. Wenn ers versucht, kriegt er das Glas ab.

Ich schob seine erhobene Faust beiseite.

– Tätst mir n Gefallen mit, wenn du mich verprügelst. Hinterher hol ich mir dann einen runter. Wir Universitätsversager-Klugscheißer stehn auf sowas. Denn mehr biste sowieso nich wert, du Haufen Dreck. Du nimmst dir n bißchen viel raus. Wenn du raus willst, brauchst es bloß sagen.

Ich wies zur Tür. Das Zimmer schien auf die Größe von Billys Sarg zu schrumpfen, bloß mit mir und Chick drin. Aber da waren noch andere. Sie starrten uns an.

Der Arsch schubste mich sanft von sich.

– Wir hatten schon ne Beerdigung in der Familie heute, das reicht.

Mein Onkel Kenny kam rüber und zog mich fort.

– Kümmer dich nich um diese protestantischen Heinis. Na komm, Mark, schau dir deine Ma an. Würde sie umbringen, wenn du noch ne Schlägerei vom Zaun brichst, und das auf Billys Beerdigung. Vergiß nich, wo du bist, verdammt.

Kenny war schon in Ordnung, na ja, n ziemliches Arschloch, aber trotz seiner Fehler war mir n Landei lieber als n ungewaschener Glasgower. Ich komm vielleicht aus ner Familie, mein lieber Mann. Papistische Landeier bei meiner Ma, ungewaschene Protestantensäcke bei meinem Vater.

Ich nahm n Schluck Whisky, genoß den brennenden sauren Geschmack im Hals und in der Brust und verzog das Gesicht, als er mir in den flauen Magen floß. Ich bahnte mir einen Weg zum Badezimmer.

Sharon, Billys Mieze, kam grad raus. Ich versperrte ihr den Weg. Sharon und ich haben insgesamt n halbes Dutzend Sätze miteinander gewechselt. Sie war betrunken und verwirrt, ihr Gesicht rot und aufgedunsen vom Alkohol und der Schwangerschaft.

– Warte mal, Sharon. Wir müssen uns mal n bißchen unterhalten. Hier drin isses ruhiger. Ich schieb sie ins Bad und schließ die Tür hinter uns ab.

Ich fang an, sie zu befummeln, und laber irgend n Scheiß von wegen, daß man in solchen Zeiten zusammenhalten muß. Ich befühl ihren Bauch und fasel was davon, welche Verantwortung für meine ungeborene Nichte oder Neffen ich hab. Wir fangen an zu knutschen, und ich fahr mit der Hand runter und spür die sichtbaren Nähte ihres Slips durch den Baumwollstoff ihres Umstandskleids. Nach ner Weile finger ich an ihrem Schlitz rum, und sie zieht mir den Pimmel aus der Hose. Ich laber immer noch Scheiß, erzähl ihr, daß ich sie schon immer als Mensch und als Frau bewundert hab, was ich ihr wirklich nich mehr erzählen muß, weil sie schon in die Knie geht, auch wenns irgendwie tröstlich is, das zu sagen. Sie nimmt meinen Halbsteifen in den Mund, und ich werd schnell hart. Kein Zweifel, sie bläst gut. Ich phantasier vor mich hin, wie sies meinem Bruder macht, und frag mich, was bei der Explosion mit seinem Schwanz passiert ist.

Wenn Billy mich jetzt bloß so sehen könnt, denk ich, aber auf merkwürdig ehrfurchtsvolle Weise. Ich frag mich, ob er mich wohl sehen kann, hoff es jedenfalls. Das war der erste gute Gedanke, den ich ihm gegenüber hegte. Kurz bevor ich komme, zieh ich ihn raus und dreh Sharon zur Hundeposition um. Ich schieb ihr das Kleid hoch und zieh ihr den Slip runter. Ihr schwerer Bauch hängt fast bis auf den Boden. Ich versuch erst, ihn ihr ins Arschloch zu stecken, aber da isses zu eng und es tut weh, mein Ding reinzuzwängen.

– Nich so, nich so, sagt sie, also hör ich auf, nach Creme zu suchen und steck ihr den Finger in die Fotze. Sie riecht ziemlich stark. Aber mein Schwanz riecht auch ziemlich streng, und an der Spitze hängt überall der Käse. Körperpflege war nie meine Stärke; muß wohl der Wasserscheue in mir sein oder der Junkie.

Ich geh auf Sharons Wünsche ein und schieb n ihr rein. Is n bißchen wie die Wurst im Senfglas, aber ich find meinen Rhythmus, und sie wird enger. Mir fällt ein, wie kurz sie vor der Geburt steht und wie weit ich drin bin, und ich kann mir richtig vorstellen, wie ich dem Ungeborenen mein Ding in den Mund stecke. Das is vielleicht ne Vorstellung, ficken und gleichzeitig einen geblasen kriegen. Das verfolgt mich. N Fick soll ja gut fürs Ungeborene sein, wegen der Blutzirkulation oder son Scheiß. Und mich um das Wohlergehen des Kindes zu kümmern, is das mindeste, das ich tun kann.

Es klopft an der Tür, dann Effies nasale Stimme:

– Was tut ihr da drin?

– Schon in Ordnung, Sharon is bloß n bißchen schlecht geworden. Zuviel Alkohol in ihrem Zustand, stöhn ich.

– Kümmerst du dich um sie, Junge?

– Ja ... ich kümmer mich um sie ... keuche ich, während Sharon lauter stöhnt.

– In Ordnung.

Ich spritz los und zieh mein Ding raus. Ich leg sie vorsichtig auf den Boden, helf ihr, sich umzudrehen, und hol ihre riesigen, milchvollen Titten aus dem Kleid. Ich kuschel mich wie n Baby an sie. Sie streicht mir übern Kopf. Das is wunderbar, so friedlich.

– Das war verdammt toll, japse ich zufrieden.

– Sehen wir uns jetzt öfter? fragt sie. – Hmm? Ihre Stimme klingt verzweifelt, flehend. Das dumme Stück.

Ich setz mich auf und küß ihr Gesicht, das wie eine geschwollene, überreife Frucht ist. Ich wollte daraus nichts Ernsthaftes werden lassen. Ehrlich gesagt, widerte sie mich an. Dieses Stück glaubt echt, einmal vögeln, und schon kann sie den einen Bruder durch den anderen ersetzen. Das Dumme is, wahrscheinlich liegt sie gar nich so falsch.

– Wir müssen aufstehen, Sharon, wasch dich. Wenn die uns erwischen, das würden die nich verstehen. Die verstehen überhaupt nichts. Ich weiß, du bist n gutes Mädchen, Sharon, aber die begreifen nich das geringste.

– Ich weiß, du bist n guter Kerl, sagt sie zur Bekräftigung, aber ohne große Überzeugung. Jedenfalls war sie viel zu gut für Billy, aber dann wären auch Myra Hindley oder Margaret Thatcher zu gut für Billy gewesen. Die steckte in diesem Mannkriegen-, Kindkriegen-, Hauskriegen-Scheiß, den die Mädchen eingebleut bekommen, und hatte einfach keine Chance, sich selbst außerhalb dieser Kartoffelbrei-statt-Hirn-Begriffe zu definieren.

Dann klopfte es erneut an der Tür.

– Wenn du die Tür nich aufmachst, brech ich sie auf. Das war Charlies Sohn Cammy. N blöder Jungbulle, der aussah wie die schottische Fußballtrophäe; riesige Henkelohren, kein Kinn, dürrer Hals. Der Arsch dachte wohl, ich wär beim Schießen. Na ja, war ich auch, aber anders, als er dachte.

– Mir gehts gut ... wir kommen sofort. Sharon wischt sich ab, zieht den Slip hoch und macht sich zurecht. Ich bin fasziniert, wie schnell sie sich bewegt für ne Schwangere. Ich konnte nich glauben, daß ich sie grad gevögelt hatte. Morgen früh würde ich mich schlecht fühlen deswegen, aber, wie Sick Boy so gerne sagt, morgen is n anderer Tag. Es gibt keinen peinlichen Augenblick im Leben, der nich mit n bißchen Gequatsche und n paar Glas bereinigt werden kann.

Ich mach die Tür auf.

– Immer mit der Ruhe, Sherlock Holmes. Noch nie ne Lady gesehen, die einen in der Hacke hat? Sein blödes Maulaffengesicht löst bei mir augenblicklich Verachtung aus.

Ich mochte die Stimmung nich, also bin ich mit

Sharon zu mir. Wir ham uns bloß unterhalten. Sie hat mir n Haufen Sachen erzählt, die ich wissen wollte. Sachen, die meine Ma und mein Vater nicht wußten, und wenn, dann hätten sies nich gern gehört. Daß Billy n Schwein war. Daß er sie manchmal verprügelte, sie demütigte und sie einfach wien riesiges stinkendes Stück Scheiße behandelte.

– Und warum biste dann bei ihm geblieben?

– Er war mein Mann. Du glaubst immer, daß es anders wird, daß du ihn ändern kannst.

Das hab ich verstanden. Aber es is falsch. Die einzigen Arschlöcher, die Billy jemals ändern konnten, waren die Provos, und das warn selber Arschlöcher. Ich mach mir keine Illusionen darüber, daß sie Freiheitskämpfer sind. Die Schweine haben meinen Bruder in nen Haufen Katzenfutter verwandelt. Aber die haben auch bloß aufn Knopf gedrückt. Seinen Tod ham sich diese protestantischen Arschlöcher ausgedacht, die jeden Juli hier durchziehen mit ihren Schärpen und Flöten und Billy sein blödes Hirn mit dieser ganzen Kacke von Krone und Vaterland und so Scheiß verkleistert haben. Die werden ganz happy nach Hause gehen. Dann können sie ihren Kumpeln erzählen, daß einer aus der Familie gestorben is, von der IRA ermordet wurde, als er Ulster verteidigte. Das heizt ihre sinnlose Wut dann noch weiter an, sie kriegen n paar Bier im Pub spendiert, und es wird bei anderen sektiererischen Arschlöchern ihr bescheuertes Ansehen erhöhen.

Ich will nich, daß irgend n Arsch meinen Bruder anmacht. Das sagte Billy zu Pops Graham und Dougie Hood, als die ins Pub kamen und mich anpöbelten, entschlossen, daß ich für meine Drogen zu büßen hätte. Hat er gesagt. O ja. Mit solcher Klarheit und

Entschlossenheit, daß es noch mehr war als ne Drohung. Die beiden Angreifer sahen sich bloß gegenseitig an und machten die Fliege. Ich kicherte. Spud auch. Wir waren high, und uns war alles scheißegal. Billy Boy fauchte uns an und sagte so was wie: Du bist n verdammtes Arschloch, und schloß sich n paar von seinen Kumpeln an, die enttäuscht waren, daß Pops und Dougie sich verdrückt und sie um ne Schlägerei gebracht hatten. Ich kicherte immer noch. Danke Jungs, das war

Billy Boy meinte, daß ich mir mit dem Scheiß mein Leben ruiniere. Hat er mir mehrmals gesagt. Es war wirklich

Scheiß. Scheiß. Scheiß. Was is eigentlich los. Ach, Billy. Verdammt nochmal. Ich hab doch nich

Sharon hat recht. Es ist schwer, die Menschen zu ändern.

Aber jede Sache braucht ihre Märtyrer. Und jetzt wärs mir am liebsten, sie verpißt sich endlich, damit ich an meinen Stoff kann, nen Schuß aufkochen und ihn mir setzen, für die Sache des Vergessens.

Junk-Dilemma Nr. 67

Verlust is relativ. Es gibt Babys, die verhungern, jede Sekunde sterben die wie die Fliegen. Daß das woanders stattfindet, ändert ja nix dran. In der Zeit, die ich brauch, um diese Pillen zu zerstampfen, sie aufzukochen und sie mir zu drücken, sind Tausende von Kindern in anderen Ländern, und vielleicht auch n paar in diesem hier, tot. In der Zeit, die ich dafür brauch, sind Tausende Arschlöcher, deren Investitionen sich auszahlen, um Tausende von Pfund reicher.

Pillen zerstampfen: son Scheiß. Ich sollte das Zeug besser dem Magen überlassen. Hirn und Adern sind einfach zu schade dafür.

Wie Dennis Ross.

Dennis hatte 'nen Wahnsinns-Hit von dem Whisky, den er sich gedrückt hat. Dann fing er an, mit den Augen zu rollen, das Blut sprudelte ihm aus der Nase, und das wars dann. Wenn du erstmal das Blut in dem Tempo aus der Nase laufen siehst... dann isses vorbei. Junkie-Angeberei... nee. Junkie-Bedürfnisse.

Ich hab tierische Angst, scheiß mir in die Hose, aber das Ich, das sich in die Hose scheißt, is n anderes Ich als das, das die Pillen zerstampft. Das Ich, das sie zerstampft, meint, daß der Tod auch nich schlimmer sein kann als nichts zu unternehmen, um diesen stetigen Abstieg zu beenden. Dieses Ich gewinnt immer.

Mit Stoff kommt man eigentlich nie in n Dilemma. Das Dilemma kommt erst, wenn man keinen mehr hat.

Exil

LONDON CALLING

Nix läuft. Wo sind die Ärsche denn bloß? Selber schuld. Hätt vorher anrufen sollen, daß ich komm. Jetzt steh ich da. Keiner zu Haus. Die schwarze Tür wirkt so kalt, eine harsche, tödliche Wand, die zu sagen scheint, daß sie schon ne ganze Weile weg sind und auch für länger nich wiederkommen, wenn überhaupt. Ich lins durch den Briefschlitz, aber ich kann nich erkennen, ob hinter der Tür irgendwelche Post liegt.

Ich trete vor Wut dagegen. Die Frau vom gleichen Stock gegenüber, ne griesgrämige Nutte, wenn ich mich richtig erinner, macht die Tür auf und steckt den Kopf raus. Sie starrt mich an, als ob sie mich was fragen will. Ich kümmer mich nich um sie.

– Die sind nich da. Schon seit Tagen nich, sagt sie und beäugt mißtrauisch meine Sporttasche, als wär da Sprengstoff drin.

– Na toll, brummel ich barsch, schaue verzweifelt an die Decke in der Hoffnung, daß diese Wutpantomime die Frau dazu bringt zu sagen: Ich kenn Sie doch. Sie ham hier mal gewohnt. Sie müssen doch erschöpft sein von der langen Reise von Schottland bis hierher. Kommen Sie rein, trinken Sie ne nette Tasse Tee und warten Sie solange auf ihre Freunde.

Statt dessen sagte sie: – Nee ... hab sie mindestens zwei Tage nich gesehen.

Fotze. Scheiße. Kacke. Mist.

Die können sonstwo sein. Überall und nirgends. Sie können jederzeit zurückkommen. Vielleicht aber auch nie.

Ich geh den Hammersmith Broadway lang. London kommt mir nach grade mal drei Monaten Abwesenheit merkwürdig und fremd vor, so wie einem vertraute Orte vorkommen, wenn man weggewesen is. Als wär alles ne Kopie von dem, was du vorher gekannt hast, ähnlich, aber irgendwas fehlt, n bißchen so wie im Traum. Man sagt, man muß an einem Ort leben, um ihn zu kennen, aber man muß ganz neu dorthin kommen, um ihn wirklich zu sehen. Ich weiß noch, wie ich mit Spud die Princes Street langgegangen bin, wir beide hassen diese widerliche Straße, völlig zerstört durch die Touristen und Kauflustigen, dem Zwillingsfluch des modernen Kapitalismus. Ich hab zur Burg hochgeschaut und gedacht, wie scheißegal sie mir is. Im Kopf hak ich die ab wie n Kaufhaus oder Virgin Records. Da wollten wir hin und n bißchen klauen. Aber wenn du ne Weile weggewesen bist und kommst an der Waverley Station raus, dann denkste dir: He, gar nich so übel.

Auf der Straße sieht heut alles wie Weichzeichner aus. Liegt wahrscheinlich am fehlenden Schlaf und am fehlenden Stoff.

Das Pub-Schild is neu, aber die Botschaft is alt. Das *Britannia*. Rule Britannia. Ich hab mich nie als Brite gefühlt, weil ich keiner bin. Das is häßlich und künstlich. Ich hab mich auch nie richtig als Schotte gefühlt. Schottland das Tapfere, fürn Arsch; Schottland das Dreckschwein. Wir prügeln uns gegenseitig zu Tode für das Privileg, irgend nen englischen Aristokratenarsch zu lecken. Länder waren mir schon immer scheißegal, find ich widerlich. Von mir aus kann man sie alle abschaffen. An die Wand mit all diesen verdammten geschniegelten Parasitenpolitikern, die sich je in ihren Anzügen und schmierig lächelnd hingestellt und Lügen und faschistische Plattheiten abgesondert haben.

An der Tafel steht, daß heute abend in der hinteren Bar Gay Skinhead Night is. In einer Stadt wie dieser vermischen sich Kulte und Subkulturen und spalten sich ab. Hier kann man freier sein, nicht weil das London is, sondern weil es nich Leith is. Wir sind doch bloß Arschlöcher auf Urlaub.

An der Theke such ich nach nem vertrauten Gesicht. Einrichtung und Dekor in dem Laden haben sich radikal verändert, und zwar zum Schlechteren. Was früher mal ne gute, gruftige Kneipe war, wo du deinen Kumpeln auch mal n Bier übern Kopf schütten und dir auf dem Frauen- oder Männerklo einen blasen lassen konntest, is heute n erschreckend keimfreies Loch. N paar Stammgäste in billigen Klamotten, mit versteinertem Gesicht und verwirrtem Blick, klammern sich an eine Ecke der Theke wie Schiffbrüchige an Treibholz, und die Yuppies gackern laut. Immer noch bei der Arbeit, immer im Büro, doch jetzt mit Alkohol statt mit Telefon. Der Laden is jetzt darauf aus, den Büroangestellten der Firmen, die die Gegend immer mehr zupflastern, den ganzen Tag durch mit Essen zu versorgen. Davo und Suzy würden in so ner seelenlosen Toilette nix trinken.

Einer der Barkeeper kommt mir allerdings irgendwie bekannt vor.

– Kommt Paul Davis noch manchmal hier rein? frag ich ihn.

– Wen suchst du, Kumpel? Den farbigen Typen, der für Arsenal spielt? lacht er.

– Nee, ich mein son Langen aus Liverpool. Dunkle Stachelhaare, ne Nase wie ne Sprungschanze. Nich zu übersehen.

– Ja... ja, ich kenn den Kerl. Davo. Hängt mit so ner Maus rum, klein, kurze, schwarze Haare. Nee, die beiden hab ich schon ewig nich mehr gesehen. Ich weiß nich mal, ob die überhaupt noch hier in der Gegend sind.

Ich trink n Pint Pisse mit Kohlensäure und laber mit dem Kerl über seine neuen Gäste.

– Ach weißte, Kumpel, die meisten von denen sind noch nich mal richtige Yuppies, und zeigt verächtlich auf die Anzüge in der Ecke. – Meistens bescheuerte Angestellte oder Versicherungsagenten auf Provisionsbasis, die jede Woche ne Handvoll Reis als Lohn kriegen. Die tun doch alle bloß so. Den Säcken stehen die Schulden bis hier. Latschen in teuren Anzügen durch die City und tun so, als hätten se fuffzigtausend Pfund im Jahr. Dabei ham die meisten von denen nich mal was Fünfstelliges.

Da war ne Menge dran, was der Typ sagte, so verbittert er auch war. Hier flog zwar sicher mehr Kohle rum als oben an der Straße, aber die Ärsche hier hatten die Idee geschluckt, daß man bloß entsprechend aussehen muß, und schon läuft alles wie von selber, was natürlich vollkommener Scheiß war. Ich hab schon Assi-Junkies in Edinburgh gesehen, bei denen Soll und Haben ausgeglichener war als hier bei diesen Doppelverdienern mit ihren riesigen Hypotheken. Aber eines Tages is die Kacke am Dampfen. Für die sind schon säckeweise letzte Mahnungen in der Post.

Ich geh zur Wohnung zurück. Immer noch keine Spur von den Pennern.

Die Frau von Gegenüber kommt wieder raus. – Die finden se nich, sagt sie mit blasiertem, hämischem Ton. Die Schlampe is doch n Arschloch allererster Güte. Ne schwarze Katze streicht an ihr vorbei auf den Treppenabsatz hinaus.

– Schlamper! Schlamper! Komm her, du verdammtes kleines ... Sie hebt die Katze hoch, drückt sie wie n Baby an die Brust und starrt mich zornig an, als hätte ich vor, dem Mistviech was anzutun.

Ich hasse Katzen, fast so sehr wie Hunde. Ich bin dafür, Haustiere zu verbieten und alle Hunde plattzumachen, bis aufn paar, die kommen in den Zoo. Das is eines der wenigen Dinge, wo Sick Boy und ich einig sind.

Verdammt. Wo zum Henker sind die beiden?

Ich geh wieder ins Pub und trink noch n paar Pint. Bricht einem wirklich das Herz, was die Idioten aus dem Laden gemacht haben. Die ganzen Nächte, die wir hier waren. Das is so, als hätten sie mit der Einrichtung auch gleich die Vergangenheit rausgerissen.

Ohne groß nachzudenken, bin ich aus dem Pub raus und den Weg zurückgegangen, den ich gekommen bin, zur Victoria Station. Ich bleib bei nem Münztelefon stehen und zieh was Kleingeld und mein zerfleddertes Adreßbuch aus der Tasche. Wird Zeit, mich nach Alternativen umzuhorchen. Könnte schwierig werden. Mit Stevie oder Stella hab ichs mir verscherzt, da bin ich garantiert nich mehr willkommen. Andreas is in Griechenland, Caroline auf Urlaub in Spanien, Tony, dieser blöde Lahmarsch, is mit Sick Boy, der grad aus Frankreich zurückgekommen is, im Scheiß-Edinburgh. Ich hab vergessen, mir die Schlüssel von ihm zu besorgen, und der Arsch hat mich nich dran erinnert.

Charlene Hill. In Brixton. Erste Wahl. Da wär sogar n Fick drin, wenn ichs richtig anstell. Nötig hätt ichs wieder mal... das kommt davon, wenn man clean is, na ja, halbwegs clean ... die reinste Folter.

- Hallo?

- Hi, kann ich mit Charlene sprechen?

- Charlene ... die wohnt nich mehr hier. Ich weiß auch nich, wo sie hingezogen is, nach Stockwell, glaub ich ... ich hab auch keine neue Adresse ... Moment mal ... MICK! MICK! HAST DU CHARLENES ADRESSE? ... CHARLEENE! ... Nein. Tut mir leid. Ham wir nich.

Is einfach nich mein Tag. Dann muß ichs bei Nicksy probieren.

- Nein. Nein. Kein Brian Nixon. Weg. Weg, sagt jemand mit asiatischem Akzent.

- Haste vielleicht ne neue Adresse, Mann?

- Nein. Weg. Weg. Kein Brian Nixon.

- Aber wo wohnt er jetzt?

- Was? Was? Ich nicht verstehen ...

- Wo-wohnt-mein-Freund-Brian-Nixon-jetzt?

- Kein Brian Nixon. Keine Drogen. Weg. Weg. Der Arsch hängt einfach auf.

Langsam wirds spät, und die Stadt hat mich ausgesperrt. N Alki mit Glasgower Akzent pumpt mich um zwanzig Pence an.

- Du bist n echt guter Kumpel, das muß ich dir sagen Junge ... stöhnt er.

- Schon in Ordnung, Mann, sag ich in meinem besten Cockney. Andere Schotten in London gehn einem echt auf den Sack. Vor allem Glasgower, die uns so schon mit ihrem Gelalle, das sie für Freundlichkeit halten, auf die Nerven gehen. Das letzte, was ich jetzt brauchen kann, is n verdammter Seifenhasser im Schlepptau.

Ich überlege kurz, ob ich den 38er oder 55er nach Hackney nehmen und bei Mel in Dalston reinschneien soll. Wenn Mel nich da is und der Arsch nich ans Telefon geht, dann sitz ich echt in der Klemme.

Statt dessen geh ich in das Non-Stop-Kino in der Victoria Station. Die ganze Nacht gibts Pornos, bis fünf Uhr früh. Der Pennplatz für den größten Abschaum unter der Sonne. Säufer, Junkies, Penner, Sexbestien, Irre, hier treffen sich alle. Nach dem letzten Mal hatt ich mir geschworen, hier verbringste nich nochmal ne Nacht.

Vor n paar Jahren war ich mit Nicksy hier, da ham sie einen abgestochen. Die Bullen kamen und haben jeden mitgenommen, den sie krallen konnten, uns eingeschlossen. Wir hatten n Viertelpfund Hasch dabei und mußten den ganzen Kram aufessen. Als wir aufm Revier endlich zum Verhör drankamen, kriegten wir kein Wort mehr raus. Die haben uns über Nacht eingesperrt. Am nächsten Morgen ham sie uns zum Gericht in der Bow Street gekarrt, gleich neben dem Knast, und jeden Typen, der zu fertig war, ne Aussage zu machen, wegen öffentlicher Ruhestörung verurteilt. Nicksy und ich kriegten jeder dreißig Pfund Strafe aufgebrummt; damals waren das noch wirklich dreißig Pfund.

Und schon bin ich wieder hier. Wenn überhaupt, dann is der Laden seit dem letzten Mal noch schlimmer geworden. Alles Pornos, mit Ausnahme eines superbrutalen Dokumentarfilms, wo sich Tiere an exotischen Orten gegenseitig zerfleischen. Das is alles so plastisch dargestellt, das geht tausendmal über das raus, was David Attenborough macht.

– Ihr schwarzen Schweine! Verdammte schwarze Schweine! brüllt jemand mit schottischem Akzent, als eine Gruppe Eingeborener ihre Speere nem großen bisonartigen Tier in die Flanke schleudern.

N rassistischer schottischer Tierfreund. N Glasgower, da wett ich drauf.

– Dreckige widerliche Dschungelaffen, setzt ne speichelleckerische Cockney-Stimme drauf.

Was für n Laden. Ich versuch, mich auf den Film zu konzentrieren, damit ich von den Schreien und dem Keuchen um mich rum abgelenkt werd.

Der beste Film isn deutscher Streifen, amerikanisch synchronisiert. Die Geschichte reißt einen nich besonders vom Hocker. Es geht um ne junge Schnalle in nem Dirndl, die auf verschiedene Weise und an verschiedenen Plätzen auf nem Bauernhof von nahezu jedem Mann und n paar der Frauen durchgefickt wird. Die einzelnen Szenen sind aber ganz gut gemacht, und ich bin richtig dabei. Diese Bilder sind offenkundig das beste, was die meisten Arschlöcher in diesem Laden jemals an Sex kriegen, aber andererseits merkt man an den Geräuschen, daß n paar Frauen und Männer und Männer und Männer ficken. Ich merk, daß ich nen Steifen krieg und bin sogar versucht, mir einen runterzuholen, aber beim nächsten Streifen vergeht's mir gleich wieder.

N britischer Streifen, was sonst. Er spielt in einem Londoner Büro um die Feiertage und heißt sinnigerweise: *Die Büroparty.* Die Hauptrolle spielt Mike Baldwin, vielmehr der Schauspieler Johnny Briggs, der den Baldwin-Arsch in *Coronation Street* spielt. Das Ganze is wie ne Fortsetzungsgeschichte, mit weniger Humor und mehr Sex. Am Ende wird Mike flachgelegt, aber verdient hat ers nicht, denn den größten Teil des Films über sieht er aus wien Verlierer.

Ich fall in einen fiebrigen Schlaf, schrecke wieder auf, und mein Kopf zuckt zurück, als wollt er mir von den Schultern brechen.

Aus dem Augenwinkel seh ich einen Typen, der die Plätze wechselt, um neben mir zu sitzen. Er legt mir eine Hand auf den Oberschenkel. Ich wisch sie fort.

– Verpiß dich. Brauchste deinen Kopf und deine Hände noch zum Spielen, du Arsch?

– Sorry. Sorry, sagt er mit ausländischem Akzent. N alter Penner. Er klingt ziemlich jämmerlich, und er hat n verschrumpeltes kleines Gesicht. Eigentlich tut er mir richtig leid.

– Ich bin keine Schwuchtel, Kumpel, sag ich zu ihm. Er schaut verwirrt. – Kein Homosexueller, zeige ich auf mich und komme mir dabei ziemlich lächerlich vor. Völlig blöd, sowas zu sagen.

– Sorry. Sorry.

Dabei komm ich ins Grübeln. Woher zum Teufel weiß ich eigentlich, daß ich nich homosexuell bin, wenn ich noch nie mit nem Typen zusammen war? Ich mein, wie kann ich da sicher sein? Ich hab immer gedacht, ich müßts mal mit nem Typen machen, mal sehen, wie das so is. Man muß doch alles mal ausprobieren. Allerdings muß ich dabei die Kontrolle haben. Irgend n Pimmel in *meinem* Arsch, das könnt ich nich aushalten. Ich hab mal ne toll aussehende Tunte in der Londoner Berufsschule aufgegabelt. Ich hab ihn mit in die alte Bude in Poplar abgeschleppt. Tony und Caroline sind reingekommen und ham mich dabei erwischt, wie ich dem Jungen einen geblasen hab. Es war nur peinlich. Einem, dern Gummi drüber hat, einen blasen. Genausogut könnt man an nem Plastikdildo lutschen. Ich hab mich zu Tode gelangweilt, aber der Junge hatte mir zuerst einen geblasen, also dacht ich, ich wärs ihm schuldig. Technisch gesehen war er sogar ganz gut. Aber als ich den Ausdruck auf seinem Gesicht gesehen hab, bin ich wieder schlaff geworden und vor Lachen umgefallen. Er sah aus wie diese Maus, hinter der ich vor Jahren mal her war, und mit n bißchen Fantasie und Konzentration schaffte ich es zu meiner Überraschung, ins Gummi zu schießen.

Tony is gewaltig über mich hergezogen wegen der Geschichte, aber Caroline fands cool und beichtete mir, daß sie wahnsinnig eifersüchtig war. Sie fand den Typen süß.

Na, jedenfalls hatt ich nichts dagegen, es mit nem Typen zu machen, wenns mir richtig vorkam. Bloß ums mal auszuprobieren. Aber eigentlich bin ich halt bloß scharf auf Frauen. Männer sehen einfach nicht sexy aus. Das is was Ästhetisches, mit Moral hat das nichts zu tun.

Der alte Sack sieht jedenfalls nich so aus, als wär er ziemlich weit oben auf der Liste der Kandidaten, an die man seine homosexuelle Unschuld verliert. Aber er erzählt mir was von seiner Wohnung in Stoke Newington und fragt mich, ob ich nich die Nacht über bleiben will. Na ja, Stoke is nich weit weg von Mels Bude in Dalston, also dachte ich: Was solls.

Der alte Sack is Italiener, er heißt Gi, kurz für Giovanni, denk ich mir. Er erzählt mir, daß er in nem Restaurant arbeitet und zu Hause in Italien Frau und Kinder hat. Irgendwie klingt das merkwürdig. Eine der tollen Sachen, wenn man auf Drogen is, man lernt n Haufen Lügner kennen. Da wird man richtig Experte auf dem Gebiet und kriegt n Riecher für sowas.

An der Victoria Station nehmen wir den Nachtbus nach Stoke. N Haufen junger Typen fahren auch mit; zugeknallt, besoffen, auf dem Weg zu Parties, auf dem Heimweg von Parties. Am liebsten wär ich mit welchen von denen verschwunden statt mit diesem alten Sack. Na ja.

Gis Kellerwohnung is irgendwo in der Nähe der Church Street. Danach kenn ich mich nich mehr aus, aber ich weiß, daß wir noch nich bis Newington Green sind. Drinnen isses unglaublich schmuddelig. Alter Schrank, Kommode und n großes Messingbett, das mitten in dem muffigen Zimmer steht; Küche und Klo gehen davon ab.

Wenn ich denke, was ich vorhin über den Typen gedacht hab, bin ich doch überrascht, in dem Zimmer Fotos von ner Frau und Kindern zu finden.

- Deine Familie, Kumpel?

- Ja, das ist meine Familie. Sie kommen bald nach.

Das klingt immer noch falsch. Vielleicht hab ich mich so ans Lügen gewöhnt, daß mir die Wahrheit gelogen vorkommt. Trotzdem.

- Vermißt sie wohl.

- Ja. O ja, meint er und sagt dann: - Leg dich aufs Bett, mein Freund. Du kannst schlafen. Ich mag dich. Du kannst eine Weile bleiben.

Ich schau den kleinen Sack scharf an. Ne Bedrohung stellt er wirklich nich dar, also denk ich, was solls, ich bin alle, und legte mich ins Bett. Kurz hatte ich noch Zweifel, als mir Dennis Nilsen einfiel. Ich wette, es gab so einige Typen, die ihn auch nicht bedrohlich fanden;

bis er sie dann erwürgte, ihnen den Kopf abschlug und sie in nem großen Topf auskochte. Nilsen hat in derselben Arbeitsvermittlung in Cricklewood gearbeitet wien Typ aus Greenock, den ich kannte. Der Typ aus Greenock hat mir erzählt, daß Nilsen mal an Weihnachten n Curry mitgebracht hat, das er für die Leute im Büro gekocht hatte. Vielleicht war das Quatsch, aber wer weiß. Jedenfalls bin ich so fertig, daß ich die Augen zumach und mich in meine Müdigkeit fallen lasse. Ich verkrampfte n bißchen, als ich merkte, wie Gi sich neben mich legte, aber ich entspannte mich bald wieder, weil er keine Anstalten machte, mich anzurühren, und außerdem waren wir beide angezogen. Ich merkte, wie ich in einen kranken, verwirrten Schlaf fiel.

Ich wachte auf, ohne zu wissen, wie lange ich geschlafen hatte; mein Mund war ganz trocken, und ich spürte was Feuchtes auf meinem Gesicht. Ich faßte mich an die Wange. Eiweißfäden einer zähen, klebrigen Flüssigkeit pappten an meinen Fingern. Ich drehte mich um und sah den alten Sack neben mir liegen, nackt, und Sperma tropfte ihm von seinem kleinen fetten Pimmel.

– Du alte Drecksau!... Wichst mich im Schlaf voll... du mieses altes Schwein! Ich kam mir vor wien dreckiges Taschentuch, benutzt, wertlos. Ich wurde so wütend, daß ich dem kleinen Arsch eine in die Schnauze haute und vom Bett zerrte. Mit seinem dicken Bauch und dem runden Kopf sah er aus wien widerlicher fetter Gnom. Ich trat ihn n paarmal, während er am Boden kauerte, dann hörte ich auf, als ich merkte, wie er schluchzte.

– Verdammt nochmal. Du blöder Hund. Verdammt ... Ich lief im Zimmer auf und ab. Sein Geschluchze brachte mich aus der Fassung. Ich zog den Bademantel von einem der Messingknöpfe des Bettgestells und legte ihn um seine häßliche Blöße.

– Maria. Antonio, schluchzt er. Ich stelle überrascht fest, daß ich den Arm um den kleinen Kerl gelegt habe und ihn tröste.

– Schon gut, Kumpel. Schon gut. Tut mir leid. Wollte dir nich wehtun, aber na ja, mich hat halt noch keiner angewichst.

Da war ich mir ganz sicher.

– Du bist nett... was soll ich machen? Maria. Meine Maria... Er heulte. Sein Gesicht wurde vom Mund beherrscht, ein riesiges schwarzes Loch in dem Zwielicht. Er stank nach Alkohol, Schweiß und Wichse.

– Hör mal, komm, wir gehen in n Café. Da können wir quatschen. Ich geb dirn Frühstück aus. Auf der Ridley Road isn guter Laden, am Markt, weißte? Der hat bestimmt schon offen.

Mein Vorschlag war ebenso eigennützig wie altruistisch. So war ich näher bei Mels Bude in Dalston, und außerdem wollte ich raus aus diesem deprimierenden Kellerloch.

Er zog sich an, und wir gingen. Wir latschten die Stoke Newington High Street und die Kingsland Road runter zum Markt. Das Lokal war ganz schön voll, aber wir fanden noch nen Tisch. Ich bestellte mir n Käse-Tomatenbrötchen und der alte Sack dieses widerliche schwarze, gekochte Fleisch, auf das die jüdischen Typen in Stamford Hill so stehen.

Der Sack fängt an, von Italien zu labern. Er war jahrelang mit dieser Maria verheiratet. Dann kriegte die Familie raus, daß er und Antonio, Marias jüngerer Bruder, einander fickten. Na, so sollt ich das wohl nich sagen, eher daß sien Liebespaar waren. Ich glaub, er liebte den Typen, aber halt auch Maria. Ich dachte immer, ich bin schon schlimm dran mit den Drogen, aber was für ne Scheiße manche Idioten aus Liebe aus ihrem Leben machen. Da will ich lieber nich drüber nachdenken.

Jedenfalls waren da noch zwei andere Brüder, Machos, katholisch und bei der Camorra, erzählte Gi. Die Säcke konnten das nich ab. Sie griffen sich Gi vor dem Restaurant der Familie und prügelten dem armen kleinen Schwein zehn verschiedene Sorten Scheiße aus dem Leib. Antonio kam hinterher auch noch dran.

Antonio hat sich dann umgebracht. Das heißt einiges in dem Land da, meint Gi, auf diese Weise seine Ehre zu verlieren. Ich denk, das is überall dasselbe. Dann erzählt Gi, daß Antonio sich vorn Zug geschmissen hat. Ich dachte, vielleicht isses da doch noch was anderes. Gi is nach England abgehaun und hat in ner ganzen Reihe italienischer Restaurants gearbeitet; seither haust er in runtergekommenen Bruchbuden, trinkt zuviel und nimmt die jungen Typen und alten Weiber aus, die er so aufgabelt, oder wird selber ausgenommen. Klingt nach nem ganz schön beschissenen Leben.

Mir gings gleich besser, als wir die Straße zu Mels Bude langkamen und ich die Reggaemusik auf die Straße dröhnen hörte und die Lichter sah. Der letzte Schwung einer Party, die mal ziemlich heftig gewesen sein mußte.

Es war gut, wieder vertraute Gesichter zu sehen. Alle waren se da, die ganzen Ärsche, Davo, Suzy, Nicksy (knüppelvoll) und Charlene. Überall in der Bude lagen die Leute rum. Zwei Schnallen tanzten miteinander, und Charlene tanzte mit nem Typen. Paul und Nicksy rauchten; kein Hasch, Opium. Die meisten englischen Junkies, die ich kenn, drücken sich das Opium nich, sondern rauchen es. Nadeln sind wohl eher n schottisches, n Edinburgh-Ding. Ich schnorr trotzdem n Zug.

– Echt toll dich zu sehen, mein Alter! Nicksy klopft mir auf den Rücken. Er sieht Gi und flüstert: – Wer isn der alte Sack da, mmh? Ich hab den armen Kerl mitgenommen. Habs nich über mich gebracht, den Kerl alleinzulassen, nachdem ich mir die ganzen traurigen Geschichten angehört hab.

– Alles klar, Mann. Toll dich zu sehen. Das is Gi. Guter Kumpel von mir. Ich klopfe Gi auf die Schulter. Der arme Wichser glotzt wien Kaninchen im Käfig, das um n Salatblatt bettelt.

Ich mach ne Runde, lasse Gi stehen, der sich mit Paul und Nicksy in der internationalen Männersprache des Fußballs über Napoli, Liverpool und West Ham unterhält. Manchmal bin ich echt scharf auf das Gequatsche, dann deprimiert mich seine sinnlose Langeweile wieder zu Tode.

In der Küche streiten sich zwei über die Kopfsteuer. Der eine is total besoffen, der andere n beschissener unterwürfiger Labour/Tory-Wichser.

– Du bist doch n blödes Arschloch, und zwar aus zwei Gründen. Erstens, weil du glaubst, daß die Labour Party in diesem Jahrhundert noch mal ne verdammte Chance kriegt dranzukommen, und zweitens, weil du glaubst, daß das auch nur den leisesten Unterschied macht, ob oder ob nicht, werf ich ein und gebs dem Sack. Er steht mit offenem Mund da, und der andere Typ grinst bloß.

– Das hab ich dem Arsch doch grad erklären wollen, sagt er mit fettem Birmingham-Akzent.

Ich verdufte und lasse den unterwürfigen Arsch verwirrt stehen. Ich geh ins Schlafzimmer, wo n Typ keinen Meter neben n paar Junkies, die grad was nehmen, seine Schnalle ausleckt. Ich schau mir die Junkies an. Scheiße, die ham Bestecke und spritzen sich was. Soviel zu Theorien.

– Willste vielleicht n Foto, Kumpel? fragt der dürre kleine Grufti, der was aufkocht.

– Willste vielleicht eine in deine blöde Fresse, du Arsch? beantworte ich seine Frage mit ner Gegenfrage. Er schaut weg und kocht weiter. Ich starre ihm einen Augenblick lang auf den Scheitel. Ich beruhige mich wieder, nachdem ich mich versichert hab, daß der Typ Angst hat. So bin ich immer drauf, wenn ich in den Süden komm. Nach n paar Tagen läßt das nach. Ich glaub, ich weiß, wo das herkommt, aber das zu erklären wird zu lange dauern und sich zu blödsinnig anhören. Als ich das Zimmer verlasse, hör ich die Schnalle aufm Bett stöhnen, und der Typ sagt: – Du hast vielleicht ne süße Möse, Mädel ...

Ich stolper durch die Tür, und diese leise, langsame Stimme hallt mir im Ohr: – Du hast vielleicht ne süße Möse, Mädel ... was mir schonungslos klarmacht, wonach ich eigentlich suche.

Nicht, daß ich die Riesenauswahl hätte. Mit dem potentiellen Fickmaterial siehts hier ziemlich duster aus. Um diese Morgenstunde sind die attraktivsten Frauen entweder im Bett oder ham sich verdrückt. Charlene is beschäftigt, die Frau, die Sick Boy an ihrem einundzwanzigsten Geburtstag gevögelt hat, auch. Sogar das Mädchen mit den Augen wie Marty Feldman und Haaren auf dem Kopf wie Schamhaare ist vergeben.

Die Geschichte meines beschissenen Lebens. Ich komm zu früh und bin aus lauter Langeweile zu breit oder zu fertig und versaut, oder ich komm viel zu spät.

Der kleine Gi steht neben dem Kamin und nuckelt an ner Büchse Lager. Er schaut verängstigt und verwirrt. Ich denke, vielleicht kommts doch noch soweit, daß ich dem kleinen Sack die Rosette putze.

Der Gedanke deprimiert mich zutiefst. Aber was solls, wir sind doch alle bloß Arschlöcher auf Urlaub.

BÖSES BLUT

Ich lernte Alan Venters in der Selbsthilfegruppe »HIV und Positiv« kennen, obwohl er der Gruppe noch nicht lange angehörte. Venters gab nicht besonders auf sich acht und hatte bald eine der vielen Gelegenheitsinfektionen, die wir so leicht bekommen. Ich finde den Ausdruck »Gelegenheitsinfektionen« lustig. In unserer Kultur scheint das doch eine vortreffliche Eigenschaft zu sein. Ich denke da an die »Gelegenheit« des Unternehmers, der eine Marktlücke entdeckt, oder die eines Stürmers im Strafraum. Heikle Dinger, diese Gelegenheitsinfektionen.

Die Mitglieder der Gruppe befanden sich alle ungefähr im gleichen gesundheitlichen Stadium. Wir waren alle HIV-positiv, wiesen aber fast noch keine Symptome auf. Die Angst lauerte meist nicht allzu tief unter der Oberfläche unserer Treffen, alle schienen heimlich die

Lymphknoten der anderen auf Anzeichen einer Schwellung zu beobachten. Es war schon ziemlich beunruhigend zu spüren, wie die Blicke der anderen mitten im Gespräch zum Hals hinabrutschten.

Dieses Verhalten verstärkte das Gefühl des Unwirklichen nur noch, das mich damals umgab. Ich konnte einfach nicht begreifen, was mit mir geschehen war. Die Testergebnisse waren mir erst so unglaublich vorgekommen, entsprachen überhaupt nicht meinem Gefühl und meinem gesunden Aussehen. Ein Teil von mir blieb weiterhin davon überzeugt, daß alles ein Fehler sein mußte, obwohl ich den Test dreimal gemacht hatte. Eigentlich hätte meine Selbsttäuschung erschüttert werden müssen, als Donna sich weigerte, mich zu besuchen, aber sie lauerte weiterhin wild entschlossen im Hintergrund. Wir glauben wohl immer nur, was wir glauben wollen.

Nachdem sie Alan Venters ins Pflegeheim eingeliefert hatten, ging ich nicht mehr zu den Gruppentreffen. Sie deprimierten mich, und außerdem wollte ich meine Zeit damit verbringen, ihn zu besuchen. Tom, mein Sozialarbeiter und einer der Gruppentherapeuten, akzeptierte meine Entscheidung nur widerwillig.

– Hör mal, Dave, daß du Alan im Krankenhaus besuchst, find ich richtig toll für ihn. Ich mache mir im Augenblick aber eher Sorgen um dich. Du bist bei bester Gesundheit, und der Zweck dieser Gruppe ist es, uns zu ermutigen, das Beste draus zu machen. Wir hören nicht einfach auf zu leben, nur weil wir positiv sind ...

Armer Tom. Sein erster *faux pax* des Tages. – Meinst du das königliche ›wir‹, Tom? Wenn du HIV-positiv bist, sag mir Bescheid.

Toms gesunde rosige Wangen wurden rot. Er konnte nicht anders. Jahre intensiven Gesprächstrainings hatten ihm beigebracht, alle nervösen sicht- und hörbaren Patzer zu vermeiden. Kein kurzer Blickwechsel, keine zittrige Stimme, wenn ihm etwas peinlich wurde. Nicht der alte Tom. Leider kann Tom nichts gegen die leuchtend roten Flecken machen, die sich in solchen Situationen auf seinem Gesicht breitmachen.

– Tut mir leid, entschuldigte Tom sich ausdrücklich. Er hatte das Recht, Fehler zu machen. Er meinte immer, jeder habe das Recht dazu. Erzähl das mal meinem kaputten Immunsystem.

– Ich mach mir nur Sorgen, daß du dich entschieden hast, deine Zeit mit Alan zu verbringen. Zuzuschauen, wie er dahinsiecht, ist nicht gut für dich, und außerdem war Alan nicht gerade das am positivsten eingestellte Mitglied der Gruppe.

– Na, jedenfalls das HIV-positivste Mitglied.

Tom überhörte diese Bemerkung. Er hatte ein Recht darauf, nicht auf das negative Verhalten von anderen zu reagieren. Das Recht hätten wir alle, sagte er uns. Ich mochte Tom; er stand allein auf weiter Flur mit seiner positiven Einstellung. Ich fand meinen Job, bei dem es unter anderem darum ging, narkotisierte Körper zu beobachten, die vom grausamen Skalpell Dr. Howisons geöffnet wurden, deprimierend und befremdlich. Aber das war das reinste Picknick verglichen damit, wie hier die Seelen aufgerissen wurden. Das war Toms Job bei den Gruppenmeetings.

Die meisten Mitglieder von »HIV und Positiv« waren Fixer. Die hatten sich AIDS von den Schießbuden geholt, die Mitte der achtziger Jahre in der Stadt aus dem Boden schossen, nachdem der Medizinbedarfsladen in der Bread Street geschlossen worden war. Das hatte den Nachschub an Nadeln und Spritzen unterbunden. Danach gabs dann große Gemeinschaftsspritzen, und es wurde gerecht geteilt. Ich hab nen Kumpel, Tommy, der angefangen hat Heroin zu nehmen, als er mit diesen Typen in Leith rumhing. Einen von denen kenn ich aus meiner Zeit als Schreiner, Mark Renton. Es ist der reinste Hohn, Mark drückt seit Jahren und hat noch kein AIDS, soweit ich weiß, und ich hab das Zeug mein Lebtag noch nicht angerührt. Allerdings gab es in der Gruppe genug Junkies, um einem klarzumachen, daß Mark ja wohl die Ausnahme, nicht die Regel darstellte.

Die Gruppentreffen waren meistens recht angespannt. Die Junkies hatten etwas gegen die beiden Schwulen in der Gruppe. Sie glaubten, daß AIDS ursprünglich über einen ausbeuterischen schwulen Hausbesitzer in die Drogenszene der Stadt gekommen sei, der seine kranken Junkiemieter fickte und ihnen dafür die Miete erließ. Ich und zwei Frauen, eine davon die drogenfreie Partnerin eines Junkies, hatten etwas gegen alle anderen, weil wir weder schwul noch drogensüchtig waren. Erst glaubte ich, wie alle anderen auch, daß ich »unschuldig« infiziert worden war. Es war allzu leicht, den Junkies und Schwulen die Schuld daran zu geben. Aber ich hab die Plakate gesehen und die Broschüren gelesen. Ich erinnere mich noch an die Punk-Ära, an die Sex Pistols, die sangen, daß keiner unschuldig ist. Wie wahr. Aber dazu muß auch gesagt werden, daß manche schuldiger sind als andere. Was mich wieder zu Venters bringt.

Ich gab ihm eine Chance; die Chance, Reue zu zeigen. Das war entschieden mehr, als das Arschloch verdient hat. Bei einem Gruppentreffen erzählte ich die ersten einer Reihe von Lügen, die schließlich dazu führten, daß ich Alan Venters Seele in die Hand bekam.

Ich erzählte in der Gruppe, daß ich ungeschützten, penetrierenden Sex mit Leuten gehabt hatte, obwohl ich wußte, daß ich positiv war, und daß ich das nun bedauerte. Im Raum wurde es totenstill.

Alle rutschten nervös auf ihren Stühlen herum. Dann fing Linda, eine der Frauen, an zu weinen und schüttelte den Kopf. Tom fragte sie, ob sie gehen wolle. Sie sagte nein, sie wolle warten und hören, was die anderen zu sagen hatten, und schaute bei ihrer Antwort böse zu mir hinüber. Ich kriegte von ihrer Wut allerdings nicht allzuviel mit; ich konnte meinen Blick nicht von Venters wenden. Er hatte den typischen, zutiefst gelangweilten Gesichtsausdruck. Ich war mir sicher, daß ein leichtes Lächeln um seine Lippen spielte.

– Das war sehr mutig von dir, das zu sagen, Davie. Ich weiß, das hat viel Mut gekostet, sagte Tom ernst.

Eigentlich nicht, du Wichser, das war eine Lüge. Ich zuckte mit den Schultern.

– Bestimmt ist da jetzt eine schwere Last von dir gefallen, fuhr Tom fort, hob die Augenbrauen und lud mich auf diese Weise ein, fortzufahren.

– Ja, Tom. Es mit euch teilen zu können. Es ist furchtbar ... ich erwarte nicht, daß man mir vergibt ...

Marjory, die andere Frau in der Gruppe, schleuderte mir eine Beleidigung ins Gesicht, die ich nicht ganz mitbekam, und Linda weinte noch immer. Von dem Arsch, der mir gegenüber saß, kam nicht die leiseste Reaktion. Seine Selbstsucht und mangelnde Moral machten mich krank. Ich wollte ihn mit bloßen

Händen auseinandernehmen, auf der Stelle. Ich mühte mich, alles unter Kontrolle zu halten, und weidete mich an meinem genialen Plan, ihn zu zerstören. Sollte die Krankheit seinen Körper haben; das war ihr Sieg, ganz gleich, welche böse Macht auch dahintersteckte. Mein Sieg würde größer, vernichtender ausfallen. Ich wollte seine Seele. Ich hatte vor, tödliche Wunden in seine angeblich unsterbliche Seele zu reißen. Amen.

Tom sah sich im Kreis um: – Kann jemand das nachfühlen? Was denkt ihr darüber?

Nach langem Schweigen, währenddessen mein Blick weiter auf Venters' unbeteiligter Gestalt ruhte, räusperte sich der kleine Goagsie, einer der Junkies, nervös. Dann brach in einem fürchterlichen Schwall all das aus ihm heraus, was ich von Venters erwartet hatte.

– Ich bin froh, daß Davie das gesagt hat ... hab ich auch gemacht ... ich auch, verdammt ... n unschuldiges Mädchen, das keinem was getan hat ... ich hab einfach die ganze Welt gehaßt ... na ja ... mir war alles scheißegal! Was hab ich denn schon vom Leben ... ich bin dreiundzwanzig, und ich hab nichts davon gehabt, nicht mal nen beschissenen Job ... was kümmerts mich ... als ichs ihr gesagt hab, isse total ausgeflippt ... er schluchzte wie ein Kind. Dann sah er zu uns auf und lächelte unter Tränen, das schönste Lächeln, das ich in meinem ganzen Leben gesehen habe. – War aber alles in Ordnung. Sie hatn Test gemacht. Drei Mal in nem halben Jahr. Nichts. Sie hat sich nich angesteckt ...

Marjory, die unter eben diesen Umständen angesteckt *wurde,* zischte uns an. Dann passierte es. Venters, der Arsch, rollte mit den Augen und lächelte mich an. Das wars. Das war der Augenblick. Die Wut war noch da, aber sie verband sich mit einer großen inneren

Ruhe, einer großen Klarheit. Ich lächelte zurück und fühlte mich wie ein halb im Wasser liegendes Krokodil, das ein weiches Pelztier beäugt, das am Flußufer säuft.

– Nee... winselte Goagsie Marjorie an, – so war das nich ... auf ihre Ergebnisse warten war schlimmer als auf meine eigenen ... das verstehste nich ... ich hab doch nich... ich mein, ich hab nich... is nich so, daß...

Tom kam dem zitternden, stammelnden Etwas, zu dem Goagsie geworden war, zu Hilfe.

– Vergessen wir nicht die ungeheure Wut, Verachtung und Verbitterung, die ihr alle gespürt habt, als ihr erfahren habt, daß ihr positiv seid.

Das war das Stichwort, auf das hin eine unserer üblichen Streitereien wieder mit voller Wucht ausbrach. Tom betrachtete dies als »Auseinandersetzung mit unserer Wut« indem wir uns »der Realität stellten«. Dieser Prozeß sollte therapeutische Wirkung haben, und das schien auf die meisten in der Gruppe zuzutreffen; ich fand das allerdings anstrengend und deprimierend. Vielleicht, weil ich ein ganz anderes Ziel verfolgte.

Im Verlauf dieser Debatte über persönliche Verantwortung leistete Venters, wie immer bei solchen Gelegenheiten, seinen üblichen hilfreichen und erleuchtenden Beitrag. – Scheiße, sagte er immer, wenn jemand leidenschaftlich einen Standpunkt vertrat. Tom fragte ihn dann, wie immer, warum er so dachte.

– So halt, erwiderte Venters schulterzuckend. Tom fragte, ob er das erläutern könne.

– Der eine hat so ne Meinung, der andere eben ne andere. Woraufhin Tom Alan nach seiner Meinung fragte. Alan antwortete: Geht mich doch nix an, oder: Is mir doch scheißegal. Die genaue Wortwahl weiß ich nicht mehr.

Dann fragte Tom Venters, warum er hier sei. Der entgegnete: – Dann geh ich eben. Er ging, und augenblicklich verbesserte sich die Stimmung. Es war so, als hätte jemand, der einen eklig stinkenden Furz gelassen hatte, ihn irgendwie wieder ins Arschloch gesaugt.

Aber er kam immer wieder mit seinem höhnischen, hämischen Gesichtsausdruck. Es war, als glaubte Venters, er allein sei unsterblich. Er hatte Spaß daran zuzuschauen, wie andere positiv denken wollten, um sie dann zu demoralisieren. Nie so offen, um aus der Gruppe geschmissen zu werden, aber immer deutlich genug, um den anderen fertigzumachen. Die Krankheit, die seinen Körper vernichtete, war nichts im Vergleich zu der rätselhafteren Krankheit, die seinen kranken Geist beherrschte.

Ironischerweise betrachtete Venters mich als verwandte Seele, ohne zu ahnen, daß der einzige Grund, warum ich an den Treffen teilnahm, der war, ihn zu studieren. Ich redete nie in der Gruppe und setzte ein zynisches Gesicht auf, wenn jemand anderer sprach. Dieses Verhalten bildete die Grundlage, auf der ich mich mit Alan Venters anfreunden konnte.

Das war leicht gewesen. Niemand sonst wollte etwas mit ihm zu tun haben; ich wurde sein Freund, weil ich der einzige war, der noch übrigblieb. Wir gingen zusammen was trinken, er hemmungslos, ich zurückhaltend. Ich erfuhr alles über sein Leben, sammelte alles Wissen gründlich und systematisch. Ich hatte einen Abschluß in Chemie von der Strathclyde University, aber ich habe mein Studium nicht annähernd so intensiv betrieben wie das Studium Venters'.

Venters hatte sich wie die meisten in Edinburgh angesteckt, als er die Nadel teilte. Ironischerweise hatte er aufgehört Drogen zu nehmen, bevor er positiv getestet worden war, doch nun war er ein hoffnungsloser Säufer. So hemmungslos, wie er trank und sich bei einem seiner Marathonbesäufnisse ab und zu mal ein Brötchen oder ein Toast reinschob, war seine geschwächte Konstitution ein leichtes Opfer für alle möglichen Infektionen, die tödlich sein konnten. Während der Zeit, in der er mit mir verkehrte, prophezeite ich voller Zuversicht, daß er es nicht lange machen würde.

Und genau so war es auch; schon bald kreisten eine Reihe von Infektionen durch seinen Körper. Ihm war das egal. Venters machte so weiter wie immer. Er ging ins Hospiz, auf die Abteilung, wie wir es nannten; erst ambulant, dann mit einem eigenen Bett.

Jedesmal, wenn ich mich ins Hospiz aufmachte, schien es zu regnen; ein nasser, eiskalter, hartnäckiger Regen und ein Wind, der einem durch die Klamottenschichten ging wie Röntgenstrahlen. Kälte bedeutet Erkältungen, und Erkältungen können den Tod bedeuten, aber damals war mir das egal. Jetzt achte ich natürlich auf mich. Damals hatte ich allerdings eine Mission, die meine ganze Aufmerksamkeit forderte; es gab etwas zu erledigen.

Das Gebäude des Hospizes ist nicht häßlich. Die grauen Steine sind mit einem hübschen gelben Ziegelwerk verkleidet. Allerdings ist die Straße, die dorthin führt, nicht mit Gold gepflastert.

Jeder Besuch bei Alan Venters brachte mich meinem letzten und meiner endgültigen Rache näher. Bald schon kam der Punkt, an dem die Zeit um war zu versuchen, eine von Herzen kommende Entschuldigung aus ihm herauszubekommen. Einmal glaubte ich sogar, daß ich eher Venters' Reue wollte, als selbst an ihm Rache zu nehmen. Wenn ich diese Reue gesehen hätte, dann wäre ich im Glauben an das grundsätzlich Gute im Menschen gestorben.

Die verschrumpelte Hülle aus Haut und Knochen, die Venters' Lebenskräfte enthielt, schien ein unpassendes Heim für eine irgendwie geartete Seele zu sein, geschweige denn für eine, in die man alle Hoffnungen für die Menschheit setzt. Doch ein geschwächter, verfallender Körper bringt angeblich die Seele näher an die Oberfläche und macht sie uns Menschen leichter erkennbar. Das jedenfalls hatte mir Gillian aus dem Krankenhaus erzählt, in dem ich arbeitete. Gillian ist ziemlich religiös, und eine solche Annahme paßt zu ihrem Glauben. Wir sehen alle nur das, was wir sehen wollen.

Was wollte ich eigentlich? Vielleicht war es schon immer Rache gewesen, nicht Reue. Und selbst wenn Venters wie ein plärrendes Baby um Vergebung geheult hätte, so hätte es doch nicht gereicht, mich von dem abzuhalten, was ich vorhatte.

Dieser innere Disput; eine Nebenwirkung der Therapie, die mir Tom angedeihen ließ. Er legte besonderen Wert auf Grundwahrheiten: Du stirbst noch nicht, du mußt dein Leben leben, bis es soweit ist. Dahinter steckte der Glaube, daß man die bittere Tatsache des nahenden Todes wegreden konnte, indem man versuchte, in das Jetzt des Lebens zu investieren. Damals habe ich das nicht geglaubt, heute schon. Per definitionem hat man zu leben, bis man stirbt. Am besten macht man also aus dem Leben etwas so Vollkommenes und Erfreuliches wie nur möglich, für den Fall, daß der Tod ziemlich beschissen ist, wovon ich mal ausgehe.

Die Schwester im Krankenhaus sah Gail ähnlich, einer Frau, mit der ich mal ging, auch wenn es eine ziemliche Katastrophe war. Sie hatte denselben kühlen Gesichtsausdruck. In ihrem Fall hatte sie gute Gründe dafür, weil sich darin berufliche Anteilnahme widerspiegelte. In Gails Fall war derartige Distanz unangebracht, wie ich finde. Diese Schwester jedenfalls sah mich ganz angestrengt, ernst und herablassend an.

– Alan ist sehr schwach. Bitte bleiben Sie nicht zu lange.

– Ich verstehe, sagte ich lächelnd, gütig und melancholisch. Da sie die sorgende Professionelle spielte, dachte ich, sollte ich den besorgten Freund spielen. Ich schien meine Rolle recht gut zu spielen.

– Er hat Glück, so einen guten Freund zu haben, sagte sie; offenbar war sie verwirrt darüber, daß so ein widerliches Stück Dreck überhaupt Freunde haben konnte. Ich murmelte irgendwas und betrat das kleine Zimmer. Alan sah schlimm aus. Ich machte mir echt Sorgen, war zutiefst besorgt, daß die Sau die Woche nicht überlebte, daß er sich vor dem fürchterlichen Schicksal drückte, das ich für ihn vorgesehen hatte. Das Timing mußte stimmen.

Am Anfang hatte es mir große Freude gemacht, Venters' großen körperlichen Verfall zu beobachten. Wenn ich mal krank werde, lasse ich es nicht soweit kommen; bestimmt nicht. Eher laß ich den Wagen in der verschlossenen Garage laufen. Venters, das Arschloch, hatte nicht mal den Mut, die Geschichte aus eigener Kraft zu beenden. Er krallte sich lieber bis zum bitteren Ende daran fest, und sei es nur, um es allen nur noch schwerer zu machen.

– Alles klar, Al? fragte ich ihn. Eine wirklich blöde

Frage. In den unpassendsten Augenblicken zwingt uns der Anstand zu den blödesten Sprüchen.

– Nich übel ... sagte er keuchend.

Bist du sicher, Alan, mein Lieber? Alles in Ordnung? Du schaust ein wenig mitgenommen aus. Wahrscheinlich nur die kleine Grippe, die grad umgeht. Leg dich sofort ins Bett, und mit ein paar Aspirin bist du morgen wieder so gut wie neu.

– Schmerzen? fragte ich hoffnungsvoll.

– Nein ... dagegen gibts Mittel ... bloß das Luftholen ... Ich hielt seine Hand und war leicht amüsiert, als seine jämmerlichen knochigen Finger zudrückten. Ich fürchtete, ihm ins knochendürre Gesicht zu lachen, während ihm die müden Augen immer wieder zufielen.

Ach, der arme Alan, ich kannte ihn gut, Schwester. Er war ein Wichser und ging einem unendlich auf die Nerven. Ich beobachtete ihn und mußte ein Kichern unterdrücken, während er nach Luft schnappte.

– Schon gut, Kumpel. Ich bin ja da, sagte ich.

– Bistn guter Kerl, Davie ... stammelte er. – Schade, daß wir uns nich schon vorher kennengelernt haben ... Er schlug die Augen auf und wieder zu.

– Ja, echt schade, du schrottgesichtiges kleines Arschloch ... zischte ich seine geschlossenen Augen an.

– Was? ... Was hast du gesagt ... vor Erschöpfung und Betäubungsmitteln war er schon im Delirium.

Faules Stück. Liegt zu lange in der Falle rum. Muß mal den Hintern hochkriegen und n bißchen trainieren. Einmal kurz um den Park. Fünfzig Liegestütze. Zwei Dutzend Kniebeugen.

– Ich sagte, schade, daß wir uns unter solchen Umständen kennenlernen mußten.

Er stöhnte zufrieden und schlief ein. Ich löste seine dürren Finger von meiner Hand.

Unangenehme Träume, du Arsch.

Die Schwester kam herein, um nach dem Patienten zu sehen. - Ganz schön ungesellig. So behandelt man doch nicht seine Gäste, sagte ich lächelnd und sah auf den schlummernden, leichenhaften Venters hinab. Sie lachte nervös und dachte wahrscheinlich, daß das der schwarze Humor des Schwulen oder Junkies oder Bluters war oder für was sie mich auch immer halten mochte. Mir ist es vollkommen egal, als was sie mich sieht. Ich sehe mich als Racheengel.

Diesen Misthaufen umzubringen, da hätte ich ihm nur einen Gefallen getan. Das war das Problem, aber eines, das ich lösen konnte. Wie tut man einem weh, der im Sterben liegt, es weiß und dem es vollkommen egal ist? Ich redete mit Venters, um das herauszufinden, doch wichtiger war, ihm zuzuhören. *Du tust ihm über die Lebenden weh, über die, an denen ihm was liegt.*

Im Lied heißt es, »Everybody loves somebody sometime«, aber Venters schien die Ausnahme von der Regel zu sein. Der Kerl mochte die Menschen einfach nicht, und das beruhte auf Gegenseitigkeit. Bei anderen Männern sah Venters sich immer in der Rolle des Widersachers. Ehemalige Bekannte bezeichnete er voller Verbitterung als »Aasgeier« oder voller Verachtung als »verdammte Jammerlappen«. Die Beschreibung hing davon ab, wer im jeweiligen Fall wen mißbraucht, ausgebeutet oder manipuliert hatte.

Frauen fielen in zwei nicht allzu klare Kategorien. Entweder hatten sie »ne Fotze wien Fischgericht« oder »ne Fotze wien aufgeplatztes Sofa«. Offenbar fand Venters jenseits des »pelzigen Lochs«, wie er es nannte, nichts an Frauen. Selbst ein paar abfällige Bemerkungen über ihre Titten oder Ärsche hätten schon eine erheblich breitere Sichtweise dargestellt. Ich verlor langsam den Mut. Wie konnte dieses Arschloch nur jemanden lieben? Aber ich ließ mir Zeit, und schließlich zahlte sich meine Geduld aus.

Denn ein Mensch war diesem widerlichen Scheißer doch nicht gleichgültig. Die Veränderung in seiner Stimme war unüberhörbar, wenn er den Ausdruck »der kleine Kerl« verwendete. Diskret entlockte ich ihm alle Informationen über seinen fünf Jahre alten Sohn Kevin, den er von einer Frau in Wester Hailes hatte, einer »Kuh«, die ihm nicht erlaubte, das Kind zu sehen. Ein Teil von mir liebte diese Frau bereits.

Das Kind zeigte mir, wie ich Venters wehtun konnte. Im Gegensatz zu seinem üblichen Verhalten zeigte er sich schmerzerfüllt und geradezu überwältigt vor Rührung, wenn er davon sprach, daß er *seinen* Sohn nie aufwachsen sehen würde, und davon, wie sehr er »den kleinen Kerl« liebe. Deshalb hatte er auch keine Angst vor dem Tod. Er glaubte tatsächlich, daß er, in welchem Sinne auch immer, in seinem Sohn weiterleben würde.

Es war nicht allzu schwer, mich bei Frances, Venters' früherer Freundin, einzuschmeicheln. Sie haßte Venters derart, daß sie mir gleich sympathisch war, auch wenn sie mich sonst nicht weiter anzog.

Nachdem ich sie aufgespürt hatte, begegnete ich ihr absichtlich-zufällig in einer heruntergekommenen Disco, wo ich die Rolle des charmanten und aufmerksamen Freiers spielte. Geld spielte dabei natürlich keine Rolle. Ich kriegte sie schnell rum; offenkundig war sie in ihrem Leben noch von keinem Mann anständig behandelt worden, und sie, die ein Kind großziehen und sich auf das Nötigste beschränken mußte, war Geld nicht gewöhnt.

Das Schlimmste war der Sex. Ich bestand natürlich darauf, ein Kondom zu benutzen. Bevor es dazu kam, hatte sie mir schon von Venters erzählt. Edel wie ich war, sagte ich, daß ich ihr vertraute und auch bereit sei, ohne Kondom mit ihr zu schlafen, daß ich ihr aber die Unsicherheit nehmen wolle, und um ehrlich zu sein, hätte ich auch schon mit verschiedenen Leuten geschlafen. Angesichts ihrer Erfahrungen mit Venters waren solche Zweifel ihrerseits ja auch angebracht. Als sie anfing zu weinen, dachte ich, ich hätte es vermasselt. Aber sie weinte nur aus Dankbarkeit.

– Du bist wirklich ein netter Mensch, Davie, weißt du das? sagte sie. Wenn sie gewußt hätte, was ich vorhatte, dann hätte sie keine so hohe Meinung von mir gehabt. Ich kam mir gemein dabei vor, doch jedesmal, wenn ich an Venters dachte, verschwanden meine Schuldgefühle. Ich würde es durchziehen.

Ich bandelte mit Frances genau zu der Zeit an, als Venters schwer krank wurde und er hilflos im Hospiz lag. Eine Reihe von Infekten, angeführt von einer Lungenentzündung, taten sich zusammen, um Venters fertigzumachen. Venters, und das hatte er mit einer Reihe von Positiven gemeinsam, die auf Drogen waren, entging den fürchterlichen Hautkrankheiten, die eher bei Schwulen auftreten. Hauptkonkurrent seiner Lungenentzündung war der sich ausbreitende Soor, der ihm in Rachen und Magen ging. Soor war nicht das erste, was dem Schwein die Kehle zudrücken wollte, aber vielleicht das letzte, wenn ich mich nicht beeilte. Sein Verfall schritt zügig voran, eigentlich zu schnell für meinen Geschmack. Ich dachte schon, daß der Kerl den

Löffel abgeben würde, bevor ich meinen Plan ausführen konnte.

Doch die Gelegenheit bot sich genau zum richtigen Zeitpunkt; am Ende war es wahrscheinlich halb Glück, halb Planung. Venters, nur noch ein schrumpliges Bündel aus Haut und Knochen, kämpfte. Jeden Tag sei es soweit, hatte der Arzt gesagt.

Ich hatte Frances dazu gebracht, mir das Babysitten anzuvertrauen. Ich ermutigte sie, mit ihren Freunden auszugehen. Sie hatte vor, am Samstag abend indisch essen zu gehen und mich mit dem Kind allein in der Wohnung zu lassen. Ich nutzte die Gelegenheit, die sich mir bot. Am Mittwoch vor dem großen Tag beschloß ich, meine Eltern zu besuchen. Ich hatte vor, ihnen von meinem Zustand zu erzählen, und wußte, daß dies wahrscheinlich mein letzter Besuch sein würde.

Meine Eltern hatten eine Wohnung in Oxgangs. Als Kind war sie mir immer so modern vorgekommen. Jetzt wirkte sie komisch, wie eine übriggebliebene Bruchbude aus langvergangenen Tagen. Die alte Dame öffnete die Tür. Einen Augenblick lang zögerte sie. Dann erkannte sie, daß ich es war, nicht mein jüngerer Bruder, also konnte sie ihr Portemonnaie steckenlassen. Sie begrüßte mich, und ihre Freude wurde durch die Erleichterung noch größer. – Hallo, Fremder, trällerte sie und winkte mich eilig herein.

Ich erkannte den Grund für ihre Eile; im Fernsehen lief *Coronation Street.* Mike Baldwin war offenbar an den Punkt gelangt, wo er seiner Mitbewohnerin und Geliebten, Alma Sedgewick, die Wahrheit sagen mußte, daß er eigentlich auf die reiche Witwe Jackie Ingram stand. Mike konnte nicht anders. Er war ein

Gefangener der Liebe, einer äußeren Macht, die ihn dazu zwang, sich so zu verhalten. Ich war ein Gefangener des Hasses, einer Macht, die ebenso große Forderungen an mich stellte. Ich setzte mich aufs Sofa.

– Hallo, Fremder, wiederholte mein alter Herr, ohne von der *Evening News* aufzublicken. – Was gibts Neues? fragte er müde.

– Nichts Besonderes.

Eigentlich nicht, Vater. Ach, hab ich schon erwähnt, daß ich HIV-positiv bin? Das ist grad groß in Mode, weißt du? Heutzutage muß man einfach ein kaputtes Immunsystem haben.

– Zwei Millionen Chinesen. Zwei Millionen von diesen Gelben. Die werden wir hierhaben, wenn Hongkong an China zurückfällt. Er schnaufte schwer. – Zwei Millionen Schlitzaugen, grübelte er.

Ich sagte nichts, weigerte mich, den Köder zu schlukken. Seit ich auf die Universität gegangen war und dafür, wie meine Eltern es nannten, »einen guten Beruf« gesteckt hatte, hatte sich der alte Herr angesichts meiner studentischen Revolutionsphase zu einem hartnäckigen Reaktionär entwickelt. Zu Anfang war das Ganze ein Witz gewesen, doch im Laufe der Jahre wuchs ich aus meiner Rolle heraus, und er klammerte sich dafür um so stärker an seine Haltung.

– Du bist ein Faschist. Das kommt nur vom zu kurzen Pimmel, entgegnete ich fröhlich. Der feste Griff, mit dem *Coronation Street* die Psyche meiner Ma umklammerte, lockerte sich kurz, und sie drehte sich zu uns um und grinste wissend.

– Red doch nicht son Blödsinn. *Ich* hab meine Männlichkeit schließlich bewiesen, Junge, erwiderte er wütend, wobei er darauf anspielte, daß ich fünfundzwanzig geworden war, ohne geheiratet oder Kinder in die Welt gesetzt zu haben. Einen Augenblick glaubte ich sogar, er würde seinen Schwanz rausholen und mir das Gegenteil beweisen. Statt dessen zuckte er nur mit den Schultern und kehrte wieder zu seinem Thema zurück. – Wie würde dir das gefallen, wenn zwei Millionen Chinesen in deiner Straße leben würden? Ich dachte über den Ausdruck »Schlitzaugen« nach und stellte mir Haufen halb leergegessener Alukartons vor, die in meiner Straße lagen. Mir das vorzustellen, fiel mir leicht, denn so sah es bei mir jeden Sonntag morgen aus.

– Manchmal denke ich, das tun sie schon, dachte ich laut.

– Siehst du, sagte er, als hätte ich ihm zugestimmt. – Und weitere zwei Millionen sind schon unterwegs. Wie findest du das?

– Na, ich nehme doch an, daß nicht die ganzen zwei Millionen in den Caledonian Place ziehen werden. Ich meine, in diesem Ghetto von Dalry ist es eh schon überfüllt.

– Mach du nur Witze. Und was ist mit Arbeitsplätzen? Sind jetzt schon zwei Millionen auf Stütze. Wohnungen? Die armen Schweine, die in Pappkartons hausen. Gott, ging er mir auf die Nerven. Glücklicherweise fuhr meine Ma, Hüterin der Glotze, dazwischen.

– Seid still, alle beide! Ich versuch fernzusehen!

Tut mir leid, Mutter. Ich weiß, es ist ein wenig egoistisch von mir, deinem HIV-Sohn, um deine Aufmerksamkeit zu hecheln, wenn Mike Baldwin gerade eine schwere Entscheidung zu treffen hat, die seine ganze Zukunft verändern wird. Welche groteske alte Schlampe wird der verschrum-

pelte alte Sack in den Wechseljahren vögeln wollen? Bleiben Sie dran.

Ich beschloß, nichts über AIDS zu sagen. In solchen Dingen hatten meine Eltern keine allzu progressiven Ansichten. Oder vielleicht doch. Wer weiß? Jedenfalls kam es mir unpassend vor. Tom erzählte immer, daß wir in Einklang mit unseren Gefühlen leben müssen. Mein Gefühl war, daß meine Eltern mit achtzehn geheiratet und, als sie so alt waren wie ich heute, schon vier schreiende Bälger in die Welt gesetzt hatten. Die halten mich jetzt schon für »andersrum«. Und wenn ich jetzt noch mit AIDS ankäme, würde das ihren Verdacht bloß bestätigen.

Statt dessen trank ich eine Dose Export und unterhielt mich mit meinem alten Herrn leise über Fußball. Er war seit 1970 nicht mehr bei einem Spiel gewesen. Das Farbfernsehen hatte seine Beine ersetzt. Zwanzig Jahre später gab es Satelliten und machte den Stadionbesuchen endgültig den Garaus. Und trotzdem hielt er sich immer noch für einen Fußballexperten. Die Meinung anderer zählte nicht. Außerdem war es reine Zeitverschwendung, sie zu äußern. Wie bei Politik, nahm er auch hier am Ende die entgegengesetzte Meinung von dem ein, was er zuvor gesagt hatte, und verteidigte seine Ansichten ebenso heftig. Man brauchte nur keinen allzu harten Widerstand aufzubauen, gegen den er anstreiten konnte, dann war er schließlich derselben Meinung.

Ich saß eine Weile da und nickte. Dann kam ich mit einer banalen Ausrede und verschwand.

Ich ging nach Hause und begutachtete meinen Werkzeugkasten. Die aus verschiedenen scharfen Werkzeugen bestehende Sammlung eines ehemaligen

Schreiners. Am Samstag nahm ich den Kasten mit in Frances' Wohnung in Wester Hailes. Ich hatte ein paar Arbeiten zu erledigen. Von einer allerdings hatte sie keine Ahnung.

Fran hatte sich schon auf den Abend mit ihren Freunden gefreut. Sie plapperte pausenlos, während sie sich fertig machte. Ich versuchte, ihr mit mehr als einer Reihe leiser Grunzer, die wie »ja« und »stimmt« klangen, zu antworten, aber mir schwirrte der Kopf nur so vor Gedanken über das, was ich zu tun hatte. Ich saß zusammengekauert und angespannt auf dem Bett und stand oft auf, um aus dem Fenster zu sehen, während sie »in der Maske« war.

Nach einer ganzen Weile, die mir wie eine Ewigkeit vorkam, hörte ich, wie ein Wagen auf den leeren, schäbigen Parkplatz rollte. Ich sprang zum Fenster und verkündete fröhlich: – Das Taxi ist da!

Frances ließ ihr schlafendes Kind in meiner Obhut.

Die ganze Operation verlief reibungslos. Danach war mir ganz schrecklich zumute. War ich denn besser als Venters? Der kleine Kevin. Wir hatten schöne Zeiten miteinander verbracht. Ich hatte ihn zu den Vorstellungen des Meadows Festivals mitgenommen, nach Kirkcaldy zu einem Fußballspiel, das unentschieden ausging, und ins Kindermuseum. Das mag zwar nicht allzuviel sein, aber immer noch einiges mehr, als dieser alte Sack jemals für den armen kleinen Kerl getan hat. Jedenfalls hat Frances mir das gesagt.

So mies ich mir auch vorkam, war das doch nur ein Vorgeschmack auf das Grauen, das mich packte, als ich die Fotos entwickelte. Während die Bilder scharf wurden, schüttelte es mich vor Angst und Reue. Ich legte sie auf den Trockner und kochte mir einen Kaffee, mit dem ich zwei Valium hinunterspülte. Dann nahm ich die Fotos und ging ins Hospiz, um Venters zu besuchen.

Körperlich war nicht mehr viel von ihm übrig. Ich befürchtete das Schlimmste, als ich ihm in die glanzlosen Augen sah. Manche Leute mit AIDS entwickeln präsenile Demenz. Die Krankheit konnte seinen Körper gepackt haben. Wenn sie auch seinen Verstand mitgenommen hatte, dann hatte sie mich um meine Rache gebracht.

Glücklicherweise bemerkte Venters bald, daß ich da war; seine anfängliche Reaktionslosigkeit war wohl nur ein Nebeneffekt der Medikamente gewesen. Schon bald starrte er mich wieder an, und seine Augen nahmen jenen hinterhältigen, verstohlenen Blick an, den ich schon von ihm kannte. Ich konnte seine Verachtung für mich spüren, die durch sein krankes Lächeln tropfte. Er glaubte wohl, er hätte ein feiges Arschloch gefunden, das ihn bis zum Ende verwöhnen würde. Ich saß bei ihm und hielt seine Hand. Am liebsten hätte ich ihm die dürren Finger abgebrochen und ihm in alle seine Öffnungen gesteckt. Ich gab ihm die Schuld für das, was ich Kevin antun mußte, und für alles andere auch.

– Du bist n guter Kerl, Davie. Schade, daß wir uns nich unter anderen Umständen kennengelernt haben, keuchte er und wiederholte die abgenutzte Phrase, die er bei allen meinen Besuchen verwendete. Ich drückte seine Hand fester. Er sah mich verständnislos an. Gut. Der Mistkerl konnte also noch Schmerzen empfinden. Diese Schmerzen sollten ihm eher nicht wehtun, aber ein nettes Extra waren sie schon. Ich redete langsam und deutlich.

– Ich hab dir erzählt, ich hätte mich beim Fixen

infiziert, Al. Tja, ich hab gelogen. Ich hab dir eine ganze Menge vorgelogen.

– Was soll das alles, Davie?

– Hör mir nur einen Augenblick zu, Al. Ich habe mich bei einer Mieze infiziert, mit der ich zusammen war. Sie wußte nicht, daß sie AIDS hatte. Sie ist von einem Stück Scheiße angesteckt worden, das sie eines Abends im Pub kennengelernt hatte. Sie war ein bißchen besoffen und ein bißchen naiv, weißt du? Das Schwein hat ihr erzählt, daß er in seiner Bude noch ein Stückchen Stoff hätte. Also ist sie mitgegangen. In seine Wohnung. Die Sau hat sie vergewaltigt. Du weißt doch, was er getan hat, Al?

– Davie ... was soll das ...

– Ich werds dir sagen. Er hat sie mit dem Messer bedroht. Hat sie gefesselt. Hat sie in die Möse gefickt und in den Arsch, hat sie gezwungen, ihm einen abzulutschen. Die Frau war völlig verängstigt und verletzt. Kommt dir das bekannt vor, du Arschloch?

– Ich weiß nich ... ich weiß nich, was du da fürn Scheiß redest, Davie ...

– Komm mir ja nicht so. Du erinnerst dich doch an Donna. Du erinnerst dich an die *Southern Bar.*

– Ich war fertig, Mann ... aber du hast doch gesagt ...

– Alles gelogen. Blödsinn. Ich hätte keinen hochgekriegt, wenn ich gewußt hätte, daß ich den Scheiß in meinem Sperma hab. Ich hätte nicht mal die Mundwinkel hochgekriegt.

– Der kleine Goagsie ... weißte noch?

– Halt deine verdammte Fresse. Der kleine Goagsie hat seine Chance genutzt. Du hast dagesessen und so getan, als wär das Ganze bloß n Rollenspiel, krächzte ich und sah, wie sich meine Spuckefetzen mit dem Schweißfilm vermischten, der sein eingefallenes Gesicht bedeckte. Ich riß mich zusammen und redete weiter.

– Das Mädchen hat ne schwere Zeit durchgemacht. Aber sie hatte einen starken Willen. Das hätte eine Menge anderer Frauen fertiggemacht, aber Donna hat versucht, es abzuschütteln. Warum sich von einem widerlichen Stück Scheiße das Leben versauen lassen? Leichter gesagt als getan, aber sie hats geschafft. Was sie nicht wußte, war, daß das Arschloch HIV-positiv war. Dann lernt sie diesen anderen Typen kennen. Sie schaffen es zusammen. Er mag sie, aber er weiß, daß sie Probleme mit Männern und Sex hat. Kein Wunder, oder? Ich wollt dem Arschloch die perverse Macht aus dem Leib quetschen, die bei dem als Leben durchging. Noch nicht, hab ich mir gesagt. Noch nicht, du Wichser. Ich holte tief Luft, erzählte weiter, durchlebte den ganzen Schrecken noch einmal.

– Sie kriegten es hin, die Frau und der Typ. Ne Weile war alles in Butter. Dann kriegte sie raus, daß der Widerling, der sie vergewaltigt hatte, AIDS hatte. Und dann kriegte sie raus, daß sie selber infiziert war. Aber noch schlimmer war für sie, die ein richtiger Mensch war, ein Mensch mit Moral, als sie rauskriegte, daß ihr neuer Typ auch infiziert war. Und alles bloß wegen dir, dem Vergewaltigerschwein. Ich war der neue Typ. *Ich*. Der große Weichling hier, sagte ich und zeigte auf mich.

– Davie ... tut mir leid, Mann ... was soll ich sagen? Du bist n guter Kumpel gewesen ... es is diese Krankheit ... das is ne verdammte, widerliche Seuche, Davie. Unschuldige sterben daran, Davie ... die Unschuldigen sterben daran ...

– Für den Scheiß ist es jetzt zu spät. Du hast deine Chance gehabt. Genau wie der kleine Goagsie.

Er lachte mir ins Gesicht. Ein tiefes, keuchendes Lachen.

– Und was ... was willste jetzt machen? ... Mich umbringen? Na, mach schon ... tust mir n Gefallen mit... is mir doch scheißegal. Sein verhutzeltes Totengesicht schien sich zu beleben, von einer merkwürdigen, häßlichen Energie erfüllt zu werden. Das war kein Mensch. Das zu glauben, paßte mir in dem Augenblick in den Kram, machte es mir leichter, das zu tun, was sein mußte, doch bei Licht betrachtet, glaube ich das noch immer. In aller Seelenruhe zog ich die Fotos aus meiner Innentasche.

– Was ich tun werde, ist nicht so wichtig; viel wichtiger ist, was ich schon getan habe, lächelte ich und weidete mich an dem Ausdruck verwirrter Angst auf seinem Gesicht.

– Was is das ... was meinste damit? Es ging mir großartig. Schockwellen durchzuckten ihn, und er schüttelte den dürren Kopf, während sein Verstand mit seinen größten Ängsten rang. Voller Grauen sah er die Fotos an, ohne etwas erkennen zu können, und fragte sich, welche entsetzlichen Geheimnisse sie wohl bargen.

– Stell dir das Schlimmste vor, was ich dir antun könnte, um dich sauer zu machen, Al. Dann nimm es mal tausend... und du bist nicht mal annähernd dran. Ich schüttelte traurig den Kopf.

Ich zeigte ihm ein Foto von Frances und mir. Wir posierten zuversichtlich und stellten die Arroganz Frischverliebter zur Schau.

– Was zum Teufel, platzte es aus ihm heraus, und

kläglich versuchte er, sein dürres Gestell im Bett aufzurichten. Ich legte ihm eine Hand auf die Brust und schob ihn mühelos zurück. Das tat ich langsam und genoß in dieser einen überwältigenden Bewegung meine Macht und seine Ohnmacht.

– Ruhig, Al, ruhig. Beruhige dich. Entspann dich. Nimms gelassen. Du weißt doch, was die Ärzte und Schwestern sagen. Du brauchst Ruhe. Ich blätterte das erste Foto um und zeigte ihm das nächste Bild. – Das Bild grade hat Kevin geschossen. Macht ziemlich gute Bilder für sein Alter, was? Da ist er, der Kleine. Auf dem nächsten Bild war Kevin im Trikot der schottischen Nationalmannschaft auf meinen Schultern zu sehen.

– Was hast du getan, du Schwein... Das war eher ein Geräusch als eine Stimme. Es schien von irgendwo aus seinem verfallenden Körper zu kommen, nicht aus seinem Mund. Die Unwirklichkeit der Stimme traf mich, aber ich bemühte mich, weiter so beiläufig wie möglich zu klingen.

– Ach, eigentlich folgendes. Ich zeigte ihm das dritte Foto. Darauf war Kevin zu sehen, an einen Küchenstuhl gefesselt. Sein Kopf hing schwer zu einer Seite, und er hatte die Augen geschlossen. Wenn Venters genau hingesehen hätte, dann hätte er vielleicht die bläuliche Farbe an Augenlidern und Lippen seines Sohnes erkennen können und auch die clowneske Blässe seiner Haut. Ich bin mir ziemlich sicher, daß Venters nur die schwarzen Wunden an Kopf, Brust und Knien und das Blut sah, das aus ihnen floß und seinen Körper bedeckte, so daß man im ersten Augenblick nur schwer erkennen konnte, daß er nackt war.

Überall war Blut. Auf dem Linoleum unter Kevins Stuhl war eine dunkle Pfütze. Etwas davon war über den ganzen Küchenfußboden gespritzt. Eine Sammlung von Elektrowerkzeugen, darunter ein Bosch-Bohrer und eine Black & Decker-Schleifmaschine, daneben verschiedene scharfe Messer und Schraubenzieher, lagen zu Füßen der aufrecht sitzenden Gestalt.

– Nein ... nein ... Kevin ... um Himmels willen, nein ... er hat doch nichts getan ... hat doch keinem was getan ... nein ... jammerte Al, ein häßliches, weinerliches Geräusch ohne jede Hoffnung oder Menschlichkeit. Ich packte ihn grob an den dünnen Haaren und riß seinen Kopf vom Kissen. Mit perverser Faszination beobachtete ich, wie der knochige Schädel auf den Grund der schlabbernden Haut zu sinken schien. Ich hielt ihm das Bild unter die Nase.

– Ich dachte mir, der kleine Kev sollte genauso sein wie sein Daddy. Und als es mich dann langweilte, immer bloß deine ehemalige Freundin zu stoßen, hab ich beschlossen, ich probiers mal mit Kevs ... ähm ... Lieferanteneingang. Ich fand, wenn AIDS gut genug für Daddy ist, dann ist es auch gut genug für sein Blag.

– Kevin ... Kevin ... stöhnte er weiter.

– Leider war sein Arschloch ein wenig zu eng für mich, also mußt ich ihn ein wenig aufbohren. Leider ist es dann mit mir durchgegangen, und ich hab überall Löcher gebohrt. Er hat mich einfach so sehr an dich erinnert, Al. Ich würde ja gerne sagen, daß es ohne Schmerzen abging, aber das kann ich nicht. Dafür ging alles ziemlich schnell. Schneller, als im Bett zu verrotten. Er hat ungefähr zwanzig Minuten gebraucht, um zu sterben. Zwanzig schreiende, elende Minuten. Armer Kev. Wie du schon sagtest, Al, das ist ne Krankheit, an der Unschuldige sterben.

Tränen flossen ihm über die Wangen. Immer und

immer wieder sagte er unter leisem Schluchzen »Nein«. Sein Kopf zuckte unter meinem Griff. Aus Angst, daß die Schwester auftauchen könnte, zog ich ein Kissen unter ihm hervor.

– Das letzte, was der kleine Kevin sagte, war »Daddy«. Das waren die letzten Worte deines Kindes, Al. Tut mir leid, Junge. Daddy ist weg. Das hab ich zu ihm gesagt. Daddy ist weg. Ich sah Al in die Augen, die nur noch aus Pupillen zu bestehen schienen, ein schwarzes Nichts voller Angst und totaler Niederlage.

Ich ließ seinen Kopf fallen und drückte ihm das Kissen aufs Gesicht, was die widerliche Stöhnerei dämpfte. Ich hielt es fest und drückte mit dem Kopf dagegen; halb keuchend, halb singend sprach ich die Worte eines alten Songs von Boney M: »Daddy, Daddy Cool, Daddy, Daddy Cool ... you've been a fucking fool, bye bye, Daddy Cool ...«

Ich sang fröhlich weiter, bis Venters' schwache Gegenwehr ganz nachließ.

Ich hielt das Kissen weiter fest auf sein Gesicht gepreßt und zog ein *Penthouse* aus seinem Schrank. Der Saftsack wäre zu schwach gewesen, die Seiten umzublättern, geschweige denn sich einen runterzuholen. Aber sein Schwulenhaß war so groß gewesen, daß er die Zeitschrift wahrscheinlich nur deswegen offen rumliegen gelassen hatte, um damit etwas über seine Sexualität zu sagen, so was Absurdes. Da lag er nun und verrottete, und dabei dachte er nur daran, daß niemand ihn für einen Schwulen hält. Ich legte das Magazin aufs Kissen und blätterte in Ruhe, bevor ich Venters' Puls fühlte. Nichts. Er hatte sich verabschiedet. Viel wichtiger aber war, daß er es unter elenden Qualen getan hatte.

Ich nahm das Kissen von der Leiche, zog den häßlichen, zerbrechlichen Schädel hoch und ließ ihn fallen. Für eine Weile betrachtete ich das, was ich da vor mir liegen sah. Die Augen waren geöffnet, der Mund ebenfalls. Es sah einfach blöd aus, wie eine kranke Karikatur eines Menschen. Das sind Leichen wohl auch, denke ich. Venters war es sein Leben lang.

Meine tiefe Verachtung für den Kerl machte bald einer tiefen Trauer Platz. Ich konnte nicht recht sagen, warum das so war. Ich wandte den Blick ab. Nachdem ich noch ein paar Minuten dagesessen war, stand ich auf, um der Schwester zu sagen, daß Venters das Stadion verlassen hatte.

Ich nahm mit Frances an Venters' Beerdigung im Seafield-Krematorium teil. Für sie war das sehr aufwühlend, und ich fühlte mich verpflichtet, ihr Beistand zu leisten. Die Veranstaltung war wohl nie dazu bestimmt gewesen, irgendwelche Besucherrekorde zu brechen. Seine Mutter und seine Schwester tauchten auf, Tom und ein paar von den Leuten aus der Gruppe.

Der Geistliche fand wenig Gutes über Venters zu sagen und log auch nicht lang rum, das muß man ihm zugute halten. Das Ganze war kurz und schmerzlos. Alan habe viele Fehler in seinem Leben gemacht, sagte er. Niemand widersprach ihm. Alan werde, wie wir alle, von Gott gerichtet werden, der ihn erlösen werde. Eine interessante Vorstellung, aber ich denke, der alte Kerl da oben hat ne ziemliche Plackerei vor sich, falls das Schwein da hochkommt. Und wenn, dann probier ich es doch lieber woanders, vielen Dank.

Draußen sah ich mir die Kränze an. Für Venters gab es nur einen. »Alan. In Liebe, Mama und Sylvia«. Meines Wissens hatten sie ihn nie im Hospiz besucht. Sehr klug von ihnen. Manche Leute kann man leichter lieben, wenn man nicht in ihrer Nähe sein muß. Ich schüttelte Tom und den anderen die Hand, dann ging ich mit Fran und Kev ein erstklassiges Eis essen, bei Lucas in Musselburgh.

Natürlich hatte ich Venters mit all dem, was ich Kevin angeblich angetan hatte, reingelegt. Im Gegensatz zu ihm bin ich ja keine verdammte Bestie. Ich bin weit davon entfernt, stolz darauf zu sein, was ich denn doch getan habe. Ich bin, das Wohl des Kleinen betreffend, ein großes Risiko eingegangen. Von meiner Arbeit im OP weiß ich, wie wichtig der Anästhesist ist. Das sind die Jungs, die einem am Leben erhalten, nicht diese sadistischen Schweine wie Howison. Wenn einen das Betäubungsmittel flachgelegt hat, halten einen die Anästhetika betäubt, und man wird an das Lebenserhaltungssystem angeschlossen. Alle Lebenszeichen werden unter genau kontrollierten Bedingungen beobachtet. Die achten auf alles.

Chloroform ist da ein ganz grobes Mittel und sehr gefährlich. Mich schaudert es noch immer bei dem Gedanken an das Risiko, das ich bei dem kleinen Kerl eingegangen bin. Zum Glück ist Kevin wieder aufgewacht und hatte als Andenken an seinen Ausflug in die Küche nur leichte Kopfschmerzen und ein paar Alpträume.

Der Scherzartikelladen und Humbrol-Emailfarben sorgten für die Wunden. Aus Frans Make-up und Puder zauberte ich Kevins Totenmaske. Mein größter Coup aber waren die drei Halbliter-Blutkonserven, die ich aus dem Kühlschrank der Pathologie im Krankenhaus mitgenommen hatte. Ich bin bald ausgerastet, als mir Howison, dieser Wichser, einen bösen Blick zuwarf, als ich im Flur an ihm vorbeikam. Aber das macht er ja immer. Ich glaub, das kommt daher, daß ich ihn einmal »Doktor« genannt habe, nicht »Mister«. Er ist schon ein komischer Typ. Aber das sind die meisten Chirurgen. Das muß man bei dem Job wohl auch werden. Genau wie bei Toms Job, denk ich.

Kevin zu betäuben war ganz einfach. Das größte Problem bestand darin, die ganze Szene innerhalb einer halben Stunde aufzubauen und wieder zu beseitigen. Das Schwierigste dabei war, ihn wieder zu säubern, bevor ich ihn zurück ins Bett brachte. Wasser langte nicht, ich mußte auch Terpentin nehmen. Ich brauchte den ganzen Abend dazu, die Küche zu putzen, bevor Frances zurückkam. Aber es hat sich gelohnt. Die Fotos waren überzeugend. Überzeugend genug, um Venters alle zu machen.

Seit ich Al auf den Weg zu seinem großen Termin da oben gebracht habe, läuft das Leben ganz gut. Frances und ich sind wieder unserer Wege gegangen. Wir haben auch nie wirklich zusammengepaßt. Sie betrachtete mich nur als Babysitter und Brieftasche. Und für mich ist die Beziehung nach Venters Tod sowieso völlig überflüssig geworden. Kevin vermisse ich eher. Ich wünschte mir, ein Kind zu haben. Aber das wird ja nun nichts mehr. Fran hat zu mir gesagt, daß ich ihr nach Venters den Glauben an die Männer wiedergegeben habe. Es ist schon ironisch, aber irgendwie scheine ich meine Rolle im Leben gefunden zu haben – hinter dem Arschloch den Seelenschrott aufzuräumen.

Ich bin soweit gesund, toi toi toi. Ich habe immer noch keine Symptome. Ich habe Angst vor Erkältungen, davon bin ich ab und zu ganz besessen, aber ich achte auf mich. Mal abgesehen von nem Bier ab und zu trinke ich nicht. Ich achte auf meine Ernährung und mache täglich ein leichtes Fitneßprogramm. Ich lasse regelmäßig mein Blut untersuchen und achte auf die T4-Werte. Die liegen immer noch weit über der kritischen 800er-Marke; eigentlich sind sie noch gar nicht gesunken.

Ich bin wieder mit Donna zusammen, die ja unwissentlich als Aidsüberträgerin zwischen mir und Venters gedient hat. Wir haben etwas gemeinsam, was wir wohl unter anderen Umständen nie an uns entdeckt hätten. Na ja, vielleicht doch. Jedenfalls reden wir nicht drüber, dazu haben wir nicht die Zeit. Allerdings muß ich dem alten Tom aus der Gruppe recht geben. Er hat mal gesagt, ich müßte meine Wut verarbeiten, und da hatte er recht. Allerdings hab ich ne Abkürzung genommen, indem ich Venters ins Jenseits schickte. Ich werde zwar ab und zu von Schuldgefühlen heimgesucht, aber damit kann ich umgehen.

Ich habe schließlich meinen Eltern erzählt, daß ich AIDS habe. Meine Ma hat nur geweint und mich umarmt. Mein alter Herr hat nichts gesagt. Er war ganz bleich geworden, als er da vor dem Fernseher saß und *A Question of Sports* schaute. Als ihn seine heulende Frau drängte, endlich was zu sagen, meinte er nur: – Tja, was soll man da noch sagen. Diesen Satz wiederholte er andauernd. Er hat mir nicht ein einziges Mal in die Augen geschaut.

An dem Abend, als ich wieder bei mir zu Hause war, klingelte es an der Tür. Ich nahm an, daß Donna nach Hause kam, die ausgegangen war, und machte die Tür auf. Einen Augenblick später stand mein alter Herr in der Tür, Tränen in den Augen. Das war das erste Mal, daß er überhaupt in meine Wohnung gekommen war. Er kam auf mich zu und umarmte mich fest, schluchzte und sagte immer wieder: – Mein Junge. Das war unendlich viel besser als: »Tja, was soll man da noch sagen.«

Ich weinte laut und hemmungslos. Wie bei Donna, so war es auch bei meiner Familie. Wir haben eine Vertrautheit gefunden, die uns unter anderen Umständen vielleicht entgangen wäre. Wenn ich doch nur nicht so lange damit gewartet hätte, ein Mensch zu werden. Aber lieber spät als gar nicht, das könnt ihr mir glauben.

Hinterm Haus spielen ein paar Kinder, und der Grasstreifen wird von der strahlenden Sonne in ein sattes Grün getaucht. Der Himmel ist wunderbar klar und blau. Das Leben ist schön. Ich werde es genießen, und ich werde lange leben. Ich werde ein Langzeit-Überlebender sein, wie die Mediziner das nennen. Ich weiß es einfach.

THERE IS A LIGHT THAT NEVER GOES OUT

Sie treten aus der Tür hinaus in die Dunkelheit der menschenleeren Straße. Einige von ihnen gehen krampfartig, wie besessen, sind überdreht und lärmend. Andere bewegen sich schweigend, wie Gespenster; alles tut ihnen weh, aber sie haben Angst vor drohenden, noch größeren Schmerzen und Unwohlsein.

Ihr Ziel ist ein Pub, das ein zerfallendes Wohnhaus zu stützen scheint; es steht in einer Querstraße zwischen der Easter Road und dem Leith Walk. Die Straße hat die große Reinigungsaktion verpaßt, in deren Genuß ihre Nachbarn gekommen waren, und die Gebäude sind so schmierig schwarz wie eine Lunge bei vierzig Stück am Tag. Es ist so dunkel, daß man vor dem Hintergrund des Himmels kaum die Umrisse des Hauses ausmachen kann. Sie können sie nur im Schein des einsamen Lichts, das aus einem Fenster im oberen Stock strahlt, oder der grellen Straßenlaterne erkennen, die von der Fassade absteht.

Die Front des Pubs ist in einem dicken, glänzenden Dunkelblau gestrichen, das Pubschild im Stil der siebziger Jahre, den die Brauerei bevorzugte, als jede Bar einheitlich auszusehen und seinen individuellen Charakter, so vorhanden, herunterzuspielen hatte. Wie die Wohnhäuser ringsherum, wurde auch das Pub in bald zwanzig Jahren höchstens oberflächlich renoviert.

Es ist sechs nach fünf, und die gelben Lichter des Wirtshauses leuchten, ein Schutzhafen in den dunklen, feuchten und leblosen Straßen. Ist schon ein paar Tage her, denkt sich Spud, daß er Licht gesehen hat. Sie waren wie Vampire, führten ein weitgehend nächtliches Leben, völlig außerhalb des Rhythmus der anderen Menschen, die in den Mietshäusern wohnten und nach einem Dienstplan aus Schlaf und Arbeit lebten. Es war gut, anders zu sein.

Obwohl das Pub erst vor wenigen Minuten geöffnet hat, ist es schon ziemlich voll. Drinnen gibt es eine lange, resopalbeschichtete Theke mit mehreren Zapfhähnen für Bier und Soda. Auf dem dreckigen Linoleum stehen wacklige Tische mit derselben Resopalbeschichtung. Hinter der Theke ragt ein unpassend prächtiges, feingeschnitztes Holzregal auf. Kränklich gelbes Licht von blanken Glühbirnen prallt von den nikotingefärbten Wänden.

Im Pub sitzen waschechte Schichtarbeiter aus der Brauerei und dem Krankenhaus, und so soll es dem Zweck der Frühkonzession entsprechend auch sein. Es gibt aber auch ein paar von den Verzweifelteren: jene, die hier sind, weil sie hier sein müssen.

Die Gruppe, die jetzt das Pub betritt, wird ebenfalls vom Verlangen getrieben. Dem Verlangen nach mehr Alkohol, um high zu bleiben oder zu werden und um den einsetzenden harten, depressiven Kater zu bekämpfen. Und sie werden von einem noch größeren Verlangen getrieben, dem Verlangen, zusammen zu sein, sich an die Kräfte zu klammern, die sie in den letzten Tagen des heftigen Feierns zusammengeschweißt haben.

Ihr Eintreten wird von einem Säufer unbestimmten Alters beobachtet, der an der Theke lehnt. Das Gesicht des Mannes ist vom billigen Fusel und dem zu langen Aufenthalt in den frostigen Winden, die brutal von der Nordsee herüberwehen, zerstört. Es sieht aus, als wäre jedes einzelne Äderchen unter der Haut geplatzt, wodurch es den zu kurz gekochten eckigen Würstchen ähnelt, die in den Lokalen in der Gegend serviert werden. Im Kontrast dazu steht das kalte Blau seiner Augen, wenn auch das Weiß die gleiche Farbe hat wie die Pubwände. Sein Gesicht verzerrt sich in vagem Erkennen, als die lärmende Gruppe an die Theke tritt. Einer der jungen Männer ist sein Sohn, denkt er hämisch, vielleicht mehr als nur einer. Er war für die Geburt einer ganzen Reihe von ihnen verantwortlich, als ein bestimmter Frauentyp ihn attraktiv fand. Das war, bevor der Alkohol sein Aussehen ruiniert und den Anstoß seiner gemeinen scharfen Zunge in unverständliches Gelalle verwandelt hatte. Er sieht den betreffenden jungen Mann an und will gerade etwas zu ihm sagen, doch dann stellt er fest, daß er ihm nichts zu sagen hat. Hatte er noch nie. Der junge Mann nimmt ihn gar nicht wahr und konzentriert sich darauf, die Drinks zu besorgen. Der alte Säufer sieht, daß der junge Mann sich in seiner Gesellschaft und beim Trinken wohlfühlt. Er erinnert sich daran, daß er selbst einmal so war. Das Hochgefühl und die Gesellschaft verschwanden, der Alkohol nicht. Das Trinken füllte sogar die Leere aus, die ihr Verschwinden hinterlassen hatte.

Das letzte, was Spud will, ist noch ein Glas Bier. Bevor sie losgezogen sind, hat er sich in Dawsys Bude im Badezimmerspiegel betrachtet. Sein Gesicht war blaß und voller Flecken, und schwere, dunkle Augenlider mühten sich, ihm den Blick auf die Wirklichkeit zu verstellen. Auf seinem Kopf thronten ein paar Büschel abstehender sandfarbener Haare. Es wäre vielleicht nicht schlecht, findet er, einen Tomatensaft zu trinken, für seinen schmerzenden Magen, oder einen frischen Orangensaft und Limonade, um gegen die Dehydrierung anzugehen, bevor er wieder Alkohol trank.

Die Hoffnungslosigkeit seiner Lage wird noch verstärkt, als er ergeben das Pint Lager entgegennimmt, das ihm Frank Begbie, der als erster an der Theke war, reicht.

– Prost, Franco.

– Ich krieg n Guinness, Franco, verlangt Renton. Renton ist gerade aus London zurück. Er ist ebenso froh, wieder hier zu sein, wie damals, wegzukommen.

– Das Guinness is beschissen hier, sagt Gav Temperley zu ihm.

– Egal.

Dawsy hebt die Augenbrauen und schmalzt die Barfrau an.

– *Yeah, yeah, yeah, you're a beautiful lover.*

Sie hatten einen Wettbewerb um den bescheuertsten Song abgehalten, und seitdem hat Dawsy nicht mehr aufgehört, seinen Siegerbeitrag zu trällern.

– Ach, halt die Schnauze, Dawsy. Alison stößt ihm in die Rippen. – Willste, daß wir rausfliegen?

Die Barfrau kümmert sich sowieso nicht um ihn. Also dreht er sich um und singt Renton an. Renton lächelt nur müde. Das Problem mit Dawsy ist, so denkt er, daß der Kerl es immer übertreiben muß, wenn man ihn mal ermutigt. Schon vor einigen Tagen war es nicht besonders witzig gewesen, erst recht nicht, findet er, so lustig wie seine Version von Rupert Holmes' »Escape (The Pina Colada Song)«.

– *I can remember the night that we met down in Rio* ... das Guinness is die letzte Plörre hier. Bist doch bescheuert, hier Guinness zu trinken, Mark.

– Ich habs ihm schon gesagt, meint Gav triumphierend.

– Egal, erwidert Renton mit einem müden Lächeln auf den Lippen. Er ist betrunken. Er spürt Kellys Hand in seinem Hemd, wie sie seine Brustwarze zwickt. Das hat sie schon die ganze Nacht gemacht und ihm gesagt, daß sie eine flache, unbehaarte Brust wirklich mag. Es ist schön, an den Brustwarzen berührt zu werden. Und wenn es Kelly macht, ist es noch schöner als schön.

– Wodka Tonic, sagt sie zu Begbie, der ihr von der Theke aus signalisiert. – Gin Limo für Ali. Die is grad aufm Topf.

Spud und Gav unterhalten sich weiter an der Theke,

während die anderen sich auf ein paar Stühle in einer Ecke hocken.

– Wie gehts June? fragte Kelly Franco Begbie; sie meint seine Freundin, die schon wieder schwanger sein soll, wo sie doch gerade eben erst ein Kind gekriegt hat.

– Wer? blafft Franco aggressiv. Ende der Diskussion.

Renton schaut sich das Frühprogramm im Fernsehen an.

– Diese Anne Diamond.

– Häh? Kelly glotzt ihn an.

– Die würd ich durchficken, verdammt, meint Begbie.

Alison und Kelly runzeln die Stirn und schauen zur Zimmerdecke.

– Nee, nee, aber ihr Baby is auch den Kindstod gestorben. Genau wie Lesleys Baby. Die kleine Dawn.

– Das war echt schade, sagt Kelly.

– Na ja, hatte auch sein Gutes. Die Lütte wär doch am verdammten AIDS krepiert, wenn se nich den Kindstod gestorben wär. So wars leichter für das Blag, meint Begbie.

– Lesley hatte kein AIDS! Dawn war ein vollkommen gesundes Kind! zischt Alison ihn wütend an. Renton ist zwar auch sauer, aber ihm fällt auf, daß Alison immer überkorrekt spricht, wenn sie wütend ist. Er bekommt vage Schuldgefühle, daß er so oberflächlich ist. Begbie grinst.

– Ach, wer weiß das schon so genau? meint Dawsy schleimscheißerisch. Renton starrt ihn hart und herausfordernd an, was er sich bei Begbie nie erlauben würde. Aggressionen werden immer in die Richtung weitergegeben, aus der sie nicht erwidert werden.

– Ich mein doch bloß, daß keiner was Genaues weiß, sagt Dawsy lahm und zuckt mit den Schultern.

An der Theke nuscheln Spud und Gav Konversation.

– Glaubste, Rents pennt mit Kelly? fragt Gav.

– Keine Ahnung. Sie hat mit Des Schluß gemacht, und Rents sieht Hazel auch nich mehr. Eigener Herr, sozusagen.

– Des, dieser Arsch. Ich hasse diesen Wichser.

– ... kenn den Sack gar nich ... verstehste.

– Klar kennste den! Is doch dein beschissener Cousin, Spud! Des! Des Feeney!

– ... stimmt ja, Mann ... *der* Des. Aber kennen tu ich den trotzdem nich. Hab den Typen bloß n paarmal gesehen, seit wir klein waren, weißte? Trotzdem, echt heavy, Hazel is mit diesem anderen Typen auf der Party, und Rents mit Kelly, verstehste ... heavy.

– Hazel is doch sowieso ne häßliche Matschkuh. Ich hab die Schnalle noch nie lächeln sehen. Is ja auch kein Wunder, wenn man mit Rents geht. Kann ja auch nich sehr lustig sein, mit nem Typen rumzumachen, der andauernd zugeknallt is.

– Ja, echt ... heavy ... Spud fragt sich kurz, ob Gav indirekt auf ihn anspielt mit seiner Bemerkung über Leute, die andauernd zugeknallt sind, und findet dann, daß sie nicht weiter von Bedeutung ist. Gav war in Ordnung.

Spuds konfuses Hirn denkt an Sex. Auf der Party schienen alle in die Betten zu hopsen. Alle außer ihm. Er würde wirklich gern mal wieder vögeln. Sein Problem ist nur, er ist zu schüchtern, wenn er trocken oder sauber ist, und wenn er zugeknallt oder besoffen ist, versteht ihn keiner, und er macht auf Frauen keinen Eindruck. Im Augenblick steht er voll auf Nicola

Hanlon, er findet, sie sieht ein wenig so aus wie Kylie Minogue.

Vor ein paar Monaten hat sich Nicola mit ihm unterhalten, als sie von einer Party in Sighthill zu einer anderen in Wester Hailes gingen. Sie hatten gut gequatscht und sich dabei vom Rest der Gruppe abgesondert. Sie war richtig auf ihn eingegangen, und Spud, der voll auf Speed gewesen war, hatte einfach drauflos geredet. Sie schien ihm regelrecht an den Lippen zu hängen. Spud wäre es am liebsten gewesen, wenn sie nie bei der Party angekommen und einfach weitergegangen wären und sich unterhalten hätten. Sie gingen in die Unterführung, und Spud fand, das der Augenblick gekommen war, den Arm um Nicola zu legen. In dem Augenblick fiel ihm eine Textzeile aus einem Song der Smiths ein, der ihm immer gut gefallen hatte, »There Is A Light That Never Goes Out«

and in the darkened underpass
I thought Oh God my chance has come at last
but then a strange fear gripped me
and I just couldn't ask

Morrisseys traurige Stimme brachte seine Gefühle auf den Punkt. Er legte den Arm nicht um Nicola, und seine Versuche, sich an sie ranzumachen, blieben halbherzig. Statt dessen hockte er sich mit Rents und Matty in ein Zimmer und genoß die herrliche Freiheit von der angstvollen Frage, ob er sie nun aufreißen konnte oder nicht.

Wenn es bei Spud zum Sex kam, dann meistens, wenn er von einer stärkeren Macht besessen war. Und dann war die Katastrophe nicht weit. Eines Abends griff ihn sich Laura McEwan, ein Mädchen mit einer imponierenden sexuellen Reputation, in einem Pub am Grassmarket und nahm ihn mit nach Hause.

– Ich will, daß du meinen Arsch entjungferst, hatte sie zu ihm gesagt.

– Häh? Spud traute seinen Ohren nicht.

– Fick mich in den Arsch. Das hab ich noch nie gemacht.

– Ähm, ja, das klingt ... echt heiß, echt ...

Spud kam sich auserwählt vor. Er wußte, daß Sick Boy, Renton und Matty es schon mit Laura getrieben hatten, die sich meist an eine Gruppe von Leuten anhängte, mit jedem Typen pennte und dann weiterzog. Aber was er vorhatte, hatten sie noch nie getan.

Allerdings hatte Laura davor noch einiges mit ihm vor. Sie fesselte ihm Handgelenke und Knöchel mit Klebeband.

– Das mach ich bloß, weil ich nich will, daß du mir wehtust. Verstehste? Wir machens seitwärts. Sobald es mir wehtut, is die Sache vorbei. Alles klar? Weil, niemand tut mir weh. Verstehste? Sie sprach harsch und verbittert.

– Ja ... vollkommen klar ... meinte Spud. Er wollte niemandem wehtun. Er war schockiert über diese Unterstellung.

Laura trat zurück und bewunderte ihr Werk.

– Verdammt, das is schön, sagte sie und rieb sich zwischen den Beinen, während ein nackter Spud gefesselt auf ihrem Bett lag. Spud kam sich verwundbar und merkwürdig neckisch vor. Er war noch nie zuvor festgebunden worden, und es hatte ihm auch noch nie jemand gesagt, daß er schön sei. Dann nahm Laura Spuds langen, dünnen Schwanz in den Mund und lutschte ihn.

Sie hörte genau im richtigen Augenblick auf, halb aus Intuition, halb aus Erfahrung, kurz bevor ein ekstatischer Spud explodierte. Dann verließ sie das Zimmer. Spud bekam langsam Angst wegen der Fesselung. Alle sagten, daß Laura ne Meise hatte. Seitdem sie ihren langjährigen Lebenspartner Roy wegen seiner Impotenz, Inkontinenz und Depression in die Psychiatrie hatte einliefern lassen, vor allen Dingen wegen ersterem, hatte sie es mit jedem getrieben, den sie kriegen konnte.

– Er hat mich ewig nich mehr richtig gefickt, hatte Laura zu Spud gesagt, als sei das ein Grund, ihn in die Klappsmühle einsperren zu lassen. Aber ihre Grausamkeit und Skrupellosigkeit machte einen Teil ihrer Attraktivität aus, sagte sich Spud. Sick Boy nannte sie die »Sexgöttin«.

Sie kam wieder ins Schlafzimmer und sah ihn an, wie er da gefesselt und ihr ausgeliefert lag.

– Ich will jetzt, daß dus mir in den Arsch machst. Aber erst schmier ich dir den Pimmel mit Vaseline ein, damits mir nich weh tut, wenn du ihn reinsteckst. Meine Muskeln werden angespannt sein, weil das was Neues für mich is, aber ich versuch, mich zu entspannen. Sie sog heftig an einem Joint.

Laura hatte sich da nicht ganz korrekt ausgedrückt. Sie konnte im Spiegelschrank im Bad keine Vaseline finden. Aber sie fand etwas anderes, das sie als Schmiermittel nehmen konnte. Es war klebrig und schmierig. Sie verteilte es großzügig über Spuds Schwanz. Es war Wick.

Es brannte sich in ihn hinein, und Spud schrie vor Schmerz laut auf. Er zerrte wild an seinen Fesseln, und er hatte das Gefühl, als hätte man ihm die Spitze seines Penis guillotiniert.

– Scheiße. Tut mir leid, Spud, sagte Laura und riß den Mund auf.

Sie half ihm vom Bett herunter und führte ihn ins Bad. Blind vor Tränen des Schmerzes, hoppelte er hinüber. Laura füllte das Waschbecken mit Wasser und ging dann ein Messer suchen, um ihm die Fesseln an Händen und Beinen durchzuschneiden.

Spud balancierte unsicher und hängte seinen Schwanz ins Wasser. Das brannte noch viel mehr, und vor Schreck zuckte er zurück. Beim Rückwärtsfallen knallte er mit dem Kopf gegen die Kloschüssel und schlug sich den Schädel über dem Auge auf. Als Laura zurückkam, lag Spud bewußtlos da, und dickes, dunkles Blut sickerte auf den Linoleumfußboden.

Laura rief einen Krankenwagen, und Spud wachte mit sechs Stichen über dem Auge und einer schweren Gehirnerschütterung im Krankenhaus auf.

Er fickte sie dann doch nicht in den Arsch. Man erzählte sich, daß kurz danach eine frustrierte Laura Sick Boy angerufen hat, der auch kam und für seinen Freund einsprang.

Bald nach dieser Katastrophe richtete Spud seine Aufmerksamkeit auf Nicola Hanlon.

– Ähm, war überrascht, daß die kleine Nicky nich auf der Party war ... die kleine Nicky, kennste doch, oder? fragte er Gav.

– Ja. Das is ne dreckige kleine Hure. Die nimmts, wies kommt, meinte Gav abfällig.

– Ach ja?

Gav bemerkte und genoß die schlecht verborgene Angst und Sorge auf Spuds Gesicht und redete, innerlich grinsend, aber lebhaft-nüchtern weiter. – Ja klar. Ich hab sie n paarmal genommen. Nich übel. Sick Boy war auch schon mal dran. Rents und die anderen. Tommy auch, glaub ich. Jedenfalls hat er ne Weile um sie rumgeschnüffelt.

- Echt? ... Tja ... Spud ist gedeckelt, aber gleichzeitig auch optimistisch. Er muß einfach versuchen, sauberer zu bleiben, beschließt er, da er offenbar gar nicht mitkriegt, was sich vor seiner Nase abspielt.

Drüben am Tisch deutet Begbie an, daß er etwas feste Nahrung zu sich nehmen will: - Ich bin am verhungern, verdammt. Laßt uns was futtern und dann in ne anständige Kneipe ziehen. Wie ein arroganter Adliger, der sich unter widrigen Umständen wiederfindet, schaut er sich verbittert in der höhlenartigen, nikotinverfärbten Bar um. Tatsächlich aber hat er gerade den alten Säufer an der Theke erkannt.

Es ist immer noch dunkel, als sie das Pub verlassen und in ein Frühstückslokal auf der Portland Street gehen.

- Frühstück für alle, sagte Begbie und schaut sich erwartungsvoll in der Runde um.

Alle nicken, außer Renton.

- Nee. Ich will kein Fleisch, sagt er.

- Dann nehm ich eben deinen blöden Schinken und die Wurst und die Blutwurst, schlägt Begbie vor.

- Na klar, meint Renton sarkastisch.

- Na, dann kriegst du eben meine beschissenen Eier und die Bohnen und die Tomate dafür, du Arsch!

- Na gut, sagt Renton und wendet sich dann an die Kellnerin. - Nehmen Sie Pflanzenöl zum Braten oder Schmalz?

- Na, Schmalz, sagt die Kellnerin und schaut ihn an, als wäre er vollkommen verblödet.

- Krieg dich ein, Rents. Is doch egal, meint Gav.

– Is doch Mark seine Sache, was er ißt, sagt Kelly. Alison nickt. Renton kommt sich wie ein selbstgefälliger Zuhälter vor.

– Verdirbst allen anderen den Spaß, Rents, grummelt Begbie.

– Wie denn das? N Käsebrötchen mit Salat, sagt er zu der Kellnerin.

– Wir ham doch alle zugestimmt. Volles Frühstück für jeden, stellt Begbie fest.

Renton kann es einfach nicht glauben. Er will Begbie die Meinung geigen. Doch er reißt sich zusammen und schüttelt nur den Kopf. – Ich eß doch kein Fleisch, Franco.

– Bescheuerter Vegetarier. So ne Scheiße. N bescheuerter Junkie, der sich Sorgen darüber macht, was er futtert! Das is doch n Witz!

– Ich mag einfach kein Fleisch, meint Renton und kommt sich blöde vor, während alle anderen kichern.

– Jetzt erzähl uns bloß nich, daß du Tiere töten Scheiße findest. Erinner dich an die verdammten Hunde und Katzen, die wir mit m Luftgewehr abgeballert ham! Und die beschissenen Tauben, die wir in Brand gesteckt ham. Mensch, der hat sogar Knaller an weiße Mäuse geklebt, der Arsch.

– Tiere töten macht mir nix aus. Ich mag sie bloß nich essen, sagt Renton und zuckt mit den Schultern; ihm ist es peinlich, daß seine jugendlichen Grausamkeiten vor Kelly ausgebreitet werden.

– Widerliche grausame Schweine. Ich versteh nich, wie man nen Hund erschießen kann, meint Alison verächtlich und schüttelt den Kopf.

– Na, und ich versteh nich, wie man n Schwein töten

und dann aufessen kann, meint Renton und zeigt auf den Schinken und die Wurst auf ihrem Teller.

– Das is doch was anderes.

Spud blickt um sich: – Is doch so ... Rents tut das Richtige, aber aus den falschen Gründen. Wir lernen irgendwie nie, uns selbst zu lieben, bis wir auf Schwächere aufpassen können, Tiere und so ... aber is schon gut, daß Rents Vegetarier is ... wenn du das durchhältst ... verstehste ...

Begbie schlabbert mit dem ganzen Körper und reckt Spud zwei Finger zum Peace-Zeichen entgegen. Die anderen lachen. Renton, der Spud dafür dankbar ist, daß er versucht hat, sich hinter ihn zu stellen, geht dazwischen, um die Häme von seinem Verbündeten abzulenken.

– Vegetarier bleiben is doch kein Problem. Ich mag einfach kein Fleisch. Davon muß ich kotzen. Das is alles.

– Na, und ich find immer noch, du verdirbst jedem hier am Tisch den Spaß.

– Weshalb?

– Weil ichs sag, deshalb! zischt Begbie und deutet auf sich selbst.

Renton zuckt erneut mit den Schultern. Es hatte wenig Sinn, sich weiter zu streiten.

Sie schlingen das Frühstück hinunter, nur Kelly nicht, die in ihrem Essen herumstochert, ohne die gierigen Blicke der anderen zu bemerken. Schließlich schiebt sie Franco und Gav ein paar Sachen auf die leeren Teller.

Als ein nervös und unbehaglich um sich blickender Typ in einer Hearts-Jacke reinkommt, um sich ein Essen zu holen, stimmen sie einen Schlachtgesang an:

Oh to, oh to be, oh to be a Hibby!, worauf sie aufgefordert werden zu gehen. Daraufhin brechen sie in eine ganze Reihe von Fußballiedern und schlechten Popsongs aus. Die Frau an der Theke droht damit, die Polizei zu rufen, aber sie verlassen den Laden freiwillig.

Sie kehren in ein anderes Pub ein. Renton und Kelly bleiben auf ein Glas und verschwinden dann zusammen. Gav, Dawsy, Begbie, Spud und Alison trinken heftig weiter. Dawsy, der schon seit einiger Zeit wankte, kippt um. Begbie tut sich mit ein paar Psychotikern zusammen, die an der Theke stehen, und Gav hat einen Arm besitzergreifend um Alison gelegt.

Spud hört den Anfang von »China in your hand« von T'Pau und weiß gleich, daß Begbie an der Musikbox steht. Diesen Song, »Take my breath away« von Berlin, »Don't you want me« von Human League oder etwas von Rod Stewart legt er andauernd auf.

Als Gav zum Klo wankt, wendet sich Alison an Spud. – Spu ... Danny. Laß uns verschwinden. Ich will nach Hause.

– Ähm ... okay ...

– Ich will nich allein nach Hause gehen, Danny. Komm mit.

– Ähm, ja ... nach Hause, okay ... ähm ... ja.

Sie verdrücken sich so unauffällig aus der rauchgeschwängerten Bar, wie sie es mit ihren mitgenommenen Körpern schaffen.

– Komm mit zu mir und bleib n bißchen, Danny. Keine Drogen oder sowas. Ich will bloß nich alleine sein, Danny. Verstehste, was ich meine? Sie torkeln durch die Straßen, und Alison sieht ihn ganz nervös und tränenfeucht an.

Spud nickt. Er glaubt zu wissen, was sie meint, weil

er auch nicht allein sein will. Aber er kann sich da nicht sicher sein, kann sich nie ganz sicher sein.

DAS GEFÜHL VON FREIHEIT

Alison is echt übel drauf. Ich sitz hier mit ihr in nem Café und versuch, ein Wort von dem Quatsch zu verstehen, den sie da vor sich hin brabbelt. Sie zieht über Mark her, is ja in Ordnung, aber langsam gehts mir auf den Senkel. Ich weiß, sie meints nich böse, aber was is mit ihr und Simon, der einfach ankommt und sie benutzt, wenn er sonst niemanden zum Vögeln hat? Die muß grad reden.

– Versteh mich nich falsch, Kelly. Ich mag Mark. Er hat bloß n Haufen Probleme. Er is nich grad das, was du jetzt brauchst.

Ali is bloß so fürsorglich, weil ich mit Des Schluß gemacht hab und wegen der Abtreibung und so. Aber sie geht einem damit ganz schön auf die Nerven. Die soll sich mal selbst zuhören. Versucht vom Heroin loszukommen und glaubt, sie kann allen anderen erzählen, wie sie ihr Leben zu leben haben.

– Ach ja, aber Simon is das, was du brauchst.

– Das hab ich nich gesagt, Kelly. Das hat damit nichts zu tun. Simon versucht wenigstens, vom Heroin runterzukommen. Mark is das scheißegal.

– Mark is kein Junkie, der nimmt bloß ab und zu was.

– Na klar. Auf welchem Planeten lebst du eigentlich, Kelly? Deshalb hat diese Hazel ihn doch rausgeschmissen. Er kann seine Finger nich davon lassen. Und du redest auch schon wien Junkie. Wenn du so weitermachst, biste selber bald drauf.

Ich streit mich nich rum mit der. Die muß jetzt eh gleich zum Wohnungsamt.

Ali is aufm Amt, wegen ihrer Mietrückstände. Sie is ziemlich fertig, überdreht und angespannt; aber der Typ hinterm Schreibtisch is schon in Ordnung. Ali erklärt, daß sie vom Stoff weg is und sich n paarmal wegen nem Job vorgestellt hat. Es läuft ziemlich gut. Sie kriegt nen festen Satz, den sie jede Woche abzahlen muß.

Aber an der Art, wie sie reagiert, als diese Typen, Bauarbeiter, uns vorm Postamt hinterherpfeifen, merk ich, daß sie immer noch total verkrampft is.

– Alles klar, Puppe? ruft einer.

Ali, diese bekloppte Kuh, macht den Typen an.

– Haste eigentlich ne Freundin? Möcht ich bezweifeln, weil du nämlich n fetter, häßlicher Sack bis. Warum gehste nich einfach mit nem Porno aufs Klo und treibst es mit der einzigen Person, die verrückt genug is, dich anzufassen – mit dir selber.

Der Typ starrt sie haßerfüllt an, aber so hat er ja schon vorher ausgesehen. Bloß, daß er jetzt nen Grund hat, sie zu hassen, nicht bloß weil sie ne Frau is.

Die Kumpel von dem Typen machen: – Huuh! Huuh! und stacheln den Typen an, aber der steht bloß da und zittert vor Wut. Einer von den Arbeitern hängt am Baugerüst wien Affe. Ganz genau das sind sie, niedere Primaten. Es is einfach zu bescheuert!

– Verpiß dich, du Zicke! faucht der Typ.

Aber Ali läßt sich nich so leicht vertreiben. Es is echt peinlich, aber auch irgendwie lustig, denn jetzt sind auch noch n paar Leute stehengeblieben, um zuzukucken. Neben uns stehen zwei andere Frauen mit Rucksack, sehen aus wie Studentinnen. Das kommt gut, echt gut. Irre!

Ali, also die Frau is total ausgerastet, sagt: – Ach, vor ner Minute war ich noch ne Puppe, als du mir hinterhergepfiffen hast. Und jetzt, wo ich sag, verpiß dich, bin ich ne Zicke. Aber du, du bist immer noch n fetter, häßlicher Sack, und daran wird sich auch nichts ändern.

– Und da hat sie recht, sagt eine der Rucksackfrauen mit nem australischen Akzent.

– Scheißlesben! brüllt n anderer. Also, das geht mir voll auf den Keks, als Lesbe beschimpft zu werden, bloß weil ich was dagegen hab, von widerlichen, blöden Kerlen angemacht zu werden.

– Wenn alle so widerlich wären wie du, dann wär ich echt stolz darauf, ne Lesbe zu sein! ruf ich zurück. Hab ich das wirklich gesagt? Irre!

– Ihr Typen habt echt n Problem. Fickt euch doch einfach gegenseitig, sagt die andere Australierin.

In der Zwischenzeit hat sich ne ziemliche Menschenmenge versammelt, und zwei alte Weiber hören mit.

– Is doch furchtbar. Wie die Mädchen mit den Jungs reden, meint eine.

– Überhaupt nich. Die sind doch wirklich das Letzte. Gut, daß die jungen Mädchen auch austeilen können. Schade, daß das zu meiner Zeit noch nich so war.

– Aber wie die reden, Hilda, wie die reden. Die erste Mutti verzieht den Mund und schüttelt sich.

– Na und, wie reden denn die Jungs? erwidert die andere.

Die Typen schauen ziemlich betreten drein und

kriegen von der Menge, die sich da gebildet hat, ganz schön ihr Fett weg. Die ganze Geschichte entwickelt sich irgendwie von alleine. Irre! Dann kommt der Vorarbeiter vorbei, der auf Rambo macht.

– Können Sie diese Tiere eigentlich nicht unter Kontrolle halten, sagt eine der Australierinnen. – Haben die nichts zu arbeiten, statt die Leute zu belästigen?

– Rein mit euch! brüllt der Vorarbeiter und scheucht die Typen fort. Wir jubelten. Es war einfach irre!

Ali und ich sind mit den Australierinnen über die Straße ins Café Rio, und die beiden Muttis sind mitgekommen. Die »Australierinnen« stellten sich als Neuseeländerinnen heraus und waren wirklich lesbisch, aber das hatte damit überhaupt nichts zu tun. Sie reisten einfach bloß zusammen um die Welt. Is doch zu irre! Das würd ich auch gern mal machen. Ali und ich; das wär toll. Aber stell dir mal vor, im November nach Schottland zu fahren. Das is doch wirklich zu verrückt. Wir quatschten jedenfalls ewig über alles mögliche, und sogar Ali war nich mehr ganz so gestreßt.

Nach ner Weile beschlossen wir, auf nen Joint und ne Tasse Tee zu mir zu gehen. Wir versuchten auch die beiden Muttis zu überreden, aber die mußten nach Hause, um ihren Männern das Abendbrot zu richten, auch wenn wir meinten, sie sollten die Arschlöcher mal ihr Essen selber machen lassen.

Die eine war wirklich kurz davor: – Ach, ich möchte noch mal so alt sein wie ihr, dann würd ich alles ganz anders machen, das kann ich euch sagen.

Ich fühle mich toll, richtig frei. Wir alle. Irre! Ali, Veronica und Jane (die Neuseeländerinnen) und ich haben uns bei mir ziemlich zugeknallt. Wir zogen über

Männer her und fanden alle, daß sie ziemlich dumme, unzulängliche und minderwertige Geschöpfe sind. Ich hab mich anderen Frauen noch nie so nahe gefühlt, und ich hab mir echt gewünscht, lesbisch zu sein. Manchmal denk ich, alles, wozu Männer gut sind, is ab und zu mal vögeln. Ansonsten gehn sie einem fürchterlich auf den Keks. Vielleicht is das verrückt, aber wenn man mal richtig drüber nachdenkt? Unser Problem is bloß, daß wir nich so oft drüber nachdenken und bloß immer den Scheiß hinnehmen, den uns diese Ärsche vorsetzen.

Die Tür geht auf, und Mark kommt rein. Ich grins ihm hämisch ins Gesicht. Er kommt rein und schaut sich völlig verwirrt um, und wir lachen lauthals über ihn, so zugeknallt wie wir sind. Vielleicht kommts vom Stoff, aber er sieht so merkwürdig aus; Männer sehen so merkwürdig aus, diese komischen flachen Körper und seltsamen Köpfe. Wie Jane schon sagte, Männer sind schon komische Dinger, die ihre Fortpflanzungsorgane außen am Körper tragen. Zum Piepen!

- Alles klar, Puppe? ruft Ali und ahmt den Bauarbeiter nach.

- Ausziehen! lacht Veronica.

- Den hab ich flachgelegt. Nich übel im Bett, wenn ich mich richtig erinnere. N bißchen klein, aber sonst! sage ich, Francos Tonfall nachahmend, und zeige auf Mark. Frank Begbie, der Traum einer jeden Frau, na ja, vielleicht auch nicht, über den hatten Ali und ich grad heftig hergezogen.

Aber der arme Mark nimmts gelassen hin, das muß man ihm zugute halten. Schüttelt bloß den Kopf und lacht.

– Ich hab offensichtlich nen ungünstigen Zeitpunkt erwischt. Ich ruf morgen mal an, sagt er zu mir.

– Och ... armer, armer Mark ... wir gackern bloß n bißchen ... na, du weißt schon ... meint Ali schuldbewußt. Ich lache lauthals über das, was sie gesagt hat.

– Und über wessen Eier gackern wir jetzt? frag ich. Wir fallen alle um vor Lachen. Ali und ich hätten vielleicht als Männer auf die Welt kommen sollen, in allem sehen wir Sex. Vor allen Dingen, wenn wir stoned sind.

– Schon gut. Bis dann, sagt Mark, zwinkert mir zu, dreht sich um und geht.

– Na ja, manche von denen sind schon in Ordnung, sagt Jane, nachdem wir uns wieder gefaßt haben.

– Ja, aber bloß, wenn se in der Minderheit sind, sag ich und wundere mich, wo die Schärfe in meiner Stimme herkommt, aber eigentlich will ich das gar nicht so genau wissen.

Trautes Heim

LEICHT VERDIENTES GELD FÜR PROFIS

Es war einfach, total arscheinfach, aber Begbie is so uncool; ich sags dir.

– Erzähl keinem was davon, klar? Kein Wort zu niemandem, sagt er zu mir.

– Schon klar, hab dich laut und deutlich verstanden, sonnenklar. Beruhige dich, Franco, beruhige dich. Wir ham das Ding geschaukelt.

– Ja, aber kein Wort zu niemandem. Nich mal zu Rents und den anderen. Klar?

Mit manchen kann man einfach nich vernünftig reden. Du sagst »Vernunft«, und die verstehen »Verrat«, weißte?

– Und keine Drogen, verdammt. Halt die Kohle für ne Weile zusammen, sagt er. Und jetzt will er mir auch noch erzählen, wie ich den Schotter auszugeben hab, Mann.

Das ätzt total. Wenn wir den jungen Typen ausbezahlt ham, ham wir noch jeder zwei Riesen, und der macht immer nochn Aufstand.

Wir trinken nochn Pint und rufen dann n Taxi. Die Sporttaschen, die wir da mit uns schleppen, Mann, da sollte BEUTE draufstehen, nicht ADIDAS und HEAD. Zwei Riesen. Mann! *Don't you be terrified, it's just a token of my extreme* ... wie der andere Franco, ein gewisser Mister Zappa, gesagt hätte.

Das Taxi bringt uns zu Begbies Bude. June is da, und der kleine Begbie, der Wadenbeißer, hockt auf ihrem Schoß.

– Der Kleine is wach geworden, sagt sie zu Franco, wie zur Erklärung. Franco glotzt sie an, als wollte er sie beide kaltmachen.

– Verdammt. Komm schon Spud, ins Schlafzimmer. Nich mal in seinem eignen Haus kann man maln bißchen Ruhe haben! Er zeigt zur Tür hin.

– Was solln das? fragt June.

– Frag nich. Kümmer du dich lieber um den Kleinen! blafft Begbie. Wie er das sagt, klingt es, als ob das gar nich sein Baby wär, verstehste? In gewisser Hinsicht hat er ja recht; Franco is nich gerade der väterliche Typ ... ähm, was fürn Typ is er eigentlich?

Es war einfach toll, Mann. Keine Gewalt, kein Ärger. N paar nachgemachte Schlüssel, und das wars, wir sind reinmarschiert. Da war die falsche Platte in den Fliesen hinter der Theke, direkt unter der Kasse, und da drunter lag der große Segeltuchsack mit der ganzen Kohle. Vom Feinsten! Die ganzen schönen Scheine und Münzen. Mein Schlüssel zu besseren Zeiten, Mann. Mein Schlüssel zu besseren Zeiten.

Es klingelt an der Tür. Franco und ich schrecken hoch, könnten ja die Bullen sein, aber es is bloß der Lütte, der seinen Anteil will. Auch gut, denn Franco und ich ham schon die Münzen und Scheine zum Aufteilen auf dem Bett ausgebreitet.

– Habt ihrs? fragt der Kleine und reißt die Augen auf, als er all die feinen Sachen auf dem Bett sieht.

– Setz dich, verdammt! Halt die verdammte Schnauze, klar? fährt Begbie ihn an. Der kleine Kerl macht sich fast in die Hose.

Ich wollt Franco sagen, er soll mit dem Lütten nich so umspringen. Schließlich hat der uns den Tip gegeben. Der Kleine hat uns die Geschichte erzählt, uns sogar die Schlüssel zugesteckt, damit wir se nachmachen konnten. Aber obwohl ich nichts sag, liest Begbie s mir vom Gesicht ab.

– Der kleine Scheißer hier rennt doch gleich wieder in seine Schule und schmeißt mit der Kohle rum, um seinen Kumpeln und den Weibern zu imponieren.

– Mach ich nich, meint der Lütte.

– Halt die Schnauze! fährt ihn Begbie an. Der Kerl scheißt sich wieder in die Hose. Begbie dreht sich zu mir um. – Ich an seiner Stelle würds jedenfalls machen.

Er steht auf und wirft drei Darts-Pfeile in die Scheibe an der Wand, richtig fest, voller Gewalt, Mann. Der Lütte schaut beunruhigt.

– Es gibt bloß eins, was schlimmer is als jemand, der einen verpfeift, sagt Franco, zieht die Pfeile aus der Wand und schleudert sie mit der gleichen wilden Kraft wieder in die Scheibe. – Und das is einer, der quatscht. N Arsch, der zuviel redet, richtet größeren Schaden an als einer, der einen bei den Bullen verpfeift. Das sind nämlich die Arschlöcher, die die Spitzel anfüttern. Und die füttern die Bullen an. Und dann sind wir alle dran.

Er schleudert dem Lütten einen Pfeil mitten ins Gesicht. Ich springe auf, und der Kleine schreit und fängt an, hysterisch zu heulen, zittert, als hätte ern Anfall oder sowas.

Ich seh, daß Begbie heimlich die Spitze abgeschraubt und bloß mit den Plastikfedern geworfen hat. Der Lütte heult noch immer, vom Schock.

– Warn doch bloß die verdammten Federn, du kleiner blöder Arsch! N Stück Plastik! Franco lacht hämisch und zählt n Haufen Geldscheine, aber mehr Münzen, für den Lütten ab. – Wenn dich die Bullen anhalten, haste das in Portobello oder inner Spielhalle gewonnen. Und ein Wort von hier, dann kannste gleich beten, daß dich die Bullen erwischen und nach Polmont schicken, bevor ich dich in die Finger krieg, haste mich verstanden?

– Ja ... der Lütte zittert immer noch.

– Und jetzt hau ab und mach dich wieder an deinen dämlichen Samstagsjob im Heimwerkerladen. Und denk dran, wenn ich mitkriege, daß du mit dem verdammten Geld rumwedelst, steh ich auf der Matte, bevor du noch weißt, was los is.

Der Kleine nimmt seine Kohle und verschwindet. Viel abgekriegt hat er nich, n paar hundert Pfund von fast fünftausend etwa. Trotzdem, n Haufen Kohle für so n Jungspund, wenn du verstehst, was ich meine. Aber trotzdem, ich find, Franco isn bißchen sehr hart mit dem kleinen Scheißer umgesprungen.

– He Mann, der Junge hat uns zwei Riesen pro Nase eingebracht... ich mein ja bloß, Franco, vielleicht biste doch n bißchen hart mit ihm umgesprungen, findeste nich?

– Ich will nich, daß der kleine Arsch in der Gegend rumprahlt oder mit der Kohle wedelt. Mit so kleinen Ärschen was durchziehen, was Riskanteres gibts gar nich. Die können einfach nix für sich behalten, verstehste? Deshalb mach ich die Brüche lieber mit dir, Spud. Ich respektier deinen Professionalismus. Wenn du echte Profis auf so nen Job ansetzt, dann is das kein Akt.

– Ja ... genau, Mann, sag ich. Was soll ich sonst schon sagen, oder? Echte Profis. Klingt gut; klingt einfach klasse.

EIN GESCHENK

Ich habs bei meiner alten Dame nich mehr ausgehalten; die war mir zu sehr aufn Keks gegangen. Also hab ich mich für Mattys Beerdigung bei Gav eingenistet. Auf der Zugfahrt is nich viel passiert; genau so wollt ichs haben. N paar *Fall*-Bänder aufm Walkman, vier Dosen Lager und meinen H. P. Lovecraft. N Nazi-Arsch, der alte H. P., aber gute Geschichten konnt er erzählen. Jedesmal, wenn son lächelnder Arsch sich auf den Platz mir gegenüber quetschte und sich entschuldigte, setzte ich mein »Bitte nicht stören, sonst...«-Gesicht auf. Eine vergnügliche Reise, also eine kurze.

Gavs neue Bude is in der McDonald Road; ich geh zu Fuß. Als ich bei ihm ankomme, is er nich grad bester Stimmung. Ich krieg schon leichte Panik; vielleicht hab ich mich zu sehr aufgedrängt; aber dann verrät er mir den Grund für seine miese Laune.

– Ich sag dir, Rents, kuck dir mal Second Price an, den Arsch, sagt er, schüttelt verbittert den Kopf und weist in das leere Vorderzimmer, – ich geb dem die Kohle, damit er das Zimmer auf Vordermann bringt; bißchen verputzen und streichen. Heute morgen sagt er, ich geh mal kurz in n Laden. Und seitdem is er nich wiedergekommen.

Am liebsten hätt ich Gav gesagt, daß es ziemlich bescheuert war, Second Price damit zu beauftragen, und komplett gaga, ihm auch noch die Kohle vorneweg zu geben. Aber vermutlich will er genau das im Augenblick nicht hören, und ich bin schließlich sein Gast. Stattdessen schmeiß ich meine Tasche in das leere Zimmer und geh mit ihm runter ins Pub.

Ich will wissen, was mit Matty war; was mit dem

passiert is. Ich war echt geschockt von der Nachricht, aber eigentlich nich überrascht, um ehrlich zu sein.

– Matty hatte keine Ahnung, daß er positiv war, meint Gav. – War er wohl schon ne ganze Weile.

– Wars ne Lungenentzündung oder Krebs oder was? frag ich.

– Nein, ähm, Toxoplasmose. Schlaganfall.

– Häh? Das versteh ich nich.

– Echt traurig. Sowas konnte auch bloß Matty passieren, sagt Gav und schüttelt den Kopf. – Er wollte seine Kleine sehen, die kleine Lisa, Shirleys Baby, weißte? Shirley hat ihn nich in die Nähe des Hauses gelassen. Kein Wunder, bei dem Zustand, in dem er war. Na jedenfalls, kennste Nicola Hanlon?

– Ja, die kleine Nicky.

– Na, ihre Katze hatte Junge, und Matty hatte sich eines besorgt. Er wollt es zu Shirley rüberbringen, für die Kleine, verstehste? Also bringt er es nach Wester Hailes raus, um es der kleinen Lisa zu geben; als Geschenk.

Ich seh einfach nich den Zusammenhang zwischen dem Kätzchen und Mattys Schlaganfall, aber es klingt nach der typischen Matty-Geschichte. Ich schüttle den Kopf. – Das paßt. Ne kleine Katze als Geschenk, damit wer anderes drauf aufpassen muß. Ich wette, Shirley hat ihm die Meinung gegeigt.

– Genau, und der Arsch hatte keine Ahnung, was los war, sagt Gav lächelnd und nickt verbittert. – Sie sagt zu ihm: Ich will keine Katze, auf die ich auch noch aufpassen muß, nimm se mit und verpiß dich. Also bleibt die Katze bei ihm hängen. Na, kannste dir ja vorstellen, was dann los war. Das Vieh wird vernachlässigt; das Katzenklo schwimmt vor Pisse; Scheiße überall.

Und Matty liegt bloß rum, bis an die Kiemen mit Sgag oder Downer zugeknallt oder einfach bloß deprimiert, weißt ja, wie der so war. Na, wie gesagt, er hat nich gewußt, daß er AIDS hat. Er hat nich gewußt, daß man sich von Katzenscheiße Toxoplasmose holen kann.

– Hab ich auch nich gewußt, sag ich. – Was isn das?

– Mann, das is furchtbar. Das is sowas wie Abszesse im Hirn, verstehste?

Mir schauderte, und ich spürte ein ungeheures Gewicht auf meiner Brust lasten, als ich an Matty dachte. Ich hatte mal n Abszeß am Pimmel. Stell dir mal vor, du hast einen am Hirn, innen drin, den verdammten Kopf voller Eiter. Verdammt. Matty. So ne Scheiße. – Und was war dann?

– Er kriegt Kopfschmerzen, also nimmt er auch mehr; um den Schmerz zu überdecken, klar? Dann hat er, na, sowas wie nen Schlaganfall gekriegt. Mit fünfundzwanzig; n Schlag, das is doch nich normal. Danach hab ich ihn nich wiedererkannt. Bin auf der Straße fast an ihm vorbeigelaufen; unten am Leith Walk, verstehste? Er sah uralt aus. Er war ganz zu einer Seite gebeugt, hinkte wien Krüppel, und sein Gesicht war ganz verzerrt. Aber so war er bloß drei Wochen lang oder so. Dann hat er nen zweiten Schlag gekriegt und is gestorben. Zu Hause. Der arme Kerl hat da ewig gelegen, bevor die Nachbarn sich über das Miauen und den Gestank beschwert haben, der aus seiner Wohnung kam. Dann hat die Polizei die Tür aufgebrochen. Matty lag da, das Gesicht in ner Pfütze getrockneter Kotze. Der Katze gings gut.

Mir fiel die Wohnung ein, die ich mir mit Matty in Shepherd's Bush geteilt hatte; da war er am besten drauf. Er mochte einfach diese ganze Punk-Szene. Die fanden ihn alle toll da. Er schlief mit jeder Maus in der Gegend, auch mit der Flamme aus Manchester, die ich schon seit ewig anbaggern wollte, der Glückspilz. Als wir dann wieder hier raufgezogen sind, lief für das arme Schwein alles schief. Und das is dann auch so geblieben. Armer Matty.

– Scheiße, murmelt Gav, – Stinke-James. Der fehlt uns grade noch.

Ich blickte auf und sah das offene, lächelnde Gesicht von Stinke-James, der auf uns zukam. Er hatte seinen Musterkoffer und alles dabei.

– Alles klar, James?

– Kann nich meckern, Leute. Wo haste dich denn versteckt, Mark?

– In London, sag ich. Stinke-James ging einem auf den Keks; andauernd versuchte er, einem Parfüm anzudrehen.

– Und, haste was Romantisches am laufen, Mark?

– Nein, kläre ich ihn mit großer Freude auf.

Stinke-James runzelt die Stirn und schürzt die Lippen: – Und Gav, wie gehts der Herzdame?

– Gut, murmelte Gav.

– Wenn ich nich falschliege, hatte sie das letzte Mal, als ich dich mit deiner Herzdame hier gesehen hab, Nina Ricci drauf, oder?

– Ich will kein Parfüm, stellt Gav mit kalter Endgültigkeit fest.

Stinke-James legt den Kopf zur Seite und streckt die Hände aus.

– Dein Pech. Aber ich sag dir eins, mit nix kannste ne Frau besser beeindrucken als mit Parfüm. Blumen halten nich lange, und Schokolade kannste in unserer heutigen figurbewußten Zeit vergessen. Na, soll mir ja egal sein, sagt Stinke-James lächelnd und öffnet seinen Musterkoffer trotzdem, so als ob der Anblick der Flakons mit der Pisse schon genügt, daß wir unsere Meinung ändern. - Ich hab heute gut verkauft, kann mich nich beklagen. Dein Kumpel Second Prize, zum Beispiel. Den hab ich vor ner Stunde etwa im *Shrub* getroffen. Er war ziemlich voll. Er meint: Verkauf mir mal was von deinem Zeug, ich will zu Carol. Ich hab sie wie den letzten Dreck behandelt, muß sie mal n bißchen verwöhnen. Hat nen ganzen Stapel gekauft, echt wahr.

Gav fällt die Kinnlade runter. Er ballt die Faust und schüttelt wütend und resigniert den Kopf. Auf der Suche nach weiteren Opfern verzieht sich Stinke-James in die Lounge.

Ich stürz mein Pint runter. - Mal sehen, ob wir Second Prize finden können, bevor der Arsch dein ganzes Geld versoffen hat. Wieviel haste ihm denn gegeben?

- Zweihundert, sag Gav.

- Du Spinner, sag ich und kicher. Ich konnte nich anders, das waren die Nerven.

- Ich sollte mir mal den Kopf untersuchen lassen, gibt Gav zu, aber er kann nich drüber lächeln. Na, ich denke, wenn man das alles so betrachtet, gibts auch nich allzuviel, worüber man lächeln könnte.

ERINNERUNGEN AN MATTY

1

– Alles klar, Nelly? Hab dich ja ewig nich gesehen, du Arsch, sagte Franco und lächelte Nelly an, dessen tätowierte Schlange, die sich ihm um den Hals windet, und die einsame, meerumspülte Palmeninsel auf der Stirn zu Schlips und Kragen nicht so recht passen wollte.

– Schade, daß es unter diesen Umständen sein muß, erwidert Nelly ernst. Renton, der sich mit Spud, Alison und Stevie unterhielt, setzte ein leises Lächeln auf, als er den ersten abgewetzten Beerdigungsspruch des Tages hörte.

Spud nahm den Ball auf und sagte: – Armer Matty. Das is ne echt üble Nachricht, Mann.

– Also, mir reichts. Ich bleib sauber, sagte Alison, und ein kalter Schauder fuhr ihr über den Rücken, obwohl sie die Arme um sich geschlungen hatte.

– Wenn wir uns nich zusammenreißen, sind wir bald alle ausgerottet. Das steht schon mal fest, fand Renton. – Haste dich schon testen lassen, Spud? fragte er.

– Heh... komm, Mann, das is nun wirklich nich der Augenblick, über sowas zu reden... auf Mattys Beerdigung.

– Wann denn dann? fragte Renton.

– Das sollteste wirklich machen, Danny, echt jetzt, bohrte Alison.

– Ach, vielleicht isses besser, wenn mans nich weiß. Ich mein, was fürn Leben hat denn Matty gehabt, nachdem er wußte, daß er AIDS hat?

– Das war Matty. Was fürn Leben hat er denn gehabt, *bevor* er das mit dem AIDS wußte? fragte Alison. Spud und Renton gaben ihr schweigend recht und nickten.

In der kleinen Kapelle neben dem Krematorium zog der Pfarrer seine kurze Show über Matty ab. Er hatte eine Menge Einäscherungen an diesem Morgen durchzuziehen und konnte es sich nicht erlauben, lange rumzumachen. Ein paar kurze Bemerkungen, ein paar Kirchenlieder, ein, zwei Gebete und ein Knopfdruck, um den Sarg nach unten zum Ofen zu schicken. Noch ein paar, und seine Schicht war um.

– Für uns, die wir uns hier versammelt haben, spielte Matthew Connell verschiedene Rollen in unserem Leben. Matthew war Sohn, Bruder, Vater und Freund. Die letzten Tage in seinem jungen Leben waren trostlos und voller Leid. Doch sollten wir uns an den wahren Matthew erinnern, den liebevollen jungen Mann, den es nach dem Leben dürstete. Matthew, der ein guter Musiker war, liebte es, Freunde mit seinem Gitarrenspiel zu unterhalten ...

Renton, den ein nervöses Lachen erfaßt hatte, konnte Spud, der neben ihm in der Kirchenbank stand, nicht auf sich aufmerksam machen. Matty war der beschissenste Gitarrist gewesen, den er je gekannt hatte; er konnte nur »Roadhouse Blues« von den Doors und ein paar Stücke von The Clash und Status Quo spielen, und die auch nicht besonders. Er bemühte sich verzweifelt, den Riff von »Clash City Rockers« zu lernen, kriegte ihn aber nie richtig hin. Trotzdem liebte Matty seine Fender Strat. Das war das letzte, was er verkaufte, und er klammerte sich noch an sie, als er den Verstärker schon längst verscherbelt hatte, um seine Adern mit dem Scheiß vollzupumpen. Armer Matty, dachte Renton. Wie gut kannten wir ihn eigentlich? Wie gut kann man jemanden eigentlich überhaupt kennen?

Stevie wünschte sich, vierhundert Meilen weit weg zu sein, in seiner Bude in Holloway, bei Stella. Es war das erste Mal, daß sie getrennt waren, seit sie zusammengezogen waren. Stevie fühlte sich fehl am Platz. Er versuchte alles mögliche, aber er konnte Mattys Bild nicht im Kopf behalten. Andauernd verwandelte es sich in Stella.

Spud dachte, daß es ziemlich beschissen sein mußte, in Australien zu leben. Die Hitze, die Insekten und die ganzen langweiligen Vororte, die man in *Neighbours* und *Home and Away* sah. In Australien schien es keine richtigen Pubs zu geben, und alles sah so aus wie eine warme Version von Baberton Mains, Buckstone oder East Craigs. Es kam ihm alles so langweilig, so beschissen vor. Er fragte sich, wie es wohl in den älteren Vierteln von Melbourne und Sydney war, und ob es da auch solche Wohnsiedlungen gab wie in Edinburgh oder Glasgow oder selbst New York, und wenn, warum die nie im Fernsehen kamen. Und er fragte sich, warum er im Zusammenhang mit Matty auf Australien kam. Wahrscheinlich weil er jedesmal, wenn man ihn besuchte, zugeknallt auf seiner Matratze rumlag und sich eine australische Serie ansah.

Alison dachte an die Zeit, als sie mit Matty geschlafen hatte. Das war ewig lange her, bevor sie mit Drogen anfing. Sie mußte wohl achtzehn gewesen sein. Sie versuchte sich an Mattys Schwanz zu erinnern, an seine Maße, konnte ihn sich aber nicht vorstellen. Aber Mattys Körper fiel ihr wieder ein. Er war schlank und fest gewesen, wenn auch nicht besonders muskulös. Er hatte gut ausgesehen, so dürr, und er hatte unruhige

Augen und einen durchbohrenden Blick gehabt, die seine Ruhelosigkeit verrieten. Aber woran sie sich am besten erinnerte, war, was Matty zu ihr gesagt hatte, als sie damals ins Bett gegangen waren. Er hatte zu ihr gesagt: – Ich werd dich vögeln, wie dich noch keiner gevögelt hat. Er hatte recht. So schlecht war sie noch nie gevögelt worden, weder vorher noch danach. Matty kam nach ein paar Sekunden, spritzte seine Ladung in sie und rollte keuchend und nach Luft schnappend von ihr herunter.

Sie hatte gar nicht erst den Versuch gemacht, ihr Mißfallen zu verbergen. – Das war total beschissen, hatte sie zu ihm gesagt und war aufgestanden, ganz nervös und angespannt, erregt, aber unbefriedigt, und hätte am liebsten vor Enttäuschung laut geschrien. Sie hatte sich angezogen. Matty hatte nichts gesagt und sich nicht gerührt, aber sie war sicher gewesen, Tränen aus seinen Augen kullern zu sehen, als sie ging. Das Bild stand ihr vor dem geistigen Auge, als sie die Holzkiste sah, und sie wünschte sich, sie wäre etwas netter zu ihm gewesen.

Franco Begbie war wütend und verwirrt. Er betrachtete jede Verletzung eines Freundes als persönliche Beleidigung. Er brüstete sich damit, auf seine Kumpel aufzupassen. Daß einer davon gestorben war, konfrontierte ihn mit seiner eigenen Ohnmacht. Franco löste dieses Problem, indem er seine Wut auf Matty richtete. Er erinnerte sich an damals, als Matty und Mikey Forrester sich in der Lothian Road feige verdrückt hatten und er die beiden Ärsche allein erledigen mußte. Nicht, daß ihm das irgendwelche Schwierigkeiten bereitet hätte. Aber es ging ums Prinzip. Man muß zu seinen Kumpeln stehen. Er hatte Matty für diese Feigheit büßen lassen: körperlich, indem er ihn verprügelt hatte, und in der Gruppe, weil er ihn mit heftigen Beschimpfungen demütigte. Jetzt wurde ihm klar, daß das für den Arsch noch lange nicht genug gewesen war.

Mrs. Connell dachte an Matty, wie er als kleiner Junge gewesen war. Alle Jungs machten sich schmutzig, aber Matty war besonders schlimm gewesen. Wetzte alle Schuhe ab, verwandelte in kürzester Zeit alle Sachen in Lumpen. Sie hatte sich keine allzu großen Sorgen gemacht, als er als Jugendlicher Punk wurde. Es schien, als würde er nur aus der Not eine Tugend machen. Matty war immer ein Punk gewesen. Ihr fiel eine bestimmte Geschichte ein. Als er noch klein war, hatte sie sich ihre dritten Zähne anpassen lassen, und Matty hatte sie begleitet. Auf der Heimfahrt im Bus hatte sie sich sehr unsicher gefühlt. Matty bestand darauf, jedem im Bus zu erzählen, daß seine Ma falsche Zähne hatte. Er war ein besonders liebenswertes Kind. Aber man verliert sie, dachte sie. Wenn sie erstmal sieben sind, dann gehören sie einem nicht mehr. Und dann, wenn man sich gerade dran gewöhnt hat, passiert es mit vierzehn wieder. Irgendwas passiert. Und wenn sie dann Heroin drücken, gehören sie sich selbst nicht mehr. Weniger Matty, mehr Heroin.

Sie schluchzte leise und rhythmisch, das Valium gab ihre Trauer in ekelhaften kleinen Atemzügen ab und mühte sich, den Sturm aus nackter Angst und Verzweiflung, der in ihr tobte, aufzulösen und gleichzeitig zu überdecken.

Anthony, Mattys jüngerer Bruder, schmiedete Rache. Rache an all den Arschlöchern, die seinen Bruder kaputtgemacht hatten. Er kannte sie, einige von ihnen hatten sogar den Nerv, heute hier zu sein. Murphy,

Renton und Williamson. Diese jämmerlichen Arschlöcher, die herumliefen, als könnten sie Eistüten scheißen, als wüßten sie was, von dem sonst keiner eine Ahnung hatte, dabei waren sie nur Junkie-Schrott. Die und die düsteren Gestalten im Hintergrund. Sein Bruder, sein verdammter, schwacher, dummer Bruder, hatte sich mit diesem Abschaum eingelassen.

Anthonys Gedanken schweiften zurück zu dem Tag, als Derek Sutherland ihn auf dem stillgelegten Betriebsbahnhof fürchterlich verprügelt hatte. Matty hatte es herausgefunden und sich hinter Sutherland hergemacht, der so alt wie Anthony, also zwei Jahre jünger als er selbst war. Anthony erinnerte sich noch an die gespannte Erwartung auf Sutherlands vollständige Demütigung durch seinen Bruder. Aber dann war doch wieder nur er gedemütigt worden, diesmal stellvertretend. Es war fast so schlimm wie die Prügel, die er selbst von Sutherland bezogen hatte, zuzusehen, wie sein alter Widersacher seinen Bruder geradezu spielerisch überwältigte und ihm die Scheiße aus dem Leib prügelte. Matty hatte ihn hängenlassen. Seitdem hatte er alle hängenlassen.

Die kleine Lisa Connell war traurig, daß ihr Papa in der Kiste lag, aber nun würde er Flügel haben wie ein Engel und in den Himmel kommen. Ihre Mammi hatte geweint, als Lisa ihr das erzählt hatte. Es war so, als schliefe er in der Kiste. Ihre Mammi meinte, die Kiste komme in den Himmel. Lisa glaubte, daß Engel Flügel bekommen und in den Himmel fliegen. Sie machte sich ein wenig Sorgen darüber, daß Papa nicht fliegen konnte, wenn sie ihn nicht aus der Kiste ließen. Aber wahrscheinlich wußten sie, was sie da taten. Himmel klang toll. Eines Tages würde auch sie in den Himmel kommen und ihren Papa besuchen. Wenn er sie in Wester Hailes besuchen kam, war er meistens krank, deshalb durfte sie nicht mit ihm reden. Es wär bestimmt toll, in den Himmel zu kommen, mit ihm zu spielen, so wie früher, als sie noch ganz klein war. Im Himmel würde es ihm wieder besser gehen. Der Himmel wäre anders als Wester Hailes.

Shirley hielt ihre Tochter fest an der Hand und wuschelte ihr durch die Locken. Lisa schien der einzige Beweis zu sein, daß Mattys Leben nicht umsonst gewesen war. Doch wenn man das Kind anschaute, konnten nur wenige sagen, daß das kein überzeugender Beweis war. Aber Matty war nur dem Namen nach Vater gewesen. Der Pfarrer hatte Shirley verärgert, indem er Matty als Vater bezeichnet hatte. Sie war Vater und Mutter zugleich. Matty hatte seinen Samen dazugegeben, war ein paarmal aufgetaucht und hatte mit Lisa gespielt, bevor der Stoff ihn im Griff hatte. Das war sein einziger Beitrag gewesen.

Er war immer schwach gewesen und unfähig, sich seiner Verantwortung und der Macht seiner Gefühle zu stellen. Die meisten Junkies, die sie kennengelernt hatte, waren verkappte Romantiker. Matty auch. Das hatte Shirley so an ihm gemocht, als er offen, zärtlich, liebevoll und lebenslustig war. Aber das hielt nicht lange an. Noch vor dem Heroin hatte sich schon eine Schärfe und Verbitterung über ihn gelegt. Früher hatte er ihr Liebesgedichte geschrieben. Sie waren sehr schön, vielleicht nicht im literarischen Sinn, aber in der ungeheuren Reinheit der wunderbaren Gefühle, die sie ihr vermittelten. Einmal hatte er ein besonders hübsches Gedicht, das er ihr geschrieben hatte, gelesen und dann verbrannt. Unter Tränen fragte sie, warum er das gemacht hatte; die Flammen waren ihr so symbolisch vorgekommen. Das war das Schmerzhafteste, was Shirley je in ihrem Leben erlebt hatte.

Er hatte sich umgedreht und die heruntergekommene Wohnung betrachtet. – Schau dich doch um. Du solltest solche Träume nich haben. Du machst dir doch bloß was vor und quälst dich damit.

Seine Augen waren schwarz und undurchdringlich gewesen. Sein ansteckender Zynismus und seine Verzweiflung hatten Shirley jede Hoffnung auf ein besseres Leben genommen. Früher hatte es ihr beinahe das Leben aus dem Leib gepreßt, bis sie mutig genug war zu sagen: Schluß damit.

2

– Nicht so laut, meine Herrschaften, bitte, flehte der Barkeeper mit gequältem Gesichtsausdruck den Kern der Kampftrinker an, auf die die Trauergesellschaft zusammengeschmolzen war. Stunden stoischen Saufens und nachdenklicher Erinnerungen waren schließlich dem Gesang gewichen. Sie fühlten sich großartig dabei. Die Spannung fiel von ihnen ab. Sie ignorierten den Barkeeper.

Shame on you, Seamus O'Brien,
All the young girls in Dublin are cryin,
They're tired of your cheatin and lyin,
So shame on you, Seamus O'Brien!

– BITTE! Seien Sie doch leiser! rief er. In dem kleinen Hotel in der besseren Gegend der Leith Links war man ein solches Benehmen nicht gewöhnt, schon gar nicht an einem Wochentag.

– Was zum Henker sagt der Arsch? Ham schließlich das Recht, gebührend Abschied von nem Kumpel zu feiern! Begbie warf einen Geierblick zu dem Barkeeper hinüber.

– He Franco. Renton packte Begbie an der Schulter, als er die Gefahr erkannte, und versuchte, ihn schnell in eine weniger aggressive Gemütsverfassung zu bringen. – Weißte noch, als wir beide und Matty runter nach Aintree sind, zum Grand National?

– Klar! Klar weiß ich das noch! Ich hab dem Arsch, der in der Glotze is, gesagt, er soll sich ins Knie ficken. Wie hieß der Arsch noch gleich?

– Keith Chegwin. Cheggers.

– Genau. Cheggers.

– Der Typ aus der Glotze? *Cheggers Plays Pop*? Der vielleicht?

– Genau der Arsch, sagte Renton. Franco grinste ihn nachsichtig an und ermutigte ihn, mit der Geschichte fortzufahren. – Also, wir sind beim Grand National, ja? Cheggers, der Arsch, machtn paar Interviews für City Radio Liverpool und labert die Leute in der Menge halt blöd an, verstehste? Na ja, kommt er zu uns rüber, und wir wollen gar nich mit dem Arsch reden, aber du kennst doch Matty, der denkt, jetzt wird er berühmt, und er labert was, wie toll es doch is hier in Liverpool, Keith, und wie köstlich wir uns hier amüsieren, und son Scheiß. Und dann hält dieser Cheggers-Arsch, oder wie der Kerl heißt, Franco das Mikro unter die Nase. Renton zeigt auf Begbie. – Und der sagt: Verpiß dich, du Arsch! Cheggers is knallrot angelaufen. Im angeblichen Live-Radio ham se ja so ne Drei-Sekunden-Verzögerung, damit können se sowas rausschneiden.

Alle lachten, und Begbie versuchte, sich zu rechtfertigen.

– Wir waren für das blöde Rennen da runtergefahren, nich um mit irgend nem Arsch im bescheuerten Radio zu quatschen. Dazu setzte Begbie das Gesicht eines Mannes von Welt auf, den es langweilt, von den Medien um Interviews gebeten zu werden.

Aber Franco fand trotzdem noch etwas, worüber er sich aufregen konnte.

– Sick Boy, der Arsch, hätt ruhig kommen können. Matty war schließlich sein Kumpel, verdammt, verkündete er.

– Ähm, der is doch in Frankreich ... mit dieser Schnalle. Hats wahrscheinlich nich einrichten können, Mann ... ich mein ... Frankreich, verstehste ... bemerkte Spud betrunken.

– Is doch egal. Rents und Stevie sind von London raufgekommen. Und wenn Rents und Stevie von London herkommen können, kann Sick Boy auch aus Frankreich kommen. Scheiße.

Spuds Sinne waren durch den Alkohol gefährlich benebelt. Dummerweise stritt er sich weiter. – Ja, schon, ähm ... aber Frankreich is weiter weg ... ich mein jetzt Südfrankreich, verstehste?

Begbie sah Spud ungläubig an. Offenbar hatte der nichts begriffen: Er redete langsamer, höher und in einem verächtlichen Ton, bei dem er seinen grausamen Mund unter den blitzenden Augen zu einer merkwürdigen Form verzog.

– WENN RENTS UND STEVIE VON LONDON HERKOMMEN KÖNNEN, KANN SICK BOY AUCH AUS FRANKREICH KOMMEN, VERDAMMT!

– Ja ... schon gut. Hätt er echt. N Kumpel wird

begraben. Spud fand, daß die schottische Konservative Partei ein paar von Begbies Sorte gebrauchen könnte. Nicht die Botschaft ist das Problem, das Problem ist, sie zu vermitteln. Begbie kann die Botschaft gut vermitteln.

Stevie war ziemlich mitgenommen von der Sauftour. Für sowas war er aus der Übung. Franco knallte ihm einen Arm um die Schultern und den anderen um Renton.

– Es is einfach toll, euch zu sehen. Beide. Stevie, ich will, daß du in London auf diesen Kerl hier aufpaßt, und wandte sich dabei an Renton. – Wenn du denselben Weg nimmst wie Matty, dann werd ich dir Bescheid stoßen. Hör genau zu, was Franco dir sagt.

– Wenn ich denselben Weg geh wie Matty, wird da nix mehr übrig sein zum Bescheid stoßen.

– Glaub das ja nich. Ich grab deine verdammte Leiche aus und trete sie den ganzen Leith Walk runter. Haste mich?

– Gut zu wissen, daß du dir Sorgen machst, Frank.

– Klar mach ich mir Sorgen. Man steht zu seinen Kumpeln. Stimmts nich, Nelly?

– Häh? Nelly drehte sich langsam um, besoffen wie er war.

– Ich hab diesem Arsch hier grad gesagt, man steht zu seinen Kumpeln.

– Na klar tut man das.

Spud und Alison unterhielten sich. Renton löste sich von Franco und setzte sich zu ihnen. Franco hielt Stevie fest, führte ihn Nelly vor wie eine Trophäe und sagte ihm, was für ein toller Kerl er sei.

Spud wandte sich an Renton: – Ich erzähl grad Ali, das is echt n tierischer Scheiß, Mann. Für jemand in meinem Alter bin ich irgendwie schon auf zu vielen

Beerdigungen gewesen. Frag mich, wer als nächster drankommt.

Renton zuckte mit den Schultern. – Na, jedenfalls sind wir vorgewarnt, egal wers is. Wenns Zeugnisse für Trauerfälle gäb, dann hätte ich jetzt nen verdammten Doktor.

Als geschlossen wurde, marschierten sie in die kalte Nacht hinaus und machten sich auf den Weg zu Begbies Bude; was zu trinken hatten sie mitgenommen. Sie hatten bereits zwölf Stunden mit Trinken und Reden über Mattys Leben und Ziele verbracht. Und selbst wenn man alle ihre Einsichten zusammentat und verarbeitete, dann, so erkannten die Nachdenklicheren unter ihnen, half das ehrlich gesagt wenig, um das grausame Rätsel zu lösen.

Sie waren nicht einen Deut klüger als am Anfang.

NÜCHTERNES DILEMMA NR. 1

– Komm schon, nimm hier mal was von, das is gut, sagt sie und hält mir nen Joint hin. Wie bin ich bloß hierher gekommen, verdammt? Ich hätt nach Hause gehen und mich umziehen sollen, dann fernsehen oder ins *Princess Diana*. Da is bloß Mick dran schuld, er und sein Einen-auf-die-Schnelle-nach-der-Arbeit.

Und jetzt bin ich total fehl am Platz hier, immer noch in Schlips und Kragen, und hocke in dieser netten Wohnung unter diesen blöden Jeans-und-T-Shirt-Typen, die sich für die Tollsten halten. Wochenendflippies sind echt nervig.

– Laß ihn doch, Paula, sagt die Frau, die ich im Pub kennengelernt hab. Sie versucht, mir ernsthaft an die Hose zu gehen, mit der typischen wilden Verzweiflung, die man in London in solchen Szenen findet. Vielleicht hat sie Glück, obwohl ich mir nicht mal annähernd vorstellen kann, wie sie aussieht, wenn ich aufs Klo gehe. Diese Typen nerven wirklich ungeheuer; Plastikärsche. Das einzige, was man tun kann, is sie vögeln, ihnen was abnehmen und verschwinden. Die geben einem sogar das Gefühl, daß sie schwer enttäuscht wären, wenn man was anderes machen würde. Ich hör mich schon wie Sick Boy an, aber manchmal trifft seine Einstellung voll zu, hier und jetzt zum Beispiel.

– Na komm schon, Mister Schlips und Kragen. Ich wette, sowas haste im Leben noch nich gehabt.

Ich nippe an meinem Wodka und schau mir die Maus an. Sie is schön braun und hat ne gute Frisur, aber das betont ihr etwas welkes, ungesundes Aussehen eher noch, statt es zu verbergen. Mein inneres Auge sagt mir: noch ne kleine Wichserin auf der Suche nach Anerkennung. Die Friedhöfe sind voll davon.

Ich nehm den Joint, rieche dran und reich ihn ihr zurück. – Gras mitn bißchen Opium, stimmts? frage ich. Riecht sogar ganz gut.

– Ja ... sagt sie ein wenig perplex.

Ich schau mir wieder den Joint an, der zwischen ihren Fingern verglimmt. Ich horche, ob ich etwas spüre. Irgendwas. Worauf ich eigentlich horche, is der Dämon, das miese Schwein, der Arsch in mir, der mein Hirn abschaltet, mich die Hand nach dem Joint ausstrecken und an die Lippen führen und daran wien Staubsauger saugen und saugen läßt. Er spielt nich mit.

Vielleicht wohnt er gar nicht mehr hier. Übriggebliében is bloß noch das Arbeitsarschloch.

– Ich fürchte, ich muß dein freundliches Angebot ablehnen. Nenn mich nen Wichser, wenn du willst, aber bei Drogen bin ich immer ziemlich nervös. Ich kenn n paar Leute, die auf Drogen waren und in ziemliche Schwierigkeiten geraten sind.

Sie sieht mich an und scheint zu blicken, daß das Wichtige das is, was ich nich sage. Sie is offenbar n wenig genervt und steht auf und geht.

–Du bist echt irre, sagt die Frau, die ich im Pub kennengelernt habe, wie heißt sie gleich noch mal, und lacht zu laut. Ich vermisse Kelly, die is wieder zurück nach Schottland. Kelly hatte ein nettes Lachen.

Um ehrlich zu sein, finde ich die ganze Drogengeschichte jetzt unendlich langweilig; dabei bin ich eigentlich viel langweiliger geworden als früher, als ich noch auf Sgag war. Aber diese Art von Langeweile is neu für mich und nervt deshalb nich ganz so, wies den Anschein hat. Ich werds mal ne Weile probieren. Bloß ne Weile.

ESSEN GEHEN

Oh Gott, das merkt man gleich; das wird wieder so n Abend. Mir isses lieber, wenns voll is, aber wenns so tot is, dann schleppt sich die Zeit nur so hin. Und Trinkgelder gibts auch keine. Scheiße!

In der Bar is so gut wie niemand. Andy sitzt da, schaut gelangweilt und liest die *Evening News*. Graham is in der Küche und kocht, in der Hoffnung, daß es auch gegessen wird. Ich lehne todmüde an der Theke. Morgen muß ich in Philosophie einen Aufsatz abgeben. Über Moral: ob sie relativ ist oder absolut, unter welchen Umständen, undsoweiter undsoweiter. Schon der Gedanke dran deprimiert mich. Wenn ich die Schicht hinter mir hab, werd ich die ganze Nacht aufbleiben und schreiben. Es is zu verrückt.

Ich vermisse London nich, Mark aber schon ... ein wenig. Na ja, vielleicht ein wenig mehr als nur ein wenig, aber nich so sehr, wie ich dachte. Er meinte, wenn ich auf die Uni will, könnte ich das in London genausogut wie zu Hause. Als ich ihm sagte, daß es nirgendwo einfach ist, von nem Stipendium zu leben, in London aber unmöglich, rein rechnerisch unmöglich, meinte er, er würd gutes Geld verdienen und wir würden schon damit auskommen. Als ich ihm dann sagte, daß ich nicht ausgehalten werden wollte, so als ob er der große Lude wär und ich die Hirnhure, sagte er, so würde das nich werden. Na, jedenfalls bin ich zurückgekommen, und er is geblieben, und ich glaub nich, daß einer von uns das wirklich bereut. Mark kann recht liebevoll sein, aber so richtig brauchen tut er wohl keinen. Ein halbes Jahr haben wir zusammengelebt, und ich glaub immer noch nich, daß ich ihn wirklich kenne. Manchmal hab ich das Gefühl, ich habe zu viel gesucht und an ihm is weniger dran, als es den Anschein hat.

Vier Typen, offenbar betrunken, kommen ins Restaurant. Irre. Einer von ihnen kommt mir irgendwie bekannt vor. Vielleicht hab ich ihn an der Uni schon mal gesehen.

– Was kann ich Ihnen bringen? fragt Andy sie.

– Zwei Flaschen von der besten Pisse ... und n Tisch

für vier, murmelt einer besoffen. Ich erkenne an ihren Stimmen, ihrer Kleidung und ihrem Benehmen, daß sie Engländer sind, mittlere bis obere Mittelschicht. Die Stadt is voll mit diesen weißen Kolonialtypen, sagt sie, die grad selber erst aus London zurück is! Früher liefen an der Uni Leute aus Newcastle und Liverpool, Birmingham und London rum, heute is sie ne Spielwiese für gescheiterte Oxbridge-Landeier, dazu n paar Typen von der Handelsschule in Edinburgh als Vertreter Schottlands.

Ich lächle sie an. Ich muß mir diese vorgefertigten Urteile wirklich abgewöhnen und lernen, Menschen wie Menschen zu behandeln. Da is Mark dran schuld, seine Vorurteile sind ansteckend, der Mistkerl. Die vier setzen sich.

Einer sagt: - Wie nennt man n hübsches Mädchen in Schottland?

Ein anderer blafft: - Touristin! Sie reden sehr laut. Unverschämte Idioten.

Dann zeigt einer zu mir her und meint: - Na, ich weiß nich. Die da würd ich auch nich von der Bettkante schubsen.

Du Arsch. Du widerlicher Arsch.

Ich koche vor Wut und versuche so zu tun, als hätt ich die Bemerkung nicht gehört. Ich kann es mir nich leisten, den Job zu verlieren. Ich brauch das Geld. Kein Bares, keine Uni, kein Abschluß. Aber ich will den Abschluß. Mehr als alles andere.

Sie studieren die Speisekarte, und einer der Typen, ein dunkelhaariger, dürrer Wichser mit langen Haaren, grinst mich lüstern an. - Alles in Ordnung, Puppe? sagt er mit einem aufgesetzten Londoner Akzent. Ich weiß schon, das is bei den Reichen grad in. Am liebsten würd ich dem Widerling sagen, er soll sich verpissen. Ich muß diesen Scheiß nich haben ... doch, muß ich.

– Na, dann lächle doch mal, Kleine! sagt n fetter Typ mit lauter, aufdringlicher Stimme. Die Stimme des arroganten, ignoranten Reichtums, unbeleckt von Einfühlungsvermögen oder Intellekt. Ich versuche, herablassend zu lächeln, aber meine Gesichtsmuskeln sind starr. Na, vielen Dank auch.

Die Bestellung entgegenzunehmen is ein Alptraum. Sie sind in eine Unterhaltung über Berufsmöglichkeiten vertieft; Börsenmakler, PR und Firmenanwalt scheinen die beliebtesten Aufstiegsmöglichkeiten zu sein. Und zwischendrin behandeln sie mich von oben herab und versuchen, mich zu demütigen. Der dürre Typ fragt mich tatsächlich, wann ich Dienstschluß habe, ich überhöre ihn, und die anderen johlen und trommeln auf dem Tisch. Ich nehme die Bestellung auf, fühle mich zerschlagen und erniedrigt und gehe in die Küche.

Ich zittere regelrecht vor Wut und frage mich, wie lange ich das noch ertrage; ich wünschte mir, Louise oder Marisa wären hier, eine, mit der ich reden könnte.

– Kannste diese verdammten Arschlöcher nich rausschmeißen? fahre ich Graham an.

– Geschäft is Geschäft. Der Kunde hat immer recht, und wenn ern Wichser is.

Ich weiß noch, wie Mark mir mal davon erzählt hat, wie er und Sick Boy einen Sommer vor Jahren bei der Schau zum Pferd des Jahres in Wimbledon gekellnert haben. Mark meinte immer, Kellner ham die Macht; leg dich nie mit nem Kellner an. Er hat recht. Und jetzt isses an der Zeit, diese Macht auszuüben.

Ich hab grade meine Tage, ziemlich heftig diesmal,

und ich fühle mich wie ausgeschabt, ausgelaugt. Ich geh aufs Klo, wechsle den Tampon und wickle den gebrauchten, der vollgesogen is, in Klopapier ein.

Ein paar von diesen reichen imperialistischen Widerlingen haben Suppe bestellt; unsere Schicki-Suppe, Tomate und Orange. Während Graham damit beschäftigt is, die Hauptgerichte zuzubereiten, nehm ich den blutigen Tampon und versenk ihn wie einen Teebeutel im ersten Suppenteller. Dann drücke ich den schmierigen Inhalt mit einer Gabel aus. Ein paar Fäden schwarzer Gebärmutterschleim schwimmen in der Suppe, doch einmal kräftig durchgerührt, und schon lösen sie sich auf.

Ich bringe die beiden Pasteten und die zwei Suppen an den Tisch und sorge dafür, daß der dürre, gegelte Wichser die Suppe mit Schuß kriegt. Einer der vier, ein Typ mit braunem Bart und unglaublich häßlichen vorstehenden Zähnen, erzählt dem Tisch, natürlich ganz laut, wie furchtbar Hawaii is.

– Is einfach zu heiß da. Nicht, daß ich was gegen Hitze hab, aber die is anders als die tiefe Gluthitze im Süden Kaliforniens. Da isses so verdammt feucht, da schwitzt du die ganze Zeit wie ein Schwein. Und andauernd wird man von diesen Eingeborenen belästigt, die einem ihren lächerlichen Krimskrams andrehen wollen.

– Noch mehr Wein! dröhnt mich der fette blonde Sack gereizt an.

Ich geh wieder aufs Klo und pinkle in eine Soßenschüssel. Ich hab immer wieder Blasenentzündung, vor allem während meiner Tage. Mein Urin sieht schal und trüb aus, typisches Merkmal einer Harnröhreninfektion.

Ich verdünne die Karaffe Wein mit meinem Urin; sieht zwar ein wenig trüb aus, aber die sind sowieso zu blau, um was zu bemerken. Ich schütte ein Viertel von dem Wein in den Ausguß und fülle die Karaffe mit meinem Piss de resistance auf.

Dann schütt ich noch was von dem Urin zum Fisch. Er hat dieselbe Farbe wie die Sauce, mit der er mariniert wird. Irre!

Diese Wichser essen und trinken, ohne was zu bemerken.

Es ist nicht leicht, auf dem Klo auf ein Stück Zeitungspapier zu scheißen; das Klo is klein, und ich kann mich nur schlecht hinkauern. Graham brüllt auch irgendwas. Ich drück ne kleine, weiche Wurst ab, die ich mitnehme und mit etwas Sahne im Mixer aufrühre; dann mische ich alles unter die Schokoladensauce, die grade in nem Topf heiß wird. Das gieße ich dann über die Profiteroles. Sieht richtig lecker aus. Wahnsinn!

Ich fühle mich wie aufgeladen, genieße ihre Beleidigungen geradezu. Jetzt isses viel leichter zu lächeln. Der Fettsack hat allerdings den kürzeren gezogen; sein Eis is mit ein paar Körnchen zermahlenem Rattengift versetzt. Ich hoffe, Graham kriegt keine Schwierigkeiten. Ich hoffe, die machen ihm nicht das Restaurant zu.

Ich werd wohl in meinem Aufsatz schreiben müssen, daß Moral unter bestimmten Umständen relativ is. Aber nur, wenn ich ehrlich bin. Das ist zwar nich Dr. Lamonts Ansicht, also werd ich wohl bei der absoluten Moral bleiben, um seine Gunst zu erringen und ne gute Note zu kriegen.

Is doch zu verrückt.

ZÜGE GUCKEN AN DER LEITH CENTRAL STATION

Die Stadt kommt mir total feindlich und fremd vor, als ich von der Waverley Station runterkomme. Zwei Typen schreien sich in der Nähe der Hauptpost unter der Überführung in der Calton Road an. Aber vielleicht brüllen die Arschlöcher mich an. Nich grad der richtige Ort für ne Schlägerei, auch nich die richtige Zeit. Aber gibts die überhaupt? Ich geh schneller - nich einfach mit meiner schweren Reisetasche - und komm auf die Leith Street. Worum zum Henker gehts eigentlich? Blöde Hunde. Ich werd ...

Ich mach mal lieber voran. Aber kräftig. Als ich am Theater vorbeikomme, wird der Lärm der beiden Arschlöcher durch das anerkennende Gemurmel von Gruppen von Bürgerärschen ersetzt, die grade aus der Oper kommen: *Carmen.* Einige von ihnen gehen in Richtung der Restaurants am oberen Ende des Walk, wo sie vorher reserviert haben. Ich gehe weiter. Immer bergab.

Ich komm an meiner alten Bude in der Montgomery Street vorbei, damals die Schrottgegend der Albert Street, heute sandgestrahlt und aufgemotzt. Ein Streifenwagen brettert mit wild aufheulender Sirene den Leith Walk hinunter. Drei Typen stolpern aus nem Pub direkt in n Schlitzauge. Einer von den Ärschen will mich zum Blickkontakt zwingen. Die leiseste Ausrede, um einen aufzumischen, das is doch genau das, worauf manche von diesen Irren bloß warten. Und wieder mal gehe ich unauffällig schneller.

Die Wahrscheinlichkeit is groß, daß man, je weiter man um diese Nachtzeit den Walk runterkommt, desto eher eine auf die Schnauze kriegt. Und trotzdem fühl ich mich hier sicherer. Das hier is Leith. Soll wohl heißen zu Hause.

Ich hör jemanden würgen und kuck in die Seitengasse, die zu einem Bauhof führt. Ich seh, wie Second Prize sich auskotzt. Ich warte diskret, bis er sich wieder gefaßt hat, und rede ihn dann erst an.

– He, Mann. Alles in Ordnung?

Er dreht sich um und wankt stehend, versucht mich zu erkennen, dabei wollen seine Augenlider nichts anderes als einfach zufallen, wie der Rolladen vor dem asiatischen Laden auf der anderen Straßenseite.

Second Prize brabbelt irgendwas, das etwa so klingt: – He, Rents, alles klar wie Kloßbrühe ... du Arsch ... Dann verzieht er das Gesicht und meint: – Du Sau ... ich krieg dich, du Sau ... Er stürzt vor und holt aus. Selbst mit der Reisetasche in der Hand kann ich immer noch schnell genug zurückweichen, und der blöde Hund kracht gegen die Wand, stolpert rückwärts und landet auf dem Hintern.

Ich helf ihm auf, und er redet n Haufen Scheiß, von dem ich kein Wort versteh, aber wenigstens macht er keinen Mist mehr.

Kaum hab ich meinen Arm um ihn gelegt, um ihm über die Straße zu helfen, fällt der Kerl mit der geübten Hilflosigkeit des chronischen Säufers zusammen wien Kartenhaus und läßt sich in meine Arme sinken. Ich muß die Reisetasche fallenlassen, um den Arsch zu stützen, damit er nich umfällt und auf den Bürgersteig knallt. Das hat so keinen Sinn.

Ein Taxi kommt den Walk raufgeschlichen, und ich halt es an und steck Second Prize auf den Rücksitz. Der Taxifahrer sieht nich sehr glücklich aus, aber ich geb ihm n Fünfpfundschein und sag: - Laß ihn einfach auf der Bowtow raus, Kumpel. In Hawthornvale. Von da findet er nach Hause. Es is schließlich Weihnachten. Typen wie Second Prize fallen zu dieser Jahreszeit nich weiter auf.

Fast wär ich auch noch eingestiegen und bei meiner Ma rausgesprungen, aber das *Tommy Younger* sah einfach zu verlockend aus. Begbie hält Hof, umringt von n paar Irren, von denen mir einer bekannt vorkommt.

- Rents! Wie gehts dir, verdammt! Kommste grad aus London!

- Ja, sag ich und geb ihm die Hand, und er zerrt mich zu sich und knallt mir hart auf den Rücken. - Hab Second Prize grad in n Taxi gesetzt, sag ich.

- Der Arsch. Ich hab ihm gesagt, er soll sich verpissen. Zweite große Beleidigung dcs Abends. Der Arsch wird langsam echt lästig. Schlimmer als n beschissener Junkie, der Typ. Wenn nich Weihnachten wär, dann hätte ich den Arsch vermöbelt. Also, ich bin mit dem Typen fertig. Schluß, aus, finito.

Begbie stellt mich den Typen in seiner Begleitung vor. Ich möchte gar nich erst wissen, was Second Prize angestellt hat, um aus dieser Gruppe verjagt zu werden. Einer von den Typen war Donnelly, der Typ aus Saughton, dem Mikey Forrester immer in n Arsch gekrochen is. Bis der Typ ihn eines Tages satt hatte und umgekloppt hat. Was für die Schnabeltasse. Hätte keinem Besseren passieren können.

Begbie zieht mich beiseite und spricht ganz leise.

- Haste gehört, Tommy is krank.

- Ja. Hab ich gehört.

- Geh den Kerl mal besuchen, wenn de schon mal da bis.

– Ja. Hatt ich eigentlich vor.

– Dann machs auch. Gerade du. Ich geb dir ja keine Schuld, Rents, das hab ich auch zu dem bescheuerten Second Prize gesagt, ich geb Rents keine Schuld an Tommy. Jeder Arsch is doch für sein eigenes Leben verantwortlich. Das hab ich zu Second Prize gesagt, verdammt.

Dann fährt Begbie fort damit, mir zu sagen, was fürn toller Kerl ich bin, und wartet darauf, daß ich das erwidere, was ich pflichtschuldigst erledige.

Für ne Weile mach ich den Stichwortgeber für Begbies übliche Ego-Nummer und erzähle der Gruppe n paar klassische Begbie-Stories, die den Arsch als harten Kerl und Mordshengst dastehen lassen. Wenn n anderer die erzählt, klingen solche Geschichten einfach glaubwürdiger. Dann verlassen wir beide das Pub und gehen den Walk lang. Ich will nach Hause und mich in die Falle hauen, aber Begbie besteht darauf, daß ich aufn paar Bier mit zu ihm komm.

So mit Begbie den Leith Walk runterzumarschieren, gibt mir das Gefühl, Raubtier zu sein, nicht Opfer, und ich such nach Typen, die ich niederstarren kann, bis mir auffällt, was fürn blödes Arschloch ich eigentlich bin.

Wir gehen zum Pissen in den alten Hauptbahnhof am Ende des Walk, der jetzt bloß noch ne leere, verlassene Halle is; sie wird bald abgerissen und durch n Supermarkt mit Hallenbad ersetzt. Irgendwie macht mich das traurig, dabei bin ich zu jung, um mich daran zu erinnern, daß hier jemals Züge gefahren sind.

– N verdammt großer Bahnhof war das mal. Von hier aus konnteste früher überall hinfahren, heißt es jedenfalls, sag ich und schau zu, wie meine dampfende Pisse auf die kalten Steine klatscht.

– Wenns hier noch Züge gäb, dann würd ich einen nehmen, raus aus diesem Dreckloch, sagt Begbie. So über Leith zu reden war ziemlich ungewöhnlich für ihn. Meistens verklärte er es.

Ein alter Säufer, den Begbie angestarrt hatte, kam auf uns zugekrochen, Pulle Wein in der Hand. Ziemlich viele von denen hausten und soffen in der alten Halle.

– Was gibts, Jungs? Züge kucken? sagt er und lacht lauthals über seinen eigenen Witz.

– Ja, genau, meint Begbie. Dann, leise: – Alter Scheißpenner.

– Na, dann werd ich euch mal wieder alleine lassen. Und immer schön Züge kucken! Er stolpert davon, und sein krächzendes, versoffenes Gekicher hallt durch den leeren Schuppen. Mir fällt auf, wie merkwürdig still Begbie is, als wär ihm nich ganz wohl. Er dreht sich von mir weg.

Erst da fiel mir auf, daß der alte Säufer Begbies Vater war.

Auf dem Weg zu Begbies Bude redeten wir kein Wort, bis wir in der Duke Street auf nen Typen stießen. Begbie haute ihm einen in die Schnauze, und der Typ fiel hin. Er schaute bloß kurz hoch, bevor er sich zusammenrollte. Begbie sagte bloß »Du Arsch«, während er ein paarmal gegen den daliegenden Körper trat. Der Blick, den ihm der Typ von unten zugeworfen hatte, war eher resigniert als ängstlich gewesen. Der Junge wußte Bescheid.

Mir war nich danach, dazwischenzugehen, nich mal pro forma. Schließlich wandte sich Begbie zu mir und nickte in die Richtung, in die wir unterwegs waren. Wir ließen den Kerl zusammengerollt auf dem Bürgersteig liegen und setzten unseren Weg schweigend fort, ohne uns ein einziges Mal umzudrehen.

AUF EINEM BEIN KANN MAN NICHT STEHEN

War das erste Mal, daß ich Johnny gesehen hab, seit sie ihm das Bein abgenommen ham. Ich hatte keinen Dunst, in was für nem Zustand ich den Arsch wohl antreff. Das letzte Mal war er von oben bis unten voller Abszesse und laberte immer noch dummes Zeug von wegen nach Bangkok fliegen.

Aber zu meiner Überraschung war der Arsch echt gut drauf für einen, der gerade n Bein abgekriegt hat.
- Rents! He Mann! Wie läuft's denn so?

- Nich übel, Johnny. He, tut mir echt leid, das mit deinem Bein, Mann.

Er lachte über mein Mitgefühl. - Vielversprechende Fußballerkarriere im Eimer. Aber trotzdem, Gary Mackay hats auch nich aufgehalten, oder?

Ich grinste bloß.

- Der Weiße Schwan wird nich lange im Dock liegen. Wenn ich das mit der beschissenen Krücke erstmal raushab, bin ich wieder auf der Straße. Mir stutzt keiner die Flügel. Die Beine können se mir nehmen, aber nich meine Flügel. Er faßte sich an die Schultern, dorthin, wo die Flügel gewesen wären, wenn er welche gehabt hätte. Ich glaub, er denkt echt, er hat welche.
- *And this bird you cannot chay-ay-ay-aynge* ..., sang er. Ich fragte mich, auf was der Arsch wohl war.

Aber er kann wohl Gedanken lesen und sagt: – Du mußt mal Cyclozin probieren. Allein is das Scheiße, aber wenne das mit Methadon mischst; o Mann! Das beste Scheiß-High, das ich im ganzen Leben hatte. Noch besser als der kolumbianische Shit '84. Hab gehört, du bist jetzt sauber, aber wenn de sonst nix nimmst, probier diesen Cocktail mal.

– Findeste?

– Das Geilste überhaupt. Vertrau der Mutter Oberin, Rents. Wenns um Drogen geht, glaub ich ja an die Freie Marktwirtschaft. Aber auf den staatlichen Gesundheitsdienst laß ich nix kommen. Seit der Stift ab is und ich auf Therapie bin, fang ich langsam an zu glauben, daß in unserer Branche der Staat mit den freien Unternehmern konkurrieren und dem Verbraucher ein befriedigendes Produkt zu günstigem Preis bieten kann. Methadon mit Cyclozin; ich sag dir, Mann, kein Scheiß. Ich geh einfach los, hol mir die Kapseln vonner Klinik, dann such ich mirn paar Jungs, die Cyclozin verschrieben kriegen. Das sind die armen Ärsche, die Krebs haben und AIDS und sowas. N kleiner Tausch, und schon is jeder bestens bedient.

Johnny fand irgendwann keine Venen mehr und fing an, in die Arterien zu drücken. Nach n paar Tagen kriegte er Wundbrand. Da mußte das Bein ab. Er ertappt mich dabei, wie ich seinen Stumpf anstarr; ich kann mich davon nich losreißen.

– Ich weiß, was du denkst, du Arsch. Na ja, wenigstens ham se dem Weißen Schwan nich das mittlere Bein abgeschnitten!

– Nee, nee, denk ich gar nich, protestier ich, aber er holt sein Ding aus der Boxershorts.

– Nich, daß damit viel anzufangen is, lacht er.

Ich seh, daß sein Pimmel mit trockenem Schorf überzogen is; heilt wohl langsam ab. – Trocknen wohl langsam aus, Johnny, die Abszesse meine ich.

– Ja. Hab versucht, mich an Methadon und Cyclozin zu halten und mit der Spritzerei aufzuhören. Als ich den Stumpf sah, dacht ich erst, das is doch die Gelegenheit, n neuer Zugang, aber der Krankenhausarsch sagt: Vergiß es. Da ne Nadel rein, und du bist am Arsch. Aber die Therapie is ganz okay. Die Strategie des Weißen Schwans lautet, wieder laufen lernen, clean werden und dann richtig dealen, bloß fürn Profit, nich mehr für mich selber. Er zieht am Gummiband seiner Shorts und packt seinen schorfigen Pimmel wieder weg.

– Den laß mal lieber in Ruhe, schlag ich vor. Aber der Arsch hört kein Wort von dem, was ich sage.

– Nee, mein Ziel is, n gutes Sümmchen zusammenbringen, und dann nix wie ab nach Bangkok.

Sein Bein is vielleicht ab, aber seine Thailandspinnerei is noch voll intakt.

– Ich sag dir was, sagt er, – ich will nich bis Thailand warten, um mal wieder zu ficken. Das kommt von dieser runterdosierten Scheiße. Neulich hatt ich vielleicht ne Wurzel, als die Schwester ankam, um den Verband zu wechseln. Ne alte Schachtel, nix dran, und ich sitz da mit nem Steifen, dick wien Babyarm mit nem Appel in der Hand.

– Wenn du erstmal wieder aufn Beinen bist, Johnny, sag ich aufmunternd.

– Ach Scheiße. Wer will denn schon mit nem einbeinigen Arsch pennen? Ich muß dafür löhnen; ziemlich runtergekommen, der Weiße Schwan. Aber die Weiber dafür bezahlen is sowieso besser. So bleibt die Beziehung rein geschäftlich. Er klang verbittert. - Pennste immer noch mit Kelly?

- Nee, die is schon wieder zurück. Mir gefiel nich, wie er das sagte, und schon gar nich, wie ich drauf reagierte.

- Alison, diese Kuh, war die Tage hier, sagt er, und jetzt is klar, woher seine Verachtung kommt. Ali is Kellys beste Freundin.

- Ach ja?

- Wollte sich die verdammte Freakshow ankucken, nickt er in Richtung seines verbundenen Stumpfs.

- Komm schon, Johnny. Ali würd sowas nie machen.

Er lacht wieder, greift sich ne koffeinfreie Coke Light, reißt die Dose auf und nimmtn Schluck. - Im Kühlschrank stehen noch mehr, bietet er an und zeigt zur Küche. Ich lehn dankend ab.

- Ja, war die Tage hier. Na ja, vorn paar Wochen, schätz ich. Ich sag, wie wärs mit nem Spielchen, Puppe? Um alter Zeiten willen oder so. Ich mein, das is doch das mindeste, was sie für die Mutter Oberin, den Weißen Schwan tun kann, der ja nu echt scheiß oft mit ihr zusammen war. Die kaltherzige Schlampe hat mich einfach abgeschmettert, schüttelt er verächtlich mit dem Kopf. - Aber flachgelegt hab ich die Nutte nie, hörste? Nie. Nich mal, als sie noch drauf gejiepert hat. Früher hätte sies fürn Schuß jederzeit gemacht.

- Stimmt, sag ich. Stimmte doch, oder nich? Zwischen Ali und mir lag immer so was wie stille Feindschaft. Weiß eigentlich gar nich wieso. Na egal, jedenfalls fällts mir leichter, das Schlimmste von ihr anzunehmen.

- Aber der Weiße Schwan würd niemals die Notlage einer Dame ausnutzen, lächelt er.

– Aber sicher, sage ich, keineswegs überzeugt.

– Da kannste drauf wetten, bekräftigt er scharf. – Hab ich nie, oder willste was anderes behaupten? Glaubs mir oder lasses bleiben.

– Klar, aber bloß, weil deine Eier zugedröhnt waren.

– Nee, nee, beteuert er und klopft sich mit der Coladose gegen die Brust. – Der Weiße Schwan legt seine Kumpel nich rein. Goldene Regel Nummer Eins. Nich für Stoff oder für sonstwas. In dem Punkt sollteste die Glaubwürdigkeit des Weißen Schwans nich in Frage stellen, Rents. Ich war ja nich die ganze Zeit auf H. Ich hätt ihre Fotze auf Toast haben können, wenn ich gewollt hätt. Sogar aufn Strich hätt ich die schicken können. Mit Leichtigkeit. Ich hätte die Schlampe im kurzen Rock und ohne Slip auf die Easter Road schikken können, ihrn bißchen Arbeit verschaffen, damit se die Schnauze hält, hätt se in dem Scheißhaus hinter der Scheune aufn Fußboden legen können. Die verdammten Penner wärn Schlange gestanden, und der Weiße Schwan hätte draußen nen Fünfer pro Nase kassiert. Sogar mit nem Freischuß ab und zu wär die Gewinnspanne scheiß-astronomisch gewesen. Und dann die Woche drauf runter zum Stadion, damit die ganzen infizierten Hearts-Fans drankönnen, wenn die Jungs genug ham.

Kaum zu fassen, daß Johnny immer noch HIV-negativ ist, wo er doch mehr Schießbuden aufgestellt hat als jeder Rummelplatzbesitzer. Er hat so ne bizarre Theorie, daß bloß Hearts-Fans AIDS kriegen, Hibbies dagegen immun sind. – Das wärs dann gewesen. Reiner Rentenjob. Paar Wochen, und ich wär in Thailand gewesen, und ne Horde orientalischer Hintern wärn für mich gelaufen. Hab ich aber nich gemacht; man legt doch seine Kumpel nich rein.

– Is schon schwer, wenn man Prinzipien hat, Johnny, grinse ich. Ich will weg hier. Noch ne Runde von Johnnys zusammengesponnenen orientalischen Abenteuern könnt ich nich ertragen.

– Da haste verdammt recht. Dumm war bloß, daß ich die falschen Prinzipien vergessen hab. Keine Freundlichkeit im Geschäft, weil wenns hart auf hart geht, dann hängen wir alle mit. Aber der weichherzige Weiße Schwan hat Freundschaft ins Spiel kommen lassen. Und, wie dankts mir diese selbstsüchtige Schlampe? Sollt mir doch bloß einen blasen, mehr nich. Sie wollts mir ja auch machen, so aus Mitleid wegen dem Bein, verstehste. Ich hab sie sogar dazu gebracht, noch mehr Make-up und Lippenstift draufzuklatschen, so richtig geschäftsmäßig, verstehste? Also hol ich ihn raus. Sie bekuckt sich die nässenden Wunden und schreckt zurück. Keine Sorge, sag ich, Spucke is n natürliches Antiseptikum.

– Sagt man jedenfalls, pflichte ich ihm bei. Wird langsam spät.

– Ja. Und ich sag dir noch was, Rents, damals, siebenundsiebzig, da hatten wir die richtige Idee. All das Gerotze. Die ganze beschissene Welt in Spucke ertränken.

– Schade, daß wir alle ausgetrocknet sind, sag ich und steh auf.

– Ja, da haste echt recht, sagt Johnny Swan leiser. Wird Zeit, daß ich hier wegkomme.

WINTER IN WEST GRANTON

Tommy sieht gut aus. Es is entsetzlich. Er wird sterben. Irgendwann zwischen den nächsten Wochen und den nächsten fünfzehn Jahren wird Tommy nich mehr sein. Und bei mir stehn die Chancen auch nich besser. Der Unterschied is nur, bei Tommy wissen wirs.

– Alles klar, Tommy? frage ich. Er sieht einfach gut aus.

– Ja, meint er. Tommy hockt in nem zerschlissenen Sessel. Es riecht feucht und nach Müll, der schon vor Ewigkeiten hätte rausgebracht werden müssen.

– Wie gehts dir?

– Nich schlecht.

– Willste drüber reden? Das muß ich einfach fragen.

– Eigentlich nich, sagt er, so als will er doch.

Ich setz mich betreten in einen Sessel, der genau wie seiner ist. Er is hart, die Sprungfedern bohren sich schon durch. Vor vielen Jahren hat er mal nem reichen Arsch gehört. Allerdings hat er schon ein paar Jahrzehnte in armen Häusern hinter sich. Und nun is er bei Tommy gelandet.

Eigentlich sieht er doch nich so gut aus. Irgendwas fehlt an ihm; wie bei nem unvollständigen Puzzle. Das is mehr als bloß der Schock oder die Verzweiflung. N bißchen so, als ob ein Stück von Tommy schon gestorben is und ich schon darum trauere. Jetzt erst fällt mir auf, daß Sterben ein Prozeß is, kein einmaliges Ereignis. Die Menschen sterben nach und nach, immer mehr. Sie verrotten langsam in den Heimen oder Krankenhäusern oder an Orten wie diesem hier.

Tommy kann nich aus West Granton raus. Er hat sich mit seiner Ma überworfen. Seine Wohnung is eine dieser Krampfaderbuden, so genannt wegen der übertünchten Risse in den Wänden. Tommy hat sie über die Bezirksstelle gekriegt. Auf der Warteliste stehen fünfzehntausend Leute, aber die hier wollte keiner. Die Bude is n Gefängnis. Der Bezirk kann nichts dafür; die Regierung hat ihn gezwungen, die guten Häuser alle zu verkaufen, und was dann noch übrig blieb, war dann für Leute wie Tommy. Politisch is das überaus sinnvoll. Hier unten wählt sowieso keiner die Regierung, warum also was für Leute tun, die einen nicht unterstützen? Moralisch is das was anderes. Aber was hat denn schon Moral mit Politik zu tun? Da gehts doch bloß um Schotter.

- Wie siehts in London aus? fragt Tommy.

- Nich schlecht. Eigentlich genauso wie hier, weißte.

- Garantiert, sagt er sarkastisch.

PEST stand in großen schwarzen Buchstaben auf der schweren, mit Sperrholz verstärkten Tür gepinselt. Daneben MACH DIE FLATTER und JUNKY. Die Assi-Wanzen belästigen einfach jeden. Hat sich zwar noch keiner getraut, Tommy was ins Gesicht zu sagen. Tommy isn harter Hund, er glaubt an die Disziplin des Baseballschlägers, wie sich Begbie ausdrückt. Und er hat harte Kumpel, wie Begbie, und nich ganz so harte, wie mich. Aber trotzdem wird Tommy dabei immer häufiger Ärger kriegen. Seine Freunde werden immer weniger werden, je nötiger er sie hat. Die verkehrte, perverse Mathematik des Lebens.

- Du hast n Test gemacht, sagt er.

- Ja.

- Sauber?

- Ja.

Er schaut mich an. Er guckt wütend und flehend, beides zugleich.

– Du hast doch öfter gedrückt als ich. Und die Bestecke geteilt. Das von Sick Boy, von Keezbo, Raymie, Spud, Swanney … du hast Mattys Besteck benutzt, verdammt. Jetzt sag bloß nich, du hast Mattys Besteck nich benutzt!

– Ich hab nie geteilt, Tommy. Das behauptet jeder, aber ich hab nie geteilt, jedenfalls nicht in den Schießbuden, sag ich zu ihm. Komisch, Keezbo hatt ich ganz vergessen. Der sitzt schon seit zwei Jahren. Wollt den Arsch schon ewig mal besuchen. Aber das werde ich wohl nie schaffen.

– Scheiße! Du Arsch! Klar haste geteilt! Tommy beugt sich vor. Er fängt an zu flennen. Ich weiß noch, ich hab gedacht, wenn er damit anfängt, heul ich gleich mit. Aber ich kriege bloß eine häßliche würgende Wut.

– Ich hab nie geteilt, sage ich und schüttel den Kopf.

Er lehnt sich zurück und lächelt in sich hinein, schaut mich nich mal an und spricht ganz nachdenklich und ohne Verbitterung.

– Schon komisch, wie das alles so kommt, was? Du und Spud und Sick Boy und Swanny, ihr habt mich auf Äitsch gebracht. Ich hab immer dagesessen und mir mit Second Prize und Franco einen getrunken und über euch gelacht, hab euch die blödesten Idioten unter der Sonne geschimpft. Und dann hab ich mich von Lizzy getrennt, weißte noch? Bin bei dir vorbeigekommen. Ich hab dich um nen Schuß angehauen. Ich dachte, scheiß drauf, man muß alles mal probiert haben. Seitdem probier ichs die ganze Zeit.

Ich konnte mich noch dran erinnern. Verdammt, das war erst n paar Monate her. Manche armen Schweine werden eben einfach schneller süchtig als andere. Genau wie Second Prize mit dem Suff. Tommy hat sich wie wild auf den Stoff gestürzt. Das Heroin kann keiner wirklich kontrollieren, aber ich kenn n paar, mich eingeschlossen, die damit zurechtkommen. Ich hab schon n paarmal aufgehört. Aufhören und wieder anfangen, das is wie Gefängnis. Jedesmal, wenn du in den Knast kommst, wird die Wahrscheinlichkeit immer geringer, daß du von so einem Leben je wieder loskommst. Und jedesmal, wenn du mit Sgag anfängst, isses genau dasselbe. Deine Chancen, je wieder ohne leben zu können, werden immer geringer. Hab ich Tommy ermutigt, den ersten Schuß zu nehmen, bloß weil ich das Besteck rumliegen hatte? Schon möglich. Wahrscheinlich. Is das meine Schuld? Ja.

– Tut mir echt leid, Tommy.

– Ich weiß einfach nich, was ich machen soll, Mark. Was soll ich bloß machen?

Ich sitz einfach da, den Kopf leicht gesenkt. Leb dein Leben weiter, wollte ich zu Tommy sagen. Mehr kannste nich machen. Paß auf dich auf. Vielleicht kriegstes ja nich. Schau dir Davie Mitchell an. Davie is einer von Tommys besten Freunden. Er hat AIDS, dabei hat er sein Lebtag kein Heroin genommen. Er führt ein normales Leben, so normal wie jeder andere, den ich kenn.

Aber ich weiß, daß Tommy es sich nich leisten kann, seine Bude zu heizen. Tommy is nich Davie Mitchell, und Derek Jarman schon gar nich. Tommy kann sich nich in ne Seifenblase hocken, im Warmen leben, gute frische Sachen essen, sich mit neuen Herausforderungen fit halten. Der wird keine fünf oder zehn oder fünfzehn Jahre leben, bis eine Lungenentzündung oder Krebs ihn allemacht.

Tommy wird den Winter in West Granton nicht überleben.

- Tut mir leid, Mann. Tut mir wirklich leid, wiederhole ich bloß.

- Haste was dabei? fragt er, hebt den Kopf und schaut mich an.

- Ich bin sauber, Tommy. Er grinst nicht mal verächtlich, als ich das sage.

- Gib mir n bißchen Kohle, Kumpel. Ich muß bald die Miete abdrücken.

Ich wühl in den Taschen und zieh zwei verknüllte Fünfpfundnoten heraus. Ich denke an Mattys Beerdigung. Die Chancen stehen gut, daß Tommy als nächster dran is und keiner was dagegen tun kann. Ich schon gar nich.

Tommy nimmt das Geld. Unsere Blicke begegnen sich, und irgend etwas blitzt zwischen uns auf. Ich kann nich sagen, was, aber es ist was richtig Gutes. Es dauert bloß einen Augenblick; dann isses weg.

EIN SCHOTTISCHER SOLDAT

Johnny Swan begutachtet seinen kahlrasierten Kopf im Badezimmerspiegel. Sein langes verfilztes Haar war schon vor ein paar Wochen runtergekommen. Jetzt mußte nur noch das Gestrüpp am Kinn ab. Rasieren war anstrengend auf nur einem Bein, und Johnny hatte das mit dem Gleichgewicht noch nicht ganz raus. Aber nachdem er sich ein paarmal geschnitten hat, legt er ein ganz passables Ergebnis hin. Er ist entschlossen, sich nie wieder in den Rollstuhl zu setzen, soviel steht fest.

– Jetzt aber raus auf die Platte, sagt er bei sich, während er sein Gesicht im Spiegel besieht. Johnny sieht sauber aus. Das war kein gutes Gefühl, und die Arbeit daran hat ihn viel Mühe gekostet; aber die Leute erwarten von einem alten Soldaten ein gewisses Niveau. Er fängt an, *A Scottish Soldier* zu pfeifen; er treibt das Spielchen noch ein bißchen weiter und salutiert zackig vor seinem Spiegelbild.

Der Verband an seinem Stumpf macht Johnny Sorge. Er sieht dreckig aus. Mrs. Harvey, die Gemeindeschwester, kommt heute, um ihn zu wechseln, und sie wird ihm zweifellos noch ein paar ausgesuchte Worte über Körperpflege mit auf den Weg geben.

Er begutachtet sein anderes Bein. Es war nie das beste der beiden. Das Knie war nicht in Ordnung; ein Überbleibsel von einer Fußballverletzung, die schon ewig zurückliegt. Es wird noch schlimmer werden, jetzt, wo sein ganzes Gewicht darauf lastet. Er hätte sich den Schuß besser in die Arterie an diesem Bein gesetzt, denkt er; sollte das doch den Wundbrand kriegen und amputiert werden. Der Fluch des Rechtshänders, grübelt er.

Draußen auf den kalten Straßen schwingt und schlingert er zur Waverley Station. Jeder Schritt tut ihm weh. Der Schmerz kommt nicht aus seinem Stumpf, sondern scheint seinen ganzen Körper erfaßt zu haben; die beiden Methadon-Kapseln und die Barbiturate, die er geschluckt hat, dämpfen den Schmerz aber etwas. Johnny baut sich am Ausgang Market Street auf. Auf seinem großen Stück Pappe steht in schwarzen Buchstaben:

FALKLANDVETERAN – ICH HABE MEIN BEIN FÜR DAS VATERLAND GEOPFERT. BITTE HELFEN SIE.

Ein Junkie namens Silver, Johnny weiß nicht, wie er wirklich heißt, kommt in abgehackten Bewegungen auf ihn zu.

– Haste was Stoff, Swanney? fragt er.

– Da läuft nix, Kumpel. Raymie is für Samstag angesagt, hab ich jedenfalls gehört.

– Samstag is nich gut, keucht Silver. – Dieser beschissene Affe auf der Schulter braucht Futter.

– Der Weiße Schwan is Geschäftsmann, Silver, zeigt Johnny auf sich. – Wenn er was zu verkaufen hätte, würd ers auch tun.

Silver sieht niedergeschlagen aus. Um seinen grauen, ausgemergelten Körper schlabbert ein verdreckter schwarzer Mantel. – Hab meine ganze Methadonration schon auf, stellt er fest, ohne auf Anteilnahme zu schielen. Dann leuchten seine toten Augen ein wenig auf. – Heh, Swanney, machste damit eingtlich Schotter?

– Eine Tür geht zu, eine andere auf, lächelt Johnny, als Zähne faulende Stümpfe in seinem Mund. – Hier mach ich mehr Mäuse als beim Dealen. Und jetzt mußte mich entschuldigen, Silver, ich muß hier meinen verdammten Lebensunterhalt verdienen. N aufrechter Soldat wie ich sollte sich nich mit Junkies blicken lassen. Bis bald.

Silver kriegt seine Kommentare kaum mit, geschweige denn, daß er sauer wird.

– Dann mach ich mich mal auf n Weg zur Klinik.

Vielleicht verkauft mir irgend n Arsch sein Methadon.

- Ciao, ciao, ruft ihm Johnny hinterher.

Seine Geschäfte gehen ganz gut. Manche lassen heimlich ein paar Münzen in den Hut fallen. Andere, die es einfach abscheulich finden, wie sich das Elend in ihr Leben schleicht, wenden sich ab oder schauen resolut nach vorn. Frauen geben mehr als Männer; junge mehr als ältere; Leute, die selber ärmlich aussehen, scheinen generöser zu sein als die wohlhabend Wirkenden.

In seinem Hut landet eine Fünfpfundnote. - Gott segne Sie, Sir, sagt Johnny.

- Keine Ursache, sagt ein Mann mittleren Alters. - Wir stehen in eurer Schuld, Jungs. Es muß furchtbar sein, so jung einen solchen Verlust hinnehmen zu müssen.

- Ich bedauer nix. Man darf nich verbittert werden, Mann. So is eben meine Einstellung. Ich liebe mein Land; ich würds wieder tun. Außerdem halt ich mich für einen der Glücklichen; ich bin zurückgekommen. Hab n paar gute Kumpel bei Goose Green verloren, das kann ich Ihnen sagen. Johnny setzt einen glasigen, abschweifenden Blick auf; er glaubt es schon fast selbst. Er wendet sich wieder dem Mann zu. - Aber Menschen wie Sie kennenzulernen, die sich dran erinnern und die sich sorgen, das gibt allem einen Sinn.

- Viel Glück, sagt der Mann leise, bevor er sich abwendet und die Stufen zur Market Street hinaufgeht.

- Beschissener reicher Arsch, murmelt Johnny und schüttelt den gebeugten Kopf; ein kleiner Lachanfall erschüttert ihn.

Nach zwei Stunden hat er 26,78 Pfund zusammen. Läuft nicht schlecht, und die Arbeit ist leicht. Johnny ist gut im Warten; nicht mal British Rail an einem schlechten Tag könnte sein Junkie-Karma ruinieren. Wenn es allerdings abklingt, dann kündigt sich das mit einem eisigen Brennen an, das seinen Puls beschleunigt und seinen Poren einen dicken, giftigen Schweiß entlockt. Er will gerade zusammenpacken und gehen, als sich ihm eine dünne, zerbrechliche Frau nähert.

– Waren Sie bei den Royal Scots, mein Junge? Mein Brian war bei den Royal Scots, Brian Laidlaw.

– Ähm, Marines, Missis. Johnny zuckt mit den Schultern.

– Brian is nie zurückgekommen, Gott schütze ihn. Einundzwanzig war er. Mein Junge. Er war ein guter Junge. Die Augen der Frau füllen sich mit Tränen. Ihre Stimme sinkt zu einem konzentrierten Zischen herab, das in seiner Machtlosigkeit nur noch bedauernswerter klingt. – Wissen Sie, mein Junge, bis an mein Grab werd ich diese Thatcher hassen. Es vergeht kein Tag, an dem ich sie nich verfluche.

Sie holt ihr Portemonnaie heraus, entnimmt ihm eine Zwanzigpfundnote und drückt sie Johnny in die Hand. – Hier, mein Junge, hier. Das is alles, was ich hab, aber ich will, daß du es nimmst. Sie bricht in Schluchzen aus und stolpert davon; es wirkt fast so, als hätte jemand auf sie eingestochen.

– Gott schütze Sie, ruft Johnny Swan hinter ihr her. – Gott schütze die Royal Scots. Dann schlägt er bei der Aussicht, dem Methadon, das er schon hat, etwas Cyclozin hinzuzufügen, in die Hände. Psycho-Methadon-Cocktail: Seine Eintrittskarte zu den besseren Zeiten, jenem kleinen privaten Himmel, auf den die Uneingeweihten nur verächtlich herabschauen, von dessen Glückseligkeit sie aber nichts ahnen. Albo hat einen Vorrat an Cyclozin, hat er für seinen Krebs verschrieben bekommen. Johnny wird heute nachmittag seinen kranken Freund besuchen. Albo braucht Johnnys Kapseln so sehr wie Johnny dessen Psychos. Ein glückliches Zusammentreffen von Bedürfnissen. Ja, Gott schütze die Royal Kotz, und Gott schütze den staatlichen Gesundheitsdienst.

Abgang

VON EINEM ORT ZUM ANDEREN

Die Nacht ist eklig und düster. Die schmutzigen Wolken hängen tief und warten nur darauf, ihre dunkle Fracht zum zigsten Mal seit Sonnenaufgang auf die darunter vorbeihuschenden Bewohner abzuladen. Der Busbahnhof wirkt wie das nach außen gestülpte und mit Öl übergossene Sozialamt. Eine Gruppe junger Leute, die von großen Träumen und kleinem Geldbeutel leben, stehen am Bussteig nach London trübsinnig schweigend Schlange. Billiger geht es nur per Daumen.

Der Bus kommt aus Aberdeen, mit Zwischenstopp in Dundee. Begbie kontrolliert stoisch die Sitzplatzreservierungen und fixiert dann mit bösem Blick die Leute, die schon im Bus sitzen. Dann dreht er sich um und schaut auf die Adidas-Tasche, die zu seinen Füßen steht.

Renton, der sich außerhalb von Begbies Hörweite befindet, wendet sich an Spud und nickt in Richtung ihres angespannten Freundes. - Der Arsch hofft doch bloß darauf, daß irgend n Idiot unsere Sitze besetzt hat; dann hat ern Vorwand, um Ärger zu machen.

Spud lächelt und hebt die Augenbrauen. Renton denkt, wenn man ihn so sieht, kommt man gar nicht darauf, welches Risiko sie eingehen. Sie haben das große Ding vor, daran besteht überhaupt kein Zweifel. Er hatte den Schuß gebraucht, um seine Nerven zu stärken. Es war sein erster Schuß seit Monaten gewesen.

Begbie dreht sich um, seine Nerven liegen blank, wütend verzieht er das Gesicht, fast könnte man glauben, er könne ihre Respektlosigkeit spüren. – Wo zum Teufel is Sick Boy?

– Ähm, ich hab nich die leiseste Ahnung, sagt Spud und zuckt mit den Schultern.

– Wird schon kommen, sagt Renton und reckt sein Kinn in Richtung Adidas-Tasche. – Zwanzig Prozent von dem Stoff da drin gehörn schließlich ihm.

Das löst einen Panikanfall aus: – Brüll gefälligst nich so rum, du Blödmann! zischt Begbie Renton an. Er sieht sich um, starrt die Mitreisenden an, hegt den verzweifelten Wunsch, daß einer, wenigstens einer, seinen Blick erwidert, um zur Zielscheibe seiner Wut zu werden, die ihn zu überwältigen droht, scheißegal, was dann kommt.

Nein. Er muß sich zusammenreißen. Es steht zuviel auf dem Spiel. Alles steht auf dem Spiel.

Aber niemand sieht zu Begbie hin. Die, die ihn überhaupt wahrnehmen, spüren die Spannung, die von ihm ausgeht. Sie setzen jene Gabe der Menschen ein, so zu tun, als seien Verrückte unsichtbar. Selbst seine Kameraden erwidern seinen Blick nicht. Renton hat sich seine grüne Baseballmütze über die Augen gezogen. Spud, der das Trikot der irischen Nationalmannschaft trägt, beobachtet eine Rucksacktouristin mit blonden Haaren, die gerade ihren Rucksack abgeschnallt hat und den Blick auf die über dem Po spannende Jeans freigibt. Second Prize, der sich ein wenig abseits von den anderen hält, trinkt; er hält seinen beschützerischen Blick auf den ziemlich großen Alkoholproviant gerichtet, der sich in zwei weißen Plastiktüten zu seinen Füßen befindet.

Jenseits des Busbahnhofs, hinter der Schuhschachtel, die sich Pub schimpft, unterhält sich Sick Boy mit einem Mädchen namens Molly. Sie ist Prostituierte und HIV-positiv. Nachts hängt sie manchmal am Bahnhof rum und hält Ausschau nach Kundschaft. Molly ist in Sick Boy verliebt, seit sie vor ein paar Wochen in einer heruntergekommenen Disco-Bar in Leith herumgeknutscht haben. Sick Boy hatte im Suff über die Übertragbarkeit von HIV geredet und, um seine Argumente zu bekräftigen, den Großteil des Abends damit verbracht, mit ihr zu knutschen, Zungenkuß. Später waren ihm die Nerven durchgegangen, und er hatte sich ein halbes dutzendmal die Zähne geputzt, bis er sich dann zu einer schlaflosen, angsterfüllten Nacht hinlegte.

Sick Boy steht hinter dem Pub und beobachtet seine Freunde. Er will die Idioten warten lassen. Er will sicher gehen, daß keine Bullen auftauchen, bevor sie in den Bus steigen. Wenn, dann können die Arschlöcher ohne ihn fahren.

– Leih mir doch mal nen Zehner, bittet er Molly, obwohl er weiß, daß er Stoff für dreieinhalbtausend Pfund in der Adidas-Tasche hat. Das ist aber Vermögen. Mit dem Baren haperts eben.

– Hier. Die Art, wie Molly ohne zu fragen in ihr Portemonnaie greift, rührt Sick Boy beinahe an. Dann bemerkt er mit Verbitterung, wie prall ihre Börse ist, und verflucht sich innerlich dafür, nicht zwanzig gesagt zu haben.

– Ciao, Baby ... also, ich überlaß dich jetzt mal deinen Kunden. Die Großstadt ruft. Er wuschelt ihr durch die Locken und küßt sie; diesmal aber nur kurz auf die Wange.

– Ruf mich an, wenn du wieder zurück bist, Simon, ruft Molly ihm hinterher und schaut zu, wie sein dürrer, aber kräftiger Körper davongeht. Er dreht sich um.

– Da soll mich mal einer dran hindern, Baby, soll bloß einer versuchen. Paß auf dich auf. Er zwinkert ihr zu und lächelt sie offen und warm an, bevor er sich umdreht.

– Versaute kleine Nutte, murmelt er bei sich, und sein Gesicht erstarrt zu einer verächtlichen Grimasse. Molly ist Amateurin, bei weitem nicht zynisch genug für das Spiel, bei dem sie mitmacht. Das totale Opfer, denkt er in einer merkwürdigen Mischung aus Mitleid und Verachtung. Er verschwindet um die Ecke und geht zu den anderen, wobei er den Kopf hin und her dreht in dem Versuch, einen Bullen zu erkennen.

Er ist nicht sehr erfreut über das, was er sieht, als sie sich bereitmachen, in den Bus zu steigen. Begbie beschimpft ihn, weil er zu spät kommt. Auf diesen Mistkerl mußte man immer aufpassen, und bei dem, was auf dem Spiel stand, war er noch angespannter als sonst. Sick Boy erinnerte sich an die bizarren Notfallpläne, die Begbie auf der improvisierten Party ausgebrütet hatte, die sie letzte Nacht gefeiert hatten. Seine Wutausbrüche brachten sie noch alle lebenslänglich in den Knast. Second Prize war schon ziemlich betrunken, aber das war nicht anders zu erwarten gewesen. Andererseits, was für ein besoffenes Gelaber hatte er denn schon von sich gegeben, als sie noch gar nicht hier gewesen waren? Wenn er nicht weiß, wo er ist, wie zum Teufel kann man dann von ihm erwarten, daß er weiß, was er sagt? Die ganze Geschichte stinkt doch zum Himmel, findet er, und ein Angstschauder durchzuckt ihn.

Was Sick Boy aber am meisten auf die Nerven geht, ist der Zustand, in dem sich Spud und Renton befinden. Sie sind offensichtlich bis an die Kiemen zugeknallt. Wieder mal typisch für diese Arschlöcher, völlig breit zu sein. Renton, der seit Ewigkeiten clean war, lange bevor er seinen Job in London geschmissen hatte und wieder zurückgekommen war, konnte diesem unverschnittenen kolumbianischen Braunen nicht widerstehen, mit dem Seeker sie versorgt hatte. Das war der einzig wahre Stoff, so hatte er argumentiert, eine einmalige Gelegenheit für einen Edinburgher Junkie, der an das billige pakistanische Heroin gewöhnt ist. Spud hatte wie immer mitgemacht.

So war Spud. Seine Fähigkeit, auch noch den unschuldigsten Zeitvertreib ohne jede Mühe in eine kriminelle Angelegenheit zu verwandeln, hatte Sick Boy schon immer fasziniert. Noch im Bauch seiner Mutter hätte man Spud weniger als Fötus, sondern eher als ein Bündel schlummernder Drogen- und Persönlichkeitsprobleme bezeichnen müssen. Wahrscheinlich würde er ihnen die Polizei auf den Hals hetzen, weil er in der Raststätte nen Salzstreuer klaute. Vergiß Begbie, dachte Sick Boy verbittert, wenn einer die Geschichte versaut, dann Spud.

Dann starrte er Second Prize an; er hatte seinen Spitznamen von einer alkoholisierten Wahnvorstellung, kämpfen zu können, und den daraus resultierenden fürchterlichen Resultaten. Second Prizes Sport war nicht Boxen gewesen, sondern Fußball. Er war in der schottischen Schülerauswahl gewesen und hatte über erstaunliche Fähigkeiten verfügt, und mit sechzehn bereits war er in den Süden zu Manchester United gegangen. Zu der Zeit hatte er bereits ein embryonales

Alkoholproblem. Eines der Wunder des Fußballs war es, wie er es geschafft hatte, zwei Jahre bei dem Verein zu bleiben, bevor sie ihn zurück nach Schottland jagten. Die herrschende Ansicht lautete, daß Second Prize ein großes Talent vergeudet hatte. Aber Sick Boy kannte die bittere Wahrheit. Second Prize war ein Bündel aus Verzweiflungen; wenn man sein Leben als Ganzes betrachtete, war nicht der Alkoholismus ein böser Fluch, sondern seine fußballerischen Fähigkeiten waren eine frivole Abweichung.

Sie steigen hintereinander in den Bus; Renton und Spud bewegen sich in der ruckartigen Weise der Zugeknallten. Sie sind über den Ablauf der Ereignisse ebenso verwirrt wie von dem Stoff. Da wollten sie nun also das dicke Ding drehen und dann in Paris Urlaub machen. Dazu brauchten sie das Heroin nur in Bares umzutauschen; Andreas in London hatte alles vorbereitet. Aber Sick Boy hatte sie wie ein Spülbecken voll dreckigem Geschirr begrüßt. Er war offenkundig schlechter Laune, und Sick Boy glaubte daran, daß man die schlimmen Dinge im Leben teilen sollte.

Als er in den Bus steigt, hört er, wie sein Name gerufen wird. - Simon.

- Nich schon wieder diese Nutte, flucht er leise, bevor er ein jüngeres Mädchen bemerkt. Er ruft: - Halt meinen Platz frei, Franco, ich komm gleich.

Begbie setzt sich hin und spürt nur Haß, gemischt mit mehr als nur einer Spur von Eifersucht, während er zuschaut, wie ein junges Mädchen in einer blauen Regenjacke mit Sick Boy Händchen hält.

- Dieser Arsch und sein ewiges Rumgemache mit den Weibern versaut noch alles! schnauzt er Renton an, der verwirrt dreinblickt.

Begbie versucht, sich die Figur des Mädchens durch den Anorak hindurch vorzustellen. Er hat sie schon vorhin bewundert. Er träumt davon, was er mit ihr anstellen würde. Ihm fällt auf, daß ihr Gesicht ungeschminkt noch hübscher ist. Es ist schwer, sich auf Sick Boy zu konzentrieren, doch Begbie bemerkt seine nach unten gezogenen Mundwinkel und seine in aufgesetzter Ehrlichkeit weit aufgerissenen Augen. Begbie wird immer angespannter, bis er kurz davor ist, einfach aufzustehen und Sick Boy in den Bus zu zerren. Als er sich schon vom Sitz schwingen will, sieht er Sick Boy in den Bus kommen und düster zu den Seitenscheiben hinausschauen.

Sie sitzen hinten, neben der chemischen Toilette, die schon jetzt nach Urin stinkt. Second Prize hat den hintersten Platz für sich und seinen Proviant gesichert. Spud und Renton sitzen vor ihm, davor dann Begbie und Sick Boy.

– Das war doch die Lütte von Tom McGregor, oder, Sick Boy? Rentons Gesicht grinst ihn durch den Spalt zwischen den Rückenlehnen blöde an.

– Ja.

– Geht er dir immer noch auf den Keks? fragt Begbie.

– Der Typ is völlig ausgeflippt, weil ich seine Tochter, die kleine Schlampe, gevögelt hab. Dabei vergreift er sich selber an jedem Kükenfleisch, das in seinem beschissenen Club was trinkt. Scheinheiliges Stück.

– Hat dir vor dem *Fiddler's* eine reingehauen, hab ich gehört. Wie man mir erzählt hat, haste dir ganz schön in die Hose geschissen, lästert Begbie.

– Du spinnst wohl! Wer hat n dir sowas erzählt? Der Arsch sagt zu mir: Wenn du sie nur anrührst ... Und ich: Sie anrühren? Die laß ich schon seit Monaten für mich laufen, du Arsch!

Renton grinst leise, und Second Prize, der es gar nicht richtig mitbekommen hat, lacht laut. Er ist noch nicht alkoholisiert genug, um die letzten Reste gesellschaftlichen Umgangs sausen zu lassen. Spud sagt nichts, zieht aber eine Grimasse, während der Junk-Entzug seine spröden Knochen immer fester in die Zange nimmt.

Begbie ist noch immer nicht davon überzeugt, daß Sick Boy den Mumm hätte, sich McGregor entgegenzustellen.

– Blödsinn. Du würdest dich mit dem Kerl doch nich einlassen.

– Scheiße. Jimmy Busby war dabei. McGregor, der Arsch, hat totale Angst vor Busby. Der scheißt sich doch bei allen harten Hibs-Fans in die Hosen. Das letzte, was er will, is doch, daß die Gang seinen Club zerlegt.

– Jimmy Busby … das is doch n Weichei. N verdammtes Weichei. Den Kerl hab ich im *Dean* vermöbelt. Weißte noch, Rents? Rents! Weißte noch, wie ich Busby vertrimmt hab? Begbie wirft einen Blick über die Rükkenlehne, aber Renton fühlt sich langsam wie Spud. Ein Schauder durchfährt seinen Körper, und er wird von einer heftigen Übelkeit erfaßt. Er kann nur wenig überzeugend nicken, aber nicht die umfangreiche Erklärung liefern, die Begbie eigentlich von ihm will.

– Das is schon Jahre her. Heute würdeste das nich mehr machen, behauptet Sick Boy.

– Wer würd das nich machen? Häh? Ich etwa? fordert Begbie ihn aggressiv heraus.

– Is doch sowieso alles Scheiß, erwidert Sick Boy lahm, eine seiner üblichen Taktiken. Wenn du den

Kern des Streits nicht gewinnen kannst, dann schmeiß einfach alles über den Haufen.

– Der Kerl weiß genau, mit wem er sich nich einlassen darf, sagt Begbie und grunzt leise. Sick Boy erwidert nichts, weil er genau weiß, daß das eine Warnung um zwei Ecken war, zwar auf den abwesenden Busby bezogen, aber an ihn gerichtet. Er sollte es nicht zu weit treiben.

Spud Murphys Gesicht klebt an der Scheibe. Er sitzt da und leidet still, schwitzt ungeheuer und hat das Gefühl, als rieben seine Knochen aneinander. Sick Boy ergreift die Gelegenheit, um mit Begbie gemeinsame Sache zu machen.

– Franco, die Arschlöcher, sagt er und nickt nach hinten, – ham gesagt, sie bleiben sauber. Verlogene Wichser. Versauen noch alles. Sein Ton ist eine Mischung aus Verachtung und Selbstmitleid, als finde er sich mit der Tatsache ab, daß sein Schicksal darin besteht, sich alle Winkelzüge von schwachen Trotteln versauen zu lassen, die er unglücklicherweise als Freunde hat.

Dennoch findet Sick Boy keine gemeinsame Basis mit Begbie, der seine Haltung noch mehr verabscheut als Rentons und Spuds Verhalten.

– Hör schon auf zu jammern. Du warst doch selber oft genug zugeknallt.

– Schon ewig nich. Aber die Blödmänner werden nie erwachsen.

– Ach, du willst also nix von dem Speed abhaben? verhöhnt Begbie ihn und tippt auf die salzigen Körner in der Alufolie.

Sick Boy will unbedingt was davon, um die furchtbare Fahrzeit zu verkürzen. Aber nicht, wenn er Begbie deswegen anbetteln muß. Er sitzt da und starrt nach vorn, schüttelt leise den Kopf und murmelt vor sich hin, während eine alles verschlingende Angst in seinem Innern ihn dazu zwingt, im Geiste ein ungelöstes Problem nach dem anderen durchzugehen. Dann springt er auf und geht nach hinten, um sich eine Dose McEwan's Export von Second Prizes Stapel zu greifen.

– Ich hab dir doch gesagt, du sollst dir selbst was mitnehmen! Second Prizes Grimasse ähnelt einem häßlichen Vogel, dessen Gelege von einem Raubtier bedroht wird.

– Wenigstens eine Dose, du knickriger Arsch! Verdammt nochmal! Sick Boy schlägt sich wütend die Hand vor die Stirn. Second Prize rückt zögernd mit einer Dose raus, die Sick Boy dann doch nicht trinken kann. Er hat schon eine Weile nichts mehr gegessen, und die Flüssigkeit liegt ihm schwer und übelkeiterregend im Magen.

Hinter ihm geht Rentons Abstieg in die Qualen des Entzugs weiter. Er weiß, daß er handeln muß. Das bedeutet, er muß Spud etwas vorspielen. Aber in Geschäftsdingen gibt es keine Freunde, schon gar nicht in diesem. Er wendet sich an seinen Partner und sagt: – He, Mann, ich hab nen Stein im Hintern. Ich muß mich mal ne Weile auf n Topf hocken.

Spud schreckt kurz hoch. – Du hast doch nich was dabei, oder?

– Du spinnst wohl, fährt Renton ihn überzeugend an. Spud wendet sich ab und sinkt wieder gegen die Scheibe.

Renton geht aufs Klo und schließt ab. Er wischt den Urin vom Rand des Aluminiumbeckens. Dabei geht es ihm nicht um Hygiene, er will nur nicht, daß seine Gänsehaut feucht wird.

Er legt Löffel, Spritze, Nadel und Wattebausch auf das Spülbecken. Dann zieht er ein kleines Päckchen braunweißes Pulver aus der Tasche und schüttet den Inhalt sorgfältig auf sein hochgeschätztes Besteckteil. Dann saugt er fünf Milliliter Wasser in die Spritze und drückt sie langsam auf den Löffel aus, wobei er genau darauf achtet, nicht die Körnchen wegzuspülen. Seine zitternde Hand beruhigt sich durch die Konzentration, die nur noch die Zubereitung einer Spritze auslösen kann. Er zieht die Flamme aus dem Plastikfeuerzeug aus Benidorm unter dem Löffel hin und her und rührt die hartnäckigen Körnchen mit der Nadelspitze, bis er eine spritzbare Lösung hat.

Der Bus ruckelt gefährlich, aber Renton gleicht es aus; sein Junkie-Unterbewußsein ist auf jeden Huckel und jede Kurve auf der A1 geeicht, wie ein Radar. Er hat nicht einen kostbaren Tropfen verschüttet, als er den Wattebausch auf den Kochlöffel legt.

Dann schiebt er die Nadel in den Wattebausch und saugt die rostfarbene Flüssigkeit in die Spritze. Er zieht seinen Gürtel aus und flucht, als sich die Nieten an den Schlaufen seiner Jeans verhaken. Er reißt ihn los und hat das Gefühl, als würden sich seine Eingeweide nach außen kehren. Er schlingt den Gürtel direkt unter einem dürren Bizeps um den Arm und gräbt seine vergilbten Zähne in das Leder, um ihn festzuhalten. Die Sehnen in seinem Nacken spannen sich, während er in dieser Position verharrt; dann lockt er durch geduldiges, vorsichtiges Klopfen eine widerstrebende gesunde Ader hervor.

Ein kurzes Zögern flackert durch seinen Hinterkopf, nur um von einem kurzen spastischen Zucken, das seinen kranken Körper durchfährt, grausam ausgelöscht zu werden. Er sticht ein und schaut zu, wie die weiche Haut unter dem eindringenden Stahl nachgibt. Er spritzt ein wenig Flüssigkeit ein und zieht dann die Spritze wieder auf, um die Kammer mit Blut zu füllen. Dann löst er den Gürtel und drückt sich alles in die Ader. Er hebt den Kopf und genießt den Schuß. Dann hockt er eine Weile da, könnten ein paar Minuten sein oder ein paar Stunden, steht dann auf und betrachtet sich im Spiegel.

– Du bist einfach überwältigend, bemerkt er und küßt das Spiegelbild; er spürt das kalte Glas an seinen heißen Lippen. Er dreht den Kopf und legt die Wange ans Glas, dann leckt er mit der Zunge daran. Er macht einen Schritt zurück und verzieht das Gesicht zu einer Leidensmiene. Spud wird ihn anstarren, wenn er die Tür aufmacht. Er muß auf krank machen, was nicht leicht sein wird.

Second Prize hat sich einen fürchterlichen Kater weggetrunken und hat sowas wie zweite Luft, wenn sein konstant gleichbleibender Zustand aus Trunkenheit und Entzugserscheinungen einen solchen Begriff nicht überflüssig machen würde. Begbie wird klar, daß sie schon ein ganzes Stück zurückgelegt haben, ohne von den Bullen der Lothian and Border Constabulary geschnappt worden zu sein, und entspannt sich langsam. Der Sieg ist nahe. Spud ist in einen wirren Junkieschlaf gefallen. Renton geht es etwas besser. Selbst Sick Boy spürt, daß alles gut läuft, und beruhigt sich.

Die fragile Einheit zerbricht, als Sick Boy und Renton sich über die Vorzüge von Lou Reed vor und nach Velvet Underground streiten. Dabei bleibt Sick Boy bei Rentons Attacke ungewöhnlich maulfaul.

– Nee, nee ... sagt er, schüttelt nur schwach den Kopf und dreht sich weg; ihm fällt nichts mehr ein, um Rentons Argumente zu kontern. Renton hat Sick Boy den Mantel der Entrüstung entrissen, in den der sich sonst bei solchen Gelegenheiten hüllt.

Renton genießt die Kapitulation seines Gegners und wirft den Kopf kurz und blasiert in den Nacken; dann verschränkt er die Arme in triumphaler Feindseligkeit, eine Geste, die er Mussolini in einer alten Wochenschau abgeschaut hat.

Sick Boy begnügt sich damit, die Mitreisenden zu beobachten. Vor ihm sitzen zwei alte Muttis, die sich immer wieder mißbilligend umgedreht, mit der Zunge geschnalzt und Bemerkungen über »diese Ausdrucksweise« gemacht haben. Der Altweibergeruch von Urin und Schweiß klebt an ihnen, wie er bemerkt, nur teilweise kaschiert durch Lagen alten Puders.

Ihm gegenüber sitzt ein übergewichtiges Pärchen in Normalokluft. Idioten in Normalokluft sind noch ne ganz andere Rasse, denkt er sarkastisch. Man sollte sie ausrotten. Sick Boy war überrascht, daß Begbie keine in seinem Kleiderschrank hängen hatte. Wenn sie erstmal die Kohle haben, dann wird er dem Arsch eine spendieren, denkt er, spaßeshalber. Außerdem will er ihm einen kleinen American Pit-Bull schenken. Selbst wenn Begbie ihn vernachlässigt, wird der nicht hungrig bleiben, schließlich haben sie ja ein Baby.

In dem Bus gab es allerdings eine Rose unter all den Dornen. Sick Boy beendet seine kritische Studie der Mitreisenden, als sein Blick auf die strähnigblonde Rucksacktouristin fällt. Sie sitzt ganz allein vor den beiden Normalos.

Renton sitzt der Schalk im Nacken, er zieht sein

Benidorm-Feuerzeug aus der Tasche und kokelt Sick Boys Pferdeschwanz an. Haar verbrennt knisternd, und schon mischt sich ein weiterer unangenehmer Geruch unter die anderen, die es schon am Ende des Busses gibt. Sick Boy bemerkt, was los ist, und wirbelt auf seinem Platz herum. – Hör auf mit dem Scheiß! schnauzt er und schlägt nach Rentons erhobenen Handgelenken. – Kindsköpfe! zischt er, während Begbies, Second Prizes und Rentons Gelächter ihn verhöhnt und durch den Bus schallt.

Rentons Unfug liefert Sick Boy allerdings den Vorwand dafür, sich von ihnen weg zu der Touristin zu setzen. Er zieht sein *Italians Do It Better*-T-Shirt aus und entblößt einen drahtigen, gebräunten Oberkörper. Seine Mutter ist Italienerin, aber er trägt das T-Shirt weniger, um zu zeigen, wie stolz er auf seine Herkunft ist, sondern eher, um die anderen zu ärgern. Er holt seine Tasche aus der Ablage und wühlt darin herum. Da gibt es ein *Mandela Day*-T-Shirt, das politisch korrekt ist, aber zu mainstream, zu sloganhaft. Was noch viel schlimmer ist, es ist veraltet. Sick Boy glaubt, daß Mandela sich am Ende auch nur als langweiliger alter Sack herausstellen wird, wenn sich erstmal alle daran gewöhnt haben, daß er aus dem Gefängnis ist. Auf *Hibernian F. C. – European Campaigners* wirft er nur einen kurzen Blick, bevor er es verwirft. Auch die Sandinisten sind passé. Er begnügt sich mit einem *Fall*-T-Shirt, das wenigstens den Vorteil besitzt, weiß zu sein und seine korsische Bräune am besten zur Geltung bringt. Er zieht es über, geht nach vorn und setzt sich neben die Frau.

– Entschuldigen Sie. Ich muß mich leider zu Ihnen setzen. Das Benehmen meiner Reisebegleiter ist für meinen Geschmack ein wenig unreif.

Mit einer Mischung aus Bewunderung und Abscheu bemerkt Renton, wie Sick Boy sich vom fertigen Typen in den Traummann dieser Frau verwandelt. Stimme und Akzent verändern sich leicht. Auf seinem Gesicht erscheint ein interessierter, ehrlicher Ausdruck, während er seiner neuen Begleiterin verführerisch neugierige Fragen stellt. Renton zuckt zusammen, als er Sick Boy sagen hört: - Ja, bei Jazz bin ich eher Purist.

- Sick Boy is wieder mal gelandet, stellt er fest und wendet sich an Begbie.

- Na, das freut mich aber für den Arsch, meint Begbie verbittert. - Wenigstens hält sich der verdammte Mistkerl von uns fern. Der blöde Hund hat doch noch nix anderes getan als rumzujammern, seit wir ihn gesehn haben ... der Arsch.

- Wir sind doch alle n bißchen angespannt, Franco. Steht ja auch ne Menge aufm Spiel. Und gestern nacht ham wir alle Speed genommen. Da muß man doch paranoid werden.

- Nu halt nich auch noch zu dem Arsch. Der braucht mal ne Lektion in Manieren, der Fuzzi. Vergibt sich doch nix dabei, sich anständig zu benehmen.

Renton, dem aufgeht, daß die Diskussion zu keinem fruchtbaren Ende kommen kann, lehnt sich zurück und läßt sich von dem Stoff massieren; die Knoten lösen und die Falten glattbügeln. Das Zeug war wirklich erste Sahne.

Begbies Verbitterung über Sick Boy speist sich weniger aus dem Neid, sondern daraus, daß er ihn einfach so hat sitzenlassen; ihm fehlt einer, der neben ihm sitzt. Er hat gerade einen wahnsinnigen Speedkick. In seinem Verstand blitzt eine Einsicht nach der anderen auf, und sie sind alle einfach zu gut, um nicht geteilt zu werden, findet Begbie. Er braucht jemanden, mit dem er reden kann. Renton bemerkt die Warnsignale. Hinter ihm schnarcht Second Prize laut. Von ihm konnte Begbie wenig erwarten.

Renton zieht die Baseballmütze über die Augen und stupst gleichzeitig Spud wach.

– Schläfst du, Rents? fragt Begbie.

– Mmmmm ... brummt Renton.

– Spud?

– Was? sagt Spud gereizt.

Das war ein Fehler. Begbie dreht sich um; er kniet auf dem Sitz, hängt über Spud und leiert zum zigsten Male eine oft erzählte Geschichte runter.

– ... ich also auf ihr drauf, verstehste, und voll am Vögeln, und sie schreit wie wild, und ich denk, Scheiße, die Kuh is aber voll drauf, aber dann schubst se mich weg, verstehste, und sie blutet aus ihrem Loch, als hätte se ihre Tage, und ich will grad sagen, stört mich nich weiter, vor allen Dingen nich mit dem Steifen, den ich da hatte, das kann ich dir flüstern. Na, jedenfalls stellt sich raus, die Fotze hat ne Fehlgeburt.

– Ja.

– Mmh, und ich erzähl dir noch was; hab ich dir schon mal erzählt, wie Shaun und ich im *Oblomov* diese beiden beschissenen Hunde aufgegabelt ham?

– Ja ... stöhnt Spud schwach, und sein Gesicht fühlt sich an wie eine in Zeitlupe implodierende Kathodenstrahlröhre.

Der Bus biegt in einen Rastplatz ein. Spud bekommt endlich seine dringende Ruhe, aber Second Prize ist nicht glücklich. Er ist gerade erst eingeschlafen, doch die grelle Innenbeleuchtung des Busses ist angegangen und reißt ihn aus der tröstlichen Bewußtlosigkeit. Er wacht auf, ist verwirrt, vom Alkohol benebelt; ungläubig blickende Augen, die nicht scharf sehen, klingelnde Ohren, die von einer Kakophonie ununterscheidbarer Stimmen bombardiert werden. Offener, ausgetrockneter Mund, den er nicht schließen kann. Instinktiv greift er nach einer purpurroten Dose Tennent's Super Lager und nimmt die kranke Flüssigkeit als Speichelersatz.

Bedrängt von der Kälte, aber auch von der Müdigkeit und den Drogen in ihren Körpern, schleichen sie über die Fußgängerbrücke, die über die Autobahn führt. Sick Boy bildet die Ausnahme, er tänzelt selbstbewußt mit der Rucksacktouristin voraus.

In der grell erleuchteten Trust House Forte-Cafeteria packt Begbie Sick Boy am Arm und zieht ihn aus der Schlange.

– Wehe, du beklaust die Mieze. Daß die verdammten Bullen überall rumschwärmen bloß wegen n paar hundert Piepen vom Urlaubsgeld irgendeiner Studentin, können wir nich brauchen, verdammt. Nich, wo wir Heroin für achtzehntausend Pfund bei uns haben.

– Hältste mich für bescheuert? blafft Sick Boy wütend, muß aber im selben Augenblick insgeheim zugeben, daß Begbie ihn gerade noch rechtzeitig gewarnt hat. Er hatte heftig mit der Frau rumgeknutscht, aber seine vorquellenden Chamäleonaugen waren unablässig in Bewegung gewesen, um herauszufinden, wo sie ihr Geld hatte. Der Besuch in der Cafeteria wäre die Gelegenheit gewesen. Aber Begbie hatte recht, dies war nicht die Zeit für so etwas. Man konnte seinen Instinkten nicht immer trauen, fand Sick Boy.

Er reißt sich mit beleidigtem Schmollen von Begbie los und stellt sich wieder zu seiner neuen Freundin in die Schlange.

Danach verliert Sick Boy das Interesse an der Frau. Es fällt ihm schwer, ein angemessenes Maß an Konzentration für ihre aufgeregten Geschichten aufzubringen; sie wollte für acht Monate nach Spanien und danach an der Southampton University Jura studieren. Er läßt sich von ihr die Adresse des Hotels geben, in dem sie in London wohnt, und bemerkt mit einiger Abscheu, daß es sich um einen billigen Schuppen in Kings Cross handelt, nicht um einen angemesseneren Laden im West End, wo er gern mal für ein, zwei Tage abhängen würde. Er ist sich ziemlich sicher, daß er diese Frau ins Bett kriegen würde, wenn das Geschäft mit Andreas erstmal erledigt ist.

Schließlich rollt der Bus durch die nördlichen Backsteinvororte Londons. Sick Boy schaut wehmütig hinaus, als sie am *Swiss Cottage* vorbeikommen, und fragt sich, ob die Frau, die er mal kannte, immer noch hinter der Theke arbeitet. Bestimmt nicht, sagt er sich. Sechs Monate hinter der Theke in einem Londoner Pub sind eine ziemlich lange Zeit. Selbst so früh am Morgen muß der Bus schon kriechen, als sie sich der Innenstadt nähern, und es dauert deprimierend lang, bis sie den Busbahnhof an der Victoria Station erreichen.

Sie stürzen aus dem Bus wie Stücke zerbrochenen Porzellans aus einem Pappkarton. Dann entwickelt sich ein Streit darüber, ob sie zum Bahnhof gehen und die U-Bahn nach Finsbury Park oder ein Taxi nehmen sollen. Sie beschließen, daß ein Taxi wohl besser ist, als mit einer Ladung Heroin quer durch London zu kariolen.

Sie quetschen sich ins Taxi und erzählen dem gesprächigen Fahrer, daß sie wegen des Pogues-Konzerts hier sind, das in einem Zelt im Finsbury Park stattfinden soll. Das ist die ideale Tarnung, da sie sowieso alle vorhaben, zu dem Konzert zu gehen, um Geschäft und Vergnügen miteinander zu verknüpfen, bevor sie nach Paris in den Urlaub aufbrechen. Das Taxi fährt fast genau den Weg zurück, den der Bus genommen hat, bevor es vor Andreas' Hotel hält, das direkt am Park liegt.

Andreas, der aus einer Londoner Griechenfamilie stammt, hat das Hotel nach dem Tod seines Vaters geerbt. Zu dessen Zeiten hatten vorwiegend in Not geratene, obdachlose Familien dort gewohnt. Die Bezirksverwaltungen waren verantwortlich dafür, Menschen in solchen Situationen kurzfristig Unterkunft zu beschaffen, und da der Bezirk rund um den Finsbury Park zwischen den drei Londoner Stadtteilen Hackney, Harringey und Islington aufgeteilt war, war das Geschäft gut gelaufen. Als Andreas das Hotel übernahm, erkannte er allerdings, daß es noch lukrativer sein könnte, wenn man einen Bumsladen für die Londoner Geschäftsleute daraus machte. Er erreichte zwar nie das obere Ende der Skala, auf das er es abgesehen hatte, aber er bot einer kleinen Zahl von Prostituierten Unterschlupf. Mittlere Geschäftsleute aus der Stadt schätzten seine Diskretion und die Sauberkeit und Sicherheit seines Etablissements.

Sick Boy und Andreas hatten einander kennengelernt, als sie mit derselben Frau gingen, die von beiden fasziniert gewesen war. Sie verstanden sich auf Anhieb und heckten ein paar Dinger aus, meistens kleine Versicherungs- und Bankkartenbetrügereien. Als Andreas dann das Hotel übernahm, ging er ein wenig auf Abstand zu Sick Boy, weil er meinte, nun in einer höheren Klasse zu spielen. Dennoch war Sick Boy auf ihn zugekommen, als es um einen ziemlichen Batzen besten

Heroins ging, das er in die Finger gekriegt hatte. Andreas war von einer gefährlichen Wahnvorstellung besessen, die zeitlos war: Er glaubte, mit Ganoven rumhängen zu können, um sein Ego zu stärken, ohne dafür den entsprechenden Preis zahlen zu müssen. Der Preis, den Andreas zu zahlen hatte, war, Pete Gilbert mit dem Konsortium aus Edinburgh zusammenzubringen.

Gilbert war ein Profi, der schon seit langem im Drogengeschäft war. Er kaufte und verkaufte alles. Für ihn war das ein reines Geschäft, und er weigerte sich, es anders zu betrachten als irgendwelche sonstigen Unternehmungen. Staatliche Eingriffe in Form von Polizei und Gerichtsbarkeit stellten nur ein Geschäftsrisiko dar. Angesichts der ungeheuren Gewinnspanne allerdings eines, das einzugehen sich lohnte. Gilbert war der klassische Mittelsmann, der aufgrund seiner Kontakte und seines Risikokapitals in der Lage war, Drogen zu beschaffen, zu lagern, zu verschneiden und sie an kleinere Händler zu verkaufen.

Gilbert erkennt sofort, daß die Schotten nur kleine Gauner sind, die zufällig an einen großen Deal geraten sind. Allerdings ist er von der Qualität des Stoffs beeindruckt. Er bietet ihnen 15 000 Pfund, will bis 17 000 mit sich handeln lassen. Sie wollen 20 000, bereit, auf 18 000 herunterzugehen. Der Handel wird bei 16 000 Pfund abgeschlossen. Gilbert verdient dabei mindestens 60 000, wenn der Stoff erstmal verschnitten und in den Handel gebracht worden ist.

Gilbert findet es ermüdend, mit einer Bande abgewrackter Loser von der falschen Seite der Grenze zu verhandeln. Er würde lieber mit der Person reden, von der sie den Stoff hatten. Wenn ihr Lieferant so verzweifelt war, derart gutes Zeug dieser Bande von

Versagern zu verhökern, dann hatte er einfach keine Ahnung vom Geschäft. Gilbert hätte ihm richtig Geld verschaffen können.

Es war nicht nur lästig, es war gefährlich. Trotz ihrer Beteuerungen war es für diese kaputten Schotten vollkommen unmöglich, jemals diskret zu sein. Wahrscheinlicher war, daß die Drogenfahndung ihnen schon auf den Fersen war. Aus diesem Grunde hat er zwei erfahrene Jungs im Wagen sitzen, die ihre Augen offenhielten. Trotz seiner Vorbehalte pflegte er diesen neuen Geschäftskontakt. Einer, der so verzweifelt war, ihnen diesen Stoff zu verscherbeln, war vielleicht dämlich genug, es noch einmal zu tun.

Nachdem der Deal abgeschlossen ist, ziehen Spud und Second Prize nach Soho, um zu feiern. Sie sind typische Neulinge in der Stadt und werden von dieser berühmten Quadratmeile angezogen wie Kinder von einem Spielzeugladen. Sick Boy und Begbie gehen ins *Sir George Robey* auf eine, wie sich herausstellt, ernsthafte Runde Billard gegen zwei Iren, mit denen sie sich dann zusammentun. Sick Boy und Begbie sind alte Londonkenner und verachten die Faszination ihrer Freunde für Soho.

– Da finden se doch bloß Bullenhelme aus Plastik, Union Jacks, Carnaby Street-Schilder und sauteures Bier, rümpft Sick Boy die Nase.

– Und in dem Hotel von deinem Kumpel könnten sies billiger haben, wie heißt der Griechenarsch noch gleich?

– Andreas. Aber das is das letzte, was diese Idioten wollen, sagt Sick Boy und baut neu auf, – und Rents, dieser Bekloppte. Zum zigsten Mal hat er versucht aufzuhören. Der Blödmann hat dafür nen guten Job und ne klasse Wohnung sausen lassen. Ich glaub, wenn das hier vorbei ist, gehn wir getrennte Wege.

– Aber trotzdem gut, daß er im Hotel is. Einer muß ja auf die verdammte Kohle aufpassen. Second Prize oder Spud trau ich nich übern Weg.

– Stimmt, sagt Sick Boy und fragt sich, wie er Begbie loswerden und sich auf die Suche nach weiblicher Gesellschaft machen kann. Er fragt sich, wen er anrufen soll oder ob er sich um die Rucksacktouristin kümmern wird. Was auch immer, er würde sich bald auf die Sokken machen.

Renton, der im Hotel geblieben ist, ist schlecht, aber nicht so schlecht, wie er ihnen weisgemacht hat. Er schaut zum hinteren Garten hinaus und sieht Andreas mit seiner Freundin Sarah herumtollen.

Er wirft einen Blick auf die Adidas-Tasche voller Bargeld; das erste Mal, daß Begbie sie aus den Augen gelassen hat. Er breitet den Inhalt auf dem Bett aus. Soviel Geld hat Renton noch nie gesehen. Ohne lange nachzudenken, leert er Begbies Head-Tasche aus und stopft den Inhalt in die leere Adidas-Tasche. Dann stopft er das Geld in die Head-Tasche und legt seine eigenen Sachen oben drauf.

Er wirft einen kurzen Blick zum Fenster hinaus. Andreas hat seine Hand in Sarahs lila Bikinihose stecken, und sie lacht und kreischt: – Nich, Andreas ... nich ... Renton greift sich die Head-Tasche, dreht sich um und schleicht aus dem Zimmer, die Treppe hinunter und den Flur entlang. Er wirft einen kurzen Blick zurück, bevor er hinaustritt. Wenn jetzt Begbie kommt, ist er erledigt. Kaum taucht dieser Gedanke in seinem Kopf auf, bricht er fast vor Angst zusammen. Aber auf dem Bürgersteig ist niemand. Renton geht über die Straße.

Er hört Rufe und erstarrt. Eine Gruppe junger Typen in Celtics-Trikots, sternhagelvoll, offenkundig auf dem Weg zum Pogues-Konzert am Abend, stolpern auf ihn zu. Er geht angespannt an ihnen vorbei, aber sie beachten ihn gar nicht; zu seiner Erleichterung sieht er den 253er Bus kommen. Er springt auf, und fort gehts von Finsbury Park.

Als er in Hackney aussteigt, um einen Bus zur Liverpool Street zu nehmen, fliegt er schon auf Autopilot. Trotzdem fühlt er sich wegen der Tasche voller Geld verfolgt und gehemmt. Jeder Passant wirkt auf ihn wie ein potentieller Räuber oder Taschendieb. Jedesmal wenn er eine schwarze Lederjacke sieht, die der Begbies ähnelt, gefriert ihm das Blut in den Adern. Als er im Bus zur Liverpool Street sitzt, denkt er sogar daran kehrtzumachen, aber er steckt die Hand in die Tasche und fühlt die Geldscheinbündel. Am Ziel angekommen, betritt er eine Filiale der Abbey National Bank und zahlt 9000 Pfund in bar auf sein Konto ein, auf dem gerade noch 27,32 Pfund sind. Der Kassierer zuckt nicht mit der Wimper. Schließlich ist er in der City.

Mit nur noch 7000 Pfund bei sich, fühlt sich Renton gleich wohler, er geht zum Bahnhof Liverpool Street und kauft sich eine Rückfahrkarte nach Amsterdam, obwohl er nur in eine Richtung fahren will. Er sieht, wie Essex sich von Beton und Backstein in üppiges Grün verwandelt, während sie nach Harwich rumpeln. Am Parkeston Quay hat er eine Stunde Aufenthalt, bevor die Fähre nach Hoek van Holland ausläuft. Kein Problem. Junkies sind geübt im Warten. Vor ein paar Jahren hat er als Steward auf dieser Fähre gearbeitet. Er hofft, daß ihn keiner aus jenen Tagen erkennt.

Auf dem Schiff läßt sein Verfolgungswahn langsam nach, dafür wird Renton von ersten Schuldgefühlen heimgesucht. Er denkt an Sick Boy und an all die Dinge, die sie zusammen durchgemacht haben. Sie haben gute Zeiten miteinander geteilt und auch schlechte Zeiten, aber sie haben sie geteilt. Sick Boy würde sich an dem Geld schadlos halten; er ist der geborene Ausbeuter. Aber dieser Verrat. Renton konnte sich Sick Boys Gesichtsausdruck, mehr verletzt als wütend, schon vorstellen. Aber sie hatten sich seit Jahren schon auseinanderentwickelt. Ihr gegenseitiger Antagonismus, früher ein Witz, eine Show für die anderen, war durch diese Ritualisierung langsam schlichte Wirklichkeit geworden. Es war besser so, fand Renton. Irgendwie würde Sick Boy ihn schon verstehen, seine Tat vielleicht insgeheim sogar bewundern. Seine Wut würde sich gegen sich selbst richten, nicht als erster auf die Idee gekommen zu sein.

Es kostete nicht allzu viel Mühe, sich einzureden, daß er Second Prize einen Dienst erwiesen hatte. Er bedauerte es, daß Second Prize seine Abfindung aus dem Fonds für Opfer krimineller Handlungen aufgebraucht hatte, um seinen Anteil zu bezahlen. Allerdings war Second Prize so sehr damit beschäftigt, sich selbst zu zerstören, daß er kaum merkte, wenn ihm jemand die Hand reichte. Statt drei Riesen hätte man ihm genauso gut eine Flasche Insektenvertilgungsmittel zu trinken geben können. Das wäre eine schnellere und letztlich schmerzlosere Art, ihn zu töten. Manche würden behaupten, daß das Second Prizes eigener Wille sei, aber hatte denn nicht die Krankheit seine Fähigkeit zerstört, noch vernünftige Entscheidungen zu treffen? Renton grinst bei dieser Ironie, er, ein Junkie, der gerade seine besten Kumpel beklaut hat, und nun spricht er sich frei. Aber war er denn ein Junkie? Gut, er hatte gerade wieder angefangen, aber die Abstände dazwischen waren immer größer geworden. Allerdings konnte er die Frage im Augenblick noch nicht beantworten. Das konnte nur die Zeit.

Rentons wirkliches Schuldgefühl konzentriert sich auf Spud. Er mochte Spud. Spud hatte noch nie jemandem was getan, mit Ausnahme vielleicht der seelischen Belastung, die seine Neigung auslöste, Menschen vom Inhalt ihrer Hosentaschen, Portemonnaies und Wohnungen zu befreien. Aber die Leute hingen sowieso viel zu sehr an den Dingen. Sie steckten zuviele Gefühle in sie hinein. Spud konnte doch nicht für den Materialismus und den Warenfetischismus der Gesellschaft verantwortlich gemacht werden. Für ihn war nie was richtig gelaufen. Die Welt hatte auf ihn geschissen, und nun hatte sich sein Kumpel dieser Welt angeschlossen. Wenn es einen gab, bei dem Renton etwas wiedergutmachen wollte, dann Spud.

Blieb noch Begbie. Für den Arsch konnte Renton kein Mitleid aufbringen. Ein Psychoheini, der angespitzte Stricknadeln nahm, wenn er irgendein armes Schwein fertigmachen wollte. Da sei das Risiko, die Rippen zu treffen, geringer als bei einem Messer, prahlte er. Renton erinnerte sich noch an das eine Mal, wo Begbie im *Vine* Roy Sneddon ein Glas übergezogen hatte, wegen nichts. Der Typ hatte eine nervige Stimme und Begbie einen Kater. Es war häßlich, krank und sinnlos. Noch häßlicher als die Tat selbst war die Art, wie sie alle, er eingeschlossen, mitgemacht hatten und sogar Phantasiegeschichten erfanden, um die Tat zu rechtfertigen. Das war nur eine andere Art, Begbies

Status als einen, mit dem man sich besser nicht einließ, zu zementieren, also indirekt auch ihren Status, weil sie mit ihm zusammen waren. Nun erkannte er die moralische Feigheit, die dahinter steckte. So betrachtet, war sein Verbrechen, Begbie zu beklauen, geradezu eine edle Tat.

Ironischerweise lag der Schlüssel der ganzen Geschichte bei Begbie. Seine Kumpel zu beklauen, war das schlimmste Verbrechen, das es für Begbie gab, und er würde die größtmögliche Bestrafung fordern. Renton hatte Begbie benutzt, hatte ihn benutzt, um alle Brücken hinter sich ein für allemal abzubrechen. Begbie war der Grund, warum er niemals mehr zurückkehren konnte. Renton hatte getan, was er immer tun wollte. Nun konnte er nie wieder zurück nach Leith, Edinburgh, Schottland, nie wieder. Dort konnte er nie ein anderer sein, als der, der er war. Jetzt, nachdem er sich für immer von ihnen befreit hatte, konnte er sein, was er wollte. Er würde es allein schaffen oder allein untergehen. Dieser Gedanke erschreckte und begeisterte ihn zugleich, während er über ein Leben in Amsterdam nachdachte.

Dieses Buch wurde gedruckt auf Recyclingpapier.
Es besteht aus 100% bedrucktem Altpapier.

Das Vorsatzpapier besteht aus 85% Recyclingpapier,
der Überzug wurde auf 100% Recyclingpapier gedruckt.
Der Karton des Einbandes ist aus 100% Altpapier.

Das Kapitalband und das Leseband sind
aus 100% ungefärbter und ungebleichter Baumwolle.